KB116400

나디아 이야기

나디아 이야기

브릿 베넷 장편소설 정연희 옮김

이 책은 실로 꿰매어 제본하는 정통적인 사철 방식으로 만들어졌습니다.
사철 방식으로 제본된 책은 오랫동안 보관해도 손상되지 않습니다.

어머니, 아버지, 브리애나, 그리고 지나에게

하나

처음 들었을 때는 믿지 않았다. 교회 사람들이 수군거린다는 게 어떤 건지 아니까.

목사의 비서로 일하는 베티가 교회의 안내 책임자인 퍼스트 존을 목격한 뒤 우리 모두 그가 아내 몰래 바람을 피운다고 생각한 그때처럼 말이다. 그는 다른 여자와 브런치를 먹으며 시시덕거리고 있었다. 그것도 엉덩이를 씰룩씰룩 흔들며 걷는, 젊고 패션 감각 있는 그런 여자하고. 결혼한 지 40년 된 남자 앞에서라면 뭐든 씰룩거릴 일이 전혀 없을 텐데 말이다. 아내 몰래 다른 여자를 한 번 만난 남자는 용서할 수 있겠지만, 길가 카페에서 버터 바른 크루아상을 먹으며 그 젊은 여자와 로맨스를 즐기는 상황이라면? 그건 완전히 다른 문제다. 하지만 우리가 행실을 고쳐 주기도 전에 퍼스트 존은 그 주 일요일에 아내와 엉덩이를 씰룩거리던 그 젊은 여자 ─ 포트 워스에서 찾아온 종손녀였다 ─ 를 동반하고 어퍼 룸 교회에 나타났고, 그 일은 그렇게 끝났다.

처음 들었을 때 우리는 그것도 그런 유의 비밀일 거라고 생각했지만, 그럼에도 뭔가 다르게 느껴졌다는 사실은 인정해야겠다. 맛도 달랐다. 솔깃한 비밀은 꺼내 놓기 전에 죄다 어떤 맛이 나기 마련이니, 잠시 우리가 시간을 내서 입 안에 넣고 요리조리 굴려 봤다면 제철 전에 너무 일찍 따서 빼돌려진 뒤 여러 손을 돌고 돈 덜 익은 비밀의 시큼한 맛을 알아차렸을 것이다. 하지만 우리는 그렇게 하지 않았다. 우리는 그 시큼한 비밀을 공유했다. 나디아 터너가 목사 아들의 아이를 가져 그 문제를 처리하려고 시내의 낙태 클리닉에 간 그 봄에 시작된 비밀을.

그때 나디아는 열일곱 살이었다. 해병대원인 아버지와 살았고, 어머니는 여섯 달 전에 스스로 목숨을 끊어, 없었다. 그때부터 나디아의 명성은 자자해졌다. 어렸고 겁먹었고 그 겁을 예쁘장한 외모로 감추려고 했다. 호박색 피부와 실크 같은 긴 머리, 갈색과 회색과 금색이 소용돌이치는 눈동자. 그녀는 예뻤고, 심지어 아름다웠다. 대부분의 젊은 여자들처럼 나디아는 예쁘다는 것이 자신을 노출시키기도 하나 덮어 버리기도 한다는 사실을 이미 알고 있었지만, 대부분의 여자들처럼 그 간극을 다루는 법을 아직 배우지 못했다. 그래서 우리는 나디아에 대해 국경 너머 티후아나의 댄스 클럽에 가서 하염없이 시간을 보낸다거나 보드카를 채운 물병을 들고 오션사이드 하이 부근을 돌아다닌다거나 토요일에 해병대 기지에서 해병대원들과 당구를 친다거나 남자들이 몰고 온 차의 뿌예진 차창에 구두 굽을 댄 채 밤의 끝을 보낸다거나 하는, 뭐 그렇고 그런 이야기들을 들었다. 아마 그저 떠도는 이야기들이었겠지만, 우리가 지금 알고 있는 이 한 가지만큼은 사실이다. 나디아가 고등학교 마지막 학년을 루크 셰퍼드와 함께 침대에서 뒹굴며 보냈고, 봄이 오자 그녀의 배 속에서 아기가 자라고 있었다는 그 사실만큼은.

루크 셰퍼드는 돌제(突堤) 부두 근처 레스토랑인 팻 찰리스 시푸드 섀크에서 테이블 시중 드는 일을 했다. 신선한 음식, 라이브 음악, 가족처럼 친근한 분위기로 유명한 곳. 적어도 『샌디에이고 유니언-트리뷴』 광고에는 그렇게 되어 있었다. 그걸 읽고 믿을 바보가 있다면 말이다. 하지만 오션사이드에서 살 만큼 살았다면 약속된 신선한 음식이란 건 적외선 등 아래 노글노글하게 데우는 하루 지난 피시 앤드 칩스이고 라이브 음악이란 건 실제 연주를 볼 기회가 있다면 대체로 입술에 안전핀을 꽂고 찢어진 청바지를 입은 오합지졸 10대들의 음악이라는 것을 알 것이다. 나디아 터너는 팻 찰리스 레스토랑에 대해 그것 말고도 신문 광고와 어긋나는 몇 가지를 알고 있었는데, 술안주로 그만인 것은 치즈 뿌린 나초이고 주방장이 국경 북쪽에서 가장 질 좋은 마리화나를 판다는 사실이었다. 나디아는 거기 바 위에 노란 구명구들이 걸려 있어세 명의 흑인 웨이터들이 긴 근무를 마치고 나면 그곳을노예선이라고 부른다는 것도 알았다. 팻 찰리스에 대한비밀은 루크가 말해 줘서 아는 것이다.

「피시 스틱은 어때요?」 나디아가 묻는다.

「뭣처럼 눅눅해.」

「해산물 파스타는요?」

「그건 입에도 대지 마.」

「파스타가 맛이 없으면 얼마나 없다고 그래요?」

「그 엿 같은 걸 어떻게 만드는지 아니? 근처에 나뒹구는 아무 생선이나 집어서 그걸 라비올리에 넣어.」

「알았어요. 그럼 빵은요?」

「만약 다 먹지 않은 빵이 있으면 그걸 다른 테이블로또 가져가. 하루 종일 자기 불알이나 조몰락거리던 머저리가 만진 빵을 집게 될지도 모른다는 얘기지.」

어머니가 스스로 목숨을 끊은 그해 겨울, 루크는 크랩바이츠를 주문하려던 나디아를 구해 주었다. (게 모양을흉내 낸 것을 라드에 튀긴 것이었다.) 나디아가 학교 끝나면 어디론가 사라지기 시작한 무렵이었는데, 아무 버스에나 올라타 어디건 버스가 데려가는 곳에서 내리곤했다. 가끔은 동쪽으로 가는 버스를 타고 캠프 펜들턴에서 내려 영화를 보거나 스타스 앤드 스트라이크스에서 볼링을 치거나 해병대원들과 당구를 쳤다. 젊은 군인들이 가장 외로운 법이어서, 그곳에 가면 바짝 깎은 머리에 큰 군화를 신어 어설퍼 보이는 이등병 무리가 늘 눈에 띄었다. 나디아는 대체로 밤의 마지막을 키스하다 울고 싶어질 때까지 그들 중 하나와 키스하는 것으로 끝냈다. 또 어떤 날에는 어퍼 룸 교회를 지나 북쪽으로 갔지만 그쪽 해안은 국경이었다. 남쪽으로 가면 해변이 더 많았다. 더 예쁜 해변, 거기 드러누운 사람들처럼 하얀 모래가 깔려 있고 판자 산책로와 롤러코스터가 있고 출입문이 있는 해변이었다. 서쪽으로는 갈 수 없었다. 서쪽은 바다였다.

나디아는 버스를 타는 것으로 방과 후 운전 교육을 받기 전 친구들과 주차장에서 어슬렁거리거나 풋볼 팀 연습을 구경하러 관람석으로 넘어가거나 버거를 먹으러 인앤아웃으로 몰려가던 지난 생활에서 벗어날 수 있었다. 예전에는 조조스 주서리에서 같이 일하는 동료들과 빈둥거리거나 모닥불 앞에서 춤을 췄다. 늘 두렵지 않은 척했으므로, 누가 부추기면 방파제로 기어올라가기도 했다. 그녀는 그 당시 자신이 얼마나 외로울 틈 없이 살았는지에 깜짝 놀랐다. 하루하루 배턴처럼 이 사람에게서 저 사람에게로, 미적분학 교사에게서 스페인어 교사에게로, 화학 교사에게로, 친구들에게로, 다시 집의 부모에게로 넘겨지는 식이었다. 그러던 어느 날 어머니의 손이 사라지면서 나디아는 바닥으로 쿵 떨어졌다.

나디아는 이제 누구 — 과제를 늦게 제출해도 인내의 미소로 넘어가는 교사들, 자신들의 행복이 나디아에게 모욕이라도 된다는 듯 그녀가 점심을 먹으려고 앉으면 농담을 하다가도 입을 다무는 친구들 — 의 옆에 있는 것도 견딜 수 없었다. AP[1] 행정 수업을 들을 때 토머스 선생이 짝이 필요한 과제를 내자 친구들이 잽싸게 짝을 지어버려, 나디아에게 남은 건 조용하고 친구 없는 여학생 하나뿐이었다. 오브리 에번스라는 아이로, 점심시간이 되면 슬그머니 빠져나가 크리스천 클럽 회의에 갔다. 대학교에 낼 이력서를 채우기 위해서가 아니라(토머스 선생이 누가 입학 지원서를 냈는지 조사했을 때 그 아이는 손을 들지 않았다) 자신의 자유 시간을 교실에서 통조림 기부 행사를 준비하며 보내면 하느님이 다 알아서 해줄 거라고 생각했기 때문이었다. 이야기할 때는 손가락에 낀 알 없는 순결 금반지를 빙빙 돌리는 아이, 어퍼 룸 예배에 늘 혼자 참석하는 아이, 아마도 열심히 일하느라 빛으로 인도될 시간도 없는 철저한 무신론자들의 가난하고 독실한 자녀일 아이, 오브리 에번스. 그들이 처음 만나 과제에 대해 논의한 뒤 오브리가 나디아에게 몸을 바싹 기울이더니 목소리를 낮추어 말했다.

「나도 마음이 아팠다는 말을 하고 싶었어.」그녀가 말

---

1 *Advanced Placement*의 약자로, 대학 교과 과정을 고등학교 때 앞당겨 듣는 것을 말한다. 이하 모든 주는 옮긴이의 주이다.

했다. 「우리 모두 너를 위해 기도하고 있어.」

진심인 것 같았지만 그게 무슨 대수인가? 나디아는 어머니의 장례식 이후로 교회에 가지 않았다. 그 대신 버스를 탔다. 어느 오후에 시내로 가서 핸키팬키 앞에 내렸다. 틀림없이 누군가가 막을 거라고 생각했지만 — 백팩을 메고 있어 심지어 어린아이로 보였다 — 나디아가 머리를 숙이고 안으로 들어갈 때 입구를 지키며 문 근처 스툴에 앉아 있던 남자는 휴대 전화를 보느라 고개도 제대로 들지 않았다. 화요일 3시의 스트립 클럽은 죽은 곳 같았고, 텅 빈 은색 테이블은 무대 조명 아래 흐릿해 보였다. 창문 앞을 가린 검은색 셰이드가 플라스틱 같은 햇빛을 차단했다. 그런 인위적인 어둠 속에서 야구 모자를 깊숙이 눌러쓴 뚱뚱한 백인 남자들이 무대를 바라보며 몸을 숙인 채 의자에 앉아 있었다. 스포트라이트 아래 군살이 늘어진 백인 여자가 가슴을 시계추처럼 흔들며 춤을 추고 있었다.

클럽의 어둠 속에서는 자신의 슬픔과 단둘이 있을 수 있었다. 아버지는 어퍼 룸에 자신을 바쳤다. 일요일 오전에는 두 번의 예배에 모두 참석했고 수요일 밤에는 성경 공부를 하러 갔다. 목요일 밤에는 노래를 부르는 것도 아니면서 아무나 가볼 수 없는 성가대 연습에 참석했는데, 아무도 아버지에게 나가 달라고 말할 용기를 내지 못했다. 아버지는 교회 신자석에 자신의 슬픔을 기대 놓았지만, 나디아는 아무도 볼 수 없는 곳에 자신의 슬픔을 내려놓았다. 바텐더는 그녀의 가짜 신분증을 보고 어깨를 으쓱하더니 알코올음료를 만들어 주었고, 나디아는 어두운 구석에 앉아 럼 앤드 코크를 홀짝이며 여자들의 고단한 몸이 무대에서 빙글빙글 도는 것을 지켜보았다. 마르고 젊은 여자들은 보이지 않았고 ─ 그런 여자들은 클럽 측이 주말과 밤을 위해 남겨 둔다 ─ 죄다 식료품 구입과 아이 키우는 게 고민이고 세월 탓에 살이 늘어지거나 팬 자국이 있는 나이 든 여자들뿐이었다. 어머니라면 나디아가 환한 대낮에 스트립 클럽에 가 있다는 생각만으로도 질겁했겠지만, 나디아는 밍밍한 알코올음료를 천천히 홀짝이며 계속 앉아 있었다. 클럽에 세 번째로 갔을 때 늙은 흑인 남자가 나디아 옆으로 의자를 당겼다. 그는 빨간색 격자무늬 셔츠에 멜빵을 했고 퍼시픽 코스트 베이트 앤드 태클 모자 아래로는 회색 머리칼 뭉치가 삐져나와 있었다.

「뭘 마시니?」 남자가 물었다.

「**아저씨**는 뭘 마시는데요?」 나디아가 물었다.

그가 웃었다. 「안 돼. 이건 어른이나 마시는 거야. 너같은 어린아이한테는 안 되지. 뭔가 달콤한 걸 사줄게. 그래도 괜찮겠지, 응? 너는 단 걸 좋아할 것 같은데.」

그가 싱긋 웃으며 나디아의 허벅지 위로 슬그머니 손을 올렸다. 그녀의 청바지 위에 놓인 그의 검은 손톱이 길게 휘어 있었다. 나디아가 몸을 피하기도 전에 반짝거리는 자홍색 브래지어와 끈 팬티를 입은 40대의 흑인 여자가 테이블에 나타났다. 배에 호랑이 줄무늬처럼 옅은 갈색의 긴 흉터가 있었다.

「이 아인 그냥 둬, 레스터.」 여자가 말했다. 그러고는 나디아에게 말했다. 「가자. 내가 좀 꾸며 줄게.」

「왜 그래, 시시. 그냥 이야기나 하자는 건데.」 나이 든 남자가 말했다.

「제발 좀.」 시시가 말했다. 「저 아이 나이는 당신 손목시계만큼도 안 돼.」

시시가 나디아를 바 뒤쪽으로 데려간 뒤 마시던 남은 음료를 쭉 들이켰다. 그러고는 흰색 코트를 입더니 나디아에게 밖으로 따라 나오라고 손짓했다. 핸키팬키의 밋밋한 윤곽선이 슬레이트 같은 회색 하늘을 배경으로 더욱 음울해 보였다. 건물 저만치 백인 여자 둘이 담배를 피우고 있다가 밖으로 나온 시시와 나디아를 보더니 손을 들어 올렸다. 시시가 느릿느릿 인사를 받아 준 뒤 담배에 불을 붙였다.

「예쁘장하게 생겼네.」 시시가 말했다. 「그거 진짜 네 눈이야? 너 혼혈이니?」

「아니에요.」 나디아가 대답했다. 「그러니까 제 눈은 맞는데 혼혈은 아니라고요.」

「내 보기엔 혼혈 같은데.」 시시가 담배 연기를 옆으로 혹 내뿜었다. 「가출한 거니? 오, 나를 그렇게 보지 마. 신고는 안 해. 너 같은 여자애들이 돈 좀 벌어 보겠다고 시도 때도 없이 여길 찾아오는걸. 법에 어긋나는 일이지만 버니는 신경 안 써. 버니가 너한테 무대 시간을 좀 주면서 네가 뭘 할 수 있는지 볼 거야. 하지만 따뜻한 환영은 기대하지 마. 팁 받겠다고 저 금발 계집애들하고 경쟁하는 것만으로도 충분히 힘드니까. 네 하얀 엉덩이로 본때를 보여 줘.」

「저는 춤추려는 게 아니에요.」 나디아가 말했다.

「음, 네가 뭘 찾는지 모르겠다만 여기선 찾을 수 없을 거야.」 시시가 몸을 더 바싹 기울였다. 「네 눈이 정말 투명하다는 거 아니? 속이 다 들여다보일 것 같아. 그런데 그 안쪽에는 슬픔뿐이구나.」 시시가 주머니를 뒤져 구겨진 지폐 한 움큼을 꺼냈다. 「여긴 네가 있을 곳이 못 돼. 저 아래 팻 찰리스로 가서 뭘 좀 사 먹으렴. 어서 가.」

나디아는 주저했지만, 시시가 나디아의 손에 지폐를 놓곤 손가락을 오므려 주었다. 가출한 척하며 그 일을 할 수도 있었을 것이다. 한편으로 가출한 셈이기도 했다. 아버지는 어디 있다 왔느냐고 절대로 묻지 않았다. 밤중에 집에 돌아오면 아버지는 어두워진 거실에서 리클라이너 소파에 앉아 텔레비전을 보고 있었다. 앞문을 열고 들어오면 아버지는 나디아가 집에 없었던 것도 몰랐다는 듯 늘 놀란 표정을 지었다.

＊

　나디아가 팻 찰리스에서 안쪽 칸막이 자리에 앉아 메뉴를 훑고 있는데, 루크 셰퍼드가 허리에 앞치마를 두르고 불끈한 가슴 근육 위로 팽팽하게 당겨진 검은색 팻 찰리스 티셔츠를 입은 채 주방에서 나왔다. 루크는 주일 학교 때의 기억대로 잘생긴 얼굴이었지만, 이제 남자가 다 되어 황동색 어깨는 넓었고 단단한 턱에는 그루터기처럼 수염이 돋아 있었다. 그리고 지금은 다리를 절었다. 왼쪽을 조금. 하지만 절룩거리는 걸음, 고르지 않은 보폭과 유약한 다리는 그를 향한 나디아의 욕망을 부추길 뿐이었다. 한 달 전에 어머니가 돌아가신 뒤 나디아는 고통을 자신이 할 수 없는 방식으로 즉, 겉으로 드러내는 사람이 있다면 누구에게든 끌렸다. 나디아는 심지어 장례식 때도 울지 않았다. 장례식 후 식사 시간에 나디아에게 얼마나 잘 해냈는지 말해 주는 손님들의 행렬이 이어졌고, 아버지는 그녀의 어깨를 한 팔로 감쌌다. 장례식이 진행되는 동안 아버지는 신자석에 앉아 등을 구부린 채 조용히 어깨를 들썩이며 가만히 울었다. 남자다운 울음이었지만, 그래도 울음은 울음이라 나디아는 처음으로 자기가 아버지보다 더 강할지도 모르겠다고 생각했다.

　가슴속 아픔은 가슴속에 남아 있는 법이다. 숨길 수 없이 드러나는 방식으로 아픈 것은 얼마나 낯선 느낌일까.

루크가 절룩거리며 칸막이 자리로 걸어올 때 나디아는 메뉴 표지를 만지작거리고 있었다. 그녀를 포함한 어퍼 룸 사람들 모두 작년에 앞날이 창창하던 그의 2학년 시즌이 막을 내리는 것을 지켜보았다. 늘 하던 킥 리턴을 하는데 악성 태클이 들어왔고, 그때 다리가 부러져 뼈가 피부를 뚫고 나왔다. 해설자들이 그가 다시 다운을 할 수 있을지는 고사하고 멀쩡하게 걸을 수만 있어도 행운이라고 말했기 때문에 샌디에이고 주립 대학교에서 장학금을 철회했을 때에도 놀란 사람은 아무도 없었다. 나디아는 루크가 병원에서 퇴원한 뒤로 그를 보지 못했었다. 나디아의 마음속에서 루크는 여전히 병원 침대에 누워 천장을 향해 붕대 감긴 다리를 쳐든 채 그에게 반한 간호사들에게 둘러싸여 있는 모습이었다.

「여기서 뭐 해요?」 나디아가 물었다.

「여기서 일하지.」 루크가 말한 뒤 웃었지만, 웃음소리는 의자가 갑자기 바닥을 긁는 소리처럼 거칠게 들렸다. 「어떻게 지냈어?」

루크가 자신을 쳐다보지 않고 수첩만 뒤적거리는 것을 보고, 나디아는 그도 어머니 소식을 들었구나 했다.

「배고파요.」 나디아가 말했다.

「그게 어떻게 지냈는지에 대한 답이야? 배고픈 거?」

「크랩 바이츠 돼요?」

「그건 안 먹는 게 좋을걸.」 루크가 그녀의 손가락을 코

18

팅된 메뉴 아래쪽으로 안내해 나초에 이르게 했다. 「거기. 그걸 먹어 봐.」

루크가 읽는 법을 가르쳐 주듯 나디아의 손을 부드럽게 감싸 쥐고 낯선 글자들 밑에서 그 손가락을 옮겼다. 이틀 뒤 그의 구역에 다시 가서 마가리타를 주문하려고 했을 때에도 그랬듯 나디아는 루크와 있으면 늘 불가능할 정도로 어려지는 기분이 들었다. 그가 나디아의 가짜 신분증을 자신 쪽으로 기울여 쳐다보더니 웃음을 터뜨렸다.

「말해 봐.」 루크가 말했다. 「너 열두 살 아니었어?」

나디아가 눈을 흘겼다. 「치, 웃기지 마요.」 그녀가 말했다. 「열일곱 살이라고요.」

하지만 나디아가 그 말을 너무 자랑스럽게 해 루크는 다시 웃었다. 열여덟 살 — 8월 말에야 그 나이가 될 것이다 — 이라고 해도 그에게는 어린 나이일 터였다. 나디아는 아직 고등학생이었다. 루크는 스물한 살로, 졸업 후 취업 전에 몇 달 빈둥거리면서 다니는 커뮤니티 대학이 아니라 진짜 대학교에 다니고 있었다. 나디아는 대학교 다섯 곳에 지원했고 그 답을 기다리는 중이어서, 루크에게 대학 생활에 대해 궁금한 것을 물어보았다. 기숙사 샤워장은 상상만큼 구역질나게 더러운지, 사생활을 원할 때 정말로 문손잡이에 양말을 꽂아 두는지. 루크는 속옷만 입고 하는 달리기, 거품 파티,[2] 식권을 최대한으로 아

2 기계로 거품을 몇 피트 높이로 뿜어낸 바닥에서 춤추는 파티.

껴 쓰는 요령, 학습 장애가 있는 척해 시험 시간을 더 얻어 내는 방법에 대해 말해 주었다. 루크는 이런저런 것들을 알았고, 여자들, 여대생들, 강의를 들으러 올 때 운동화가 아니라 하이힐을 신고 백팩 대신 가방을 메고 여름에는 돌제 부두에서 주스를 만드는 대신 퀄컴이나 캘리포니아 뱅크 앤드 트러스트에서 인턴으로 일하는 여자들을 알았다. 나디아는 자신이 대학에 가서 그런 세련된 여자들 중 하나가 되는 것을, 그러면 루크가 차를 몰고 자신을 만나러 오는 것을, 혹은 자신이 주(州) 밖으로 가면 루크가 봄방학 때 비행기를 타고 만나러 오는 것을 상상했다. 나디아가 자신의 삶 속에서 그를 어떤 모습으로 그려 봤는지 알면 루크는 웃음을 터뜨릴 것이다. 루크는 종종 나디아를 놀렸는데, 예컨대 나디아가 팻 찰리스에서 숙제를 하기 시작했을 때 그랬다.

「뭐야.」 루크가 나디아의 미적분학 책을 넘겨 보며 말했다. 「재수탱이.」

그녀가 정말로 재수탱이는 아니었지만 나디아는 공부가 쉬웠다. (어머니는 그것으로 나디아를 놀리곤 했다. 나디아가 시험 전날 밤에만 공부하고 최고점을 받아 오면 어머니는 기분 좋겠네, 하고 말하곤 했다.) 자신이 수준 높은 과목을 듣는다는 이유로 루크가 지레 겁먹고 달아날지도 모른다고 생각했지만, 루크는 나디아가 똑똑하다는 사실을 좋아했다. 그는 지나가는 웨이터에게, 여기

이 애 좀 봐요, 최초의 흑인 여성 대통령이 될걸요, 지켜 봐요, 하고 말했다. 흑인 여자는 누구든 조금만 재능을 보여도 이런 말을 들었다. 하지만 루크가 이렇게 자랑하는 것이 듣기 좋았고 공부에 대해 놀리면 더욱 좋았다. 학교에 가면 사람들이 나디아를 피해 다니거나 말 한 마디만 거칠게 해도 부서지는 연약한 존재인 듯 말을 걸었지만 루크는 그러지 않았다.

2월의 어느 밤 루크는 나디아를 집에 데려다주었고, 나디아는 그를 집 안으로 초대했다. 아버지가 주말 동안 남신도 수련회에 갔기 때문에 그들이 들어갔을 때 집 안은 어둡고 조용했다. 루크에게 술을 주고 싶었지만 — 영화에서 보면 여자가 커다란 잔에 짙은 색의 남성적인 뭔가를 채워 남자에게 건네지 않는가 — 술이 없는 수납장 유리에는 달빛만 은은하게 반짝거렸다. 그리고 루크가 나디아를 벽에 밀고 키스했다. 나디아는 처음이라고 말하지 않았지만, 루크는 알았다. 나디아의 침대에서 그는 그녀에게 그만하고 싶은지 세 번 물었다. 그때마다 아니라고 대답했다. 섹스를 하면 아플 테고 나디아가 바란 것이 그것이었다. 나디아는 루크가 자신의 드러난 아픔이 되어 주길 바랐다.

봄이 되자 나디아는 루크가 몇 시에 일을 마치는지, 언제 으슥한 주차장 구석에서 그를 만날 수 있는지, 어디에서 둘만 있을 수 있는지 훤히 알게 되었다. 어느 밤이 비번인지도 알아서, 그런 밤에는 루크의 차가 나디아네 동네로 천천히 들어오는 소리가 나면 발끝걸음으로 닫힌 아버지의 침실 앞을 지나갔다. 루크가 늦게 일하러 가는 날이 언제인지도 알아서, 그런 날에는 아버지가 퇴근하기 전에 몰래 그를 집 안으로 불러들였다. 팁을 더 많이 받을 수 있기 때문에 루크가 팻 찰리스 티셔츠를 한 사이즈 작게 입는 것도 알게 되었다. 그가 별말 없이 침대 모서리에 털썩 앉으면 긴 근무 시간이 다가오는 것이 싫어서라는 것도 알아서, 그럴 때는 나디아 또한 별말 없이 그의 꽉 끼는 티셔츠를 머리 위로 벗겨 그 넓은 어깨를 쓸어 만져 주었다. 하루 종일 서 있는 것이 그가 인정하는 것보다 다리를 더 아프게 만든다는 것도 알아서, 루크가 잠든 사이 나디아는 이따금 무릎까지 올라가는 그 가느다란 흉터를 물끄러미 바라보았다. 뼈는 다른 모든 것과 마찬가지로 더 이상 강하지 않을 때까지만 강했다.

나디아는 또한 팻 찰리스가 점심시간과 해피 아워[3] 사이에 쥐 죽은 듯 고요한 것도 알아서, 임신 테스트 결과가 양성으로 나온 뒤 버스를 타고 그곳으로 가 루크에게 그 사실을 알렸다.

「제길.」 그것이 루크의 첫 마디였다.

---

3 식음료 업장에서 하루 중 저렴한 가격이나 무료로 음료 및 스낵을 제공하는 고객이 붐비지 않는 시간대.

그러고는 〈확실해?〉 하고 말했다.

그러고는 〈정말로 확실한 거야?〉 그렇게.

그러고는 〈제길〉.

텅 빈 팻 찰리스에서, 나디아는 감자튀김에 케첩을 듬뿍 뿌렸고 적셔진 감자튀김은 눅진하고 흐물흐물해질 때까지 그대로 있었다. 물론 확실했다. 확실하지 않았다면 그를 걱정시키지 않았을 것이다. 며칠 동안 나디아는 생리가 시작되기를, 피가 한 방울이라도, 찔끔이라도 묻어 나오기를 바랐지만 팬티는 완벽히 하얬다. 그래서 그날 아침 버스를 타고 타운 외곽 스트립 몰[4] 한복판에 자리 잡은 땅딸막한 회색 건물인 무료 임신 진단 센터로 갔다. 로비로 가니 일렬로 놓은 가짜 식물들에 가려져 거의 모습이 보이지 않는 접수원이 나디아에게 대기실을 가리켰다. 나디아는 자신에게 거의 눈길도 주지 않는 몇 명의 흑인 여자 무리에 합류하여, 자주색 풍선껌을 터뜨리는 통통한 여자와 휴대 전화로 테트리스를 하는 반바지 오버올을 입은 여자 사이에 앉았다. 덜로리스라는 이름의 뚱뚱한 백인 상담사가 나디아를 안쪽 방으로 데려갔고, 그들은 서로 무릎이 닿을 정도로 비좁은 사각의 공간에 끼여 앉았다.

「자, 그러면, 임신이라고 생각할 만한 이유가 있나요?」

4 상점들이 일렬로 늘어서 있고 그 앞에 주차장이 있는 구조의 쇼핑센터.

덜로리스가 물었다.

덜로리스는 양 모양으로 잘라 낸 면을 가득 붙인 오돌토돌한 재질의 스웨터를 입고 있었고, 말할 때 미소를 띤 채 유치원 교사처럼 말끝을 부드럽게 올렸다. 덜로리스는 나디아를 바보 — 콘돔 쓰자는 말도 못 할 만큼 어리석은 또 한 명의 흑인 여자 — 로 여겼을 게 틀림없었다. 하지만 그들은 적어도 대부분의 경우 콘돔을 사용했고, 나디아는 그들의 대체로 안전했던 섹스에 대해 자신이 얼마나 안심했었는지가 어리석게 느껴졌다. 똑똑하게 행동했어야 했다. 실수 한 번이면 자신의 미래가 끝장날 수 있다는 사실을 당연히 알고 있었어야 했다. 나디아는 임신한 여자들을 알았다. 그들은 몸에 붙는 민소매 티셔츠에 배를 감싸 주는 운동복 셔츠를 입고 학교를 뒤뚱뒤뚱 돌아다녔다. 그들을 그렇게 만든 남자들 — 그들의 이름은 소문만큼 모호했고 신비에 감싸여 있었다 — 은 결코 본 적이 없었지만 그녀 앞에서 꽃이 피듯 커져 가는 여자들은 보지 않을 수 없었다. 나디아는 누구보다 더 잘 알았어야 했다. 그녀 자신이 어머니의 실수였으니까.

칸막이 자리 안 맞은편에서 루크가 시합 때 사이드라인에서 하던 것처럼 테이블 위로 허리를 굽혀 손가락을 풀었다. 나디아는 고등학교 1학년 때 경기장에 가면 경기하는 팀보다 루크를 구경하는 데 더 많은 시간을 보냈다. 저 손이 나를 만지면 어떤 느낌일까?

「네가 배고플 거라고 생각했어.」 루크가 말했다.

나디아는 수북이 쌓아 놓은 감자튀김 위에 또 한 개를 올렸다. 하루 종일 아무것도 먹지 못했다. 토하기 전처럼 입 안에서 짠맛이 나는 것 같았다. 플립플롭을 벗고 루크의 허벅지에 맨발을 올렸다.

「기분이 엿 같아.」 나디아가 말했다.

「다른 걸 먹을래?」

「모르겠어.」

루크가 테이블을 짚으며 일어섰다. 「다른 걸 갖다줄게 —」

「그럴 순 없어.」 나디아가 말했다.

루크가 의자에서 일어서다 말고 멈췄다.

「뭘 말이야?」 그가 말했다.

「아기를 낳을 순 없다고.」 그녀가 말했다. 「내가 누군가의 빌어먹을 엄마가 될 수는 없어. 나는 대학에 갈 거고 우리 아버지는 —」

나디아는 자신이 원하는 것을 차마 소리 내어 말할 수 없었지만 — 낙태라는 단어는 추하고 기계적으로 느껴졌다 — 루크는 알아들었다. 그러지 않았겠는가? 미시간대학교로부터 입학 허가 이메일을 받았을 때 나디아가 맨 처음 그 소식을 알린 사람이 루크였다. 그는 나디아가 말을 끝내기도 전에 그녀를 확 끌어당겨 으스러질 정도로 꼭 안아 주었다. 루크는 집을 떠날 수 있는 이 한 번의 기회를 날려 버릴 수 없는 나디아의 마음을 이해할 수밖에 없었다. 나디아가 이메일을 보여 주었을 때 미소가 눈가에 이르지도 않았던 아버지, 그녀가 가버리면, 자신이 무엇을 잃었는지 일깨워 주는 나디아가 옆에 없으면 더 행복해할 게 분명한 아버지, 그런 아버지를 떠날 기회. 달아날 기회가 이제 막 주어진 이 시점에 이 아기 때문에 그녀의 인생을 이곳에 묶어 버릴 수는 없었다.

그것을 이해했더라도 루크는 말하지 않았다. 처음에 그는 아무 말 없다가, 몸이 갑자기 느려지고 무거워지는 것 같더니, 칸막이 안 의자에 그대로 주저앉았다. 그 순간 수염이 자란 루크의 얼굴이 고단하고 초췌해 보여 나디아는 그가 훨씬 더 나이 든 것처럼 느껴졌다. 루크가 그녀의 맨발을 자기 무릎에 올리고 감싸 잡았다.

「알았어.」 루크가 말했고, 이어 더 부드럽게 말했다. 「알았어, 내가 뭘 어떻게 하면 되는지 말해 줘.」

루크는 나디아의 마음을 바꾸려고 하지 않았다. 그것이 고마웠지만, 한편으로 루크가 구식의 낭만적인 뭔가를, 예컨대 결혼하자는 말을 해주기를 바라는 마음도 있었다. 절대 수락하지 않았겠지만 그렇게 해줬다면 좋았을 것이다. 그는 그러는 대신 돈이 얼마나 필요한지 물었다. 나디아는 자신이 바보같이 느껴졌고 — 수술비를 내야 한다는 현실적인 문제는 생각조차 해보지 않았던 것이다 — 루크는 그 돈을 마련하겠다고 약속했다. 다음 날 루크가 봉투를 내밀었을 때, 나디아는 병원에서 수술하는 동안 기다리지 말아 달라고 부탁했다. 그가 그녀의 목덜미를 어루만졌다.

「진심이야?」 루크가 물었다.

「응.」 나디아가 대답했다. 「끝난 뒤에 데려가는 것만 해줘.」

관객이 있다면 기분이 더 안 좋을 것 같았다. 더 마음 약해질 것이다. 루크는 나디아의 벗은 몸을 본 사람이지만 ― 그녀의 몸 안으로 밀고 들어왔었다 ― 어쨌거나 그가 자신의 겁먹은 모습을 본다는 것은 그녀로서는 참기 어려운 친밀함이었다.

예약한 날 아침 나디아는 버스를 타고 시내에 있는 중절 클리닉에 갔다. 그 앞을 지나간 것이 수십 번은 됐겠지만 ― 뱅크 오브 아메리카의 그늘 속에 슬쩍 들어앉은 특징 없는 황갈색 건물이었다 ― 내부가 어떤 모습일지 상상해 본 적은 없었다. 버스가 길을 휘감아 돌며 해변으로 향할 때 나디아는 차창 밖을 내다보며 청결한 흰 벽, 쟁반에 놓인 날카로운 도구, 우는 여자들을 대기실로 보내는 헐렁한 스웨터 차림의 뚱뚱한 접수원을 그려 보았다. 하지만 직접 보니 로비는 개방된 밝은 공간이었고, 벽은 두더지색이나 오커색 같은 그럴싸한 이름이 붙은 크림색으로 칠해져 있었으며, 오크나무 테이블에는 쌓아 놓은 잡지 옆으로 조개껍데기를 가득 넣은 파란색 꽃병들이 놓여 있었다. 나디아는 문에서 가장 멀리 떨어진 의자에 앉아 『내셔널 지오그래픽』을 읽는 척했다. 그녀 옆에는 빨간 머리 여자가 십자 낱말 풀이와 씨름하면서 뭐라고 중얼거렸고, 그 여자의 남자 친구가 그 옆에서 구부정한 자세로 휴대 전화를 내려다보고 있었다. 그는 좋은 남자 친구 같지 않았고 루크가 해줬을 것처럼 그 여자에게 말을 걸거나 손을 잡아 주지도 않았지만, 이 방에 있는 유일한 남자여서 빨간 머리는 아마도 그가 와 있다는 이유로 더 우월감을 — 더 사랑받는다고 — 느끼는 것 같았다. 대기실 저쪽에는 몸에 꼭 붙는 노란 드레스를 입은 흑인 소녀가 청재킷 소매에 얼굴을 묻고 훌쩍거리고 있었다. 소녀의 어머니인 팔에 자주색 장미 문신이 되어 있는 덩치 큰 여자가 가슴 앞에서 팔짱을 낀 채 소녀 옆에 앉아 있었다. 화난 표정이었지만 그저 걱정하는 것일 테다. 소녀는 열네 살로 보였는데, 더 시끄럽게 훌쩍거릴수록 사람들 모두 더 외면하려 애쓰는 것 같았다.

나디아는 루크에게 문자를 보내 볼까 생각했다. **여기 왔어. 난 괜찮아.** 하지만 그는 방금 근무를 시작했을 것이고, 이런 상황인 만큼 아마도 충분히 걱정하고 있을 터였다. 그녀의 시선은 천천히 잡지를 넘겨 보다 말고 페이지를 비껴 종종 헤드폰을 낀 채 웃고 있는 금발 접수원에게로, 바깥의 차들로, 그녀 옆 조개껍데기가 담긴 푸른색 꽃병으로 향했다. 어머니는 해변은 싫어했지만 — 지저 분하고 어디에나 담배꽁초가 있다는 이유로 — 조개껍데 기는 좋아해서, 해변에 가면 늘 해안선을 따라 천천히 걸 으며 허리를 굽혀 축축한 모래에서 조개껍데기를 주워 올렸다.

「이걸 보면 마음이 차분해져.」 한번은 어머니가 말했 다. 그러고는 나디아를 무릎에 앉혀 꼭 안은 채 조개껍데 기를 조심스럽게 뒤집었다. 그러자 반짝거리는 안쪽에서 빛이 흘러나왔다. 어머니의 손에 쥐인 조개껍데기가 라 벤더색과 녹색으로 은은하게 반짝거렸다.

「터너?」

입구에서 머리가 희끗하게 세어 가는 레게 머리 흑인 간호사가 금속 클립보드를 내려다보며 그녀의 이름을 불 렀다. 나디아가 가방을 챙겨 드는데 자신을 훑어보는 간 호사의 눈길이 느껴졌다. 나디아의 빨간 블라우스로, 스 키니 진으로, 이어 검은 펌프스로.

「더 편한 옷을 입고 왔어야지.」 간호사가 말했다.

「편해요.」 나디아가 말했다. 다시 열세 살로 돌아가 교 감실 안에 선 채 어떤 옷을 입어야 하는지에 대한 훈계를 듣는 기분이었다.

「운동복 바지 같은 것 말이야.」 간호사가 말했다. 「네 가 여기로 전화했을 때 누군가가 알려 줬어야 했는데.」

「알려 줬어요.」

간호사가 고개를 가로저으며 다시 복도를 걸어가기 시작했다. 분홍색 간호사복 차림에 운동화를 신고 끽끽 신발 소리를 내며 복도를 걸어가는 발랄한 백인 간호사들과는 달리 그녀는 고단해 보였다. 온갖 경험을 다 해서 더는 놀랄 일이 없다는 듯, 멍청한 옷을 입고 건방진 말투를 쓰고 대기실에서 같이 기다려 줄 사람도 없을 만큼 몹시 외로운 소녀에 대해서도 마찬가지라는 듯. 아니, 이런 소녀가 특별할 것은 전혀 없었다. 좋은 성적도, 예쁜 얼굴도 마찬가지다. 그저 곤경에 빠져 출구를 찾는 또 한 명의 흑인 여자일 뿐인 것이다.

초음파 검사실의 방사선사가 나디아에게 화면을 보겠느냐고 물었다. 그는 선택 사항이라고 말했지만, 어떤 여자들의 인생은 그것을 보는 순간 끝났다. 나디아는 보지 않겠다고 말했다. 그녀는 자기가 다니는 고등학교의 열여섯 살 소녀가 아기를 낳고 해변에 버린 이야기를 들은 적 있었다. 소녀는 가던 길을 되돌아가 경찰에게 아기를 봤다고 말했고, 소녀가 엄마인 것을 알아낸 경찰이 그녀를 체포했다. 어떻게 알아냈을까, 나디아는 늘 그것이 궁금했다. 어쩌면 경찰은 순찰차가 쏟아내는 불빛에 허벅지 안쪽에서 흘러내리는 핏자국을 보았거나 혹 젖꼭지에 묻어 나온 젖 냄새를 맡았을 것이다. 아니면 완전히 다른 뭔가 때문이었을 것이다. 아기를 건네는 부드러운 방식이라든가 그 솜털 같은 머리칼에서 모래를 털어 낼 때 소녀의 눈동자에 비친 조심스러움 같은 것. 아니면 심지어 경찰이 돌아서서 가려는 순간 그녀와 버려진 아기 사이를 잇는 금색 실 같은 모성애가 보였는지 몰랐다. 그 뭔가 때문에 소녀의 정체가 밝혀졌겠지만 나디아는 그런 실수를 하지 않을 것이다. 가던 길을 되돌아가는 실수. 머뭇거리다 아기를 사랑해 버리지 않을 것이고, 그 아기 — 남자 아기 — 를 알려고 하지도 않을 것이다.

「그냥 어서 하세요.」나디아가 말했다.

「쌍둥이면요?」방사선사가 앉은 스툴을 빙그르르 회전시켜 나디아를 쳐다보며 말했다. 「그러니까 쌍둥이, 세쌍둥이…….」

「제가 그걸 왜 알아야 해요?」

방사선사가 어깨를 으쓱했다. 「어떤 여자들은 알고 싶어 해요.」

나디아는 이미 아기에 대해 너무 많은 것을 알고 있었는데, 예컨대 아기가 남자아이라는 사실 같은 것 말이다. 진짜로 그렇다고 말하기에는 너무 일렀지만, 몸에서 이질적인 것이 느껴졌다. 그녀이면서 그녀가 아닌 느낌. 남자가 존재하는 느낌. 루크처럼 숱 많은 곱슬머리에 가느스름히 눈웃음을 치는 남자아이. 아니, 그런 생각도 하면 안 된다. 루크 때문에 그 아기를 사랑하게 되어서도 안 된다. 그래서 방사선사가 그녀의 배에 푸른색 젤을 바르고 센서를 빙빙 돌리며 문지를 때 나디아는 고개를 돌려

버렸다.

　잠시 뒤 방사선사가 그녀의 배꼽 위에 센서를 댄 채 동작을 멈추었다.

　「허.」그가 말했다.

　「왜요?」그녀가 말했다.「뭔데요?」

　어쩌면 나디아는 지금 임신 상태가 아닌지도 모른다. 그런 일이 일어날 수도 있다. 안 그런가? 검사 결과가 잘못되었거나 혹은 아기 스스로가 자신이 원하는 존재가 아니라고 느낀 것이다. 아기 스스로 포기해 버렸을 수도 있었다. 나디아는 저항하지 못하고 — 모니터로 고개를 돌렸다. 화면에는 입자 거친 하얀 빛이 쐐기 모양으로 채워져 있고 그 한복판에 검은 타원이 있었는데 그 안에 하얀 얼룩 같은 것 하나가 구두점처럼 박혀 있었다.

　「자궁이 완벽한 구 모양이네요.」방사선사가 말했다.

　「그래서요? 그게 어떻다는 말이에요?」

　「잘 모르지만.」그가 말했다.「어쩌면 당신이 슈퍼히어로인지도 모르겠네요.」

　방사선사가 젤 바른 부위를 센서로 둥글게 문지르며 킥 웃었다. 나디아는 초음파 사진에서 뭘 봐야 하는지 알 수 없었다. 기울어진 이마를 보라는 건지, 복부의 윤곽선을 보라는 건지. 이것, 엄지로 가려질 만큼 작고 하얀 콩 모양의 이것은 아닐 것이다. 이 작은 빛이 어떻게 생명일 수 있는가? 이 작은 것이 어떻게 그녀의 인생을 끝장낼 수 있는가?

나디아가 대기실로 돌아가니 청재킷을 입은 소녀가
흐느껴 울고 있었다. 아무도 그쪽을 쳐다보지 않았고, 이
제 한 의자 건너 앉은 체격 큰 여자조차 쳐다보지 않았다.
엄마라면 우는 아이에게 더 다가가지 멀어지지 않는다.
나디아의 엄마였다면 나디아를 안고 자신의 몸속에 눈물
을 받아 주었을 것이다. 가만가만 흔들어 주고 간호사가
나디아의 이름을 다시 부를 때까지 놓아 주지 않았을 것
이다. 하지만 그 여자는 손을 뻗어 울고 있는 아이의 허
벅지를 꼬집었다.

「그걸 싹 없애야 해.」여자가 말했다.「어른이 되고 싶
었니? 그래, 이제 어른이 됐구나.」

수술은 10분이면 끝난다고, 그 레게 머리 간호사가 나
디아에게 말해 주었다. 텔레비전 프로그램 1화만큼도 길
지 않다고.

냉기가 도는 수술실에서 나디아는 앞에 걸려 있는 모
니터로 지구상의 해변을 보여 주는 플래시 화면을 바라
보았다. 머리 위로 스피커에서는 CD로 튼 명상 음악이
흘러나와 — 부서지는 파도 소리를 배경음으로 클래식
기타 소리가 들렸다 — 나디아는 자신이 어느 열대 섬의
하얀 모래 알갱이에 드러누워 있는 척해야 한다는 것을
알았다. 하지만 간호사가 얼굴에 마취용 마스크를 대고

100까지 세라고 했을 때 나디아는 모래밭에 아기를 버린 그 소녀 생각만 났다. 어쩌면 키울 수 없는 아기를 버리는 데 더 자연스러운 장소는 해변일 것이다. 모래밭에 아늑하게 아기를 내려놓고 누군가가 발견하기를 바라는 것이다. 밤 산책을 나온 노부부가 발견할 수도 있고, 맥주 박스 위로 손전등을 휙휙 비추며 순찰을 도는 경찰이 발견할 수도 있다. 하지만 그들에게 발견되지 않으면, 아무에게도 발견되지 않으면, 아기는 그의 최초의 집으로, 그녀 안에 있는 그것과 같은 바다로 돌아가게 된다. 해안으로 밀려와 부서지는 파도가 제 팔로 아기를 감싸 안고 가만가만 얼러 다시 잠 속으로 데려갈 것이다.

수술이 끝난 뒤 그녀를 데려가기로 한 루크가 나타나지 않았다.

그에게 전화하고 한 시간이 지났을 때 회복실에서 기다리는 여자는 나디아뿐이었다. 푹신한 분홍색 리클라이너 소파에 웅크리고 경련하는 배에 댄 뜨거운 패드를 움켜쥔 채. 그 한 시간 동안 나디아는 어두침침한 회복실 안을 응시했고, 다른 여자들의 얼굴을 알아볼 수는 없었지만 그들도 나디아처럼 무표정할 거라고 상상했다. 어쩌면 노란 드레스를 입은 소녀는 안락의자 팔걸이에 얼굴을 묻은 채 울고 있었을 것이다. 빨간 머리 여자는 십자 낱말 풀이를 계속했을 것이다. 빨간 머리 여자는 이

과정을 전에도 겪었거나, 이미 아이들이 있어 한 명 더 감당할 수 없는 건지도 몰랐다. 이미 배가 부르면 두 번째 접시를 정중히 사양할 수 있는 것처럼, 이미 아이들이 있다면 그러는 것이 더 쉬울까?

다른 여자들이 다 떠난 뒤 나디아는 루크에게 세 번째로 전화를 걸려고 휴대 전화를 꺼냈다. 그 순간 레게 머리 간호사가 나디아 쪽으로 철제 의자를 끌어왔다. 크래커가 담긴 종이 접시와 사과주스 팩을 들고 있었다.

「경련 때문에 한동안 아플 거야.」 간호사가 말했다. 「뜨거운 걸 대고 있으면 경련은 사라져. 집에 온열 패드 있지?」

「아니요.」

「그럼 수건을 데워 써. 효과는 마찬가지야.」

나디아는 다른 간호사가 자신을 담당하기를 바랐었다. 다른 간호사들이 방 안을 씩씩하게 돌아다니면서 미소를 지어 주거나 손을 꼭 잡아 주는 등 그들이 맡은 여자들을 살뜰히 보살피는 것을 지켜보았다. 하지만 레게 머리 간호사는 나디아 앞에 내민 접시를 흔들 뿐이었다.

「배고프지 않아요.」 나디아가 말했다.

「먹어야 해. 먹을 때까지 못 보내 줘.」

나디아가 한숨을 쉬며 크래커 하나를 집었다. 루크는 어디에 있지? 나디아는 주름살 많고 한결같은 시선을 보내는 이 간호사가 지긋지긋했다. 자신의 침대에 누워 포근히 이불을 덮고 루크의 가슴에 머리를 기대고 싶었다. 그가 수프를 만들어 주고 그녀가 잠들 때까지 노트북으로 영화를 보여 줄 것이다. 키스를 해준 뒤 용감했다고 말해 줄 것이다. 간호사가 꼰 다리를 풀었다가 다시 꼬았다.

「친구는 아직 연락 없어?」그녀가 물었다.

「아직요. 하지만 올 거예요.」나디아가 말했다.

「연락할 만한 다른 사람은 없고?」

「다른 사람은 필요 없어요. 그가 올 거예요.」

「그는 오지 않아, 아가.」간호사가 말했다.「연락할 만한 다른 사람이 있니?」

나디아는 루크가 나타나지 않을 거라는 간호사의 확신에 깜짝 놀라 흘끗 고개를 들었지만 **아가**라는 단어를 쓴 것에 더욱 놀랐다. 혀끝에서 굴러 나온 듯 면처럼 부드러운 **아가**라는 단어에 간호사 자신도 깜짝 놀란 듯했다. 수술이 끝난 뒤 나디아가 정신이 혼미한 상태에서 간호사의 흐릿한 얼굴을 바라보며 더없이 다정하게 〈엄마?〉 하고 불렀을 때 간호사가 거의 응, 하고 대답할 뻔했던 그 순간처럼.

둘

나디아 터너가 물어봤다면 우리는 그를 멀리하라고 경고했을 것이다.

사람들이 목사의 자식들에 대해 뭐라고 말하는지 당신도 알 것이다. 주일 학교에 오면 그들은 예배당 안을 뛰어다니고 소리를 지르고 신자석에 크레용을 칠한다. 중학교에 가면 목사의 아들은 여자아이들을 쫓아다니면서 드레스 자락을 들치고, 그 아들의 누이는 화사한 립스틱을 발라 매춘부처럼 보인다. 고등학생이 되면 아들은 교회 주차장에서 마리화나를 피우고, 딸은 화장실에서 집사 아들의 더듬거리는 손에 몸을 내주어, 엄마가 숙녀는 교회에서 맨다리를 드러내서는 안 된다고 억지로 입힌 팬티스타킹이 집사 아들의 손에 의해 슬며시 내려진다.

루크 셰퍼드, 고슬고슬 내려오는 머리칼과 풋볼로 만들어진 어깨에 가느스름히 눈웃음을 치고 겁 없고 무모한 남자. 오, 우리 중 누구라도 그를 멀리하라고 말해 줄 수 있었을 것이다. 물론 나디아는 들으려고 하지 않았겠지만. 어쨌거나 교회 어머니들[5]이 뭘 알겠는가? 둘이 같이 잠을 잘 때 그가 그녀의 손을 어떻게 잡아 주었는지, 서로 안고 있을 때 그가 그녀의 머리칼을 어떻게 만지작거렸는지, 임신 진단 결과를 알렸을 때 그가 그녀의 맨발을 무릎에 올리고 어떻게 감싸 잡아 주었는지. 밤새 당신 손에 손깍지를 끼고 있으려면, 당신이 슬퍼할 때 당신 발을 잡아 줄 수 있으려면 그 남자는 적어도 조금은 당신을 사랑해야 한다. 게다가 늙은 여자들이 뭘 알았겠는가?

우리는 그럴 수만 있다면, 나디아에게 알려 줄 것이 다 합쳐 몇 세기만큼은 되었다. 우리의 모든 인생을 처음부터 끝까지 쭉 펼쳐 놓으면, 우리가 태어난 것은 세계 대공황 이전, 미국 남북 전쟁 이전, 심지어 미국 탄생 이전이었다. 그 모든 생에서 우리는 남자들을 겪었다. 오, 여자여, 우리는 조금의 사랑을 경험했다. 허기를 가려 줄 시간만큼만 입 안에 머물며 달콤함의 덫을 놓는, 빈 병에 남은 그 조금의 벌꿀 같은 사랑. 우리는 그 마지막의 조금을 가능한 한 오래 음미하기 위해 혀로 이를 훑지만, 우리의 모든 생에서 그것만큼 굶주림을 더 부추긴 것은

---

5 아프리카계 미국인 교회에서 깊은 신앙심과 지혜를 가지고 핵심적인 교회 일원으로서 신자들 사이에서 다양한 역할을 하는 여자들을 교회 어머니라고 부른다.

없었다.

나디아 터너가 병원에 가기 10년 전에 우리는 이미 시
내의 낙태 클리닉에 가보았다. 처음이었다. 오, 당신이
생각하는 그런 이유는 아니었다. 클리닉이 들어섰을 무
렵이라면 원치 않는 아기건 그 반대의 경우건 우리는 아
기를 낳는다는 생각에 사라[6]처럼 웃었을 것이다. 게다가
그때 우리 중 누구는 가슴으로, 누구는 자궁으로 이미 어
머니들이었다. 우리는 보살펴야 하는 손주 아기들을 가
만가만 얼러 주고 이웃 아이들에게 피아노를 가르쳐 주
고 바깥출입을 못하는 환자들에게 파이를 구워 갖다주었
다. 우리 모두 누군가의 어머니들인 것은 물론이고 또한
어퍼 룸 교회의 어머니들이었다. 그래서 교회가 전면에
서 시위를 시작했을 때 우리도 참가했다. 어퍼 룸이 뭔가
가 싫다고 소소한 모든 것에 일일이 트집을 잡고 법석을
떠는 그런 교회라는 말이 아니다. 어퍼 룸은 R등급 영화
에 주먹을 흔들지도, 오로지 폐기를 목적으로 랩 CD를
한아름 사들이지도, 주에서 지정한 금서 목록이 현행대
로 오래도록 유지되어야 한다는 약속을 받아내려고 새크
라멘토[7]에 편지를 써 보내지도 않았다. 사실 교회가 시위

---

6 아브라함의 아내로, 사라는 아이를 낳지 못할 거라고 여겨지는
나이에 이삭을 낳았는데, 그 예언을 들었을 때 사라는 속으로 웃었다.
7 캘리포니아의 주도

를 한 것은 지난 1970년대 오션사이드에 스트립 클럽이 최초로 세워진 그때 한 번뿐이었다. 아이들이 수영하고 뛰노는 해변에서 얼마 떨어지지 않은 곳에 스트립 클럽이라니. 다음은 뭐지, 부두에 매춘업소인가? 차라리 항구를 홍등가로 바꾸지? 핸키 팬키가 문을 열었을 때 그곳이 지역 사회의 병폐가 되긴 했지만, 새로 들어선 낙태 클리닉이 그보다 훨씬 심각한 문제라는 데에는 모두가 동의했다. 그것은 정말로 시대의 징후였다. 낙태 클리닉이 도넛가게처럼 쉽게 시내에 들어서다니.

그래서 시위가 있던 날 아침, 사람들은 아직 세워지지 않은 클리닉 앞에 모였다. 차 없는 사람들을 교회 밴에 태워온 세컨드 존도, 주일 학교 학생들에게 시위용 팻말에 색칠을 하도록 지도한 시스터 윌리스도, 심지어 어퍼룸에서 피아노 의자에서 일어나 나오는 것 말고는 거의 아무것도 하지 않는 매그덜리나 프라이스도 그녀 말로 이 소동이 다 뭔지 알아보기 위해 시위 현장으로 나왔다. 목사가 무고한 이들의 영혼을 위해 기도하는 동안 우리 모두는 목사와 그 부인과 아들 — 당시 흙덩이를 보도 위로 차올리는 어린 소년이었다 — 을 빙 둘러 에워쌌다.

우리의 시위는 사흘 동안만 지속되었다. (우리의 믿음이 흔들려서가 아니라, 우리에게 가담한 열혈 분자들, 훗날 클리닉에 폭탄을 던지고 의사들을 칼로 찔러 결국 뉴스에 등장하는 광적인 백인들 때문이었다. 한 명이 분노를 터뜨리며 극단적인 태도를 보이자 시위 현장은 우리 중 누구도 가고 싶어 하지 않는 곳이 되었다.) 로버트 터너는 그 사흘 내내 교회에서 새 팻말을 실어 나르느라 오전 6시에 시내로 차를 몰았다. 로버트는 자신과 아내는 시위에 나가는 성향이 아니지만 적어도 트럭으로 팻말을 실어 나르는 일은 할 수 있을 거라고 목사에게 말했다.

이 일이 있었던 것은 로버트가 어퍼 룸에서 트럭 모는 남자로 알려지기 10년 전이었다. 짐칸에 음식 바구니나 기증된 옷이나 철제 의자를 잔뜩 실은 채 팔을 차창 밖으로 내밀고 교회에서 나오는 로버트의 모습이 자주 목격되면서 그 검은 셰비 픽업트럭은 어퍼 룸의 트럭이 되었다. 물론 그가 트럭을 가진 유일한 사람은 아니지만 언제라도 자기 트럭을 기꺼이 내줄 용의가 있는 유일한 사람이었다. 로버트는 전화기 옆에 달력을 두고 어퍼 룸의 누군가가 전화를 걸어 올 때마다 작은 골프 연필[8]로 일정을 꼼꼼히 기록했다. 그는 자기보다 트럭이 더 많은 메시지를 받자 자동 응답기 인사말에 트럭에 대한 것도 추가해야겠다고 농담했다. 농담이었지만 로버트는 정말로 그런 것인지, 즉 자신이 피크닉이나 포트럭 파티에 초대되는 이유가 정말로 오로지 트럭 때문인지, 진짜 손님은 자기가 아니라 스피커나 테이블이나 접이의자를 실어 나르는 트럭인지 궁금했다. 하지만 그가 트럭에 붙어 온다고 해

8　짧게 제조된 연필로 8cm 정도의 길이이다.

서 신경 쓰는 사람은 없었다. 그 이유가 아니라면 로버트가 매주 일요일 어퍼 룸에 들어설 때 따뜻한 환영을 받을 이유가 또 뭐가 있겠는가? 교회 안내자들은 로버트의 등을 톡톡 두드렸고, 환영 테이블에 앉은 여자들은 그를 향해 웃어 주었다. 한번은 목사가 지나가다가 로버트를 보고는 맡은 일을 훌륭히 해내니 언젠가 장로가 되어도 놀라지 않을 거라고 말했다.

로버트는 트럭 덕분에 상황이 좋아졌다고 믿었다. 또한 그에게는 딸이 있었다. 사람들은 혼자 아이를, 특히 딸을 키우는 아버지에게 늘 다정했고, 로버트의 아내에게 그 끔찍한 일이 일어나지 않았다 하더라도, 그의 아내가 그냥 가방을 싸서 떠난 것이라 하더라도 — 일부 사람들에게는 그렇게 여겨졌다 — 사람들은 로버트를 보살펴 주었을 것이었다.

그날 저녁 아버지가 차고 안에 트럭을 댈 때 나디아는 침대 위에 웅크린 채 뒤틀리는 배를 움켜잡고 있었다. 「경련이 심할 거야.」레게 머리 간호사가 말했었다. 「몇 시간 계속될 거라고 예상하면 돼. 많이 심하면 구급차를 불러.」 간호사는 심한 경련과 많이 심한 경련의 차이를 설명해 주지 않았지만 나디아에게 도시락 봉지처럼 위쪽을 말아 접은 흰 봉지를 건넸다. 「아프면 먹어. 네 시간마다 두 알씩.」클리닉의 자원봉사자가 나디아를 집까지 태워 주겠다고 나섰다. 백인 여자의 먼지투성이 센트라에 올라타면서 나디아는 그들이 떠나는 것을 지켜보는 간호사를 차창 밖으로 흘끗 보았다. 자원봉사자 ─ 20대로 보이는 진지한 금발 여자 ─ 는 데려다주는 내내 라디오 다이얼을 만지작거리며 불안하게 지껄였다. 그녀는 캘리포니아 주립 샌마코스 대학교 3학년인데, 여성학 전공이라 그 일환으로 클리닉 자원봉사를 한다고 했다. 대학에서 여성학 같은 것을 전공하면서도 여전히 진지한 연애 상대가 되기를 기대하는 그런 여자로 보였다. 그녀가 나디아에게 대학에 갈 계획인지 물었고 나디아의 대답에 놀라는 눈치였다. 「오, 미시간 좋은 학교죠.」 그녀는 나디아가 그 사실을 모르고 있다는 듯 말했다.

그것이 두 시간 전의 일이었다. 나디아는 눈을 꼭 감았고, 통증은 이제 그 차가운 중심을 통과해 따뜻한 가장자리로 옮겨갔다. 기다려야 한다는 것을 알았지만 또 한 알 먹고 싶었다. 하지만 차고 문이 덜컹덜컹 열리는 소리가 들리자, 흰색 봉지에 오렌지색 약병을 넣고 그 전부를 침대 옆 협탁 서랍 안에 넣었다. 조금만 수상해도 아버지가 눈치를 챌 것이다. 아무런 설명이 적혀 있지 않은 그 봉지만 보여도. 나디아는 임신 사실을 알았을 때부터 아버지가 낌새를 챌 거라고 확신했다. 학교에서 좋지 않은 하루를 보내고 차에 타면 어머니는 금세 알아차렸다. 무슨 일 있었니? 어머니는 나디아가 인사도 하기 전에 물었다.

아버지는 그다지 잘 감지하는 편은 아니었으나 임신은 학교에서 좋지 않은 하루를 보낸 정도가 아니었다. 그녀가 겁에 질린 상태인 것을 알아차렸어야 했다. 그랬어야 마땅했다. 나디아도 지금까지는 아버지가 그러지 않은 것이 감사했지만, 당신이 다른 몸이 되어 집에 돌아왔는데, 당신 몸 안에서 큰 일이 일어나고 있는데 그것을 알고 있는 사람이 아무도 없다면 어떻겠는가. 그건 무서운 일이었다.

아버지가 그녀의 침실 문을 세 번 두드린 뒤 빠끔 열었다. 오늘은 카키색 군복을 입고 있었는데, 날카롭게 세운 주름과 가슴 앞에 대각선으로 줄줄이 달린 배지가 어찌나 자연스럽게 잘 어울리는지 군복이 두 번째 피부라도 되는 것 같았다. 친구들은 나디아의 아버지가 해병대원이라는 사실을 알면 놀라곤 했다. 아버지는 그들이 자랄 때 타운에서 보곤 했던 우쭐거리고 몸 자랑을 하고 리걸 영화관 앞에서 거친 장난을 하고 지나가는 여자들에게 수작을 거는 남자들과는 달랐다. 젊었을 때는 그랬을지 모르지만 나디아는 그런 아버지를 상상할 수 없었다. 엉덩이를 붙이고 앉아 늘 귀를 쫑긋 세우고 있는 경비견처럼 아버지는 한 번도 느긋이 쉬어 본 적 없는 조용하고 진지하고 키 크고 강단 있는 남자 같았다. 아버지가 반짝반짝 빛나는 검은 부츠의 끈을 풀려고 나디아의 방 안쪽으로 허리를 굽혔다.

「좋아 보이지 않는구나.」 아버지가 말했다. 「어디 아
프니?」

「경련 때문에요.」 나디아가 말했다.

「오. 네…….」 아버지가 자신의 배를 가리켰다. 「필요
한 게 있니?」

「아니요.」 그녀가 말했다. 「아, 저기요. 나중에 트럭 써
도 돼요?」

「무슨 일로?」

「드라이브 좀 하려고요.」

「어디 가느냐고 묻는 거야.」

「아빠 그럴 자격 없어요.」

「무슨 자격?」

「제가 어디 가는지 물어볼 자격요. 저 열여덟 살 다 됐
어요.」

「네가 내 트럭을 몰고 어디로 가는지도 물어보면 안
된다는 거니?」

「제가 그걸 몰고 어디로 갈 것 같아서요?」 나디아가 물
었다. 「국경에?」

아버지는 소중한 트럭을 빌려 쓰겠다고 할 때를 제외
하면 나디아가 어디에 가는지 전혀 관심이 없었다. 그는
저녁이 되면 진입로에 세운 트럭 주변을 돌면서 빨간색
벨벳 사각 스펀지를 왁스 통에 적셔 도장된 차체가 유리
처럼 반짝거릴 때까지 닦았다. 그리고 어퍼 룸 사람 누가

전화를 걸어 부탁해 오면 늘 문 밖으로 뛰다시피 나가, 해달라는 것 많고 사랑을 요구하는 외자식이라도 된다는 듯 트럭으로 달려갔다. 아버지가 희끗하게 세어 가는 머리칼을 손으로 쓸어 넘기며 한숨을 쉬었다. 아버지의 머리칼은 나디아가 두 주마다 한 번씩 이발해 주었는데, 어머니가 하던 대로 아버지가 뒷마당에 나가 목에 수건을 두르고 앉으면 나디아의 손이 이발기를 이리저리 밀었다. 아버지를 가깝게 느끼는 유일한 순간이 머리칼을 잘라 줄 때였다.

「시내에 가요, 됐어요?」 나디아가 말했다. 「부탁인데 이제 트럭을 빌려 써도 돼요?」

경련이 또 한 차례 파도처럼 밀려와 그녀를 덮치자 그녀는 움찔하며 몸을 담요로 더욱 단단히 감쌌다. 아버지가 방 입구에서 잠시 머뭇거리다 서랍장 위에 열쇠를 내려놓았다.

「차를 좀 끓여다 줄게.」 그가 말했다. 「그걸 마시면 — 알다시피 네 고모들도 마시는데, 마시면 —」

「그냥 열쇠만 두고 가세요.」 그녀가 말했다.

나디아가 미시간 대학교의 입학 허가를 받은 다음 날 루크는 그녀를 웨이브 워터파크로 데려갔다. 두 사람은 흠뻑 젖고 피곤해질 때까지 원통 안을 돌아 내려오는 슬라이드타워와 플로라이더를 탔다. 처음에 나디아는 루크가 자기를 아이로 생각해 워터파크에 가자고 한 게 아닐까 걱정했지만 그들이 수영장 물에 첨벙 빠질 때 그는 소리를 질렀고 그다음에는 나디아를 또 다른 놀이기구로 끌고 가거나 하면서 그녀만큼 재미있게 놀았다. 루크의 가슴팍에 물방울이 맺히고 젖은 구레나룻이 햇볕에 반짝거렸다. 그런 다음 그들은 슬라이드 놀이기구를 타기에는 너무 어린 아이들이 튜브에 올라타 물장구를 치고 노는 리피티스 레인포리스트의 바깥 테이블에서 콘도그와 추로스를 먹었다. 나디아는 햇볕을 듬뿍 받으며 행복한 마음으로 손가락에 묻은 시나몬 슈거를 핥아먹었다. 이전에는 평범하게 느껴졌지만 지금은 너무 급히 일어서면 어깨에서 미끄러져 부서질 것처럼 약하게 느껴지는 그런 행복이었다.

아버지도 별다른 축하를 해주지 않았는데 하물며 루크가 선물을 줄 거라고는 기대하지 않았다. 잘됐구나, 이메일을 보여 주었을 때 아버지는 옆에서 한 팔로 안아주며 그렇게 말했다. 그러고는 그날 늦은 밤에 부엌에서 그녀와 스쳐 지나가면서 한때는 흥미로웠지만 이제 싫증 난 가구를 보듯 시들해진 눈빛으로 나디아를 바라보았다. 나디아는 그것을 자신에 대한 것으로 받아들이지 않으려고 애썼지만 — 그는 요즘 어떤 것에도 행복해하지 않았다 — 그럼에도 욕실에서 이를 닦다가 눈물이 솟구쳤다. 다음 날 아침 일어났을 때 침대 옆 협탁 위에 20달러 지폐들이 접혀 넣어진 축하 카드가 놓여 있었다. **미안하다.** 아버지의 글씨였다. **나도 노력하고 있어.** 뭘 노력한다는 거지? 나를 사랑하려고 노력한다는 건가?

나디아가 다리를 뻗어 루크의 무릎에 올렸고, 그는 콘도그를 다 먹는 동안 그녀의 발목 근처 보드라운 살을 조몰락거렸다. 이전에는 이런 모습 ― 머리칼은 젖어 곱슬곱슬했고 얼굴에는 화장을 하지 않았다 ― 을 그에게 보인 적 없었지만, 루크가 발목을 만지며 테이블 건너에서 그녀를 보고 웃어 줄 때 자신이 예쁘다고 느꼈고, 그의 부드러운 손길이 그 이상을 의미하는 것은 아닌지, 그가 자신을 조금이라도 사랑하는 것은 아닌지 알고 싶어졌다. 떠나기 전 같이 사진을 찍으려고 했지만 루크가 손으로 그녀의 휴대 전화를 막았다. 그는 그들의 관계를 비밀로 하고 싶어 했다.

「비밀이 아니라.」 루크가 말했다. 「사적인 일로 두자는 거야.」

「그게 그거지.」 나디아가 말했다.

「그렇지 않아. 우리가 이 문제로 다른 사람들의 시선을 끌지 않아야 한다고 생각해. 그것뿐이야.」

「왜?」

「왜냐하면, 나이 때문에.」

「나 거의 열여덟 살 다 됐어.」

「거의는 열여덟이 아니야.」

「자기를 곤란하게 만들지 않아. 그거 몰라?」

「그런 문제가 아니야.」 그가 말했다. 「너는 그게 어떤 건지 몰라. 너는 목사의 자식이 아니잖아. 교회 사람들 전부 늘 내 문제에 한소리 해. 네 문제에도 그럴걸. 우리 지혜롭게 행동하자. 내가 말하고 싶은 건 그것뿐이야.」

어쩌면 차이가 있을 것이다. 비밀스러운 관계를 감추는 이유는 수치심일 수 있지만, 사적인 것으로 두고 싶어 하는 이유에는 여러 가지가 있을 수 있다. 모든 관계는 어떤 면에서 사적인 것이다. 자신이 행복한 이상 다른 사람이 알아야 할 필요가 뭐가 있는가? 그래서 나디아는 사적인 것으로 두는 방법을 배워 나갔다. 사람들이 있는 곳에서 루크의 손을 잡지 않았고, 그들의 사진을 온라인에 올리지도 않았다. 루크의 동료 중 누가 그들 사이를 의심할까 봐 매일 학교 끝나고 팻 찰리스에 가던 것도 그만두었다. 하지만 루크가 그녀를 낙태 클리닉에 버렸을 때 그녀는 사적인 것으로 둔다는 생각은 잊은 채 아버지의 트럭을 몰고 팻 찰리스로 그를 찾아갔다. 그가 목요일 밤에 문 닫는 당번인 걸로 알았는데 도착하니 보이지 않았다. 나디아는 바 앞으로 가 희끗하게 세어 가는 머리를 하나로 묶은 건장한 멕시코 출신 바텐더 페페에게 손짓을 했다. 그가 갈색 행주로 유리잔을 닦다가 고개를 들었다.

「그 싸구려 가짜는 내 눈앞에 들이밀지도 마.」 페페가 말했다. 「내가 너한테는 술을 안 준다는 거 알 테지.」

49

「루크 어디 있어요?」 나디아가 물었다.

「내가 무슨 수로 알겠니.」

「곧 일이 끝나지 않아요?」

「내가 그놈 스케줄 담당은 아니지.」

「혹시 보셨어요?」

「너 괜찮니?」

「좀 전에는 봤어요?」

「차라리 그놈한테 전화를 하지 그러니?」

「안 받아요.」 나디아가 말했다. 「걱정이 돼서요.」

이렇게 사라지거나 전화를 받지 않거나 오겠다고 약속하고 나타나지 않는 것은 루크답지 않았다. 특히 그녀가 그를 필요로 하고 그녀에게 자기가 필요하다는 것을 그도 알고 있는 오늘 같은 날에는. 나디아는 루크에게 뭔가 나쁜 일이 일어났을까 봐, 더 나쁜 경우라면 아무 일 일어나지 않았을까 봐 걱정이 되었다. 그가 단순히 그러기로 선택했기 때문에 그녀를 클리닉에 버린 거였다면? 아니다, 그는 절대 그럴 사람이 아니다. 하지만 워터파크에서의 루크가, 나디아의 휴대 전화를 손으로 막던 그가 떠올랐다. 나디아가 안전하고 사랑받는다고 느낀 바로 그 짧은 순간 이후 루크는 멀어졌다.

페페가 바에 잔을 내려놓으며 한숨을 쉬었다. 그에게 딸이 넷 있다고 루크가 말해 준 적이 있었는데, 페페가 나디아의 가짜 신분증을 늘 밀어내는 이유가, 그녀에게

치근대는 남자들을 늘 쫓아 버리는 이유가, 집에 어떻게 돌아갈 건지 늘 물어보는 이유가 그것이 아닐까 궁금했다.

「저기, 애야.」 페페가 말했다. 「너도 셰퍼드를 알겠지. 아마 친구 놈들하고 어울리느라 그러는 걸 거다. 내일 너한테 꼭 전화할 거야. 그냥 집에 돌아가, 응?」

결국 나디아는 루크를 파티에서 찾아냈다.

아무 파티가 아니라, 고등학교 파티에서. 코디 리처드슨은 자신의 파티를 그렇게 부른다는 사실을 기분 나빠할지 모르지만. 어쨌거나 10년 전에 고등학교를 졸업한 코디의 파티가 늘 고등학교 파티였던 것은, 나디아뿐 아니라 다른 오션사이드 고등학교 학생들도 모두 그의 집에서 파티를 즐기며 수없이 많은 주말을 보냈기 때문이었다. 코디는 머리칼이 모래색인 스케이트 선수로, 나디아와는 아무 공통점이 없는 백인 남자애였다. 보통은 백인 남자애들의 파티를 싫어했지만 — 반복적인 테크노 음악에 질식할 것 같은 애버크롬비 앤 피치 향수 냄새, 끔찍한 춤 — 코디 리처드슨의 파티에는 모두 가니 나디아도 갔다. 코디의 해변 별장에서는 누구의 부모가 타운에 일찍 돌아오거나 경찰이 파티를 중단시키는 것을 전혀 걱정할 필요가 없어 그녀도 그들 무리에 섞여 주말마다 그곳으로 갔고, 지금은 그 집 평면도가 자신이 10대

때 뭔가를 처음 했던 것들의 지도로 느껴졌다. 처음으로 마리화나를 피우며 해변 공기 속으로 연기를 뿜어내던 발코니, 첫 남자 친구와 헤어진 부엌 한쪽 구석, 어머니를 묻고 돌아온 주말에 술에 취해 울던 욕실 앞 통로.

나디아는 그 뒤로 코디의 파티에 다시 가지 않았다. 그 노란 집은 이미 자신이 훌쩍 뛰어넘은 뭔가로 느껴졌고, 고등학교를 졸업한 후 다시 돌아가지 않겠다고 스스로 다짐했다. 나디아는 많은 사람들이 다시 그곳에 간다는 사실에, 모두 시간에 붙들려 있는 것 같다는 사실에, 그들이 그 집 안으로 발을 들여 놓는 순간 고등학교 졸업 후의 세월이 와르르 붕괴된다는 사실에 늘 마음이 불편했다. 그럼에도 코디의 집은 루크의 부모 집 앞을 지나가며 진입로에 그의 트럭이 없다는 사실을 확인한 뒤 그를 찾아낼 수 있을 거라고 생각한 유일한 장소였다. 왠지 모르지만 나디아는 루크가 코디의 별장에 있다고 확신했다. 사랑에 애타고 분노에 사로잡힌 채 그를 느끼며 나디아는 해변의 젖은 모래를 가로질러 갔다. 루크의 발자국을 찾아내 자기 발자국을 포개는 것이 가능할지 내내 궁금해하며 해변 별장으로 이어지는 발자국 길을 따라 걸었다.

나디아가 유목(流木)으로 만든 기울어진 계단을 올라갈 때 테크노 음악이 끊어지지 않는 긴 파도처럼 열린 문을 통해 쿵쾅쿵쾅 흘러나왔다. 베이스 소리가 딩딩거리며 맥주로 끈적거리는 목재 바닥을 진동시켰다. 입구에서 잠시 걸음을 멈추고 어둑한 빛에 눈을 적응시켰다. 걸음걸이가 아니었다면 처음에 루크를 알아보지 못했을 것이다. 한데 엉켜 몸을 흔들어 대는 백인 아이들을 지나고, 비우다 만 술병들이 놓여 있고 비어 퐁[9] 게임을 하느라 컵들로 삼각형 두 개를 만들어 놓은 조리대 옆을 지나, 나디아는 루크의 실루엣이 어두운 실내를 지나가는 것을 보았다. 사람들 대부분은 알아보지 못할 만큼 미세하나 그녀에게는 그의 목소리만큼 익숙한 약간 절룩거리는 걸음걸이. 루크는 술에 취한 것 같았고, 손에는 거의 빈 듯 보이는 짐빔 파인트 병이 대롱거리고 있었다. 나디아가 가까이 다가가자 루크는 그녀를 보고 균형을 잃은 듯 약간 휘청했다.

「나디아.」 루크가 말했다. 「여기서 뭐 해?」

「그러는 너는 여기서 뭐 해?」 나디아가 말했다. 「젠장, 백 번은 전화했어.」

「너는 여기 오면 안 되는 거잖아. 침대에 누워 있거나 뭐 그래야 ─」

「어디 있었어?」 나디아가 말했다. 「몇 시간을 기다렸어.」

「엿 같은 일이 생겼어, 알겠니? 너라면 집으로 돌아갈

---

9 미국 대학생들이 탁구대나 탁자 끝에 컵들을 삼각형 모양이 되게 놓고 탁구공을 던져 넣는 게임을 하면서 맥주를 마시는 게임.

방법을 찾아낼 줄 알았어.」

하지만 그 말을 할 때 바닥만 내려다보고 있어 나디아
는 루크가 하는 말이 거짓말이라는 것을 알았다.

「너는 나를 버렸어.」 나디아가 말했다.

루크가 마침내 고개를 들어 나디아를 보았고, 그가 늘
보이던 모습과 똑같다는 사실에 나디아는 깜짝 놀랐다.
누군가를 처음 봤을 때가 진실한 모습이었다면, 거짓말
을 하다 들키면 달라 보여야 하지 않는가?

「저기, 젠장, 이런 건 재미있어야지.」 루크가 말했다.
「이런 빌어먹을 드라마가 아니라. 내가 너한테 돈을 줬잖
아. 나한테 뭘 더 바라는 거야?」

그러더니 나디아 옆을 스쳐 사람들을 밀면서 고르지
않은 걸음으로 문을 향해 절룩절룩 걸어갔다. 진작 알았
어야 했다. 루크가 6백 달러가 들어 있는 봉투를 가져왔
을 때 돈이 그의 책임이라면 그 나머지는 그녀의 책임인
것을. 돈을 줬으니 이제 루크에게 나디아는 이미 처리된
문제인 것이다. 한편으로 그녀도 그 사실을 알고 있었지
만 ─ 적어도 의심은 했지만 ─ 루크를, 사랑을, 떠나지
않는 사람이 존재한다는 사실을 믿고 싶었다. 나디아는
컵 뒤집기를 하며 신나게 놀고 있는 고등학생 무리를 지
나 부엌으로 비집고 들어갔고, 조리대에 놓인 호세 쿠에
르보 한 병을 집어 들었다. 레게 머리 간호사가 48시간
동안 술은 절대 안 된다고 ─ 피를 묽게 하고 출혈을 심

하게 만든다고 ─ 일러두었지만 그럼에도 테킬라 한 잔을 따랐다. 허리에 손이 느껴져 뒤를 돌아보았더니 데번 잭슨이 손끝 사이에 마리화나를 꼭 쥐고 뒤에서 서성거리고 있었다. 1학년 때 그와 가볍게 사귀었지만 그 뒤로는 대화한 적 없었다. 데번은 똑같아 보였다. 섬세하다 할 외모에 키 크고 마르고 속눈썹이 길었는데 지금은 피부에 온통 문신이 되어 있다는 점이 달랐다. 심지어 길게 백합 문양이 새겨져 목까지 잉크로 거무스름했다.

「맙소사.」 나디아가 말했다. 「지금은 문신을 했구나.」

데번이 웃었다. 「넌 대체 어디 있었던 거니?」

아무 곳에도. 모든 곳에. 그가 마리화나를 건넸고, 정상에 다다른 페리스휠 회전 관람차가 그들을 가만가만 얼러 재우듯 흔들릴 때 자신의 몸을 부드럽게 만지던 남자와 지금 같이 마리화나를 피우고 있자니, 나디아는 다시 열다섯 살로 돌아간 것 같았다. 가장 최근에 들은 소식은 지금 데번이 주로 게이 웹 사이트에서 모델 일을 한다는 것이었다. 2년 전에 한 친구가 삼각팬티 말고 아무것도 입지 않은 데번이 하얀 시트와 나란히 몸을 쭉 뻗고 누워 있고 그의 사타구니에서 얼마 떨어지지 않은 곳에 금발 남자의 얼굴이 있는 사진 링크를 나디아에게 보내주었다.

「너 이제 유명하다며.」 나디아가 마리화나를 건네며 말했다.

취하려고 작정한 것은 아니었다. 하지만 데번이 컵이 왜 비었느냐고, 수녀나 뭐 그런 게 됐느냐고 묻자 나디아는 자기 잔에 술을 다시 따랐다. 레모네이드 컵에 데킬라를 자꾸만 따랐고, 데번이 그녀를 댄스 플로어로 끌고 가자 그렇게 하게 내버려 두었다. 춤추고 싶어서가 아니라, 춤춘다는 것은 가까워지고 누군가의 손길이 닿을 핑계, 서로 이야기 나눌 필요 없이 데번이 밀착하고 당기는 대로 서로의 몸이 맞닿아 위로 받을 핑계가 되기 때문이었다. 실내는 더웠고, 데번의 허리에 팔을 감자 그녀는 그의 쿰쿰한 티셔츠 때문에 구역질이 날 것 같았지만 술이 그녀의 기분을 좋게 해주었다. 춤추는 동안 나디아의 피는 아마 묽어지고 있겠지만, 술에 취하고 긴장이 풀리고 온기를 느끼고 누가 나를 만지고 내가 누구를 만진다는 것은 얼마나 기분 좋은 일인가.

데번이 두 손으로 나디아의 엉덩이를 꽉 움켜잡으며 그녀의 목에 키스했다.

「제길, 넌 미치게 멋져.」데번이 말했고, 뜨거운 숨결이 나디아의 귓가에 닿았다.

그가 그녀에게 몸을 비볐고, 섹시해 보이려고 무진 애쓰는 사람이 그러듯 심각하게 자기 입술을 깨물었다. 나디아는 킥 웃었다. 데번이 한 번 더 꽉 움켜잡으며 따라 웃었다.

「왜 그래?」그가 말했다.

「난 이제 네가 남자를 좋아하는 줄 알았어.」 나디아가
말했다.

「제길, 누가 그런 얘기를 했어?」

「사람들이.」

「이러는데도 내가 남자를 좋아하는 걸로 느껴져?」

데번은 불룩 튀어나온 거기로 나디아의 손을 가져갔
고, 그녀는 손목을 그 손아귀에서 비틀어 빼며 그를 밀어
냈다. 질식할 것처럼 갑자기 궁지에 몰린 기분이 들었다.
스피커를 통해 광란의 리듬이 쿵쾅쿵쾅 흘러나오는 가운
데 나디아는 흐릿해진 눈으로 더듬더듬 벽을 짚고 사람
들과 몸을 부딪쳐 가며 끈적거리고 후터분한 공기를 통
과해 뒷문으로 걸어 나갔다. 발코니 반대쪽 끝에 코디 리
처드슨이 목조 난간에 몸을 기대고 있었다. 그는 이제 키
가 더 크고 더 말랐고 짙은 금발은 더 더북해 보였으며
격자무늬 셔츠가 떡 벌어진 어깨에 헐렁하게 걸쳐져 있
었다. 코디가 입술에 피어싱한 은색 링을 반짝거리며 싱
긋 웃었고, 나디아는 난간을 잡으며 조심조심 그에게 다
가갔다.

「오싹한 것 같지 않아?」 코디가 말했다.

「뭐가요?」

코디가 나디아의 어깨 너머를 가리켰다. 해변 별장들
의 라벤더색 지붕 저만치 샌오노프레 원자력 발전소 꼭
대기가 보였는데, 통학 버스를 타고 현장 학습을 하러 가

는 길에 그 앞을 지나면 아이들은 두 개의 하얀 돔을 가리켜 〈젖〉이라고 불렀었다.

「어느 순간, 쾅 할지 모르잖아.」코디의 눈이 커졌고 그의 두 손이 폭발하듯 벌어졌다. 「바로 이렇게. 그러니까 그런 폭풍 한 번이면 우리 모두 날아가 버리는 거지.」

나디아가 난간에 손을 올리고 눈을 감았다.

「언젠가 그렇게 가버리고 싶네요.」나디아가 말했다.

「정말?」

「쾅 하고.」

나디아는 그 일을 이렇게 상상했다.

어머니가 차를 몰고 시내를 돈다. 무릎에는 남편의 군용 권총이 놓여 있다. 커브가 나오고, 또 커브가 나오고, 아침 햇살은 여자 아기의 드레스 잠옷 같은 분홍빛이다. 어머니는 극도로 지쳐 정신이 혼미한 상태이거나, 아니면 늘 그랬던 것처럼 맑은 정신일 것이다. 처음에는 해변이 죽기 좋은 장소라고 생각해 그곳으로 차를 몰려고 생각했다. 충분히 따뜻한 곳. 죽는 장소는 따뜻해야 한다. 사후 세계에 충분한 추위가 기다리고 있다. 하지만 너무 늦었다. 서핑하는 사람들이 이미 모래밭을 걸어가고 있고, 죽는다는 것은 자기만 들을 수 있는 작은 노래를 흥얼거리듯 은밀한 것이어야 한다.

그래서 어머니는 어퍼 룸에서 반 마일 언덕길을 올라

간 곳으로 차를 몰았다. 나뭇가지들이 차를 가려 주는 곳. 시동을 끄고 총을 집어 들었다. 이전에 총으로 뭔가를 쏘아 본 적은 없었지만 짐승들이 죽어 가는 것을 본 적은 있었다. 돼지가 피를 흘리며 꽥꽥거리는 것을, 그녀의 어머니가 목을 비틀 때 닭들이 날개를 파닥거리는 것을. 생명은 서서히 뽑아낼 수도 있고 단번에 끝내 버릴 수도 있는 것이었다. 느린 죽음이 더 부드러울지 모르나 갑작스러운 죽음이 더 친절했다. 심지어 자비로웠다.

이번 한 번만큼은 그녀도 자신에게 자비로울 것이다.

아버지가 물어보았을 때 나디아는 나무를 보지 못했다고 말했다. 어둠 속이라 집 앞 나무가 잘 보이지 않아 운전대를 홱 꺾은 거라고. 새벽 4시가 다 된 시각이었고 두 사람 다 진입로에 서 있었다. 아버지는 녹색 격자무늬 로브에 슬리퍼 차림이었고, 나디아는 두 손에 신발을 한 짝씩 들고 트럭 문에 기대서 있었다. 나디아는 집 안으로 슬그머니 들어갈 계획이었지만, 쾅 소리가 나자마자 아버지가 곧장 밖으로 달려 나왔다. 이제 그는 찌그러진 범퍼 앞에 웅크린 채 손으로 들쑥날쑥한 금속 표면을 만져 보고 있었다.

「대체 헤드라이트는 왜 켜지 않은 거니?」 아버지가 물었다.

「켰었어요!」 나디아가 말했다. 「저는 그냥…… 헤드라이트를 끄려고 고개를 숙였다가 고개를 들었는데 그 나무가 있었던 거예요.」

나디아가 약간 휘청거렸다. 아버지가 얼굴을 찡그리며 몸을 일으켰다.

「술 마셨니?」 그가 물었다.

「아니요.」 그녀가 대답했다.

「여기까지 술 냄새가 풍기는구나.」

「아니 —」

「운전해서 집에 돌아온 거니?」

아버지가 나디아에게 다가섰고, 그 갑작스러운 동작에 그녀는 들고 있던 것을 모조리 놓아 버렸다. 지갑과 신발과 열쇠가 요란한 소리를 내며 진입로에 떨어졌다. 아버지가 더 가까워지기 전에 나디아가 팔을 뻗었다. 그가 턱에 힘을 준 채 걸음을 멈추었고, 나디아는 아버지가 자신을 후려치려 하는 것인지 안아 주려고 하는 것인지 헷갈렸다. 그들이 어두운 진입로에 함께 서 있던 그때 그의 분노도 사랑도 모두 상처를 입었고, 아버지의 가슴에 닿은 나디아의 손에는 심장 박동이 느껴졌다.

셋

우리는 기도한다.

바오로가 가르쳐 준 대로 멈추지 않고는 아니지만 충분히 자주 한다. 매주 일요일과 수요일에 우리는 기도실에 모여 재킷을 벗고 문간에 구두를 벗어 둔 채 양말만 신은 발로 왁스 칠한 바닥에서 노는 여자아이들처럼 조금씩 미끄덩거리며 그 안을 돌아다닌다. 기도실 한복판에 둥글게 놓은 하얀 의자에 앉으면, 우리 중 하나가 문 옆으로 기도 요청 카드가 담긴 나무 상자에 손을 넣는다. 그리고 기도한다. 코카인에 중독된 딸이 집에 돌아오길 바라는 얼 버넌을 위해, 아내가 상사에게 음란한 사진을 보내는 것을 발각한 뒤 아내를 떠나려고 하는 신디 해리스의 남편을 위해, 술을 다시, 그것도 독한 증류주를 마시기 시작한 트레이시 로빈슨을 위해, 치매의 마지막 나날을 보내고 있는 아내를 도우며 힘든 시간을 견디는 솔영을 위해. 기도 요청 카드를 읽으면서 우리는 새 직장,

새 집, 새 남편, 더 건강한 몸, 더 바르게 행동하는 아이, 더 큰 신앙, 더 많은 인내심, 더 적은 유혹을 달라고 기도한다.

우리는 우리를 〈기도의 전사들〉로 생각하지 않는다. 남자라면 그런 용어를 만들어 냈을 것이다. 남자는 어려운 것은 뭐든 전쟁이라고 생각한다. 하지만 기도는 전투보다 더 섬세한 것이고 도고(禱告) 기도는 특히 그렇다. 다른 누군가의, 심지어 종종 알지도 못하는 누군가의 짐을 받아 드는 것은 단순한 관념 이상이다. 눈을 감고 요청에 귀를 기울인다. 그리고 그들의 몸 안으로 들어가야 한다. 우리는 위스키를 갈망하는 트레이시 로빈슨이 된다. 아내의 휴대 전화를 뒤져 보는 신디 해리스의 남편이 된다. 마약에 중독된 딸의 머리칼에서 더럽고 엉킨 부분을 씻어 내는 얼 버넌이 된다.

아주 잠시라도 그들이 되지 않으면 기도는 말 이상이 되지 못한다.

바로 그게 우리가 로버트 터너의 트럭에 무슨 일이 생겼는지 금방 알아낼 수 있었던 이유다. 평소 일요일이면 왁스 칠로 반짝반짝 빛이 나던 트럭이 앞쪽 범퍼가 찌그러지고 헤드라이트가 부서진 채 어퍼 룸 주차장에 털털거리며 나타났다. 로비에서 우리는 나디아 터너가 어느 해변 파티에서 진탕 취했더라며 젊은이들이 농담을 주고받는 것을 들었다. 그 순간 우리는 다시 젊어졌다. 다시

말해 나디아가 되었다. 손에 병째 보드카를 들고 밤새 춤
추다 비틀비틀 밖으로 나간다. 차선을 이리저리 누비며
부주의하게 차를 몰고 집에 돌아온다. 금속 찌그러지는
소리가 난다. 술 냄새를 맡은 로버트가 분명 그녀를 때리
든지 안아 주었을 것이다. 아마도 나디아는 그 두 가지
모두를 받아 마땅할 것이다.

　트럭이 그해 여름 뭔가가 잘못되었다는 것을 말해 주
는 최초의 신호였지만, 우리 중 누구도 그것을 그런 식으
로 보지 않았다. 그때 우리에게 찌그러진 트럭은 오로지
한 가지만 의미했다.

「그 애가 한 짓 좀 봐.」

「누가 그랬대?」

「터너 씨 딸.」

「어떤 애지?」

「그 애 알잖아.」

「레드본[10]에 눈이 투명한 애.」

「아, 그 애?」

「터너 씨 딸이 또 있어?」

「그 애는 좀 —」

「아무렴 그렇지.」

「자신을 함부로 다루는 것 같아.」

「다들 그의 —」

10　대체로 혼혈인 피부색이 옅은 흑인을 일컫는 말.

63

「응.」

「고치는 데 얼마나 들까?」

「그 애가 왜 그런대?」

「제멋대로야.」

「로버트 씨가 안됐어.」

「그 앤 완전히 제멋대로야.」

우리는 로버트 터너가 안타까울 뿐이었다. 그는 이미 너무 힘겨운 일을 겪었다. 반년 전에 아내가 그의 총을 훔쳐 머리를 깨끗이 날렸다. 해가 뜨고 조금 뒤 그녀는 어느 뒷골목에 자신의 푸른색 터셀을 세우고 총을 쏘았고 그 충격에 차체가 흔들렸다. 한 시간 뒤 조깅하던 누군가가 그녀를 발견했다. 로버트는 좌석 머리 받침이 여전히 아내의 피로 거뭇한 터셀을 경찰서에서 집으로 몰고 돌아왔다. 그 차가 어떻게 됐는지는 아무도 몰랐다. 그가 차 안을 샅샅이 뒤져 아내의 소지품 — 지갑, 연체된 도서관 페이퍼백 책들, 예전에 그가 멕시코에서 사 온 빨간색 루비 머리핀 — 을 찾아낸 뒤 액셀러레이터에 벽돌을 올리고 샌루이스레이 강물 속으로 보내 버렸다는 소문이 돌았다. 하지만 로버트처럼 분별 있는 사람이라면 아마 그 부품을 팔았을 테니, 우리는 가끔 지나가는 차에 달린 소음기가 엘리스 터너의 것이 아닌지, 옆 차선에서 우리를 향해 깜빡이는 방향 지시기가 그녀의 것은 아닌지 궁금해하곤 했다.

그 모든 일에 지금은 무모한 딸이 더해졌다. 로버트가 그렇게 고뇌에 빠져 보이는 것도 놀랄 일이 아니었다.

그날 저녁 우리는 문 밖 나무 상자에서 그의 이름이 적힌 기도 카드를 발견했다. 카드 한복판에 전부 소문자로, **그녀를 위해 기도해 주세요**라는 말이 적혀 있었다. 우리는 그가 말한 **그녀**가 누구인지 몰라서 — 죽은 아내인지 무모한 딸인지 — 두 사람 모두를 위해 기도했다. 알겠지만 그것은 관념 이상이다. 죽은 누군가를 위해 기도하는 것은. 스며들어 갈 몸이 없을 때는 영혼을 찾으려고 애쓸 수 있을 뿐인데, 어디 숨어 있든 엘리스 터너의 영혼을 찾아내고 싶은 사람이 누가 있겠는가?

그날 밤 우리가 기도실에서 나오는데 어퍼 룸의 뭔가가 움직인 것 같았다. 설명할 수는 없지만 뭔가가 다르게 느껴졌다. 떨어져 나온 느낌. 우리는 어퍼 룸의 벽을 각자의 집 벽처럼 훤히 알았다. 성가대가 연습하는 동안 우리는 소리 내지 않고 복도를 걸어가면서 페인트칠이 벗겨진 악기 보관실 앞 모서리와 비뚤게 붙여진 여자 화장실 타일에 눈길을 주었다. 우리는 분수 위 천장에 코끼리 귀 모양으로 생긴 얼룩을 수십 년 동안 올려다보았다. 그리고 엘리스 터너가 자살하기 전날 밤 무릎을 꿇고 있던 예배당 카펫의 자리를 정확히 알고 있었다. (우리 중 좀 더 영적인 사람은 맹세코 그녀의 무릎이 남긴 움푹한 자국이 지금도 보인다고 말했다.) 이따금 우리는 우리가 죽으면 벽지처럼 납작하게 눌려져 저 벽들의 일부가 될 거라고 농담하곤 했다. 예배당의 스테인드글라스 창문 근처에, 주일 학교 교실 모서리에, 심지어 우리가 일요일과 수요일마다 도고 기도를 하기 위해 모이는 기도실 천장에 붙어 있을 거라고.

그때는 그 찌그러진 트럭이 나디아 터너의 미래와 우리의 미래를 묶어 버렸다고는, 다가올 세월 동안 그녀가 오가는 것을 지켜보며 그때마다 그 매듭을 조금씩 더 당겨 매게 될 줄 알지 못했다.

일요일 밤 터너 씨의 집에 방문객이 찾아왔다.

나디아는 주말 대부분을 침대에 누워 보냈다. 배가 여전히 아파서가 아니라 달리 갈 곳이 없어서였다. 이제 임신한 상태가 아니었지만 아버지의 트럭을 망가뜨렸다. 고치는 데 몇 주가 걸리면 어떻게 하는가? 의지할 트럭도 없고 심부름 다닐 일도 없고 오로지 직장과 집뿐이라면 그는 어떻게 견딜 것인가? 아버지가 사랑한 한 가지, 그것을 그녀가 망가뜨린 것이다. 더욱 나쁜 것은 아버지가 나디아에게 소리를 지르지도 않았다는 사실이었다. 나디아는 아버지가 화가 날 땐 화를 내면 좋겠다고 생각했지만 — 그렇게 하는 편이 더 쉽고 더 빠를 것이다 — 그는 오히려 자기 안에 단단히 똬리를 튼 채 부엌에서 조용히 나디아 주위를 돌아다니거나 아예 피해 다녔다. 나디아는 자신이 침묵 속으로 사라져 버린 듯 느껴졌는데, 그 순간 높은 음 두 개가 공기를 뚫고 들어왔다. 너무 은은하게 들려 꿈속에서 들은 것이라고 생각했다. 이어 문 두드리는 소리가 세 번 더 들렸고, 나디아는 잠시 뭔가가 자신을 찌르고 들어오는 기분을 느꼈다. 루크다. 벌떡 일어나 손으로 머리를 빗어 하나로 묶고 민소매 티셔츠 안으로 브래지어 끈을 넣어 감춘 뒤 반바지 매무새를 바로잡았다. 그녀가 맨발로 차가운 타일을 걸어가 문을 열었다.

「오.」 나디아가 말했다. 「안녕하세요.」

셰퍼드 목사가 문간에서 미소를 짓고 있었다. 그는 폴로셔츠와 청바지를 입고 루크가 말해 주기로 무릎이 좋지 않아 특수 밑창을 댄다는 검은 운동화를 신고 있었는데, 나디아는 성직복이나 스리피스 정장을 입지 않고 이렇게 편안한 복장을 한 그를 이전에는 본 적이 없었다. 나디아는 늘 목사란 스웨터를 입고 안경을 쓴 쥐 같은 늙은이로 보일 거라고 상상했지만, 셰퍼드 목사는 오히려 클럽 밖을 지키는, 그녀가 비위를 맞춰야 하는 대상인 키크고 덩치 좋은 남자로 보였다. 반짝거리는 마호가니 같은 그의 머리가 거의 문틀에 닿았다. 일요일 아침 길고 검은 성직복을 입고 제단을 활보하거나 목소리가 서까래까지 울려 퍼지는 모습을 보면 그는 더욱 커 보였다. 하지만 폴로셔츠를 입고 그녀의 집 앞 계단에 서 있는 그는 느긋해 보였다. 심지어 친절해 보였다. 목사가 나디아에게 미소를 지어 보였고, 그녀는 깨진 유리를 통해 들어오는 한 줄기 햇살처럼 잠시 루크를, 그의 한 조각을 보았다.

「안녕, 얘야.」 목사가 말했다. 「아버지는 집에 계시니?」

「마당에 계세요.」

나디아는 목사가 들어올 수 있게 뒤로 물러섰다. 그가 입구를 가득 메운 채 거실을 둘러보았고, 나디아는 그가 자신의 집을 보며 어떤 인상을 받았을지 궁금했다. 그는 아주 많은 집을 방문했을 테니 어떤 집이든 들어서는 순간 그 집에 대해 읽을 수 있을 터였다. 어떤 집들은 질병으로, 어떤 집들은 죄로, 또 어떤 집들은 슬픔으로 채워져 있을 것이다. 그렇다면 그녀의 집은? 아마 그냥 빈 집으로 느껴졌을 것이다. 정돈되어 있는 침묵의 방, 결코 아물지 않을 상처처럼 덩그러니 벌어져 있는 집. 나디아는 아버지가 콘크리트 단에 누워 벤치 프레스를 하고 있는 뒷마당으로 목사를 데려갔다. 아버지가 절커덩 소리를 내며 받침대에 역기를 내려놓았다.

「목사님.」 아버지가 USMC[11] 티셔츠로 얼굴을 닦았다. 「저희 집에 오실 줄 몰랐습니다.」

나디아는 방충망 문을 밀어 닫고 다시 통로를 걸어갔

11   *United States Marine Corps*, 즉 미국 해병대.

다. 돌아서는데 목사가 자신을 지켜보는 것 같아 그녀는
잠시 그가 다 알고 있는 게 아닐까 생각했다. 어쩌면 목
사의 소명이 신성한 앎을 가능하게 하여 그녀의 어깨에
걸린 무거운 비밀이 그에게 보였는지 몰랐다. 신성한 능
력은 없더라도 어쩌면 그냥 감지한 것일 수도 있다. 혹
한때 둘 사이에 존재한 연결선을 느껴, 나디아가 돌아서
자마자 그가 그것의 해진 가장자리를 만지려고 손을 뻗
은 건지도 몰랐다.

나디아는 발끝걸음으로 욕실로 간 뒤 변기 뚜껑에 앉
아 조금 열린 창문을 통해 그들의 말소리를 들었다.

「저도 그곳에 있었어요.」 목사가 말하고 있었다. 「트럭
봤는데, 다 괜찮은가요?」

「괜찮을 겁니다.」 아버지가 말했다. 「차체만 좀 손보면
돼요. 피크닉에 대해서는 죄송하게 됐습니다. 제가 의자
를 운반하겠다고 했었는데 말이죠.」

「어떻게 되겠지요.」 목사가 잠시 말을 멈추었다. 「사람
들이 그러던데, 따님이 트럭을 들이박았다고요.」

나디아는 변기 뚜껑에 앉은 채 무릎을 더 꼭 잡았다.

「우리가 젊었을 때도 그렇게 미쳐 돌아다녔던가요?」
아버지가 말했다.

「아마 더 미쳐 있었을걸요. 따님은 괜찮은가요?」

「똑똑한 아이예요.」 아버지가 말했다. 「저보다 훨씬 더
똑똑한 건 확실하죠. 곧 대학에 갈 겁니다. 좀 더 철이 들

어야 할 텐데. 그게 걱정이에요.」

「요즘 아이들이 어떤지 잘 아시잖아요. 한계를 넘어 밀고 나가려고 해요. 아무도 자기를 꺾을 수 없다고 생각하죠.」

「우리 아이가 예전에는 이렇지 않았어요.」 그녀의 아버지가 말했다. 「아니면 예전에도 그랬는지 모르죠. 제가 예전에는 우리 아이를 몰랐을 수 있으니까요. 엘리스가 언제나 옆에서…… 둘이 아주 가까워서 나는 그 사이에 끼어들 수 없었고 별로 그러고 싶지도 않았어요. 엄마들은 이기적이죠. 심지어 아내가 처음에는 제가 나디아를 안지도 못하게 했던 거 아세요? 의사가 아내에게 쉬어야 한다고 말할 때까지 그랬어요. 어느 엄마와 아이건 그 사이에 끼어들 수는 없어요. 모르겠어요, 목사님. 딸아이를 바르게 키우려고 애쓰고 있어요. 하지만 그 방법을 모르는 건지도요.」

나디아는 다시 통로로 나가 느리게 걸었다. 더 이상 듣고 싶지 않았다. 자기가 잘못한 것 때문에 아버지가 자책하는 말은 듣기 싫었다. 나디아 자신도 아버지를 탓하고 있었던 게 사실이지만 말이다. 결국 그 당시 그 시간을 버텨 낸 사람은 그녀였다. 나디아가 음식을 들고 찾아온 교회 어머니들에게 문을 열어 줄 때 아버지는 침실 어둠 속으로 사라져 있었다. 나디아는 물릴 때까지, 누가 무엇을 만들었는지 맛을 보면 정확히 알겠다고 생각될 때까지 어머니들이 가져온 음식을 먹었다. 마더 해티는 팬 모서리에 버터가 흥건하게 고인, 맛이 아주 진한 마카로니 앤드 치즈를 가져왔다. 난간처럼 마른 마더 애그니스는 자로 잰 듯 반듯한 격자무늬 애플파이를 만들어 왔다. 나디아는 노파들이, 참견을 위한 그들의 친절한 미소의 가면이 지긋지긋해질 때까지 몇 주 동안 기부된 음식을 받아먹었고, 한 입마다 시큼한 슬픔의 맛이 더해졌다. 그래서 어느 날은 그들이 가져온 접시를 집 앞 계단에 내놓은 뒤 초인종 소리를 무시했다. 그러고는 아버지의 트럭을 몰고 식료품점에 다녀와 저녁 식사로 미트로프를 만들었다. 결과물은 갈색 젤이 눌어붙은 팬에서 쩍 떨어져 나오는 퍽퍽하고 벽돌 같은 미트로프였지만, 아버지는 어쨌거나 그것을 먹었다.

목사가 떠난 뒤 나디아는 어머니의 이발기를 들고 아버지가 서부 영화를 보고 있는 거실로 갔다. 평소 이발하는 시간이었지만 나디아는 아버지가 자신을 못 본 척할지 모른다고 생각했다. 하지만 그는 말없이 일어서서 뒷마당으로 나갔다. 그들은 그렇게, 서로 쳐다볼 필요 없이 이발기 소음 속에서 대화를 나누었다.

「목사님이 네 안부 물으시더라.」아버지가 말했다.

그녀 위로 하늘은 라벤더색 실크가 잔물결을 일으키며 나부끼는 것처럼 얇고 가벼워 보였다. 그녀가 이발기를 슥삭슥삭 밀자 검은색과 회색의 양털 같은 머리칼이

뭉텅뭉텅 아버지의 어깨로 떨어졌다.

「그랬군요.」나디아가 말했다.

「사모님이 조수가 필요하다는구나.」그가 말했다. 「이번 여름 동안만. 번듯한 일은 아니지만 돈도 벌고 쓸 만한 기술도 좀 배울 수 있을 거야.」

「거기서는 일 못 해요.」나디아가 말했다.

「왜 못 해?」

「그냥 못 해요.」나디아가 말했다. 「다른 일을 찾아볼게요.」

「괜찮은 일이야 ―」

「상관없어요. 다른 일을 찾아볼게 ―」

「트럭 수리비를 뺀 나머지는 책과 학비에 보태면 되고.」아버지가 말했다. 「괜찮은 일인데다 너한테 좋을 거야. 어퍼 룸에서 시간을 좀 보내는 것 말이다. 도움이 될 거야. 하느님이 ― 하느님을 믿어야 해, 알지? 하느님을 믿고 현존하시는 하느님 안에 머물러야 해. 하느님이 나를 이끌어 주시는 것처럼 너도 이끌어 주실 거야.」

아버지의 말은 그러는 게 좋겠다고 그 자신을 설득하는 것처럼 들렸다. 교회에서 충분한 시간을 보내면 딸의 뼛속 깊이 신앙심이 흡수될 것처럼. 나디아가 한숨을 쉬며 아버지의 어깨에 떨어진 머리칼을 털어 냈다. 그녀에게 뭐가 좋은지에 대해 아버지가 뭘 아는가? 그가 그녀에 대해 도대체 뭘 아는가?

처음 일하러 가는 날, 아버지가 트럭이 수리되는 동안 빌린 차를 몰고 언덕을 올라 어퍼 룸으로 가는 동안 그녀는 차창에 몸을 기대고 있었다. 교회 ─ 높은 첨탑이 있는 황갈색 건물 ─ 는 야생 관목이 자란 언덕에 우뚝 서 있었는데, 이 언덕은 이 불타는 카운티에서 최악의 장소라 할 수 있었다. 외지 사람들은 이렇게 먼 북쪽까지 와 볼 생각은 전혀 하지 않았다. 해변 타운을 찾는 사람이라면 누구든 반짝거리는 바다와 시원한 바람을 원해 시내에 머물면서 낚시꾼들이 금속 의자에 앉아 낚싯대를 걸쳐 놓고 느긋이 시간을 보내는 긴 목조 돌제 부두를 거닐었고, 아이들은 빨간 통을 들고 데어리 퀸으로 폴짝폴짝 뛰어갔다. 한편 해변 북쪽에서는 들불 철이 되면 해안선을 따라 멀리까지 자란 세이지브러시가 불쏘시개 역할을 했고, 봄에는 들불이 모두의 마음에서 먼 일이 되어 있었다. 나디아는 아버지가 모는 차를 타고 가면서 차창 밖으로 까맣게 탄 땅에서 삐죽삐죽 남은 검은 그루터기를 응시했다. 어퍼 룸은 불쏘시개 속에 둥지를 틀고 있어 건물 앞 계단으로 잉걸불을 실어 나르는 돌풍 한 번이면 끝장날 운명이었지만 한 번도 불붙은 적이 없었다. 은혜의 표시라고, 교회 사람들은 종종 말하곤 했다. 하느님이 어퍼 룸을 몹시 사랑하여 불길로부터 보호해 주는 것이라고.
　사람들이 하는 이야기는 이런 것들이었다. 그녀는 하느님이 어떻게 어머니를 어퍼 룸으로 인도했는지에 대한 이야기를 몇 번이고 들었다. 어머니는 당시 캘리포니아에 처음 이주해 외로움을 느끼던 젊은 엄마이자 군인의 아내였다. 어머니는 고등학교 졸업장도 없어서 시내 데이즈인에서 객실 청소를 했다. 어머니보다 나이 많은 흑인 여자인 관리자가 그녀에게 그 일자리를 구한 것은 행운이라고 말해 주었다.

「우리가 먹고사는 방법 중 하나였죠.」 그 여자가 말했다. 「하지만 지금은 어떤 줄 알아요? 멕시코 사람들만 쓰려고 해요. 영어 한 마디 못 해도 급료가 더럽게 싸니까요. 품삯은 뒤에서 슬쩍 찔러주고요. 스페인어 할 줄 알아요?」

「아니요.」 나디아의 어머니가 말했다.

「그건 괜찮아요. 배우게 될 테니까.」

시간이 지나면서 그녀도 배우게 되었다. **안녕하세요**나 **그것 좀 건네주시겠어요** 같은 기본적인 표현과 온갖 욕설을. 이따금 아이 봐주는 사람을 구하지 못하면 그녀는 나디아를 일터로 데려왔고, 그러면 다른 여자들이 나디아를 사랑스럽게 내려다보며 이런저런 말을 소곤거리거나 해변이 내다보이는 발코니에서 나디아를 안아 흔들며 스페인어 자장가를 불러 주었다. 어머니는 노랫말을 거의 알아듣지 못했지만 「오프라 쇼」에서 아이의 뇌를 여러 언어에 노출시키면 좋다는 말을 들은 적이 있었다. 훗날 어머니가 말하기로 나디아의 머리가 좋은 건 그래서라고 했다. 어떤 부모들은 나디아가 유치원에 들어가기도 전에 첫 책을 읽은 것에 몹시 놀랐고, 그중 한 어머니는 나디아가 이야기를 외운 거라고 확신하여 정말인지 시험해 보려고 자기 책을 가져오기도 했다. 하지만 나디아의 어머니는 멕시코 여자들이 나디아를 누에고치처럼 둘러싸고 스페인어로 소곤거릴 때 나디아의 뇌가 그 단어들을 쏙쏙 흡수하여 무겁고 가득해진 거라고 회상했다.

어머니의 더듬거리는 스페인어로 가능한 것은 거기까지였다. 남편은 페르시아만(灣)에 배치돼 있었고, 그녀는 오션사이드에 산 지 1년이 되었지만 친구라고 부를 만한 사람을 만들지 못했다. 그래서 외로웠던 그녀는 집으로 삼을 만한 교회를 찾아 나섰다. 어디서부터 찾아야 할지 잘 알 수 없었다. 성자들의 이름을 충실히 딴 가톨릭교회를 제외하면 샌디에이고 교회 대부분에는 코스트라인 침례교회나 시코스트 커뮤니티 교회처럼 바다와 관련된 이름이 붙어 있었다. 그런 이름을 들으면 트렁크를 입고 신자석으로 줄지어 들어가는 사람들과 팔 밑에 서핑보드를 끼고 제단으로 올라가는 목사가 그려졌다. 캘버리 채플 교회와 이매뉴얼 페이스 교회에도 가보았지만 두 곳 다 아닌 것 같았다. 이매뉴얼 페이스에서는 여자 목사가 설교 중에 자기가 하버드에 다닌 사실을 세 번이나 언급했다. 캘버리 교회에서는 뒤에 앉은 여자가 성령으로 충만한 나머지 팔다리를 사방으로 휘젓기 시작하더니 거의 모두의 머리를 때릴 뻔했다. 몇 년 동안 이 교회 저 교회 옮겨 다녔지만 너무 작거나 너무 컸고, 너무 현대적이거나 너무 전통적이었다. 그러던 어느 오후 객실 쓰레기통을 비우는데 발등 위로 어퍼 룸 교회 주보가 펄럭 떨어져 내렸다.

「그곳이 내 골디락스[12] 교회였어.」 어머니가 나디아에게 말하곤 했다. 「교회로 들어가는 순간 대번에 알았어. 모든 게 딱 적당했거든.」

일요일 아침이 되면 어퍼 룸 교회는 북적거리고 부산스러웠다. 정장 차림의 남자들은 서로 거칠게 끌어안았고, 여자들은 볼 키스를 나눈 뒤 성경책에서 삐져나온 종이에 브런치 약속 날짜를 휘갈겼다. 즉석에서 꼬리잡기 놀이를 시작한 어린아이들이 화분 근처를 뛰어다녔고, 교회 어머니들은 긴 깃털이 왕관처럼 장식된 색색의 모자를 쓴 채 자랑스럽게 그 옆을 지나갔다. 어퍼 룸에 처음 간 날 나디아는 어리둥절해진 채 어머니의 무릎 뒤에서 그 깃털이 옆으로 지나가면서 위아래로 흔들거리는 것을 지켜보았다. 그들이 흰 장갑을 팔꿈치까지 올려 낀 채 걸어갈 때 탬버린[13] 소리가 쟁쟁거리자 나디아는 나이

12 숲속으로 들어간 금발 소녀 골디락스가 곰 세 마리가 사는 집에 들어가 뜨겁지도 차갑지도 않은 수프를 마시고, 딱딱하지도 출렁거리지도 않는 침대에서 잤다는 영국의 전래 동화 〈골디락스와 세 마리 곰〉에서 연유한 것으로, 과하지 않고 적당하다는 의미로 사용된다.
13 모자의 형태가 탬버린처럼 생긴 것을 탬버린 해트라고 부르고, 여기서는 모자를 가리킨다.

가 들면 그 소리가 나는 것인지, 언젠가 자기 얼굴에 주름이 생기고 머리칼이 세면 자신의 걸음도 음악을 만들어 낼지가 궁금해졌다. 어머니가 그 질문에 웃음을 터뜨렸다.

「오, 네 몸에서는 좋은 소리가 날 거야.」어머니는 나디아의 손을 감싸 잡으며 말했다.

교회에 처음 간 그 일요일에 아버지는 같이 가지 않았다. 어머니는 예배가 끝난 뒤 인사하는 차례를 기다렸다가 목사와 악수한 뒤 남편이 오지 않은 것에 대해 사과했다.

「남편이 해외에서 방금 돌아왔어요.」어머니가 말했다.「게다가 교회에 가는 걸 좋아하는 성향이 아니고요.」

아버지가 돌아온 지 일주일이 지난 때였다. 그때 나디아는 네 살이었고 아버지를 거의 기억하지 못했지만 그 사실을 인정하는 것이 창피하다는 정도는 알 만한 나이였다. 그가 돌아오기를 손꼽아 기다리던 몇 달 동안 어머니는 나디아를 무릎에 앉히고 사진첩을 꺼내 천천히 넘기면서 아버지가 아기 나디아를 안고 있는 지난 사진들을 보여 주었다. 한 사진에서 그녀는 아기 고양이처럼 몸을 웅크린 채 아버지의 품에 안겨 있었고, 젊고 머리부터 발끝까지 푸른색인 해병대 제복을 입은 아버지는 카메라를 보며 웃고 있었다. 그의 코 옆에는 점이 있었고, 플러시 천 같아 보이는 짙은 색깔 짧은 머리칼은 어머니의 화장용 브러시의 빳빳한 털 같았다. 나디아는 자신과 닮은 부분이 있는지 찾으려고 그의 얼굴을 유심히 살펴보았다. 사람들은 늘 그녀에게 엄마와 똑같이 생겼다는 말을 해주곤 했다.

처음에 나디아는 그의 옆에서 경계심을 보였고 심지어 수줍음도 탔다. 아버지가 터미널 밖에서 나디아를 안으려고 무릎을 꿇자, 그녀는 얼룩덜룩한 군복 차림에 커다란 더플백을 둘러멘, 사막 햇볕에 얼굴을 까맣게 태운 그 남자를 보고 깜짝 놀라 뒤로 물러섰다. 사진을 유심히 들여다보며 보낸 시간도 몸과 냄새를 지닌 실재하는 그와 대면할 준비는 시켜 주지 못했다. 그가 얼굴을 찡그렸다.

「아이가 나를 기억 못 해?」 그가 그녀의 어머니에게 물었다.

「당신이 떠났을 때 이 아이는 아기였잖아.」 어머니가 나디아를 조금 떠밀었다. 「가서 아빠를 안아드려야지. 어서.」

나디아가 몇 걸음 앞으로 나아갔고, 아버지가 그녀를 끌어안았다. 그의 가슴은 단단했다. 안겨 있는 것이 아팠지만 나디아는 아버지를 보고 방긋 웃었다. 집으로 돌아오는 길에 아버지가 나디아를 무릎에 앉히자 어머니는 유아용 카시트에 앉혀야 한다고 불평했다.

「아이가 나한테 익숙해져야 할 텐데.」 아버지가 말

했다.

「시간이 조금 걸리는 것뿐이야, 로버트.」 나디아의 어머니가 말했다.

「난 상관없어.」 그가 말했다. 「시간이 얼마나 걸리든 상관없어. 이 아이는 나를 사랑하게 될 테니까.」

교회 가는 길로 접어들기 전 교차로에서 아버지가 잠시 차를 멈추었다. 어머니의 장례식이 있던 그날 아침 이후 나디아는 이 길에 동행하지 않았었다. 그날 차에 타고 가던 길은 모든 것이 아물거렸다. 오디션에 참가하지도 않은 연극의 배역이 맡겨져 갑자기 모든 대사를 알 것으로 기대되는 상황에 내던져진 느낌이었다. 장례식 때 말을 하는 건가? 한다면 무슨 말을 해야 하는 거지? 어느 날 어머니가 있었지만 다음 날 없어졌다고? 어머니에게 닥친 유일한 비극적 상황이 어머니 자신이었다고? 영구차 뒷좌석에서 나디아는 팬티스타킹의 올이 풀린 것을 발견하고 구멍이 크게 뚫릴 때까지 그것을 조용히 후볐고, 그렇게 풀어 내는 행위에서 마음의 평화를 찾았다.

「이 일을 진지하게 받아들여야 해.」 그녀의 아버지가 말했다. 「셰퍼드 부인이 너한테 잘해 주려고 이러는 거니까.」

혹 그럴 수도 있겠지만 목사 부인이 자신을 도와 주고 싶은 마음이 왜 조금이라도 든 것인지 그 이유를 나디아는 전혀 알 수 없었다. 루크의 어머니는 나디아가 7학년 때 교회 건물 뒤에서 루 집사의 조카와 키스하는 장면을 본 이후로 그녀를 싫어했다. 그는 나디아가 당시 좋아하던 타입 — 키 크고 호리호리하고 세 배는 큰 티셔츠를 헐렁하게 내려 입는 — 의 남자였고, 나디아는 그를 교회 벽에 붙이고 누른 채 지그재그로 땋아진 그의 머리칼을 어루만지며 입술을 맞대고 숨을 헐떡였다. 그 전에는 남자와 키스해 본 적이 없었는데, 그것은 제대로 된 키스였다. 그해 좀 더 일찍 3주 동안 데이트를 즐긴 남자가 있어 딱 한 번 키스를 했지만, 그것은 친구들이 부추겨 한 것이니 키스로 치지 않았다. 하지만 이번 키스는 진짜 키스였다. 그가 나디아의 셔츠 안으로 손을 밀어 올리고 스포츠브라 밑으로 그녀를 만질 때 그녀는 그 느낌이 뜨겁게 태울 듯 자기 안을 통과하는 것을 느꼈고 그도 자신과 같이 느꼈을 거라고 생각했다. 그런데 그 순간 뭔가 뜨거운 것을 만진 것처럼 그가 화들짝 나디아에게서 몸을 떼어 낸 것이다. 그녀가 자신의 어깨 너머로 그의 시선을 따라가니 거기에 목사 부인이 서 있었다. 그녀는 나디아의 팔을 홱 잡아 교회 안으로 끌고 가더니 나디아의 손목을 흔들며 야단을 떨었다.

「내 평생 이런 건 처음 보는구나! 교회 뒤에서 그런 짓을 하다니!」 셰퍼드 부인이 자기 얼굴을 나디아 얼굴에 바짝 갖다 대며 다시 한번 손목을 세게 흔들었다. 「반듯한 여자들은 그런 짓을 하지 않는다는 거 모르니? 그걸 몰라?」

나디아는 목사 부인의 얼굴이 자기 쪽으로 느닷없이 크게 다가오던 것이 아직도 기억났다. 그 순간 한쪽은 갈색이고 한쪽은 푸른색인 목사 부인의 양쪽 눈이 초점을 잃고 흐릿해졌다. 그녀가 나디아를 시스터 윌리스의 수업에 다시 끌고 갔다. 남은 주일 학교 시간 동안 시스터 윌리스는 나디아를 교실 뒤쪽에 혼자 앉아 있게 하면서 **내 몸은 하느님의 성전이다**를 1백 번 쓰게 한 뒤 집으로 돌려보냈다. 나디아의 어머니는 집으로 돌아오는 길에 별말 하지 않았고, 차고로 들어간 뒤 조용히 시동을 끄고 운전대를 잡은 채 잠시 차 안에 앉아 있었다.

「우리 엄마는 나를 남자들에게서 떼어 놓으려고 했어.」 어머니가 말했다. 「그 방법이 먹히지 않은 게 분명하니 난 그 말은 하지 않을 거야. 넌 영리하고 신중하게 행동해야 해. 남자란 평생 경솔한 짓을 하며 돌아다닐 수 있는 족속이야. 네가 할 수 있는 건 지금 신중하거나 나중에 신중하거나야. 정말로 네가 할 수 있는 선택은 그것뿐이야. 네 앞에는 큰 일이 기다리고 있어. 중요하지 않은 누군가 때문에 그걸 포기하지 마.」

「그냥 키스였어요.」 나디아가 말했다.

「그 이상이 되게 하지 마.」 어머니가 말했다. 「나처럼 끝나지 말고. 네가 아빠의 가슴을 찢어 놓을 수 있는 유일한 방법이 그거니까.」

아버지는 포옹마저 아프게 느껴질 만큼 가슴 근육이 딴딴한 금욕적이고 강인한 해병대원이었다. 나디아는 자신이 아버지의 가슴은 물론이고 누군가의 가슴을 찢어 놓을 수 있다고는 생각해 본 적 없었다. 어머니는 나디아를 임신했을 때 열일곱 살이었다. 어머니는 그 일이 부모의 마음을 얼마나 아프게 하는지 경험으로 알았을 것이다. 임신하는 것이 나디아가 할 수 있는 가장 해로운 일이라면 예기치 못하게 그녀가 생겼을 때 그것이 일으킨 고통의 크기는 얼마만큼이었을까? 아기가 생기는 것이 그녀에게 일어날 수 있는 가장 나쁜 일이라고 어머니가 말했는데, 그렇다면 나디아는 어머니의 인생을 얼마나 크게 망가뜨려 놓았을까?

나디아가 루크에게 그 키스 이야기를 해주었더니 그는 베개로 입을 막고 웃어 댔다.

「뭐가 재미있다고.」 나디아가 말했다.

「아, 뭐야.」 루크가 말했다. 「그 웃기는 일은 오래전에 일어난 거잖아. 그런데 왜 엄마가 너를 싫어한다고 생각해? 우리 엄마하고 이야기도 하지 않으면서.」

「나를 쳐다보는 방식을 보면 알아.」

「엄마는 모두를 그렇게 쳐다봐. 그게 엄마가 사람을 쳐다보는 방식이야.」

루크가 침대에서 돌아누워 그녀의 목에 자기 얼굴을 묻었지만, 나디아는 몸을 비틀어 그의 품에서 벗어나 팬티를 찾아 이불 밑을 더듬었다. 그녀는 그의 집에 와 오래 머무른 적이 없었다. 처음에는 스릴을 느꼈지만 — 목사의 집에서 섹스라니 — 나중에 그 스릴은 두려움으로 바뀌어 문 밖 발자국 소리, 잘랑거리는 열쇠 소리, 진입로로 들어오는 차 소리를 상상으로 들었다. 루크의 어머니가 벌거벗은 자신을 침대에서 끌어내 손목을 잡아 흔든다. 루크는 나디아의 피해망상을 재미있어 했지만, 그녀는 루크의 어머니에게 자신을 싫어할 또 하나의 이유를 제공하고 싶지 않았다. 나디아는 언젠가 루크가 자신을 집으로 데려가되, 부모가 집을 비웠을 때 그의 침실로 몰래 데려가는 것이 아니라, 저녁 식사에 초대하기를 바랐다. 그가 나디아를 여자 친구로 소개하고, 그의 어머니가 나디아의 어깨에 팔을 두르고 식탁으로 안내하는 것이다.

그녀의 아버지가 은색 셰비 말리부를 몰고 주차장으로 들어가 교회 입구로 천천히 이동했다. 나디아는 속이 울렁거렸다.

「다른 일을 찾을 수 있어요.」 나디아가 말했다. 「저한테 시간을 좀 —」

「어서 가자.」 아버지가 잠긴 차 문을 열며 말했다. 「이러다 늦겠다.」

주중에는 어퍼 룸에 가본 적이 없어 무거운 이중문을 밀고 들어서자마자 나디아는 무단침입을 하는 기분이었다. 일요일 아침에는 북적거리고 부산스러운 교회가 지금은 정적에 휩싸여 복도는 어둑하고 푸른색 카펫이 길게 깔린 중앙 현관은 텅 비어 있었다. 나디아는 사람이 없는 건물이 얼마나 평범해 보이는지 거의 실망감을 느꼈다. 예전에 디즈니랜드에 놀러갔을 때 스페이스 마운틴이 도중에 멈추었을 때 받았던 느낌처럼. 그때 그녀가 있는 곳이 회색 창고와 다름없고 선로의 작은 낙하지점들은 특수 안개 효과가 있을 때에만 흥미진진해 보인다는 사실을 알게 되었다. 나디아는 어두운 복도를 통과해 건물 안쪽으로 걸어갔다. 유치원부터 8학년까지 의무적으로 출석해야 했던 주일 학교 교실을 지나, 성가대 연습실과 목사 사무실을 지나, 복도 끝에 있는 목사 부인의 사무실로 갔다. 그녀 앞에 장엄하게 펼쳐진 공간에서 햇볕을 받은 마호가니 가구가 반짝거렸고 구석마다 화분에 심긴 작은 종려나무가 자라고 있었다. 셰퍼드 부인이 팔짱을 낀 채 책상에 기대서 있었다. 셰퍼드 부인은 키가 컸고 — 180센티미터는 되는 것 같았다 — 빨간색 스커트에 어울리는 하이힐을 신은 채 나디아를 굽어보았다.

「음, 들어와.」 그녀가 말했다. 「거기 서 있지 말고.」

그녀는 늘 위협적으로 보였는데, 키 때문이나 직함 때문이 아니라면, 혹은 먹이를 노리고 다가가는 흑표범처럼 말할 때만큼이나 느린 걸음 때문이 아니라면, 그 짝짝이 눈 때문이었다. 한쪽은 갈색 한쪽은 푸른색. 목사 부

인이 교회 로비에서 나디아 옆을 지나갈 때마다 나디아
는 그 푸른 눈의 서늘함 때문에 시선을 바닥에 내리꽂지
않을 수 없었다.

「몇 살이지, 애야?」셰퍼드 부인이 물었다.

「열일곱 살이에요.」나디아가 부드럽게 말했다.

「열일곱.」셰퍼드 부인이 더 괜찮은 여자가 걸어 들어
올 것을 기대했다는 듯 문 입구를 흘긋 쳐다보며 잠시 말
을 멈추었다.「가을에 어디 다른 지역 학교로 간다고?」

「미시간에요.」나디아가 말했지만, 대답이 어딘지 모
르게 헐벗은 것 같아 〈사모님〉 하고 덧붙였다.

「뭘 공부하니?」

「아직 몰라요. 하지만 로스쿨에 가고 싶어요.」

「음, 너 같은 여대생은 틀림없이 영리하겠지. 사무실에
서 일한 적 있니?」

「아니요, 사모님.」

「하지만 일을 한 적은 있지? 그렇지?」

「물론이에요.」

「무슨 일을 했지?」

「몰의 계산대에서 일한 적 있어요. 조조스 주서리에서
도 일했고요.」

「조조스 주서리.」셰퍼드 부인이 입을 앙다물었다.「저
기 말이지. 나는 여태 조수를 쓴 적이 없고 필요한 적도
없었어. 하지만 남편이 나를 도와줄 사람이 좀 있으면 좋

겠다고 생각한 모양이구나. 그러니 네가 할 일이 있는지 찾아보자. 알겠니?」

셰퍼드 부인이 나디아를 목사 사무실로 보내 커피 한 잔을 가져오라고 시켰다. 나디아는 복도를 걸어가며 주차장이 내려다보이는 창문 밖을 흘끗 내다보았다. 교회 앞 잔디밭에서 어린아이들이 잡기놀이를 하고 있었다. 여름 일일 캠프를 하는 거라고 생각하면서 걸음을 멈추고 눈을 찡그려 쳐다보았는데, 무질서한 풍경 한가운데 오브리 에번스가 보였다. 오브리는 당연히 교회에서 여름을 보낼 것이다. 그녀가 할 수 있는 더 괜찮은 일은 당연히 없을 테니까. 오브리는 바보 같아 보이는 사파리 모자에 헐렁한 카고 반바지를 입었고, 그녀가 다가가자마자 흩어지는 꼬마 아이들을 향해 큰 보폭으로 천천히 달려갔다. 오브리는 아이들 대부분이 자기 손을 피하도록 내버려 두다가 마침내 동작 느린 아이 하나를 붙잡아 두 팔로 휙 안아 올렸다. 그 순간 아이가 비명을 꽥 지르더니 작은 다리를 내뻗으며 허공에서 버둥거렸다. 또 다른 생에 어쩌면 나디아도 오브리 같은 사람이었을지 몰랐다. 여름 아침에 아이들과 놀아 주고, 자신에게 붙잡힌 것에 감사하며 웃음 짓는 아이를 안아 올리는 사람.

어퍼 룸에서 일을 시작하고 몇 주가 지나면서 일찍 일어나고 조용히 식사하고 임시로 빌린 차에 타는 것이 나디아와 아버지의 일상이 되었다. 아버지가 출근길에 그녀를 내려 주었다. 가는 길에 아버지는 운전 감각이 다르다거나 차들 많은 길에서 앉은 높이가 낮은 것이 싫다고 불평했지만, 트럭이 수리점에 가 있는 동안 어퍼 룸 봉사를 할 수 없기 때문에 트럭이 그리워 그런다는 것을 나디아는 알고 있었다. 퇴근 후가 되면 아버지는 모르는 사람의 집에 들어와 뭘 어떻게 할지 모르는 사람처럼 부엌을 서성이며 주머니를 툭툭 쳤다. 신발은 문 옆에 벗어 둬야 하나? 욕실은 어디 있지? 그는 묵묵히 형기를 보내는 죄수처럼 행진하듯 밖으로 걸어 나가 역기 운동을 했다.

일하러 가면 나디아는 셰퍼드 부인이 시키는 일을 했다. 여성 단체 오찬을 위해 케이터링 업체에 전화를 걸거나 교회 주보의 교정을 보거나 아동 병원 장난감 기부 행사의 일정을 짜거나 여름 일일 캠프 신청 양식을 복사하는 일 따위였다. 실수하면 셰퍼드 부인이 째려봤기 때문에 모든 것을 완벽히 해내려고 애썼다. 내가 뭘 참고 있는지 봐, 그렇게 말하는 것처럼 목사 부인은 눈살을 찌푸리거나 찡그림과 히죽거림 사이 어디쯤의 표시로 입을 앙다물었다.

「애야, 이건 다시 해야겠어.」 그녀가 나디아를 손짓으로 부르며 말한다. 아니면 〈자자, 집중해. 우리가 너를 고용한 이유가 그거 아니야?〉 하고 말하는 것이다.

솔직히 나디아는 목사 부부가 자신을 고용한 이유가

정확히 무엇인지 알지 못했다. 그들이 자신을 불쌍히 여긴다는 건 그녀도 알았지만 안 그런 사람이 어디 있는가? 어머니의 장례식에서 나디아는 맨 앞줄에 앉았는데, 사람들 모두 예의를 지키느라 겉으로 표현하지는 않았으나 사방에서 쏠리는 조용한 분노와 연민이 그 뜨거운 기운으로 그녀의 목덜미를 간질이는 듯했다. 「누가 감히 그들을 정죄하겠습니까?[14] 하느님만이 —」 목사는 추도사를 이렇게 시작했다. 그가 그 말씀으로 시작했다는 것은 교회 사람들이 이미 나디아의 어머니를 비난하고 있으며 더욱 나쁘게는 목사도 그녀의 어머니가 비난받을 만한 뭔가를 했다고 느낀다는 사실을 의미할 뿐이었다. 장례식 후 식사 자리에서 시스터 윌리스가 나디아를 끌어안더니 나디아의 어머니가 그녀 자신이 아니라 나디아를 쏜 것처럼 〈네 엄마가 너한테 그렇게 했다는 게 믿기지 않아〉 하고 말했다.

그 뒤로 아버지는 일요일 아침마다 그녀의 방 문 두드리는 것을 결코 포기하지 않았다. 하지만 나디아는 번번이 침대에서 돌아누우며 잠든 척했다. 아버지는 같이 교회에 가자고 그녀에게 강요하지는 않았다. 그는 뭐든 그녀에게 강요하지 않았다. 물어보는 것 자체만으로도 힘이 많이 들었다. 이따금 나디아도 아버지와 같이 가야 한다고 생각했다. 그렇게 하면 아버지를 행복하게 해줄 수

14 「로마서」 8장 34절.

있을 것이다. 하지만 그 순간 시스터 윌리스가 그녀의 귀에 속삭인 말과 가슴속이 차가워지던 것이 떠올랐다. 교회 사람 어느 누가 감히 어머니를 판단할 수 있단 말인가? 어느 누구도 어머니가 죽고 싶어 한 이유를 알지 못했다. 가장 나쁜 것은 어퍼 룸의 판단이 나디아마저 어머니를 판단하게 만든다는 사실이었다. 이따금 머릿속에서 시스터 윌리스의 목소리가 들리면 나디아의 일부도 엄마가 나한테 그렇게 했다는 게 믿기지 않아, 하고 생각했다.

어퍼 룸에서 나디아는 장례식에 대해 생각하지 않으려고 애썼다. 그 대신 자신에게 맡겨진 소소한 일에 집중했다. 죄다 소소한 일인 이유는 무뚝뚝하고 사무적인 셰퍼드 부인이 일을 가르치기보다 직접 하는 타입이었기 때문이었다. (자기가 더 좋은 물고기를 잡을 수 있기 때문만은 아니고, 한 남자와 굶주림 사이에 있는 유일한 존재가 되는 것에서 자신의 중요성을 느끼기 때문에 그 남자에게 물고기 주는 것을 선호하는 타입이었다.) 나디아는 자신이 셰퍼드 부인을 연구하고 그녀가 바라는 것을 예상하는 데 많은 시간을 쏟아야 한다는 사실이 싫었다. 아침마다 나디아는 나이 든 그 여자가 좋아할 만한 의상을 고르느라 옷장 앞에 섰다. 청바지도 안 되고 반바지도 안 되고 민소매 티셔츠도 안 된다. 되는 것은 오로지 긴바지와 블라우스, 얌전한 드레스뿐이다. 다리나 어깨가 드러나지 않는 옷은 거의 입지 않는 캘리포니아 태생의 여자 나디아는 셰퍼드 부인의 기준에 맞출 만한 옷은 많이 가지고 있지 않았다. 하지만 아직 급료를 받지 못한데다 아버지에게 돈을 달라고 부탁할 엄두가 나지 않아, 일주일에 며칠 밤은 욕실 세면대 앞에서 허리를 숙이고 옷의 겨드랑이에 묻은 디오더런트 얼룩을 젖은 수건으로 닦아 냈다. 셰퍼드 부인은 나디아가 늘 같은 옷만 입는 것을 눈치챘는지는 몰라도 뭐라고 말은 하지 않았다. 대부분의 나날에 셰퍼드 부인은 나디아의 존재를 거의 인정하지 않았는데, 나디아는 비난을 받는 것과 관심을 받지 못하는 것 중 어느 쪽이 더 나쁜지 결정할 수 없었다. 나디아는 목사 부인이 오브리 에번스를 어떤 식으로 — 냉엄하게 쳐다보면 부서질 것처럼 부드럽게 — 쳐다보는지 보았다. 어떤 점이 오브리를 그토록 특별하게 만든 것일까?

어느 아침 나디아가 화장실 밖에서 오브리와 마주쳤을 때 둘 다 서로를 보고 화들짝 놀랐다. 「안녕.」 오브리가 말했다. 「여기서 뭐 해?」 오브리는 여전히 큼직한 모자에 헐렁한 카고 반바지를 입고 있어 우편배달부 같아 보였다.

「일해.」 나디아가 말했다. 「셰퍼드 부인을 돕는 일. 기본적으론 그녀의 빌어먹을 일을 해주는 거지.」

「오.」 오브리가 미소를 지었지만 무릎 위에 내려앉은 가냘픈 새처럼 어쩔 줄 몰라 하는 것 같았다. 동작이 너무 요란하고 제스처가 너무 컸으며, 놓아 주면 금세 날개를 파닥이며 나무숲으로 날아갈 듯 보였다. 노란 플립플롭 한복판에 발가락 사이에서 피어난 것처럼 해바라기 꽃이 매달려 있었다. 오브리가 그것을 신고 여기저기 뛰어다니는 것을 지켜보며 나디아는 그 꽃을 떼어 내고 싶어졌다. 저 애는 어떻게 저런 바보 같은 것을 좋아할 수 있지? 나디아는 오브리 에번스가 신발 가게에서 실용적인 검은 샌들이 쭉 놓여 있는 진열대를 지나 선반에서 그 해바라기 샌들을 집어 드는 모습을 상상했다. 자기가 멋을 내는 모든 장식을 누릴 자격이 있다고 믿는 듯이 말이다.

어느 오후 캠프에 참가한 아이들이 집으로 돌아간 뒤 셰퍼드 부인이 오브리를 포옹하더니 같이 차를 마시자며 사무실로 데리고 들어갔다. 그 안에 앉아 있는 것은 어떤 기분일까? 책상에 봉투를 내려놓지도 않고 문 입구에 고개를 들이민 채 질문을 하지도 않고 그저 앉아 있기만 하는 것은? 분홍색 커튼이 자주색처럼 보일까? 책상 위 루크의 사진은 소파에 앉으면 그의 미소가 보이는 각도로 놓여 있을까? 나디아는 봉투에 편지 넣는 일에 집중하려고 해보았지만 너무 늦었다. 감정이 북받쳤다. 루크, 맨 앞줄 부모 사이에 끼어 앉아 목에 맨 타이를 잡아당기고 주일 학교에서 그녀 앞에 앉아 있던 소년. 나디아는 성경 대신 그를 공부하며 소용돌이 같은 그의 곱슬곱슬한 머리 모양을 암기했었다. 풋볼 연습 후 풋볼화를 신고 쿵쿵 돌아다니거나 노인들이 손으로 귀를 막아야 할 만큼 귀청을 찢어 놓는 요란한 음악 소리와 함께 교회 주차장으로 차를 몰고 돌진하던 루크. 나디아는 계단을 헛디뎠을 때처럼 심장이 덜컹했다. 슬픔은 상실로부터 당신을 무한히 먼 곳까지 데려가는 일방통행로가 아니었다. 당신은 언제 다시 뒤로 날려 보내져 그 손아귀에 붙잡힐지 몰랐다.

그날 밤 잠들기 전 나디아는 침대 협탁을 열고 아기 발을 찾아 서랍 안을 더듬었다. 결과가 양성인 것을 알게 된 뒤 무료 임신 진단 센터에서 받은 — 그렇게 말할 수 있다면 — 선물이었다. 덜로리스 상담사가 그녀에게 〈아직 태어나지 않은 아기를 사랑하는 법〉, 〈낙태 산업의 비밀〉, 〈피임약이 당신을 죽일 수 있을까?〉 같은 제목의 책자가 가득 담긴 비닐봉지를 주었다. 상담사가 〈진정한 사랑은 기다리는 것〉이라는 제목의 유인물 아래 아기의 성장 단계를 주 별로 설명하는 자주색의 〈소중한 이정표〉 카드를 끼워 놓았다. 그 카드에 라펠핀이 붙어 있었는데, 덜로리스가 말해 주기로 그녀의 8주 된 아기의 그것과 정확히 같은 모양 같은 크기의 작은 황금색 두 발이었다.

임신 진단 센터를 떠나기 전 나디아는 그곳 화장실에

서 먹은 것을 조용히 토했다. 그리고 팸플릿을 쓰레기통에 버렸다. 그 전부를 가느다란 구멍으로 밀어 넣다가 맨밑의, 아기 발이 붙어 있는 그 카드에 이르렀다. 이전에는 그런 것 — 두 발만 떼어 놓은 것 — 을 본 적이 없어서 아마 순전히 묘한 기분 때문에 그 핀을 간직하기로 했을 것이다. 아니면 이미 그때 자신이 임신 중절을 할 것을 알았을 것이다. 그녀는 자신의 선택이 엄격한 저울에 매달려 있다고 느꼈고, 그 핀을 없앨 수 없다는 사실이 아기는 태어나지 않을 것이고 그 핀이 남겨질 전부가 될 것임을 의미한다는 것을 깨달았다. 나디아는 그 라펠 핀을 서랍 깊은 안쪽에, 예전에 쓰던 공책과 머리 끈보다, 아버지가 몇 년 전에 사준 빈 보석 상자보다 더 안쪽에 숨겨 두었다. 매일 밤 잠들기 전 나디아는 서랍 안에 손을 넣어 핀을 찾아 쥐고서 어둠 속에서 은은한 빛을 내는 그 황금색 발바닥을 쓰다듬었다.

늦봄이 되면 오션사이드는 담요를 덮은 듯 안개가 자욱했는데, 지역 사람들은 그것을 회색 5월이라고 불렀다. 어둑한 하늘이 여름까지 계속되다 우울한 6월이 왔다. 하늘 없는 7월. 안개의 8월. 그해 봄에는 안개가 너무 짙어 해변에는 정오까지 사람이 없었고, 서퍼들은 10피트 앞을 볼 수 없어 해안을 버리고 떠났다. 살지고 게으른 무엇처럼 두껍게 퍼진 안개는 어퍼 룸 여자들이 교회로 가면서 고데기로 모양을 낸 컬을 망치지 않으려고 모자나 스카프로 머리를 가려야 할 정도로 자욱했다. 안개는 새 소식도 함께 데려왔다. 목사 부인이 새로 조수를 고용했는데 이름이 나디아 터너라고 했다.

래트리스 셰퍼드가 이전에 조수를 쓴 적이 없었기 때문에 모두 잘 데리고 있을지에 대해 의문을 품었다. 래트리스는 신자석 맨 앞줄에 앉아 조용히 미소를 머금고 있는 온순한 아내가 아니라, 키 크고 요구 사항이 많은 여자였다. 장로들이나 이따금 남편이 그녀보고 한 접시에 너무 많은 것을 담았다고 빗대어 말하면 래트리스는 자신에게 주어진 소명은 앉아 있는 것이 아니라 섬기는 것이라고 말했다. 그녀는 노숙자, 어린아이, 바깥출입을 못 하는 병자, 재활이 필요한 약물 중독자, 여성 사목을 맡았고, 얻어맞는 여성들의 쉼터 봉사를 개인적으로 주도했다. 래트리스는 정신없이 흘러가는 자신의 삶에 차츰 익숙해졌고, 이 회의 저 회의에 참석하느라 어퍼 룸을 뛰어다녔다. 노숙자들을 위해 기증된 의류를 차 트렁크에 싣고 다녔고, 아동 병원에 장난감을 갖다주느라 걸핏하면 고속도로를 탔다. 얻어맞는 여성들의 쉼터로, 소년원으로, 남편에게 저녁 식사를 차려 주러 집에 돌아가기 전까지는 필요한 곳이면 어디든 갔다. 하지만 조수를 둔 적은 없었고, 지금도 필요하지 않았다.

「그 애 외모가 마음에 안 들어요.」 래트리스가 어느 아침 남편에게 말했다.

「당신이 외모가 마음에 안 든다고 한 사람들이 많은 것 같은데요.」그가 말했다.

「내가 잘못됐어요?」

「그게 누군가를 해고하는 이유는 될 수 없어요.」

책상 앞에 앉은 존이 커피를 홀짝였고, 래트리스는 자기 컵에 커피를 더 따르며 한숨을 쉬었다. 창밖으로 안개가 교회 주차장으로 흘러드는 것이 보였다. 이 안개가 지긋지긋했다. 그녀는 조지아주 메이컨 출신이었다. 비도, 습기도 잘 알았지만 이 낯설고 어중간한 것은 싫었다. 조지아의 봄은 진달래와 복숭아와 목련 꽃이 피고 날씨는 바비큐를 하거나 포치에 앉아 있거나 차창을 내리고 운전하기에 완벽했기에 더욱 그랬다. 하지만 이곳에서는 바로 앞의 길이 보이지 않을 정도였다. 그것은 이미 실망한 그녀를 더욱 실망시키기에 충분했다.

「여보, 우리 모두 터너 형제를 좋아하잖아요.」래트리스가 말했다. 「하지만 나는 행실이 문란하고 아무것도 모르면서 여름 내내 나를 졸졸 쫓아다닐 아이는 필요 없어요!」

「래트리스, 성경 말씀에 선한 목자가 아흔아홉 마리의 양을 버려 ―」

「오, 나도 성경에 뭐라고 쓰여 있는지 알아요. 어린 여자 신자한테 하듯 나한테 설교하지 마요.」

요점을 말하고 싶을 때 늘 그러듯 존이 안경을 벗었다. 어떤 이야기는 그녀의 모습이 초점 없이 흐려보일 때 하기가 더 쉬운 듯했다.

「우리가 그 애한테 빚을 졌어요.」존이 말했다.

래트리스가 창문 앞에서 돌아서며 코웃음을 쳤다. 그녀는 그 아이를 도와준 것밖에 한 것이 없고, 더욱이 누구에게 빚진다는 발상 자체를 받아들이지 않았다. 그 순간에 신속히 대응할 수 있었던 사람은 자신뿐이었다. 그날 아침 그녀의 아들은 두 손에 머리를 받친 채 식탁 앞에 등을 구부리고 앉아 있었고, 남편은 부엌을 서성였다. 아들이 움직이지 않고 있는 것과 남편이 끊임없이 움직이는 것에 래트리스는 짜증이 났다. 아직 완전히 잠에서 깨지 않았을 때였고 머리에서 롤러도 빼지 않은 상태였다. 모닝커피도 마시기 전에 임신한 여자 이야기라니.

「어퍼 룸에 다니지 않는 여자아이를 찾을 수는 없었니?」래트리스가 마침내 말했다.

「엄마 —」

「엄마라고 부르지 마. 그 아이가 네 아이인 건 맞아? 그 애가 얼마나 많은 남자하고 잤는지 누가 알아?」

「제 아이가 맞아요.」루크가 말했다.「그건 알아요.」

「고등학생 여자애라니.」그녀가 말했다.「열여덟은 됐니?」

「거의요.」루크가 조용히 말했다.

「우리가 너한테 그 모든 걸 가르쳤건만.」 존이 말했다.
「우리가 너를 성경 말씀 속에서 길렀건만, 죄를 짓고 살
아가는 것에 대해 알려 줬건만, 그런데 밖에 나가 이런
멍청한 짓을 하고 돌아다녀?」

래트리스는 이전에도 남편이 이렇게 소리를 지르며
루크를 나무라는 장면을 수십 번은 보았다. 친구들과 폭
주를 즐겼다고, 표 한 장으로 여러 편의 영화를 봤다고,
오래된 콜라병에 맥주를 담아 해변에 몰래 가져갔다고,
버디토드 공원에서 마리화나 궐련을 피웠다고, 해병대원
들을 집적거려 싸움을 벌였다고 아들을 나무랐다. 루크
는 나쁜 아이가 아니었지만 무모했다. 흑인 남자들이 무
모하게 굴면 걷잡을 수 없어진다고, 그렇게 그녀는 루크
를 타일렀다. 무모한 백인 남자들은 정치가나 은행가가
되지만 무모한 흑인 청년들은 죽음을 맞는다고. 루크에
게 조심하라고 얼마나 타일렀던가? 그런데 그가 아직 법
적으로 관계를 맺으면 안 되는 나이의 여자아이와 놀아
난 것이다. 로버트는 어떻게 생각할까? 당연히 화를 내겠
지만 어떻게? 루크를 떼메고 경찰서로 갈 만큼 화를
낼까?

「그 애는 아이를 지우고 싶어 해요.」 루크가 말했다.

루크는 풀 죽은 표정으로 눈가에 고인 눈물을 훔쳤다.
래트리스가 아들의 우는 모습을 본 것은 꽤 오래전이었
다. 모든 아들들처럼 그녀의 아들도 오래전에 엄마의 품

을 벗어났다. 래트리스는 루크가 부쩍 자라는 것을, 여름에 역기 운동을 해서 어깨살이 트는 것을 지켜보았다. 더 남자다워질수록 더 자신의 아들이 아닌 것 같았다. 루크는 이제 비밀 많고 속을 터놓지 않는 다른 사람이 되어 닫힌 문 뒤로 사라졌고, 통화를 하다가도 그녀가 방에 들어가면 입을 다물었다. 초등학교 때는 친구들과 함께 거실 러그 위에서 몸싸움을 했다면, 그녀는 고등학생이 된 그가 벽에 걸린 그림이 떨어질 정도로 친구를 세게 미는 것을 보았다. 가장 마음에 걸렸던 것은 래트리스가 그만하라고 소리를 질렀을 때, 그 거친 행동이 너무도 자연스럽게 형성된 것이어서 그게 문제인 것을 알고 깜짝 놀랐다는 듯 그의 얼굴에 떠오른 놀란 표정이었다.

딸은 크면서 점점 엄마와 가까워지다가 서서히 옷본처럼 엄마와 포개진다. 하지만 아들은 돌이킬 수 없을 만큼 분리된 존재가 된다. 그래서 래트리스는 아들이 우는 꼴이 보기 싫었음에도 다시 엄마가 될 기회가 생겼음에 감사했다. 그녀는 루크를 자신의 어깨로 끌어당겨 머리를 쓰다듬어 주었다.

「이제 뚝.」 래트리스가 말했다. 「엄마가 알아서 할게.」

그러고는 루크가 그 아이에게 줄 수 있게 은행에 가서 6백 달러를 찾아 봉투에 넣었다. 존은 그날 밤 잠을 이루지 못하고 침대에서 이리저리 뒤척였고, 곧 일어나 침실 안을 서성였다.

「우리가 이렇게 해서는 안 될 것 같아요.」존이 말했다. 「내 영적 인간이 슬퍼해요.」

하지만 래트리스는 죄의식을 느끼기를 거부했다. 그들은 그 여자아이가 원하지 않은 것은 어떤 것도 강요하지 않았다. 아기를 낳고 싶어 하지 않는 여자는 낳지 않을 방법을 찾는다. 좋은 일 ─ 크리스천다운 일 ─ 은 그것을 좀 더 쉽게 만들어 주는 것이다. 이제 그 여자아이는 대학에 갈 것이고, 그들은 자신의 삶과 여기 남겨질 것이다. 완벽한 해결책은 아니지만, 하느님께 감사하게도, 그 일이 더 큰 재앙이 되는 것은 피했다.

그럼에도 존은 슬픔을 느꼈고, 로버트 터너가 일요일에 교회에 왔을 때 그의 망가진 트럭은 하나의 징조인 듯, 그리고 긴 심판의 시작인 듯 느껴졌다. 그래서 존은 먼저 래트리스와 의논하지도 않고 로버트의 집으로 가 그 아이에게 연민에서 비롯한 일자리를 제안한 것이었다. 이제 그 아이는 이번 여름 동안 래트리스 밑에서 일하게 되었는데, 그것은 오로지 존이 슬퍼할 가치도 없는 문제에 속죄하고 싶어 하기 때문이었다.

「나는 그 애한테 빚진 게 하나도 없어요.」래트리스가 말했다. 「나는 다 갚았어요.」

넷

엘리스 터너의 장례식 날 교회 사람들 전부 일찍 도착해 신자석을 넘치도록 메웠다.

우리는 그 전에도 단단한 죽음을 보아 왔다. 바 밖에서 칼에 찔려 대형 쓰레기통 두 개 사이에 구겨진 채 처박혀 있던 새미 왓킨스, 몽둥이에 맞아 숨진 채 버디토드 공원에서 발견된 모지스 브루어. 남자 친구의 밝은 푸른색 재킷을 입고 있다가 멕시칸 블러즈 폭력배의 총에 맞아 죽은 열네 살 소녀 케일라 딘. 케일라가 다니던 고등학교에서 흑인과 멕시코인 사이에 벌어진 큰 싸움이 일주일 동안 계속되었고, 그 싸움은 폭동 진압용 장비를 갖춘 경찰이 오고 머리 위에서 헬리콥터가 빙빙 돌고서야 끝났다. 그러는 내내 어퍼 룸은 침착한 태도를 유지했고, 셰퍼드 목사는 전혀 득 될 것 없는 상황이니 지각 있게 행동할 것을 촉구했다. 재킷 하나 때문에 목숨을 잃었다. 알베르토스 밖에서 피시타코를 기다리던 그 아이는 추웠기 때문에, 귀갓길에 재킷도 안 입어서 병에 걸렸다고 어머니가 잔소리를 했었기 때문에 재킷을 빌려 입었다. 케일라딘의 장례식에서 어퍼 룸 사람들은 울부짖는 어머니를 둘러싸고, 단단한 죽음에 대해서는 어떤 말도 불가능하기에, 말없이 그녀를 붙잡아 주었다. 부드러운 죽음은 **주님과 함께 있기 위해 집으로 불려 갔습니다**라거나 **영광 속에서 다시 만날 것입니다**라는 말로 삼켜질 수 있었지만, 단단한 죽음은 연골 덩어리처럼 이 사이에 끼었다.

우리는 단단한 죽음을 보아 왔지만, 엘리스 터너의 경우는 스스로 선택했다는 점이 달랐다. 잠을 연장하려고 수면제를 한 움큼 먹은 것도 아니었다. 닫힌 차고에서 시동을 켜놓은 것도 아니었다. 머리에 권총을 쏜 것이었다. 그녀는 어떻게 그토록 폭력적인 자기 파괴 방법을 선택할 수 있었는가? 우리 모두 무엇이 기다리고 있는지 모르는 채 신자석에 끼어 앉았다. 목사는 무슨 말을 할 것인가? 평소 장례식 때 쓰던 성경 구절은 안 된다. 우리가 영광 속에 그녀를 다시 만날 일은 없을 것이다. 자기 머리에 총알을 박아 넣은 여자에게 어떤 영광이 기다리겠는가? 주님과 함께 있기 위해 집으로 불려간 것도 아니었다. 그냥 떠나기로 선택한 것이었다. 상상해 보라. 많은 사람들이 그 선택을 멀리 밀어 두는데 그녀는 당돌하게 그 선택을 한 것이다. 남은 우리는 주어진 단단한 삶을 어떻게든 꾸려 나가려고 애쓰는데 그녀는 어떻게 감히 단단한 죽음을 선택한 것인가?

우리는 이해했어야 했겠지만 결코 이해하지 못했다. 어쨌거나 엘리스 터너가 살아 있는 모습을 마지막으로 본 사람은 우리였다. 그녀가 자살한 그날 아침 우리는 기도를 시작하려고 일찍 어퍼 룸에 도착했다. 예배당 문을 통해 빠끔 들여다보았을 때 우리가 처음 본 것은 기도를 하고 있거나 잠든 것처럼 보이는 어떤 사람이 거위털 코트를 입은 채 제단 앞에 몸을 숙이고 있는 형체였다. 아마 부랑자겠지. 이따금 아침에 가보면 부랑자들이 신자석에 드러누워 잠을 자고 있었다.

「자, 이제.」 베티가 말했다. 「그만 가보세요. 당신을 봤다는 말은 아무한테도 하지 않을 테니 이제 가주셔야겠어요.」

반응이 없었다. 아마 술 취한 부랑자겠지. 오, 주님. 이제 우리는 저들을 다룰 수 없다. 봉헌 바구니를 변기로 착각하고 아기들의 발바닥이 베이게 깨진 맥주병을 그대로 둔 채 취해서 뻗어 있는 저들.

「그래요.」 해티가 말했다. 「이제 좀 일어나지 그래요? 경찰을 부르고 싶지는 않아요.」

거리를 조금씩 좁혀 가니 먼저 모피 칼라가 보이고 이어 노랗고 가느다란 목 위로 길고 검은 머리칼을 틀어 올린 것이 보였다. 부랑자의 목이라고 보기에는 너무 깨끗하고, 남자의 목으로 보기에는 너무 가냘팠다. 애그니스가 낯선 여자의 목에 손을 댔다.

「엘리스! 여기서 뭐 해요?」

「저는…… 어젯밤에 여기 왔는데…….」 플로라가 그녀를 일으켜 세울 때 엘리스의 표정이 멍했다.

「이봐요, 벌써 아침이에요.」 애그니스가 말했다. 「아이가 기다리는 집으로 돌아가는 게 좋겠어요.」

「내 아이요?」

「아무렴요. 이곳에서 밤새 자면서 뭘 했어요?」

「로버트가 걱정하다 병이 났겠어요.」 해티가 말했다. 「이제 집으로 가요, 어서요.」

우리는 그때 엘리스가 아침 안개를 뚫고 그녀의 차로 가는 것을 보며 웃었다. 오, 빙고 게임 날에 다른 여자들에게 이 이야기를 할 때까지 기다려라. 엘리스 터너가 흔히 보는 부랑자처럼 교회에서 잠들었더라고. 여자들이 그 이야기를 신나게 해댈 것이다. 엘리스는 어쨌거나 우리가 보기에 늘 조금 이상했다. 마음이 긴 줄에 매달린 풍선인데 가끔 줄 감는 것을 잊어버린 듯 꿈결처럼 보였다.

이후의 세월 동안 우리는 그 마지막 대화에 붙들려 있었다. 엘리스는 밖으로 나가 차로 가기 전에 좀 머뭇거렸는데, 우리의 기억 속에서 그 시간의 길이가 다 달랐다. 베티는 아주 길었다고 말하고, 플로라는 순간적으로 멈칫한 거라고 말했다. 엘리스가 차를 몰고 사라져 스스로를 쏴버릴 거란 사실을 우리가 알았어야 했을까? 그것을 알 방법이 있나? 아니, 로버트조차 모르고 있었다면 어느 누구도 예상하지 못했을 것이다. 엘리스 터너는 아름다웠다. 아이도 있었고 괜찮은 직장을 다니는 공무원 남편도 있었다. 하는 일도 백인 변기를 닦는 일에서, 기지 미용실에서 머리 만지는 일로 바뀌었다. 여느 백인 여자처럼 잘 살고 있는 예쁜 흑인 여자. 그녀가 불평할 것이 뭐가 있는가?

그해 여름 나디아 터너가 자꾸 우리 앞에 나타났다.

나디아와 그녀의 어머니의 생김새가 너무 똑같아서, 어퍼 룸 사람들은 엘리스를 다시 봤다고 느끼기 시작했다. 쉴 곳을 찾지 못한 ─ 쉴 곳을 찾지 못했다는 것은 누구도 의심하지 않았다 ─ 엘리스의 영혼이 마지막으로 목격된 장소를 떠돌고 있었다. 예쁜 얼굴과 시무룩한 표정으로 교회 복도에 자꾸 나타나는 그 아이는 그런 시선들을 거의 알아차리지 못했다. 그러던 어느 저녁 세컨드 존이 일을 마친 나디아를 교회 밴에 태워 집까지 데려다주겠다고 제안했다. 그가 길가에 차를 세웠을 때 잠시 백미러에서 그들의 시선이 마주쳤다.

「너는 엄마와 똑같이 생겼구나.」 세컨드 존이 말했다. 「너를 보면 소름이 돋을 정도야.」

그는 뭔가를 잘못 말한 것처럼 거의 수줍게 시선을 돌

렸다. 그날 밤 저녁을 먹으면서 나디아는 그가 한 말을 아버지에게 전했고, 아버지는 나디아의 얼굴이 어떻게 생겼는지 상기할 필요가 있다는 듯 흘끗 고개를 들었다.

「정말로 그렇구나.」 마침내 아버지가 고기를 썰면서 말했고, 그의 턱은 나디아가 어머니 이야기를 꺼내려고 할 때마다 그랬던 것처럼 굳어져 있었다. 어쩌면 그것이 아버지가 언제나 어퍼 룸으로 달아나 버린 이유, 나디아 주변에 있는 것을 견딜 수 없어 한 이유였을 것이다. 어쩌면 아버지가 나디아를 쳐다보기 싫어한 이유는 그가 잃은 모든 것을 그녀가 상기시켜 주기 때문이었을 것이다.

어머니가 죽기 전날 밤 나디아는 어머니가 비누 거품이 가득한 물 속에 팔을 깊이 담그고 부엌 창문 밖을 바라보고 있는 모습을 보았는데, 어찌나 생각에 깊이 빠졌는지 어머니는 개수대 물이 넘치려고 하는 것도 알아차리지 못했다. 나디아가 수도꼭지를 잠그자 어머니가 조금 웃었다.

「나도 참.」 어머니가 말했었다. 「또 백일몽에 빠졌었네.」

그 순간에 어머니는 무슨 생각을 하고 있었을까? 마지막 시간들은 극적이고 의미 있어야 하지 않는가? 그것이 그들의 마지막 대화라는 것이 비록 그때 어머니에게 떠오르지 않았더라도 그 대화는 감정적이었어야 하지 않는가? 하지만 그 마지막 순간은 전혀 특별한 것이 없었다. 나디아도 웃으면서 어머니를 스쳐 냉장고로 갔다. 다음 날 아침 잠에서 깬 나디아는 아버지가 두 손에 얼굴을 묻고 슬픔에 겨워 무게마저 잃은 채, 매트리스에 앉아 있는 것조차 느껴지지 않게 나디아의 침대 모서리에 너무도 조용히 앉아 있는 것을 보았다.

나디아는 여전히 단서를, 어머니가 행동하거나 말한 것 중 이상한 점을, 자신이 알아차렸어야 하는 신호를 찾았다. 적어도 그렇게 해야만 어머니의 죽음을 이해할 수 있을 것 같았다. 하지만 정말로 어머니가 죽고 싶어 했다는 어떤 암시도 생각해 낼 수 없었다. 어쩌면 그녀는 어머니를 전혀 몰랐을 것이다. 그 몸이 당신에게 최초의 집이었던 사람을 알 수 없다면, 그렇다면 당신은 누구를 알 수 있겠는가?

나디아는 외로웠다. 어떻게 외롭지 않을 수 있겠는가? 매일 아침 아버지는 나디아를 어퍼 룸에 내려놓고 떠났고, 매일 오후 그녀는 교회 계단에 앉아 아버지가 다시 자신을 태워 가기를 기다렸다. 일을 마치면 〈로 앤드 오더〉 지난 화를 보거나 깨어나 다시 처음부터 똑같은 일상을 반복할 다음 날 아침을 기다리며 침대에서 몇 시간을 보냈다. 이따금 가을이 될 때까지 이런 식으로 하루를 보내고 또 하루를 맞으며 시간을 보낼 수도 있겠다고 생각했다. 뜨거운 바람이 불어올 때가 되면 나디아는 그 바

람과 함께 새 삶을 시작할 새 주(州)의 새 학교로 날아갈
것이다. 어떤 때에는 기분이 몹시 비참해져 옛 친구들에
게 전화를 걸어 볼까 하는 생각도 했다. 하지만 이제 그
들에게 뭐라고 말할 것인가? 예전에는 엄마가 있었지만
지금은 없고, 예전에는 임신했지만 지금은 아니라고? 시
간이 지나면 친구들과의 거리가 좁혀질 줄 알았는데 간
격은 점점 커지기만 했고, 나디아는 그게 아닌 척할 기력
이 없었다. 그래서 외톨이로 지내면서 오전 내내 목사 부
인의 사무실에서 일하다가 정오가 되면 터덜터덜 밖으로
나가 교회 계단에서 점심을 먹었다. 어느 오후 땅콩버터
샌드위치를 조금씩 뜯어 먹고 있는데 오브리 에번스가
자신을 향해 다가오는 것이 보였다. 그 아이는 지금 입은
선드레스 색깔에 맞는 하늘색 도시락 봉지를 손에 쥔 채
미소를 지어 보였다. 그 아이가 다른 모두처럼 갈색 봉지
를 들고 다닐 수 없다는 사실을 나디아는 진작 알았어야
했다.

「여기 앉아도 돼?」 오브리가 물었다.

나디아가 어깨를 으쓱했다. 옆에 앉으라고 말하고 싶
지 않았지만 그러지 말라고 할 수도 없었다. 오브리는 햇
살에 눈을 찡그리며 계단에 앉았다. 그러고는 봉지 지퍼
를 열고 작은 플라스틱 용기들을 꺼내 계단 위 자기 옆에
가지런히 내려놓았다. 나디아는 마카로니 앤드 치즈, 썰
어져 있는 스테이크, 감자 샐러드가 담긴 용기들을 가만

히 내려다보았다.

「그게 정말로 네 점심이니?」 나디아가 말했다. 당연히 그랬다. 당연히 에번스의 부모는 오브리의 점심 식사로 그토록 정성스러운 음식을 푸짐히 만들어 준 것이다. 그녀가 샌드위치처럼 평범한 것을 먹어야 한다는 사실은 어림없는 일일 테니까.

오브리가 어깨를 으쓱했다. 「먹어 볼래?」

나디아가 망설이다 손을 뻗어 브라우니 모서리를 조금 뜯어냈다. 천천히 씹었고, 너무 맛있어서 거의 좌절감을 느꼈다.

「우와.」 나디아가 말했다. 「엄마가 만드셨어?」

오브리는 조심스럽게 도시락 봉지의 지퍼를 닫았다. 「나는 엄마랑 같이 안 살아.」 오브리가 말했다.

「그러면 아버지가.」

「아니.」 그녀가 말했다. 「나는 모 언니하고 살아. 그리고 케이시하고.」

「케이시는 누구야?」

「모의 여자 친구. 케이시가 요리를 정말 잘해.」

「언니가 게이야?」

「그래서?」 오브리가 말했다. 「그건 정말 별일 아니야.」

하지만 오브리의 신경이 곤두선 것을 보고 나디아는 별일이라는 것을 알았다. 몇 년 전 시스터 재니스의 딸이 전문대에 들어간 뒤 럭비를 시작하자 교회 사람들이 그

딸이 레즈비언이 되었다고 단정하던 것을 나디아는 아직 기억하고 있었다. 어르신들은 몇 주 동안 여자는 풋볼을 하면 안 된다 — **올바른** 일이 아니기 때문에 — 고 수군거렸는데, 그 딸이 부활절 일요일에 수줍어하는 남자의 손을 잡고 나타났고, 그 일은 그렇게 끝났다. 어퍼 룸에서 게이 언니는 별일이었으므로 나디아는 오브리의 언니에 대해 들은 적 없다는 사실이 오히려 의아했다. 아마 오브리는 누구라도 그 사실을 아는 것을 원하지 않았을 것이다. 나디아는 놀랐는데, 놀라지 않을 수 없는 일이었다. 그녀의 상상 속에서 오브리가 누리던 삶 — 가정주부인 어머니와 오브리를 애지중지 사랑하는 아버지 — 이 서서히 녹아 어두운 뭔가로 바뀌었다. 오브리는 왜 부모님이 아니라 언니하고 살지? 부모님에게 뭔가 끔찍한 일이 일어났나? 나디아는 어머니와 살지 않는 이 아이에 대해 갑자기 동질감을 느꼈다. 비밀을 간직한 또 한 명의 여자. 오브리가 브라우니를 내밀었고 나디아는 말없이 또 한 조각을 떼어 냈다.

나디아가 오브리 에번스에 대해 알고 있던 사실은 다음과 같았다.

오브리는 어느 일요일 아침에 나타났다. 낯선 여자아이가 작은 핸드백 말고는 아무것도 없이, 심지어 성경책도 없이 어딘가 헤매다 들어온 듯 어퍼 룸으로 들어왔다.

목사가 누구 기도가 필요한 사람이 있느냐고 묻기도 전에 오브리는 울음을 터뜨렸고, 일어서서 제단으로 걸어갈 때는 더욱 서럽게 울었다. 그녀는 열여섯 살에 구원받아 그 이후 매주 예배를 드리러 왔고, 아동 사목, 노숙자 사목, 사별자 위원회 등의 자원봉사를 했다. 아기, 부랑자, 애도. 어쩌면 그것이 오브리의 출신을 알 수 있는 단서가 될 수 있었겠지만, 나디아도 대부분의 사람들이 아는 만큼만 알았다. 오브리가 어퍼 룸에 갑자기 나타났으나 1년이 되지 않아 늘 거기 있던 사람으로 느껴졌다는 정도로만.

이제 두 여자는 오후마다 교회 계단에서 같이 점심을 먹었다. 오후마다 나디아는 오브리에 대해 점점 더 많이 알게 되었고, 오브리가 처음 어퍼 룸에 오게 된 계기가 텔레비전에서 이곳을 봤기 때문이라는 것도 알게 되었다. 오브리는 그때 캘리포니아가 처음이어서 텔레비전 앞에 죽치고 앉아 있다가 들불 특집 방송을 보았다. 그때 들불 철이라는 말을 처음 듣게 되었는데, 이곳저곳 떠돌며 살았기 때문에 온갖 것을 다 들어 봤다고 생각하던 때였다. 오브리는 양말에서 빗물을 짜내야 하는 포틀랜드에서 눅눅한 2년을 보냈고, 얼어붙을 듯 추운 밀워키에서 3년을 보냈으며, 후텁지근한 탤러해시에서 1년을 보냈다. 피닉스에서 몸을 말렸고, 보스턴에서 다시 서리를 맞았다. 오브리는 자신이 모든 곳에 갔었지만 어디에도 머문 적 없었던 것처럼, 비행기를 타고 수천 곳의 공항에 내렸지만 터미널 밖으로 나서는 모험은 감행하지 못한 것처럼 느껴졌다.

「이사는 왜 그렇게 자주 다녔어?」 나디아가 물었다. 「부모님이 군인이라서, 뭐 그런 이유?」

군인인 부모를 따라 해병대 기지를 이리저리 옮겨 다니다 마지막에 캠프 펜들턴으로 오게 된 같은 학교의 다른 아이들과는 달리, 나디아는 지금까지 오션사이드에서만 살았다. 캘리포니아를 벗어나 살아 본 적도 없었고, 신나는 휴가를 가본 적도, 이 나라를 떠나 본 적도 없었다. 나디아의 삶은 이미 단일하고 단조롭고 따분하게 느껴져 앞으로 좋은 일이 기다린다는 사실로 스스로를 위로할 수 있을 뿐이었다.

「아니.」 오브리가 말했다. 「엄마가 어떤 남자를 만나. 그러다 그 남자가 다른 곳으로 옮겨 가. 그러면 우리도 따라가는 거지.」

어머니가 남자 친구를 따라 이 주 저 주 이동하면 그녀도 어머니를 따라 이동했다. 어머니가 한때 사랑한 정비공은 신시내티에, 식료품점 지배인은 잭슨에, 트럭 운전기사는 댈러스에 살았다. 어머니는 결혼하고 싶어 했지만 한 번도 한 적 없었다. 덴버에서는 폴이라는 이름의 경찰과 3년을 사귀었다. 어느 크리스마스에 그가 작은 벨벳 상자를 주었고 그것을 열어 보는 어머니의 손은 떨렸다. 그 안에는 팔찌뿐이었고, 나중에 어머니는 욕실에서 울었는데, 그래도 손목에 팔찌는 한 채였다. 오브리는 아버지 이야기는 절대 꺼내지 않았다. 어머니에 대해서는 한두 가지가 고작이었지만 그것도 몇 년 전 이야기여서, 나디아는 오브리의 어머니가 살아 있기는 한지 그것이 궁금해지기 시작했다.

「저기…… 그러니까, 네 엄마가 혹시…….」 나디아는 말을 끝내지 않고 멈추었다. 잘 아는 아이도 아닌 것이다. 그녀의 어머니도 죽었는지 물어볼 수는 없었다. 하지만 오브리는 무슨 말인지 알아듣고 재빨리 고개를 가로저었다.

「아니, 아니야. 그런 거 아니야.」 오브리가 말했다. 「나는 그저…… 우리는 같이 잘 지내지 못해. 그게 다야.」

당신은 그럴 수 있겠는가? 서로 가끔 싸운다고 어머니를 떠날 수 있겠는가? 어머니와 싸우지 않는 사람이 누가 있는가? 하지만 오브리는 다른 이유는 더 없다고 말했고, 그녀가 입을 다물어 버리는 것에 나디아는 더욱 호기심이 났다. 나디아는 사랑에 애타는 어머니가 이 주에서 저 주로 남자들을 쫓아가고 관계가 끝날 때마다 욕하고 울면서 가방 안에 닥치는 대로 옷가지를 집어넣는 모습을 상상했다. 오브리와 오브리의 언니는 사랑이 떠나면 자신들 또한 떠나야 한다는 것을 알았을 것이다.

「어렸을 때 넌 어땠어?」 나디아가 한번은 그렇게 물었다.

그녀는 오브리의 지프 조수석에 앉아 있었고, 계기판에 올려놓은 맨발이 점점 따뜻해졌다. 그들은 영원히 끝나지 않을 것처럼 긴 인앤아웃 드라이브스루 줄에 꼼짝없이 붙들려 있었고 그들 앞에는 부산스러운 아이들이 가득 탄 갈색 미니밴이 서 있었다. 아까 오브리가 다른 곳에 가서 점심을 먹자고 제안했다. 델타코나 칼스 주니어, 심지어 팻 찰리스에 가자고. 루크 셰퍼드가 거기서 일하니 교회에 다니는 그들을 알아보고 할인해 줄지 모른다면서. 하지만 나디아는 고개를 가로저으며 자신은 해산물을 싫어한다고 말했다.

「내가 어땠느냐고?」 오브리가 미소를 지었다. 운전대를 잡은 그녀의 손가락이 춤을 추었다. 오브리는 늘 그렇게 질문을 반복했다. 구직 면접 때 말문이 막혀 시간을 벌어야 하는 것처럼.

「응, 나는 있지, 어렸을 때 완전 제멋대로였거든. 아무도 나한테 욕하지 못했어. 놀랐지?」

나디아가 웃었고, 오브리도 따라 웃었다. 오브리의 또 한 가지 습관. 기다렸다가 다른 누군가가 웃으면 따라 웃는 것.

「나는…… 모르겠어. 축구를 하고 놀았어. 친구가 많았어.」 오브리가 어깨를 으쓱했다. 「가장 친했던 친구 집에

114

트램펄린이 있었어. 우리는 그 위에서 몇 시간이고 뛰며 놀았어. 엄마가 하지 말라고 했어. 목이 부러질 거라고. 그래서 엄마한테 맨날 거짓말을 해야 했어.」

「말썽꾸러기였구나.」

「한번은.」 오브리가 말했다. 「배가 엄청 고팠어. 그래서 남은 옥수수빵을 먹으려고 들고 나왔어. 그 빵이 정말로 잘 부스러졌는데, 뛰면서 먹으니까 부스러기가 우리와 함께 날아오르는 거야. 우리는 웃음을 멈출 수 없었어.」

어린 시절의 이 작은 반란이 여전히 자랑스럽다는 듯 오브리는 미소를 지었지만 그 미소가 눈가에 미치지는 않았다. 오브리가 늘 하는 또 한 가지. 진심도 아니면서 웃는 것.

들불 철이 시작된 것은 오브리가 캘리포니아에서 살기 시작한 지 석 달째의 일이었다. 들불이 해마다 일어나는 일상의 한 부분일 수 있다는 것을, 눈이나 비처럼 예상되는 철이 있다는 것을 모르고 있던 때라 오브리는 그 생각만으로도 공포를 느꼈다. 그녀의 언니는 적어도 오션사이드에서는 들불 걱정을 할 필요가 없다고 말했다. 해안 지역에서는 다른 사람들만큼 안전하다는 것이 그 이유였다. 하지만 오브리는 지역 뉴스를 통해 불길이 날름거리는 들판을 배경으로 기침하는 기자들과 꺼멓게 탄 땅 위를 맴도는 헬리콥터를 계속 지켜보았고, 그러다 처음 어퍼 룸을 알게 되었다. 그곳이 임시 피난소로 활용되고 있었고, 어떤 기자가 그 교회 목사를 인터뷰했다. 존 셰퍼드라는 이름의 덩치 좋은 흑인 남자였다.

「우리는 그저 도움이 될 수 있다는 사실이 기쁩니다.」 그가 말했다. 그는 도서 낭독 테이프에서 책을 읽어 주는 사람 같은 깊고 울림 좋은 목소리를 지니고 있었다. 「하느님이 우리를, 우리가 받은 것을 지역 사회에 돌려줄 수 있는 위치에 두심에 감사합니다. 그러니 어쩔 수 없이 집을 떠나야 하는 상황이 되면 어퍼 룸으로 오십시오. 우리가 여러분의 집이 되어 드리겠습니다.」

자신을 그곳으로 이끈 것은 목사의 호소였다는 사실을 깨달았다고 오브리는 나중에 나디아에게 말했다. 오브리는 그때 집들 사이 어디쯤에 존재했고 — 그녀는 평생 집들 사이 어디쯤에 존재했다 — 모와 케이시의 집에서도 여전히 자신이 손님처럼 느껴졌다. 빨래를 할 때마다 서랍이 채워질까 봐 두려워 늘 옷을 개어 가방에 다시 넣었다. 하지만 어느 누구도 오브리에게 오션사이드를 떠나라고 하지 않았고, 그래서 어느 일요일에 어퍼 룸에 찾아온 것이고, 그게 그렇게 된 것이었다.

나디아가 기억하기로 그해 들불 철이 최악이었다. 지역 뉴스는 10월을 〈불의 포위〉라고 부르는 플래시 그래픽을 띄웠고, 심지어 몇 개월의 절정기가 지난 뒤에도 그해 겨울 서던캘리포니아 전역에서 들불이 열다섯 번 더 일어났다. 보안관 사무실에서 자동 전화를 걸어 대피는 어떻게 하라는 내용의 메시지를 전달했지만, 늘 나디아의 어머니는 그 전화가 오기를 기다렸다가는 너무 늦다고 말했다. 보안관의 전화는 15분 전의 경고일 뿐이라며, 지난가을 어머니는 미리 가방을 싸서 현관문 쪽에 두었다.

「넌 이러는 게 어리석게 생각되겠지.」 어머니가 나디아에게 말했다. 「하지만 늘 준비를 하고 있어야 해. 앞을 내다볼 수 없는 일에 대해서도.」

어머니는 토네이도와 허리케인이 번갈아 찾아오는 고장인 텍사스에서 자라 재난에 대비하는 법을 알고 있었다. 너희 캘리포니아 여자들과는 달리, 어머니는 바로 발밑에서 세상이 흔들리기 전까지 지진에 대해 생각해 보지도 않은 나디아에게 그렇게 말하곤 했다.

그해 겨울 어머니의 죽음은 잠자고 있던 그녀를 벌떡 깨어나게 만든 지진과 같은 것이었다. 앞서 9월에 나디아는 어머니가 옷과 물통과 사진첩을 넣어 가방 싸는 것을 지켜보았다. 그리고 그들은 교회로 갔다. 그런데 거기 살이 방금 붙은 듯 허리 쪽이 꼭 끼는 옅은 푸른색 드레스를 입은 소녀가 울고 있었던 것이다. 곱슬곱슬한 머리칼을 뒤에서 하나로 묶었고, 발가락 쪽이 닳은 하얀 캔버스 운동화를 신고 있었다. 이전에 교회에 한 번도 가보지 않은 사람이 교회 갈 때 입어야 한다고 상상했을 법한 옷

차림이었다. 그 아이는 슬픔에 젖어 있었는데, 몇 달 뒤 자신의 슬픔에 빠지게 된 나디아는 학교에서 오브리를 볼 때마다 그 아이가 얼마나 쉽게 슬픔을 드러냈는지에, 교회가 얼마나 충만하게 보듬어 주었는지에 대해 부러움을 느꼈다. 그것만 하면 되나? 제단에 무릎 꿇고 도움을 요청하기만 하면? 혹은 구원받으려면 모든 사람을 자신의 개인적인 슬픔에 초대해야 하는 건가?

시간이 흘러, 그들은 죽어 가는 저녁 햇살 속에서 나디아의 집 뒷마당에 걸려 있는 해지고 낡은 해먹에 누워 부드럽게 흔들렸다. 아버지는 더 이상 해먹을 쓰지 않았는데 — 나디아는 그것을 즐길 만큼 느긋한 모습의 아버지를 마지막으로 본 것이 언제였는지 기억나지 않았다 — 오브리가 나디아를 따라 밖으로 나오자마자 거기 누워 보고 싶다고 말한 것이다. 「이건 캘리포니아에서나 즐길 수 있는 것 같아.」 그녀가 말했고, 그 주 저녁마다 그들은 해가 하늘에서 떨어질 때쯤 해먹에 누워 흔들리며 이야기를 나누었다.

나디아는 방충망 문을 통해 아버지를 흘끗 보았다. 아버지는 그 주 밤마다 저녁을 준비하면서 오브리가 먹을 접시를 하나 더 마련해야 한다는 사실에 전혀 불평하지 않았다. 그렇게 하는 것이 거의 즐거워 보였다. 그는 미소를 지은 채 기지에서 보낸 하루에 대해, 그와 딸만 있었다면 입 안 가득 넣은 음식과 함께 삼켜졌을 농담을 하려고 애썼다. 누가 같이 있다는 사실이 기뻤는지도, 혹은 오브리에게 그의 마음을 열게 하는 뭔가 특별한 것이 있었는지도 모른다.

오브리가 맞은편에서 엄지에 묻은 아이스크림을 핥으며 나디아에게 그녀의 아버지는 어떤 사람인지 물었다.

「무슨 뜻이야?」 나디아가 물었다. 「너도 우리 아버지가 어떤 사람인지 알잖아. 우리 아버지를 봤으면서.」

「한 인간으로서 어떠냐고. 좋은 분이지만 말씀을 많이 하진 않으시니까.」

「좋은 사람 같은데. 모르겠어. 진지하고. 혼자 있는 걸 좋아하셔. 왜? 너네 아버지는 어떠신데?」

「몰라. 내가 어렸을 때 떠났어.」

「그랬구나. 그럼 엄마는?」

오브리가 엄지손톱을 잘근거렸다. 「한동안 이야기 안 했어.」

「한동안이 얼마 동안이야?」

「거의 1년.」

나디아는 그들의 대화가 밀물 썰물처럼 들고 지고, 열리고 닫히고, 순항하고 퇴각하는 것에 익숙해져 그냥 고개를 끄덕이며 알아들은 척했다. 그것은 앞으로 친구들이 자신들의 어머니에 대해 불평할 때 평생 반응하게 되는 방식이 되었다. 친구들이 자기 어머니가 직장이나 남자 친구를 인정해 주지 않는다고 목소리를 높여 투덜거릴 때 그녀는 늘 공감하고 미소 지으며 그들과 함께 눈을 흘길 것이다. 친구들 불평이 듣기 싫더라도 나디아는 오브리를 더 이해할 수 없어졌다. 떠나는 사람이 되는 것은 어떤 기분일까, 알고 싶었다.

　해변에서 동쪽으로 차를 몰아 서퍼들의 오두막과 미끼 판매점, 아이스크림 가게, 군살 없는 서퍼들, 항구를 순찰하는 청원 경찰들을 지나면 백게이트가 나온다. 캠프 펜들턴의 입구는 무장한 해병대원들이 지키는데, 그 경계 밖은 나쁘지도 좋지도 않은 동네였다. 그곳을 이렇게 말할 수 있을 것이다. 울타리는 더 높지만 집 창문 앞에 금속 방범창을 달아 놓진 않았다고. 피자헛이 방탄유리로 보호되어 있지만 늦은 밤까지 문을 연다고. 경찰이 순찰을 돌기도 하는데, 좋은 동네에서보다 더 많이, 이미 저 나름의 무질서에 굴복한 나쁜 동네에서보다 더 많이 돈다고. 이 나쁘지도 좋지도 않은 동네의 어느 작고 하얀 집에서 오브리는 언니와 언니의 여자 친구와 함께 살았다. 집 자체는 소박했지만 오브리의 침실은 놀랍도록 예쁘게 꾸며져 있었다. 벽은 은은한 녹색으로 칠하고 은색 꽃을 그려 넣었으며, 천장에는 흰색 크리스마스 전구를 달아 놓았다. 창문에 걸어 놓은 은색 커튼은 잔물결을 이루고, 침대 위로는 레이스 천이 웨딩 베일처럼 드리워져 있었다. 처음 거기 갔을 때 나디아는 박물관에 온 것처럼 뭐든 건드릴까 봐 겁이 나 뒷짐을 진 채 천천히 그 방을 돌아다녔다.

「처음에 이곳에 살러 왔을 때 잠을 못 잤어.」 오브리가 천장에 매달려 있는 드림 캐처[15]를 가리키며 말했다. 「케이시는 이게 도움이 될지 모른다고 생각했어.」

케이시는 길고양이처럼 군살 없이 호리호리했고, 자신의 머리 모양에 얼마나 무신경한지 입증이라도 하려는 듯 대화 도중 짙은 금발의 긴 머리칼을 흩트리는 습관이 있었다. 그녀는 시내에 있는 플라잉 브리지의 바텐더였고, 자신의 단골들 이야기를 즐겨 했다. 빈 술잔 만지는 것을 싫어하는 남자라든가, 피클만 보면 질겁하는 여자에 대해.

「그런 거, 샌드위치에 넣어 주는 커다란 피클 있잖아. 뭣같이 겁을 낸다니까. 한 개 가까이 가져가기만 해도 비명을 지르며 달아나. 심지어 병에 든 채로 가져가도. 완전 웃기지, 응?」

케이시는 캠프 펜들턴에 배치된 오빠와 함께 8년 전에 서부로 왔다. 이성애자 여자를 미칠 만큼 사랑한 나머지 그녀를 잊으려고 캘리포니아로 도망쳐 온 것이었다. 테네시에서 먼 길을 달려오는 동안 트럭 휴게소 선반에서 언젠가 원할지 모른다는 것 말고는 다른 아무 이유 없이

---

15 아메리카 원주민이 그물과 깃털, 구슬 등을 이용해 만든 고리 모양의 것으로, 가지고 있으면 좋은 꿈을 꾸게 된다고 한다.

드림캐처를 떼어 냈다. 지금 드림캐처는 제 몫을 다하며 거의 고통스럽게 침실에 매달려 있었다. 오브리는 여기로 온 뒤 언니가 방 꾸미는 것을 도와주었다고 말했다.

「언니는 우리가 뭔가를 같이 하는 게 필요하다고 생각했어.」 오브리가 말했다. 「우리는 몇 년 동안 못 보고 살았거든.」

「왜?」 나디아가 물었다.

「언니가 대학에 가면서 집을 떠났어.」

「그리고 한 번도 오지 않은 거야?」

오브리가 체중을 천천히 이쪽 발에서 저쪽 발로 옮겼다. 「음, 언니는 폴을 좋아하지 않았어.」

「폴한테 무슨 문제라도 있었어?」

「엄마를 때렸어.」 오브리가 말했다.

「아.」 나디아는 책장 앞에서 잠시 걸음을 멈추었다. 「너도 때렸어?」

「가끔.」

나디아는 성인 남자가 자신을 때리는 것을 상상할 수 없었다. 그녀가 어렸을 때 잘못된 행동을 하면 아버지는 늘 어머니에게 데려갔고, 훈육은 여자들끼리 해결할 문제라는 듯 나디아의 엉덩이를 때리는 사람은 어머니였다.

「음, 너희 엄마는 뭐라고 말씀하셨어?」 나디아가 물었다.

「엄마는 아직 그 남자랑 살아.」 오브리가 어깨를 으쓱한 뒤 침대에서 폴짝 뛰어내렸다. 「이리 와. 밖으로 나가자.」

나디아는 마침내 오브리가 왜 떠났고, 그녀의 어머니가 왜 그것을 내버려 두었고, 언니가 왜 오브리의 침실을 디즈니 영화의 판박이처럼 꾸미도록 도와주었는지, 셰퍼드 부인이 왜 그녀를 아꼈는지 이해했다. 어떻게 보면 나디아는 거의 운이 좋은 것 같았다. 적어도 그녀의 어머니는 아팠던 것이다. 적어도 스스로를 다치게 했을 뿐이다. 적어도 어머니는 남자가 자기 아이를 때리도록 내버려 두는 일은 결코 없었을 것이다. 그녀의 어머니는 죽었지만, 어머니가 어딘가 살아서 자기를 때리는 남자를 딸보다 더 원한다는 사실을 아는 것보다 더 나쁜 것이 있겠는가?

7월 4일에 나디아는 오브리의 집 포치에 앉아 이웃들이 거리에서 불꽃놀이 준비하는 것을 지켜보았다. 시내 부두에서 시에서 주최하는 불꽃놀이 행사가 열리지만 케이시는 불법 불꽃놀이가 없으면 독립 기념일이 아니라고 말했다. 케이시는 캘리포니아 불꽃놀이 법이 엄격한 것에 아연실색하며 동네 불꽃놀이를 하기 위해 티후아나에서 재료를 몰래 들여오는 사람들을 응원했다. 해로울 게 뭐가 있는가? 폭탄을 터뜨리겠다는 것도 아니었다. 케이시는 거리의 이웃들을 보며 고개를 절레절레 흔들고 있는 모니크에게 한 팔을 두른 채 맥주를 홀짝였다.

「누군가는 손을 날릴걸.」 모니크가 말했다. 「딱 보니 알겠어.」

모니크는 엄마가 아니었지만 뭔가를 보면 일어날 법한 최악의 결과를 생각해 내는, 엄마들이 지닌 놀라운 재능을 소유하고 있었다. 그녀는 스크립스 머시 병원의 외상 담당 간호사여서, 일어날 수 있는 최악의 결과를 날마다 접했다. 하지만 간호사가 아니었다 해도 걱정을 달고 살 타입이었다. 퇴근하고 집에 돌아오면 늘 그들에게 뭘 좀 먹었는지 물었다. 늘 오브리에게 비타민을 챙겨 먹으라고 일렀고, 오브리를 뒤쫓아 나오며 재킷 가져가라고, 시내는 쌀쌀하다고, 오, 자기를 그런 식으로 보지 말라고, 네가 감기에 잘 걸리는 건 너도 알지 않느냐고 말했다. 준비물을 늘어놓은 장소 앞에서 차 한 대가 획 방향을 틀다 거리 한복판에 있던 남자를 거의 칠 뻔하자 그 남자가 소리를 꽥 질렀다. 모니크가 다시 고개를 가로저었다.

「춥지 않니, 아가?」 모니크가 말했다.

오브리는 나디아와 함께 담요를 덮고 앉아 있었다. 오브리가 살짝 눈을 흘겼다.

「난 아가가 아니야, 모.」 그녀가 말했다.

「넌 내 아가지.」 그녀의 언니가 말했다.

케이시가 웃었고, 오브리는 다시 눈을 흘겼다. 하지만 정말로 발끈한 것 같지는 않았다. 결코 성가신 존재가 아닌 사람에게 지어 보이는 가짜로 짜증난 표정이었다. 가끔 나디아는 오브리가 부러웠지만, 그런 생각을 한다는 사실에 죄의식을 느꼈다. 오브리도 어머니를 잃었으나 언니와 언니의 여자 친구, 심지어 목사 부인의 사랑을 받았고, 세 여자가 그녀를 아끼는 것은 오로지 그러고 싶기 때문이었다. 두 사람 모두 모래밭에 버려졌다. 하지만 오브리만이 발견되었다. 오브리만이 선택되었다.

모니크와 케이시의 눈동자에 오브리를 향한 사랑이 어려 있었고, 그것이 나디아를 향한 것은 아닐지라도, 그녀는 온기가 느껴지는 그쪽으로 손을 들고 조금씩 더 가까이 다가갔다. 거리에는 이웃들이 옹기종기 모여 스팽글리시[16]로 방향을 알려 주고 있었다. 10대 여자아이들이 아기들을 풀밭으로 데려갔고, 플란넬 셔츠를 입은 노인들은 차를 다른 곳으로 돌아가게 했다. 스케이트보드를 탄 남자아이들은 경찰이 없는지 살폈다. 진입로에 주차된 차들이 흔들릴 정도로 레게톤과 랩 음악이 차창을 통해 쿵쾅쿵쾅 울려 퍼졌다. 곧 불꽃놀이가 부두를 밝히겠지만 나디아는 이곳 말고 다른 어느 곳에도 가고 싶지 않았다. 이 집에서는 모두가 모두를 원했고, 누구든 떠날 수 있었지만 아무도 떠나지 않은 가족과 함께였다. 불꽃이 터지며 하늘에 불을 켰고, 첫 불꽃이 터졌을 때 나디아는 즐겁기도 하고 조금 놀라기도 하여 폴짝 뛰었다.

16 스페인어화된 영어를 말한다.

＊

래트리스 셰퍼드의 눈은 유령 눈이었다.

한쪽은 갈색 또 한쪽은 푸른색, 그녀의 할아버지는 그 것이 그녀가 하늘과 땅을 동시에 볼 수 있다는 의미라고 말해 주었다. 그녀의 어머니는 래트리스를 처음 안아든 순간 숨이 턱 막혔지만 — 뭔가 잘못된 거라고, 푸른 눈 은 이미 병으로 얇은 막이 덮여 멀어 버린 걸 거라고 생 각했다 — 의사는 아직 판단하기에는 너무 이르다고 말 했다.「아기 눈은 세상에 적응하는 데 시간이 걸립니다.」 그가 말했다.「잘 지켜보세요. 눈이 찡그려지거나 흐려지 면 우려되는 원인이 있을지 모르거든요.」그래서 태어나 고 처음 몇 년 동안 그녀의 얼굴 앞에는 눈을 살펴보는 어머니의 얼굴이 늘 바짝 붙어 있었다. 보는 데 전혀 문 제가 없었음에도 래트리스가 자기 눈에 이상이 있다고 느낀 것은 어쩌면 그 때문이었을 것이다. 갈색 눈은 푸른 색 눈 옆에서, 푸른색 눈은 갈색 눈 옆에서 추해 보였기 때문에 래트리스는 한 가지로 사는 것이 더 좋다는 사실 을, 가능한 한 단순한 뭔가로 자신을 추출해 내는 것이 더 좋다는 사실을 배웠다. 그녀는 이미 끝없는 성장의 박 차를 가하기 시작했고 — 2학년 때 학교 사진을 보면 그 녀는 줄 선 아이들 중 맨 앞을 차지했다 — 점심시간에는 래트리스 혼자 운동장에서 밥을 먹는 동안 다른 여자아

이들은 래트리스를 놀리는 노래에 맞춰 두 줄 줄넘기를
했다.

> 래트리스는 짐승
> 당신을 잡아 잔치를 벌일 거래요.
> 눈은 짝짝이 두 발은 왕발이래요.

키는 숨길 수 없었지만 짝짝이 눈은 숨기려고 애썼다.
래트리스는 식료품점에서도 침실에서도 심지어 교실에
서도 가능할 때마다 선글라스를 쓰기 시작했고, 선생에
게는 눈이 빛에 민감하다는 내용의 날조된 진단서를 내
밀었다. 훗날 래트리스는 자신의 짝짝이 눈을 축복으로
여기게 된다. 유령 눈이 아니라, 두 번째 시력을 선물 받
은 것으로. 그녀는 어떤 여자를 보면 보는 것만으로 이전
에 맞은 적이 있는지 없는지 알아냈다. 타박상이나 흉터
라는 말은 됐다. 언어맞은 여자는 숨기거나 변명하는 법
을 배운다. 문손잡이에 부딪혔다거나 계단에서 굴러 떨
어졌다는 이야기는 필요 없다. 그저 그 짝짝이 눈으로 그
들의 눈을 빤히 쳐다보기만 하면 놀란 여자인지 고통 때
문에 몹시 화난 여자인지 고통을 예상하는 것에 길든 여
자인지 알아낼 수 있었다. 래트리스는 흠 없는 피부 이면
에 감춰진 다이아몬드 모양 다리미 화상을, 금색 벨트 버
클에 맞아 깊이 베인 상처를, 스테이크 나이프에 찍힌 목

을, 졸업 반지에 찢어진 입술을, 자주색과 진청색 멍이 피어오르는 얼굴을 볼 수 있었다. 그녀는 같이 차를 마시자고 오브리를 세 번째로 초대했을 때 그 이야기를 했고, 나중에 오브리는 거울을 보며 목사 부인이 자신에게서 또 무엇을 보았을지 궁금해졌다. 그녀의 과거 전체가 피부에 모조리 쓰여 있었을까? 셰퍼드 부인은 폴이 그녀에게 한 짓을 모두 볼 수 있었을까? 적어도 오브리는 이제 셰퍼드 부인이 자신에게 왜 그렇게 친절했는지 그 이유를 알 것 같았다. 제단 초청[17] 이후 셰퍼드 부인이 교회 로비에서 자신을 보고 왜 포옹해 주었는지, 그다음 일요일에 셰퍼드 부인이 왜 꽃무늬 표지의 작은 성경책을 주었는지, 또 그다음 일요일에 셰퍼드 부인이 왜 사무실에서 같이 차를 마시자고 했는지. 오브리는 차를 마시지는 않으면서 몇 달 동안 자기 컵에 각설탕을 넣으며 회색 줄무늬 소파 한쪽 끝에 앉아 있었다. 오브리는 원래 차를 달게 — 설탕, 꿀, 크림을 넣어 — 마셨다.

「여기선 그래도 돼.」 한번은 셰퍼드 부인이 그렇게 말했다. 「하지만 밖에 나가서 그렇게 하면 사람들이 애 같다고 생각할 거야. 젊은 아가씨가 차에 온갖 단 것을 넣는 걸 보면 말이지.」 셰퍼드 부인은 부드럽게 타일렀지만, 오브리는 그것이 몹시 창피해서 몇 주 뒤에는 차에

17   기독교 집회 등에서 회심을 결단한 사람들을 제단 앞으로 나오게 하는 것.

각설탕 한 조각만 넣었다.

　어느 오후 오브리가 쓴 차를 홀짝이다 셰퍼드 부인에게 엘리스 터너에게 어떤 일이 일어났는지 물었다. 그녀는 몇 주 — 아니, 셰퍼드 목사가 신자들에게 그 소식을 비장하게 전한 뒤로 몇 달 — 동안 고민하지 않았던 것처럼 태연하게 그 질문을 했다. 목사는 그때 죽음의 원인을 알려 주지 않았는데, 그 때문에 그 일은 설명 없는 갑작스러운 죽음이 불러일으킬 만한 의심을 샀다. 엘리스 터너의 나이라면 자연사는 아니었다. 아픈 것 같지는 않았고, 끔찍한 사고를 겪은 것도 아니라면 그녀에게 어떤 일이 일어날 수 있었겠는가?

　「모르겠어요.」 장례식이 끝난 뒤 시스터 윌리스가 여자 화장실에서 이렇게 말했다. 「그냥 뭔가 이건 아니다 싶어요.」 세면대 주변에 있던 여자들이 고개를 주억거렸지만 어느 누구도 며칠 뒤 새어 나온, 엘리스 터너가 자기 머리에 총을 쐈다는 소식은 예상하지 못했다. 교회 사람들이 미루어 짐작한 안타까운 비극은 이런 것들이었다. 의도하지 않은 약물 과용, 음주 운전 사고, 심지어 목사가 얼버무리는 것이 최선이라고 생각했을 상황에서 일어난 살해까지. 어쩌면 엘리스에게 애인이 생겼는데(그런 재주는 로버트보다 더 뛰어났을 것이다, 안 그런가?) 두 사람이 불륜을 저지른 허름한 모텔방에서 애인이 그녀를 죽여 버렸을지 모른다.

그런 섬뜩한 추측에도 불구하고 누구 하나 엘리스 터너의 죽음에 담긴 진실에는 준비되어 있지 않았다. 특히 오브리가 그랬다. 오브리는 터너 부인을 안다고는 절대 말할 수 없지만 적어도 조금은 안다고, 멀리서만 보는 누군가를 아는 방식으로 안다고 느꼈다. 일요일에 어퍼 룸에 오는 터너 부부를 보면, 정장 차림의 남편은 뒷모습이 경직되어 보이고, 아내는 로비에서 반겨 주는 사람들에게 웃어 주고, 딸은 어머니를 쏙 빼닮은 모습이었다. 그들을 보면 텔레비전에 나오는 가족이 생각났다. 강인하고 남자다운 아버지, 아름다운 어머니, 예쁘고 똑똑한, 축복받은 딸. AP 행정 수업을 들으면서 오브리는 뒤쪽에 앉아 나디아가 친구들과 함께 산들바람처럼 교실로 들어오는 것을 지켜봤다. 나디아는 종이 울린 뒤 슬며시 들어와 토머스 선생이 수업 끝나고 남을 명단에 이름을 쓰기 전에 그의 마음을 미소로 녹였다. 어떻게 그가 나디아에게 벌을 줄 수 있겠는가? 매주 그는 시험 잘 본 아이들 이름을 10등까지 화이트보드에 썼는데, 나디아의 이름은 영원히 지워지지 않는 마커로 쓴 것처럼 늘 그 명단에 올라가 있었다. 모두 알고 있듯 나디아는 언젠가 큰 대학교에 갈 것이고, 오브리는 나머지 아이들과 마찬가지로 지역 전문 대학에 가게 될 터였다. 일요일 아침이 되면 오브리는 그 아이 — 나디아 터너 — 가 교회 신자석에 앉을 때 어머니와 아버지 사이에 앉는 것을 보면서 가족과 함께 교회에 가는 것은 어떤 기분일지 상상했다. 모는 신을 믿지 않았다. 케이시는 믿었지만 추상적으로 믿는 것이어서, 스스로 바로잡는 우주의 능력을 믿는 식이었다. 두 사람 다 대놓고 말하지 않았지만 오브리가 교회에 다니기 시작한 것을 좋아하지 않았다.

「정말로 거기서 그렇게 많은 시간을 보내고 싶은 거니?」 모가 말했다. 「그러니까…… 좀 너무 이른 것 같지 않아?」

모는 뭐가 너무 이르다는 것인지 결코 말하지 않았지만, 말할 필요는 없었다. 그녀는 오브리가 꼴불견 광신자가 된 것은 아닌지 걱정했다. 구운 토스트에서 예수의 모습을 본다거나 대화 도중 방언을 한다거나 동성애자 결혼식장 바깥에서 피켓 시위를 한다거나 뭐 그런 행동을 하는 광신자. 일요일에 터너 가족을 보면 오브리는 그들의 아이가 되는 것은 어떤 기분일지, 똑똑하고 예쁜 것은 어떤 기분일지, 기도하는 동안 손을 잡아 주는 아버지와 어머니가 있는 것은 어떤 기분일지 궁금했다. 특히 자신의 어머니와는 완전히 다른 듯한 나디아의 어머니에 대해 생각했다. 젊고 활력 넘치고 아름다운 엘리스 터너, 그녀는 교회로 들어왔다 하면 늘 환영받았고 예배 전에 로비에서 환하게 웃었다. 한번은 그녀가 크리스마스 연극이 시작되기 전에 스쳐 지나다 오브리에게 말을 걸었다.

「뭘 떨어뜨렸네.」 엘리스 터너가 말하면서 오브리의 주보가 펄럭이며 카펫에 떨어진 것을 가리켰다. 그녀의 목소리는 시원하고 실크 같고 우유 같았다.

그런 여자가 어떻게 스스로를 죽일 수 있는가? 오브리는 그것이 어리석은 질문임을 알았다. 누구든 간절히 원하면 자살할 수 있었다. 모는 그것이 생리적인 문제라고 말했다. 뇌의 불발된 시냅스와 불균형한 화학 물질 때문이라고, 몸 전체가 기계 같아서 잘못된 전선 몇 개가 자기 파괴를 야기하는 거라고. 하지만 사람이 그저 육체이기만 한 것은 아니지 않은가? 자살을 결심하는 것은 그보다 더 복잡한 것이어야 했다. 소파 맞은편 목사 부인이 몸을 숙여 오브리의 찻잔을 채워 주면서 눈썹을 치켰다.

「무슨 뜻이지?」 셰퍼드 부인이 말했다. 「어떤 일이 있었는지 너도 알잖아.」

「총으로 자살한 것만 알아요.」

「그렇다면, 얘야, 그것 말고는 없어.」

「하지만 왜요?」 오브리가 물었다.

「악마는 우리 모두를 공격해.」 셰퍼드 부인이 말했다. 「어떤 사람들은 그걸 막아 낼 만큼 강하지 않은 거고.」

천천히 차를 저으며 말하는 그녀의 목소리는 사무적으로 들렸다. 스푼이 컵에 부딪치며 댕댕 소리를 냈다. 목사 부인 또한 오브리의 어머니와는 완전히 달랐다. 지나치게 단정적이고 침착하고 자기 확신이 강했다. 오브리의 어머니는, 셰퍼드 부인이 그 대상에 대해 어느 정도로 아는지에 따라 연민이나 경멸을 보일, 그런 나약한 여자들 중 한 명이었다. 지금 당장은 많이 알지는 못했다. 오브리가 언니 집에 와서 사는 게 어머니와 사이가 안 좋아서라는 사실만 알았다. 오브리는, 주말에는 위스키를 퍼마시고 가끔 그들을 때리지만 그 뒤에는 늘 진심이 아니었다고, 스트레스를 너무 많이 받는 직업인데다 집에 돌아갈 수 있을지 없을지 모르는 상태로 거리에 계속 나가 있는 것이 어떤 것인지 당신들은 모른다고 울음을 터뜨리던 폴에 대해 셰퍼드 부인에게 말하지 않았다. 폴은 오브리가 집을 떠나기 1년 전에 어머니의 집으로 들어와 살았는데, 그 1년 동안 밤중에 그녀의 방을 찾아와 처음에는 문을 열고 이어 그녀의 다리 사이를 열었다. 그리고 그 1년 동안 오브리는 거의 아무에게도 그 사실을 말하지 않았다. 거의. 왜냐하면 그 일이 처음 일어났을 때 어머니에게 털어놓았기 때문에. 어머니는 고개를 완강히 가로저으며 그렇게 바라면 그 일이 사실이 아니게 될 것처럼 〈그렇지 않아〉 하고 말했다.

소파 맞은편에 앉은 셰퍼드 부인이 쿠키에 손을 뻗었다.

「그렇다면, 네가 그 모든 것에 대해 알고 싶어 하는 이유는 뭐지?」 그녀가 물었다.

「모르겠어요.」 오브리가 말했다. 「나디아는 그 이야기를 전혀 안 해요.」

오브리는 종종 나디아와 함께 있을 때 직접 물어보려고 생각했지만 나디아에게 정확히 물어볼 수가 없었다. 나디아는 어머니가 왜 자살했는지 알까? 아는 것이 더 좋기는 할까?

「너희 둘이 늘 저 밖에서 같이 점심을 먹는 걸 봤어.」 셰퍼드 부인이 손가락에 묻은 설탕 가루를 냅킨으로 닦아 내며 미소를 지었다. 「너희 둘이 그렇게 잘 지낼 줄 몰랐구나.」

「좋은 아이예요.」 오브리가 잠시 말을 멈추고 차를 한 모금 홀짝였다. 「그 애는…… 잘 모르지만, 재미있어요. 저를 웃게 해줘요. 그리고 누가 자기를 마음대로 하려는 걸 참지 못해요. 그 애는 아무것도 두려워하지 않아요.」

「내가 너라면 너무 가깝게 지내지 않을 거야.」 셰퍼드 부인이 말했다.

오브리가 얼굴을 찡그렸다. 「왜요?」

「자, 나를 그렇게 쳐다보지 말고. 그 아이가 가을에 대학에 가느라 이곳을 떠나는 건 너도 알겠지. 기숙사에서 새 친구들을 사귈 거야. 사람은 변해. 그게 다야. 나는 네가 다치는 걸 바라지 않는 것뿐이야, 애야.」

셰퍼드 부인이 쇼트브레드 쿠키가 담긴 접시를 내밀었고 오브리가 말없이 하나를 집었다. 처음 나디아의 집에 갔을 때 책장 선반에서 점토로 만든, 손바닥에 올려놓으면 꼭 맞을 크기의 작은 〈노아의 방주〉 소조상(塑造像)을 보았다. 흰 머리의 노아가 갑판에 서 있고 작은 기린과 침팬지와 코끼리가 배의 측면 둥근 창에서 머리를 내밀고 있었다. 그것을 잡으려고 손을 내미는데 나디아가 오브리의 손을 잡았다.

「만지지 마.」 나디아가 말했다. 「엄마가 주신 거야.」

오브리는 있는 줄도 몰랐던 규칙을 위반한 것에 당황해서 손을 치웠다. 하지만 그때 나디아가 어머니에 대한 이야기를 하지 않는 것은 가슴에 담아 두고 싶어서, 혼자 간직하고 싶어서라는 것을 알 수 있었다. 오브리가 어머니에 대해 말하지 않는 것은 자기에게 어머니가 있다는 사실을 잊고 싶어서였다. 그리고 나디아와 함께 있을 때는 잊어버리기가 더 쉬웠다.

오브리는 나디아가 대학에 가기 위해 이곳을 떠난다는 사실은 생각하고 싶지 않았다. 그녀는 나디아의, 어머니 없는 세상이 집처럼 편안했다. 그날 저녁 늦게 오브리는 친구를 차로 집에 데려다주었다. 그리고 뒷마당에 나가 하늘이 검게 변할 때까지 터너 씨의 해먹에 누워 같이 흔들렸다. 나디아는 그 미세한 균형을 깨지 않으려고 긴 다리를 옆으로 내어 걸친 채 발가락으로 풀밭을 짚고 있었다.

다섯

우리는 한때 소녀였다. 믿기 어렵겠지만 그랬다.

오, 지금은 그때의 모습이 보이지 않는다. 우리 몸은 처지고 늘어지고 얼굴과 목은 탄력을 잃었다. 그것이 늙어 갈 때 일어나는 현상이다. 몸은 처음 비롯한 곳이자 다시 돌아갈 곳에 조금씩 가까워지려는 듯 모든 부분이 아래로 내려간다. 하지만 우리는 한때 소녀였고, 그것은 우리 모두 한때 뭣도 아닌 남자를 사랑했다는 말이다. 크리스천이 할 만한 말은 아니지만, 세상에는 두 종류의 남자가 있다. 뭣 같은 남자와 뭣도 아닌 남자. 소녀 때 우리는 각지에 흩어져 살았다. 루이지애나의 목화밭에서 축축한 공기에 셔츠가 등에 들러붙을 때까지 소작을 했다. 포드 공장에 일하러 가는 아버지를 위해 추운 부엌에서 몸을 바들바들 떨며 점심 도시락을 쌌다. 코트 주머니에 난 구멍의 찢어진 천에 손을 쑤셔 넣으며 꽁꽁 언 할렘 보도를 느리게 걸어갔다. 그러다 우리는 어른이 되었고 우리를 캘리포니아로 데려가고 싶어 하는 남자를 만났다. 캠프 펜들턴에 배치된 군인들, 그들이 우리에게 결혼과 아기와 그 모든 햇살을 약속했다. 하지만 눈을 뜨고 해안선 위로 떠다니는 분홍 구름을 보기 전에, 어퍼 룸과 서로를 발견하기 전에, 아내와 어머니가 되기 전에, 우리는 소녀였고 뭣도 아닌 남자를 사랑했다.

예전에는 뭣도 아닌 남자가 훨씬 쉽게 분간되었다. 그들은 당구장에서, 주크박스가 있는 식당에서, 주류 밀매점에서, 주최자의 집세를 마련해 주기 위한 파티에서 보였고, 가끔은 교회 뒤쪽 신자석에서 코를 골고 있기도 했다. 가고자 하는 곳이 없으므로 아무 곳에도 이르지 않을 그 길에서 우리를 험하게 다룰 것이라고 우리 형제들이 경고한 그런 부류의 남자. 그런데 요즘은? 우리가 보기에 요즘 대부분의 젊은 남자들이 뭣도 아닌 것 같다. 시내를 건들건들 돌아다니고, 술에 취해 욕설을 퍼붓고, 나이트클럽 밖에서 싸움질을 하고, 어머니의 집 지하실에서 마리화나를 피운다. 우리가 소녀였을 때 우리에게 구애한 남자는 거실에서 먼저 우리의 부모와 커피를 마셨다. 요즘 젊은 남자는 그러겠다는 여자가 있으면 어느 여자와도 놀아나지만 그 여자가 곤란한 상황에 처하면 — 음, 이런 남자들이 그다음에 어떻게 하는지는 루크 셰퍼드에게 물어보라.

요즘 젊은 여자는 자신의 남자가 뭣도 아니라는 것을

알려면 그에게 잘해 주고 그와 가까워져야 하는데 그때쯤이면 이미 너무 늦은 것이다. 우리는 한때 소녀였다. 당신을 결코 사랑해 주지 않는 누군가를 사랑하는 것은 마음에 흥분을 일으킨다. 그 나름으로 자유를 준다. 당신의 시스템을 일찍 제대로 가동시킬 수 있는 한 뭣도 아닌 남자를 사랑하는 것에 부끄러워할 것은 없다. 비극적인 여자는 뭣도 아닌 남자에게 걸려들고, 더욱 나쁘게는 그 남자를 자기에게 걸려들게 한다. 남자는 지겨워질 때까지 여자를 끌고 다닌다. 남자가 여자의 어깨에 올라타고, 여자의 몸은 그를 사랑하는 무게로 축 처진다.

그렇다. 우리는 그런 여자들을 걱정한다.

지난번 나디아 터너를 본 뒤로 루크는 접시 일곱 개, 그릇 두 개, 유리잔 여섯 개를 깼다. 〈개인 신기록〉이라고, 사장인 찰리가 아침 직원회의에서 선포했다. 「아니, 잘못 말했군. 회사 최고 기록. 여러분, 셰퍼드 군에게 박수를. 한 번에 뭣같이 역사를 뒤엎었어.」 루크는 한 번도 접시를 떨어뜨려 본 적이 없었다. 공중에 뜬 풋볼 공을 잡고, 수비수의 손이 미치기 전에 풋볼 공을 먼저 낚아채고, 풀밭에 떨어지기 직전에 두 손을 모아 그 밑에서 풋볼 공을 잡으며 숱한 시간을 보냈다. 사실 그는 팻 찰리스 시푸드 섀크 전체에서 기적같이 사물을 잡아내는 솜씨로 명성이 자자했다. 하이라이트만 모은 필름이 있다면 루크 셰퍼드만 등장할 것이다. 흔들흔들 바닥에 떨어지기 직전에 플라스틱 컵을 잡아내는 루크, 홱 움직인 팔꿈치에 맞아 기우뚱 떨어지려는 그릇을 손바닥으로 막아내는 루크, 쟁반 두는 곳에서 미끄러져 떨어지려는 쟁반을 바로잡는 루크. 손님들은 박수를 보냈고 동료들은 그의 등을 툭툭 쳤다. 하지만 코디 리처드슨의 파티 이후 그런 영웅적인 행위는 없었다. 마지막 순간에 살려 내는 일도 없었고, 신과 같은 반사 신경을 보이거나 기막히게 알아차리는 모습을 보여 주는 일도 없었다. 〈스포츠 센터〉에서 직장 스포츠에 대해 보도한다면 해설자들이 고개를 쭉 빼고 말했을 것이다. 「참으로 안타까운 일입니다. 저 젊은 셰퍼드 선수는 확실히 많은 가능성을 보여줬었는데 말이죠.」 이제 유리잔은 그의 손에서 쑥 떨어지거나 쟁반에서 미끄러졌고, 엔드존으로 우아하게 도약하여 득점을 막아 내는 순간을 사랑해 마지않던 루크는 그러기는커녕 쏟아진 스프라이트에 바지 다리 쪽을 흠뻑 적시며 끈적거리는 바닥에 무릎을 꿇어야 했다.

「오, 제길.」 찰리가 그를 굽어보며 말했다.

「알아요. 저도 안다고요.」

「내 접시를 모조리 깨버릴 참이니?」

「죄송하다고 했어요. 제가 어떻게 하길 바라세요? 치우고 있잖아요.」

「컵 잡는 법을 좀 배워야겠어. 원숭이도 컵은 잡을 줄 알아, 셰퍼드. 빌어먹을 침팬지도.」

루크는 찰리를 스쳐 밀고 쓰레기통으로 걸어갔고, 그때 어깨를 살짝 부딪쳤는데 ― 찰리가 약간의 공간을 내주게 되었다 ― 그 느낌은 의사가 그의 다리에 진통제를 주입한 직후 같았다. 따끔, 그리고 덜어지는 고통.

집중, 루크에게 필요한 것은 그것이었다. 한 번에 한 가지에 집중한다. 손을 뻗어 컵을 잡을 때는 팔의 부드러운 움직임에 집중하고, 손아귀에 힘을 줄 때는 유리잔이 손바닥에 닿는 방식에 집중한다. 그리고 가끔은 그도 집중에 성공했다. 교대 시간 전까지 아무것도 떨어뜨리지 않고 지나간 적도 있었다. 그러다가도 나디아가 다시 생각났는데, 그것은 굶주림처럼 날카롭고 갑작스러운 고통이었다. 해변 샤워장에서 모래 알갱이가 묻은 손을 나디아의 배에 올리며 그녀에게 키스하고, 그의 입술이 햇볕에 태운 그녀의 목덜미를 지그시 누른다. 나중에는 자신의 침대 모서리에 무릎을 꿇은 채 그녀의 비키니 팬티 양쪽 옆에 손가락을 걸고, 그녀의 피부는 그의 손길 아래 서서히 달아오른다. 나디아에게선 바다 냄새가 났다. 그녀는 루크가 자기 안에 들어오면 자신이 바다가 된 것처럼 흔들리고, 다시 흔들리고, 잔잔해졌다. 다 끝나면 루크는 나디아의 옆얼굴에, 귀 옆 부드러운 피부에, 땀으로 곱슬곱슬해진 앙증맞은 옅은 색깔 머리칼에 키스했다. 그의 입은 그렇게 섬세한 것에 닿아 본 적이 없었다.

루크는 팻 찰리스의 뒷골목에서 CJ와 담배를 피우며 저녁 휴식 시간을 보냈다. 두 사람은 고등학교 때 함께 풋볼을 했었다. 길고 곱슬곱슬한 머리에 체격이 건장한 사모아 출신의 CJ는 꽤 잘나가는 노즈태클[18]로 활약하며 디비전 III 대학들[19]로부터 몇 통의 편지를 받았지만 루크처럼 영입 제안서나 개인적인 방문을 받지는 못했다. 어쨌거나 결국 그들이 있게 된 곳은 여기, 젖은 쓰레기와 바다 냄새, 고양이 오줌 냄새가 나는 이 뒷골목이었다. 루크는 벽에 기대 선 채 그에게 마리화나를 넘겼다.

「괜찮니, **우소**?」[20] CJ가 말했다. 「너, 표정이 이상한데.」

「여자랑 문제가 좀 있어.」 루크가 말했다.

「누구? 책 들고 다니는 키 작은 애?」

루크는 망설였지만 누구에게든 말하지 않으면 안 될 것 같아 이렇게 말했다. 「임신했대.」

CJ가 휘파람 소리를 내듯 묘하게 웃었다.

「오, 그건 쉬워.」 그가 말했다. 「정말 간단해. 네 아이라는 확신이 들 때까지 한 푼도 주지 마. 나라면 그 아이가 겁나게 귀엽게 생겼어도 관심 안 줘. 친자 확인 전엔 그 아이 엉덩이에 채울 기저귀도 사지 않고 ―」

---

18   프런트 수비수 3명 중 중앙을 맡는 사람으로 공격진의 센터와 마주 본다.

19   전미 대학 체육 협회에 가입해 있는 대학들 중 운동선수로 뛰는 학생들에게 운동 관련 장학금을 주지 않기로 한 대학을 말한다.

20   사모아 말로 형제라는 뜻.

「나 말고 다른 남자는 없었어.」 루크가 말했다.

그는 물론 그런지 아닌지 몰랐지만 자기가 나디아의 첫 남자인 것은 알았다. 나디아는 자신이 처녀라는 사실을 인정하지 않았지만, 그는 거기가 조여 주는 느낌에서, 그녀 안으로 들어갈 때 조그맣게 내쉰 숨에서, 그가 거의 움직이지 않는데도 눈을 꼭 감고 있던 것에서 그 사실을 느낄 수 있었다. 그는 나디아에게 그만하기를 원하는지 세 번 물었다. 나디아는 세 번 다 고개를 가로저었다. 나디아는 아픔을 고백하지 않으면 더 강해질 것처럼 그 사실을 결코 인정하려 하지 않는 그런 부류의 여자였다. 그녀의 어머니가 두 달 전에 돌아가셨는데, 루크는 그것이 나디아가 자기와 자는 이유라는 것을 알고 있었다. 그가 다리를 저는 사실에 대해 그녀가 아무 말 하지 않은 이유, 그에게 땀과 기름 냄새 나는 팻 찰리스 셔츠를 입혀 주는 이유가 그것이라는 것을. 나디아는 어머니와 사별한 열일곱 살 여자아이였고, 그녀가 원한 것은 그와의 섹스로 슬픔을 빼내는 것이었다. 그녀를 아프게 한다는 죄책감이 들 때마다 나디아는 두 팔로 그의 등을 더 세게 끌어안아 더 깊이 들어오게 했고, 루크는 작게 몸서리치며 끝나는 그 순간까지 가능한 한 천천히 몸을 움직였다. 다 끝난 뒤 그는 시트에 묻은 피를 보지 못한 척했다. 루크는 나디아에게 더 가까이 몸을 굴려 얼룩덜룩한 시트 위에서 잠들었다.

CJ가 무너질 것 같은 타일 지붕을 향해 마리화나 연기를 훅 내뿜더니 피우고 남은 꽁초를 웅덩이에 휙 던졌다.

「그래도.」그가 말했다. 「검사는 해보는 게 좋아. 네가 그 아이를 네 아이로 대하기만 해도 주에서 네 돈을 모조리 뺏어갈걸. 내가 아는 머저리가 그런 일을 당했어. 법이 지랄 같아.」

「아이를 지웠어.」루크가 말했다.

「그랬군, 쳇.」CJ가 그의 등을 툭툭 쳤다. 「그러면 훨씬 쉬워. 넌 운이 좋은 거야, 친구.」

루크는 운이 좋다고 느끼지 않았다. 나디아가 처음 그 말을 했을 때는 감전된 것 같았다. 역기 운동을 끝낸 직후처럼 작은 불꽃이 피부 아래로 흐르는 것 같았다. 생각해 보면 그날 아침의 가장 큰 걱정은 이 빌어먹을 직장에서 해고되지 않으려면 지각을 해서는 안 된다는 것이었다. 그런데 이제는 아기였다. 이 미치도록 젠장할 아기. 눈앞이 캄캄했지만 — 나디아는 비참해 보였고 거의 아무것도 먹지 않았다 — 한편으로 루크의 작은 일부는 그들이 해낸 것에 놀라움을 느꼈다. 그가 완전히 새로운 사람, 이전에는 이 세상 어디에도 존재하지 않았던 사람을 만드는 데 기여한 것이다. 대부분의 하루하루에 그가 이루어 낼 수 있는 가장 대단한 일은 런치 스페셜 메뉴를 암기하는 정도였다. 루크는 나디아가 가면 휴게실로 달려가 직장 컴퓨터에 로그인을 하고 임신 증상은 언제 나타나는지, 입덧은 어떻게 멈추는지, 아이를 키우려면 돈이 얼마나 드는지 구글에서 검색해 봐야겠다고 생각했다. 그런데 나디아가 임신 중절을 원한다고 말한 것이다. 그는 아파트를 빌리려고 침대 밑 오렌지색 나이키 상자에 넣어 둔 2백 달러 지폐 뭉치 말고는 모아 둔 돈이 없었지만 돈을 마련해 주겠다고 그녀에게 약속했다. 지금껏 번 돈을 맥주 마시고 운동화 사는 데 풍덩풍덩 썼던 그는 지금 신발 상자에서 평생 모은 돈을 꺼내면서 자신이 바보같이 느껴졌다. 아이 키울 방법을 찾을 수 있을 거라는 생각을 도대체 어떻게 했던 거지?

루크가 나디아를 그 클리닉에 내버려 두겠다고 미리 계획한 것은 아니었다. 하지만 예약된 날짜에 평소처럼 직장 사물함에 휴대 전화를 넣는데 문득 외면하면 그뿐이라는 생각이 떠올랐다. 그는 자기 할 일을 했고 그녀도 자기 할 일을 했으니 이제 그녀를 다시 볼 필요가 결코 없는 것이다. 루크는 나디아가 수술 후 어떤 모습일지 — 슬픔에 빠져 있고 아파할 것이다 — 상상하지 않아도 되고, 위로할 적당한 말을 찾지 않아도 된다. 나디아에게 올바른 결정이었다고 말해 줄 필요도 없고, 그로서는 그 결정에 거의 함께하지 않은 느낌이라고 말해 줄 필요도 없다. 그냥 휴대 전화를 넣고 사물함을 잠근 뒤 외면하면 되는 것이다. 누구에게도 얽매이지 않은 몸, 그것이 그가 받은 선물이었다.

그런데 나디아가 코디 리처드슨의 파티에 나타난 것이다. 그리고 그녀는 아이를 지운[21] 사람 같지 않았다. 루크가 그 표현을 처음 접한 것은 몇 년 전 아버지의 교회 사람들이 낙태 클리닉 앞에서 벌어진 시위에 동참했던 그때 한 번뿐이었다. 그는 그때 어린아이였고 다른 시위자들을 보며 불안감을 느껴 엄마 옆에 바짝 붙어 있었다. 붉은 얼굴의 남자가 얼룩덜룩하고 두툼한 군복 조끼를 입고 쿵쿵 돌아다니며 〈여기 밖은 전쟁이다. 우리는 최전방이다〉라고 구호를 외쳤다. 한 흑인 노인은 〈낙태는 흑인 집단 학살〉이라고 쓰인 팻말을 들고 있었다. 한 수녀는 핀셋에 집힌 피 흐르는 아기 머리 사진을 들고 돌아다녔다. 그 팻말에는 **아기를 지운 여자 같은 것은 없다, 죽은 아기의 어머니가 있을 뿐이다**라고 적혀 있었다. 시간이 지나면서 루크는 그 팻말 자체는 잊었다. 생생한 사진보다 **아기를 지운**이라는 말이 훨씬 더 강렬하게 남았다. 그 결정성, 그 순전히 낯선 느낌, 그냥 **임신하지 않은** 게 아니라 여자에 대한 완전히 다른 범주였다. 그는 줄곧 아이를 지운 여자는 임신한 여자가 그런 것처럼 아이를 지운 표시를 공공연히 드러낼 거라고 생각했다. 하지만 나디아 터너가 사람들을 헤치고 파티장으로 들어왔을 때 그녀의 모습은 그가 지난번 봤을 때와 전혀 다르지 않았다. 하이힐을 신어 길쭉해 보이는 다리, 가슴을 돋보이게 하는 빨

21 원문에서는 〈*unpregnant*〉라는 단어를 사용하고 있다.

간 블라우스. 나디아의 예쁜 모습을 보자 루크는 마음이 괴로웠다. 그녀는 심지어 울고 있지도 않았다. 나약한 쪽은 그였다. 그는 그녀를 마주할 용기조차 낼 수 없었다.

이제 루크는 자꾸 뭔가를 깨뜨리는 것을 멈출 수 없었다. 근무 중에 접시 하나를 깨면 찰리가 다음 직원 회의 때 창피를 주었다. 두 개를 깨면 남은 밤 시간 동안 테이블을 맡기지 않았다. 루크는 주머니 안에서 팁으로 받은 돈을 셌다. 구겨진 지폐를 합쳐 15달러, 5센트짜리 동전 몇 개가 전부였다. 주유비도 되지 않았다. 그가 CJ를 흘끗 보았고, CJ는 그의 행운에 감탄한다는 듯 여전히 그를 보며 싱글거리고 있었다.

「아마 운이 좋은 거겠지.」 루크가 시큼한 공기 속으로 연기를 내뿜으며 말했다.

그해 여름 나디아는 자기 침대에서보다 오브리 에번스의 침대에서 더 많은 밤을 보냈다.

오브리가 밤중에 더 자주 일어나는 편이라 나디아는 욕실에서 먼 오른쪽을 썼다. 아침에는 이를 닦은 뒤 칫솔을 세면대 옆 홀더에 넣었다. 창문 가장 가까이 있는 의자에 앉아, 두 발을 의자에 올려 모은 채 아침을 먹었다. 케이시의 밝은 오렌지색 볼스 컵으로 주스를 마셨다. 처음에 오브리의 방에 옷을 놓고 간 것은 ─ 의자 등받이에 운동복 상의를 깜박 놓고 가거나 건조기 안에 수영복을 두고 갔다 — 어쩌다 그런 것이었지만 그 뒤에는 일부러 놓고 갔다. 얼마 지나지 않아 모니크가 세탁물 바구니를 침대에 쏟아 내면 둘의 옷이 뒤엉켜 분간하기 힘든 지경이 되었다.

한 번에 조금씩이면 누군가의 삶에 들어가는 것이 어렵지 않았다. 오브리는 더 이상 밤에 올 거냐고 물어보지 않았다. 일이 끝나면 같이 주차장으로 걸어 나왔고, 오브리가 조수석 문을 열고 나디아가 타기를 기다렸다. 오브리 역시 외로웠다. 학교에 친구들이 많지 않았다. 풋볼 시합을 구경하거나 춤추러 가는 것보다 교회 봉사활동에 더 많은 시간을 쏟았다. 다른 사람의 외로움이 그려 내는 윤곽선을 알아 가는 것은 낯설었다. 갑자기 그 전부를 알게 되는 경우는 결코 없었다. 그것은 어두운 동굴 안에서 벽을 따라 삐죽삐죽 튀어나온 모서리에 몸을 부딪쳐 가며 걸음을 옮기는 것과 같았다.

「그 집에서 네가 가는 걸 귀찮아하지 않는 건 확실하니?」어느 밤 그녀의 아버지가 물었다.

「네.」나디아가 말했다. 「오브리가 초대한 거예요.」

「하지만 요즘 늘 거기서 지내니 말이지.」

「그러니까 이제 제가 어디 있는지 관심을 가지시네요.」나디아가 말했다.

아버지가 나디아의 방 입구에 잠시 가만히 있었다. 「건방진 소리 마라.」그가 말했다.

어쨌거나 나디아는 계속 그 집에 갔지만 대부분의 밤에 그녀와 오브리는 소파에서 함께 뒹굴거리거나 텔레비전에서 형편없는 리얼리티 쇼를 보거나 서로 손톱에 색칠을 해주는 것 말고 하는 일이 전혀 없었다. 그들은 시내로 차를 몰아 항구에 있는 작은 가게들을 기웃거렸다. 지난여름 나디아는 시내에 있는 조조스 주서리에서 일했는데, 사람들이 눈을 찡그려 그녀의 머리 위 무지개 색깔 메뉴를 올려다볼 때 그녀는 애처로운 미소를 지었다. 조리대에 테이프로 붙여 놓은 코팅된 색인 카드를 봐가며 레시피대로 스무디를 만드는 동안 나디아는 공상에 빠져들곤 했다. 그녀가 응대하는 사람들 대부분은 가지고 다니기가 너무 힘들다는 듯 어깨에 파스텔 색조의 스웨터를 걸쳐 묶고 한가로이 돌아다니는 부유한 백인들이었다. 도미닉스 이탈리안이나 라이트하우스 오이스터스 ─ 나디아는 비싸서 갈 수 없는 고급 장소 ─ 같은 항구 레스토랑에는 전혀 가본 적 없었지만, 거기 종업원들이 이따금 조조스를 찾아오면 같이 농담을 나누었다. 디비노스의 여자 종업원은 할리우드 프로듀서가 와서 〈**알덴테! 알덴테! 씹는 맛이 살아 있게 하라는 뜻이에요!**〉 하고 소리 지르며 충분히 단단한 식감이 될 때까지 링귀니를 세 번이나 돌려보낸 이야기를 해주었다. 그는 데이트 상대로 데려온, 빛바랜 금발의 여자에게 잘 보이려고 애쓰는 중이었는데 그녀는 거의 무반응이라, 그것이 슬프게 ─

여자에게 잘 보이려고 여종업원에게 소리를 질러야 한다면 할리우드 프로듀서인 게 무슨 소용인가? — 느껴졌다고 했다. 적어도 조조스에서는 어느 누구도 데이트 상대에게 잘 보이려고 애쓰지 않았다. 일하는 중에 나디아는 유리창 밖 항구를 따라 정박된 보트와 색색의 돛이 내려지는 것을 즐겨 바라보았지만, 가끔은 그것을 보면 슬퍼졌다. 보트가 정박된 곳은 20피트 떨어진 거리였는데 보트 안에 들어가 본 적이 없었다. 그녀는 어디에도 가본 적이 없었다.

가끔 저녁에 나디아는 일이 끝난 뒤 남아서 오브리의 봉사활동을 도왔다. 그들은 바구니에 노숙자들을 위한 음식을 꾸렸고 시스터 윌리스의 교실을 청소했으며 칠판을 닦았고 테이블에 묻은 플레이도 점토를 긁어냈다. 금요일 밤에는 어르신을 위한 빙고 게임을 마련해 철제 의자를 안으로 끌어 넣고 간식을 차리고 어르신들이 적어도 세 번은 말해 달라고 요구하는 번호를 불러 주었다. 또 어떤 밤에는 둘이 같이 스무디를 홀짝거리며 항구를 따라 걷고 가게 창문 너머로 값싼 액세서리를 구경했다. 짙어 가는 어둠 속에서 보트들이 깐닥거리거나 출렁거렸고, 돌아가 오브리의 침대로 기어들면 나디아는 자신이 제자리에서 깐닥거리는 보트가 된 것 같았다. 두 주 뒤에는 대학에 가기 위해 이곳을 떠날 예정이었다. 그녀는 두 개의 삶 사이에서 표류하고 있었고, 흥분되는 만큼이나 이번 여름에 발견한 이 삶을 놓을 준비가 되어 있지 않았다.

이따금 케이시가 고기를 구우면 그들 모두 뒷마당에 나가 저녁을 먹었고, 그런 뒤에 하와이안 빙수를 사 먹으려고 다 같이 걸어갔다. 모니크는 직장에서 있었던 이야기를 해주었다. 환각 상태에서 자기 눈을 뽑은 남자도 있었고, 운전하다 잠들어 담장을 들이받고 말뚝에 몸을 거의 찔릴 뻔한 여자도 있었다. 어느 저녁에는 멕시코에서 들여온 불법 낙태약을 먹고 출혈로 응급실 바닥에서 죽기 직전까지 차마 그 사실을 인정할 용기를 내지 못했던 어느 여자에 대한 이야기를 해주었다.

「그 여자는 어떻게 됐어요?」 나중에 그들이 다 같이 설거지를 할 때 나디아가 물었다.

「어느 여자?」 모니크가 나디아에게 물기 묻은 접시를 건넸다.

「그 여자요. 멕시코에서 들여온 약을 먹었다는 여자 말이에요.」

나디아는 차마 **낙태**라는 단어를 쓸 용기가 나지 않았다. 그 단어가 그녀의 입에서 나오면 다르게 들릴 것 같았다.

「감염된 상태가 끔찍했어. 하지만 잘 이겨 냈어. 그런 여자들은 임신한 사실이 알려지는 걸 너무 두려워해서 안에 뭐가 들었는지 아무도 모르는 싸구려 알약을 인터넷으로 사 먹어. 도움을 청할 만큼의 지각이 없었다면 그 여잔 죽었을지도 몰라.」 모니크가 오브리에게 접시를 건넸다. 「너희는 절대 그런 짓 하지 마. 나한테 전화해, 알았지? 케이시한테 하거나. 우리가 병원에 데려가 줄게. 혼자 그런 짓 할 생각은 꿈에도 하지 마.」

나디아도 인터넷에서 낙태약에 관한 글을 읽었다. 40달러면 아무 표시 없는 갈색 상자에 넣어져 문 앞까지 배달된다고 했다. 루크가 수술비를 마련해 주지 않았다면 그녀도 그 약을 주문했을지 모른다. 절박해질 때까지는 어느 누구도 어디까지 절박해질 수 있는지 모른다.

「너는 그게 나쁜 짓 같아?」 나디아가 나중에 오브리에게 물었다. 「그 여자가 했다는 그거.」

「당연하지. 언니가 그 여잔 거의 죽을 뻔했다고 말했잖아.」

「아니, 그런 거 말고. 그러니까 그게 잘못된 거라고 생각해?」

「오.」 오브리가 전등 스위치를 껐고 침대 반대쪽이 그녀의 무게로 내려갔다. 「왜?」

「몰라. 그냥 묻는 거야.」

실내의 어둠 속에서는 오브리의 얼굴은 물론이고 몸 전체의 윤곽선도 보이지 않았다. 어둠 속에서 하는 이야기는 안전하게 느껴졌다. 그녀는 침대에 드러누워 천장을 보고 있었다.

「나는 가끔 ―」 나디아가 말을 멈추었다. 「나를 지웠다면 엄마는 아직 살아 있을까, 하는 생각을 해. 그랬다면 아마 엄마는 더 행복했을 테니까. 엄마는 원하는 삶을 살 수 있었을 거야.」

다른 친구들이었다면 입을 쩍 벌리고 눈을 크게 뜨고 그녀를 쳐다보았을 것이다. 「왜 그런 생각을 해?」 그런 어두운 생각을 품은 것에 대해 나디아를 질책하며 그렇게 말했을 것이다. 하지만 오브리 또한 상실이 뭔지 알고 있었기에, 상실은 그것을 막을 수 있었을지 모르는 가능한 모든 시나리오를 상상하도록 우리를 몰아가기에 그녀는 그저 나디아의 손을 꼭 쥐었다. 나디아는 총알을 박아 머리를 박살 내는 것으로 끝나지 않는, 어머니의 또 다른 삶을 그려 보았다. 병원 침대에서 고단한 미소를 지은 채 작고 쪼글쪼글한 몸뚱이를 안고 있는 것이 아니라, 낙태 클리닉에서 자신의 이름이 불리기를 기다리며 겁먹은 채 앉아 있는 열일곱 살의 어머니. 고등학교를 졸업하고, 대학을 졸업하고, 심지어 대학원도 졸업한 어머니. 하지만 그녀의 어머니는 될 수 없다. 강의를 듣거나 강의대 뒤에서 발가락을 종아리 위로 끌어올리며 강의를 하는 어머니. 세계를 여행하고 하늘 향해 두 팔을 벌린 채 산토리니 절벽에서 포즈를 취하는 어머니. 어머니는 변함없는 그녀의 어머니였으나, 이런 모습의 현실에서 나디아는 존재하지 않았다. 그녀의 삶이 끝난 곳에서 어머니의 삶이 시작되었다.

그해 여름 그들은 로스앤젤레스로 차를 몰아 다른 해
변에도 가보았다. 왠지 몰라도 할리우드의 영향권 안에
있는 태양과 모래와 바닷물이 더 좋아 보였고, 심지어 더
찬란하게 느껴졌다. 그들은 역기 운동을 하는 남자들, 마
리화나 파는 곳, 티셔츠 가게, 추로스 가판점, 통 치는 드
러머들을 지나 베니스 비치로 내려갔다. 샌타모니카 비
치에서 수영을 했고 구불구불한 절벽길을 달려 말리부로
갔다. 다른 장소들도 갔다. 샌디에이고 시내로 가 도시를
가로지르는 트롤리를 타거나, 호턴 플라자에서 윈도쇼핑
을 하거나, 시포트 빌리지를 걸어다니거나, 개스램프 지
역 나이트클럽에 슬쩍 들어갔다. 나디아가 입구 지키는
사람을 잘 구슬려 지하 클럽에도 갔는데, 바 위로 작은
유리잔들이 불그스름한 빛을 흘렸고 머리 위로는 업소용
선풍기가 게으르게 돌아가고 있었다. 나디아가 이야기를
하려면 오브리의 귀에 대고 소리를 질러야 했다. 그리고
그들은 남자들을 만났다. 해변에서 풋볼 공을 던지고 받
는 남자들, 차창 밖으로 몸을 내미는 남자들, 분수 앞에
서 담배를 피우는 남자들, 클럽에서 그들에게 술을 사주
겠다고 하는 남자들, 어린 티를 벗었을까 말까 한 남자들.
바에서 그들 주위로 남자들이 모여들자 나디아는 끼를
드러냈지만 오브리는 가슴께에서 단단히 팔짱을 낀 채

자기 안으로 숨어드는 것 같았다. 오브리는 아직 남자 친구를 사귄 적이 없었다. 자기를 풀어놓지 않는데 어떻게 남자 친구를 기대하겠는가? 그래서 오션사이드에서 보내는 마지막 나날의 어느 밤 나디아는 자신이 오브리를 어디로 데려가고 싶은지를 정확히 알았다. 코디 리처드슨의 집으로 데려가는 것이다. 오브리는 거기 가본 적이 없었고, 나디아는 집에서 보내는 나날이 끝나 가면서 다시 가보고 싶을 만큼 그곳이 그리워졌다. 게다가 솔직히 말하면 다시 루크를 만날 수 있기 바랐다. 나디아는 그들의 작별을 상상했다. 그들이 극적인 사람들이 아니니 극적인 이별은 아니겠지만, 루크의 눈빛에서 그가 그녀를 아프게 한 것을 알고 있음이 느껴지는 그런 마지막 대화를. 나디아는 그녀를 버린 것에 대한 루크의 후회, 당연히 그녀를 사랑했어야 함에도 사랑하지 않은 것에 대한 그의 후회가 느껴지기를 바랐다. 인생에서 이번 한 번만은 끝난 일이 깨끗하게 끝나길 바랐다.

파티가 열리는 밤에 나디아는 친구가 화장하는 것을 도우면서 오브리의 침대 모서리에 앉아 있었다. 그녀가 오브리의 얼굴을 자기 쪽으로 기울여 눈꺼풀에 금색 아이섀도를 부드럽게 펴 발라 주었다.

「꼭 드레스를 입어.」 나디아가 말했다.

「말했잖아. 너무 짧다고.」

「나를 믿으라니까.」 나디아가 말했다. 「남자들 전부 오

155

늘 밤 너하고 어떻게 해보려고 할걸.」

오브리가 코웃음을 쳤다. 「그래서? 그런다고 내가 그 남자들하고 어울리고 싶다는 건 아니잖아.」

「적어도 그게 어떤 건지 알아보고 싶진 않아?」

「뭐가?」

「섹스.」 나디아가 키득거렸다. 「그게 그렇게 아름답고 로맨틱할 거라고 기대하지 마. 웃기게 어색할걸.」

「그게 왜 어색해야 해?」

「왜냐하면 — 있잖아, 누가 됐건 남자가 네 벗은 몸을 본 적 있어?」

그러자 오브리가 눈을 번쩍 떴다. 「뭐?」 그녀가 말했다.

「그러니까, 너 어디까지 가봤어?」

「몰라. 키스 정도.」

「맙소사. 남자한테 네 몸을 만져 보게 한 적도 없어?」

오브리가 다시 눈을 감았다. 「제발.」 그녀가 말했다. 「다른 이야기 하면 안 돼?」

나디아가 웃었다. 「넌 정말 귀여워.」 그녀가 말했다. 「나는 너하고는 완전히 달라. 나는 처녀 아니야……」 나디아가 어깨를 으쓱했다. 「지금은 그 남자하고 말도 안 해.」

나디아는 오브리에게 루크에 대해 한 번도 말한 적이 없었다. 그들이 함께 보낸 시간을 어떻게 설명해야 할지 알 수 없었고, 그들 사이에 있었던 모든 일을 되짚어 가면 그녀 자신의 어리석은 선택으로 귀결되기에 막상 말하려고 하면 창피했다. 루크를 보려고 하루가 멀다 하고 팻 찰리스를 찾아간 것은 나디아였다. 하지만 그녀가 사랑에 빠진 남자는 그녀와 사귄다는 사실을 누구에게도 알리고 싶어 하지 않았다. 나디아는 대학에 가기 위해 집을 떠나기 몇 달 전부터 그와 자기 시작했고, 심지어 매번 콘돔을 착용하라고 요구하지도 않았다. 그녀는 어머니가 절대 되지 말라고 주의를 줬던 그런 바보 같은 여자였고, 자신에 대한 이런 사실을 오브리가 아는 것 자체가 싫었다.

오브리가 다시 눈을 떴다. 그들의 눈에 눈물이 그렁거렸고, 나디아는 아이라이너가 번지지 않게 조심조심 눈 주변을 화장지로 찍어 눌렀다.

「내가 좀 더 너 같으면 좋겠어.」 오브리가 말했다.

「내 말을 믿어.」 나디아가 말했다. 「너는 나처럼 되고 싶은 게 아니야.」

그날 밤 해변은 구조대 탑 옆 불꽃이 타닥거리는 모닥불 하나를 제외하면 텅 비어 있었다. 거의 버려져 그들의 사유지 섬이 된 것 같았다. 나디아가 오브리의 손을 잡았고, 오브리는 뒤처져 걸으면서 검은 미니드레스 자락을 자꾸 잡아 내렸다.

「나한테 술 너무 많이 먹이지 마.」 오브리가 말했다.

「그게 바로 핵심이야. 우리가 할 일이 너를 풀어놓는 거거든.」

「나디아, 진심이야. 난 별 볼 일 없어.」

「오, 네가 그렇게 별로일 리 없어.」

「그건 네 생각이지.」

코디 리처드슨의 부엌은 평소보다 더 복작거렸다. 찢어진 스키니 진을 입은 키 큰 스케이트 선수들이 비어퐁 게임을 하며 고함을 질러 댔고, 그들 옆에서는 뚱뚱한 금발 여자 세 명이 큰 소리로 공이 들어간 개수를 헤아린 뒤 테킬라를 쭉 비웠다. 하얀 얼굴에 주근깨가 돋은 여자가 바닥에 앉은 채 비쩍 마른 두 남자에게 마리화나를 건넸지만 둘은 너무 애무에 열심이라 알아차리지도 못했다. 나디아가 오브리에게 술 섞은 음료를 만들어 주었지만, 오브리는 고개를 가로저었다.

「그거 너무 많아.」 오브리가 컵을 밀어내며 말했다.

「겨우 샷 2개 분량인데!」

「계량도 안 했잖아.」

「2초 동안 따랐어. 그게 그거야.」

첫 잔을 마시자 오브리의 긴장이 풀리기 시작했다. 두 번째 잔을 마시니 웃었고 드레스가 엉덩이를 드러내건 말건 신경 쓰지 않았다. 세 번째 잔을 마신 뒤에는 그녀의 엉덩이가 거의 드러난 것을 신경 쓰는 게 틀림없는 남자와 춤을 췄고, 나디아는 그가 너무 더듬거리기 전에 오브리를 끌어냈다. 술에 취한 오브리의 모습은 사랑스러웠다. 나디아에게 매달려서 끌어안고 그녀의 머리칼을 만지작거렸다. 그러고는 나디아의 무릎에 털썩 앉아 한 팔을 그녀의 어깨에 둘렀다. 나디아에게 사랑한다는 말을 두 번 했다. 나디아는 두 번 다 웃어넘겼다.

「진짜야.」 오브리가 말했다. 「정말로 사랑해.」

누군가가 그녀에게 마지막으로 그렇게 말해 준 것이 언제였던가? 기억나지 않다는 사실이 당혹스러워, 나디아는 들리지 않은 척했다. 그러고는 뚜껑을 돌려 열고 오브리에게 물병을 건넸다.

「좀 마셔.」 나디아가 말했다. 「토하기 전에.」

코디의 파티에서 취하지 않은 채 즐기는 것은 묘한 경험이었다. 박물관에서 전시물을 더 가까이 보려고, 막아 놓은 난간 밑으로 몰래 기어 들어가는 기분이었다. 나디아는 웃음 뒤의 슬픔을, 행복을 가장하느라 안간힘을 쓰는 고단한 얼굴을, 그 세밀한 부분들을 보았다. 가끔씩 그런 표정을 가장하는 사람이 자기만이 아니라는 사실에 나디아는 한편으로 위로를 받았다. 맥주잔을 다 비웠는데도 취기가 거의 돌지 않았고, 오브리는 자꾸 더 마시라고 나디아를 부추겼다.

「안 돼.」 나디아가 말했다. 「나는 운전해야지.」

「하지만 너는 즐기지 못하고 있잖아.」

「즐기고 있어…….」

오브리가 입을 삐쭉 내밀었다. 「아니야, 안 그래.」

「아니야, 맞아. 너도 즐기고 있고. 그게 핵심이야.」

「하지만 너는 거기 앉아만 있잖아.」

「너를 통해 즐기고 있어.」 나디아가 말했다.

그리고 이상한 일이지만 술에 취하지 않았음에도, 루크를 만나지 못한 것이 실망스러웠음에도 그녀는 정말로 즐기고 있었다. 오브리가 그녀 자신의 몸에서 확 비틀어 떼어 내 해방시킨 또 다른 자신이 되어 신나게 파티를 즐기는 것을 지켜보며 나디아는 거의 고마운 마음이 들었다.

「맙소사, 오브리.」 나디아가 모니크와 케이시의 집 진입로에서 오브리를 부축해 일으키며 그녀의 허리에 팔을 둘렀다. 「너 정말 별 볼 일 없구나.」

「나 **그렇게까진** 안 취했어.」

「아니야, 넌 취했어 ―」

「아니야…….」

「아니야, 빌어먹게 취했어.」

나디아가 오브리의 지갑을 더듬더듬 뒤져 금색의 집 열쇠를 찾았다. 「이제, 입 좀 다물어, 응? 아마 모두 자고 있을 거야.」

나디아가 오브리의 입을 손으로 틀어막고 어두운 집 안으로 데리고 들어갔다. 발밑으로 바닥 판자가 삐걱거려 오브리를 데리고 갈 때 통로를 살금살금 걸었고, 그녀의 손은 오브리의 입김에 축축해졌다. 침실에 들어가자 오브리가 침대에 풀썩 엎어지며 불가사리처럼 몸을 쫙 뻗었다. 나디아가 꼼지락거리며 드레스를 벗었다. 그리고 거울을 흘끗 보았다. 뒤에서 오브리가 팔꿈치로 몸을 받치고 엎드린 채 그녀가 옷 벗는 모습을 바라보고 있었다.

「넌 정말 예뻐.」오브리가 말했다.

나디아는 웃으면서 잠옷으로 입을 티셔츠를 찾으려고 서랍을 뒤졌다. 오브리가 보고 있다는 사실을 의식하자 불편해졌다. 나디아는 자기가 옷 벗는 모습을 누가 보는 것이 좋았던 적이 없었고, 심지어 루크가 보는 것도 싫었다. 그녀는 색 바랜 차저스[22] 티셔츠를 머리 위에서 내려 입고 머리칼을 느슨히 틀어 올렸다.

「예뻐.」오브리가 말했다.「정말 예뻐. 공평하지 않을 정도로.」

「왜 그래. 그만 자자.」

「피곤하지도 않은데.」

「반바지로 갈아입지 않을래? 그 옷 입고 잘 건 아니지?」

「네가 대학에 가더라도.」오브리가 말했다.「우리 연락하고 지낼 거지, 응?」

나디아는 목이 멨지만 어둠과 정적을 방패 삼아 아무

22 미국 샌디에이고의 풋볼 팀 이름.

말 하지 않았다. 「당연하지.」 마침내 말을 했지만, 오브리를 위로하려는 건지 자신을 위로하려는 건지 잘 알 수 없었다.

통로 저만치 에어컨이 윙윙 시끄러운 소리를 냈다. 나디아의 마음은 좀처럼 가라앉지 않았고, 옆에 누운 오브리가 조용하고 잠잠해진 뒤에도 그랬다. 오브리는 아기처럼 엎드려 잠을 잤고, 어둠 속에서 나디아는 오브리의 등에 손을 올리고 그것이 오르내리는 것을 느꼈다.

「트램펄린 기억해?」 오브리가 말했다. 「내가 이야기했던 그거? 이웃집 마당에 있었다고?」

「그게 왜?」

오브리가 눈을 꼭 감고 목소리를 낮춰 속삭였다. 「그게 내가 처음 간직한 비밀이었어.」

아침에 루크는 바보가 된 다리가 화끈거리는 것을 느꼈다. 익숙지 않은 통증이었다. 그는 다른 종류의 통증에 대해 잘 알고 있었는데, 무모한 청춘을 보낸 부작용이었다. 누가 눈을 가리고 정글짐을 건너가 보라고 부추겼을 때 그렇게 하다 팔이 부러졌고, 즉석에서 편먹기 농구 시합을 하는데 너무 진지하게 임한 나머지 발목이 삐고 손가락이 부러졌고, 술 먹고 친구들과 싸우다 갈빗대에 금이 갔다. 대학에 들어간 뒤에는 통증이 점점 친밀한 것이 되었다. 근육 긴장으로 생긴 근육통, 상상할 수 없을 정도로 혹독한 운동 등에 가해지는 무게는 어깨를 파고들고 숨을 멎게 만들었다. 너무 지쳐 일어설 수도, 생각할 수도 없고 그저 생존이 전부인 통증이었다. 풋볼을 그만둔 뒤에도 그 통증을 지워 낼 수 있을 거라는 생각은 하지 않았다. 루크는 자기 몸 안에 여전히 존재하는 폭력성이 뼈에 부딪쳐 메아리치는 것을 느꼈다.

하지만 이 다리의 통증은 달랐다. 그가 잘 아는 방식으로 콕콕 찌르거나 붓는 것이 아니라, 걸음을 옮길 때, 특히 다리를 움직이지 않고 몇 시간 보낸 뒤인 아침에 욱신거리는 무뎌지고 길이 드는 통증이었다. 그래서 어느 일요일 이른 아침 어머니가 그의 문을 쾅쾅 두드렸을 때, 둘둘 말고 자던 이불에서 빠져나와 맨발을 끌며 방을 가로지르기까지 시간이 좀 걸렸다. 햇살의 금색 파편들이 블라인드 틈새로 들어와 카펫 위로 펼쳐졌다. 루크는 천천히 걸음을 옮겨 조심스럽게 문을 열고 고개를 내밀었다. 통로에는 복숭아색 스커트 정장을 입은 어머니가 팔밑에 손가방을 낀 채 서 있었다. 그가 햇살에 눈을 찡그리며 목청을 가다듬었다.

「뭐 필요한 거 있으세요, 엄마?」 루크가 말했다. 「안녕히 주무셨어요, 엄마.」 그녀가 말했다. 「좋은 아침이에요, 엄마. 엄마 얼굴 보니 정말 좋아요…….」

「죄송해요. 방금 일어났어요.」

「하루 종일 일하고 방에 처박혀 지내는 것 말고 하는

게 없으니 안아 드릴게요…….」

루크가 가볍게 앞으로 나서서 잠시 한 팔로 어머니의 어깨를 감싸 안았다.

「그 의사를 찾아가 보라고 내가 말하지 않았니?」 그녀가 말했다.

「심하게 아프진 않아요.」

「제대로 걷지도 못하면서 왜 이렇게 말을 안 듣니.」 그녀가 고개를 가로저었다. 「왜 문 앞에 그렇게 서 있어?」

「들어오고 싶지 않으실 거예요. 지저분해요.」

「내가 아직도 그걸 모를까 봐?」

「왜 그러세요, 엄마. 뭐가 필요하세요?」

「필요한 건 없어. 그저 내 아들이 보고 싶은 거지.」

「계속 바빴어요.」 루크가 말했다.

그녀가 코웃음을 쳤다. 「바빴다고. 네가 지금도 터너씨 딸을 생각한다는 거 알아. 넌 꼭 네 아빠 같구나. 과거를 과거로 두지 못하고.」 그녀가 루크의 뺨을 어루만졌다. 「잘 들어. 끝난 건 끝난 거야. 이 혼란 속에서 자신을 추슬러야 해. 무릎 꿇고 그 상황을 벗어나게 해준 하느님께 감사드려. 모든 사람에게 기회가 한 번 더 주어지는 건 아니야, 너도 그건 알지?」

「알아요.」 루크가 말했다.

「네게 필요한 건 교회에 오는 거야.」 그녀가 말했다. 「네가 성경 말씀에 조금만 더 귀를 기울였다면 애당초 이런 일은 일어나지 않았을 텐데.」

루크가 문틀에 몸을 기댔다. 그는 그 문제에 부모를 개입시킬 마음이 없었지만 돈이 급히 필요했고, 한편으로 자신의 부모가 아기를 낙태시킨다는 생각을 했다는 것 자체에 대해 그를 꾸짖고 한 푼도 주지 않겠다고 완강한 태도를 보이기를 바랐다. 그러면 나디아에게 두 손 들고 애처롭게 돌아가 최선을 다했지만 돈을 마련하지 못했으니 시간을 두고 다시 생각해 보자고 말할 수 있었을 것이다. 하지만 술을 마시지도 욕을 하지도 않고 심지어 R등급 영화도 보지 않는 그의 부모는 나디아가 그의 아기를 죽이도록 도와주었다. 그가 그들에게 그것을 요청한 것이다.

「알았어요.」 루크가 말했다. 「노력해 볼게요.」

오션사이드에서 계절은 연중 비치는 햇살 속으로 섞여 들었고, 어쨌거나 가을이 되었다. 이제 오션사이드 고등학교 전광판에 즐거운 환영의 말이 번쩍였고, 백팩과 바인더가 월마트에서 앞자리를 차지하게 되었다. 나디아는 미시간 대학교로부터 오리엔테이션 일정을 알리는 이메일을 받았다. 테두리를 빨간색과 오렌지색 나뭇잎으로 장식한, 다시 학교로 돌아갈 때임을 알리는 흔한 이미지들 앞을 지나갈 때마다 불안을 삼키려고 애썼다. 오션사이드에서 나뭇잎은 빨간색과 오렌지색으로 물들지 않았다. 시들고 옅은 녹색으로 바래 도랑을 채우거나 길가에 떨어졌다. 나무들이 잎을 다 떨굴 때쯤이면 그녀는 난생 처음 다른 곳에 가서 살게 될 것이다.

나디아가 미시간으로 떠나기 직전의 일요일, 어퍼 룸은 그녀가 자신의 길을 잘 갈 수 있도록 사랑의 모금 행사를 진행했다. 교회 사람들 중 장학금을 받고 큰 대학에 가는 사람은 그녀가 처음이었지만, 그것으로는 모든 비용이 충당되지 않았다. 그녀는 소소한 것 — 진짜 겨울 코트 같은 것 — 도 필요했다. 그래서 목사가 나디아와 그녀의 아버지를 제단 앞에 서게 하고 그들의 발치에 빈 페인트 통을 내려놓게 한 것이었다. 세컨드 존은 담배 살 돈을 넣었다. 어쨌거나 아내에게 담배를 줄이겠다고 약속한 터였다. 시스터 윌리스는 파워볼 복권을 사려고 따로 빼둔 돈을 내놓으면서 매그덜리나 프라이스에게 그 주에는 자기 번호가 당첨되지 않으면 좋겠다고 소곤거렸다. 교회 어머니들조차 세제에 물을 부어 오래 쓰듯 사회 보장 연금을 더 나중에 받으려고 아껴 둔 몇 달러를 내놓았다. 나디아는 돈을 내려고 일어서는 사람 하나하나에 정신이 팔려 처음에는 뒤쪽 신자석에 앉아 있는 루크를 보지 못했다. 그는 어깨 쪽이 꼭 끼이는 회색 정장을 입고 있었는데, 그녀의 시선이 루크의 눈에 가닿았을 때 나디아는 자신의 어깨를 감싼 아버지의 팔이 더 단단하게 조이는 것처럼 느껴졌다.

예배가 끝나고 아버지가 감사의 말을 전하려고 목사에게 인사하는 줄에 서 있는 동안 나디아는 루크가 로비에서 자기 뒤로 주저주저 다가오는 것을 느꼈다.

「이야기 좀 할까?」루크가 말했다.

나디아는 고개를 끄덕이고 그를 따라 로비에 모여 있는 교회 사람들을 지나 정문 밖으로, 이어 교회 건물을 돌아 뒤쪽 정원으로 갔다. 보라색 아프리카 데이지가 분수 주변에 무리 지어 피어 있었고, 잎에서 쓴맛이 나는 아카시아가 루크가 안 좋은 다리를 쭉 뻗고 앉은 돌 벤치 위로 퍼져 있었다. 나디아가 그의 옆에 앉았다.

「차 사고 났다며.」루크가 말했다.

「몇 달 전에.」나디아가 말했다.

「괜찮아?」

그의 가식적인 염려가 싫었다. 나디아가 일어섰다.

「나 그 돈 안 가져.」나디아가 말했다.

「무슨 말이야?」

「모금한 돈. 아버지가 가질 거야. 하지만 그 돈은 갚을게.」

「나디아 ―」

「6백 달러, 맞지? 네가 선심을 베푼 느낌이 나는 싫어.」

「미안해.」루크가 자기 어깨 너머를 흘끗 쳐다본 뒤 나디아를 향해 몸을 숙이고 목소리를 낮추었다. 「그 클리닉에 갈 수는 없었어. 누가 나를 봤다면 ―」

「그러니까 누가 나를 봤건 말건 그건 조금도 신경 쓰이지 않았다는 거네?」

「그건 달라. 너는 목사 아들이 아니잖아.」

「나는 네가 필요했어.」 그녀가 말했다. 「그리고 너는 나를 버렸고.」

「미안해.」 루크가 더 조용히 말했다. 「그러고 싶진 않았어.」

「그래, 하지만 그랬지 —」

「그게 아니고.」 그가 말했다. 「나는 우리 아기를 죽이고 싶지 않았어.」

나중에, 나디아는 그들의 아기가 자라는 것을 상상한다. 아기가 첫걸음을 뗀다. 아기가 방 저만치 우윳병을 던진다. 아기가 점프하는 법을 배운다. 아기는 늘 아기였지만, 나디아는 이따금 이름을 무엇으로 지었을지 생각했다. 아기 아버지 이름을 따서 루크라고 지었을까, 그녀의 아버지 이름을 따서 로버트라고 지었을까. 심지어 어머니의 아버지 이름인 이즈리얼 같은, 좀 먼 집안 이름도 떠올렸지만 아기가 그 이름의 무거움을, 성경의 그 엄격함을 감당할 거라고는 상상할 수 없었다. 그래서 아기는 그녀의 마음속에서 소년이 되고 10대가 되고 어른이 되었지만 여전히 아기로 남았다. 루크가 처음 〈우리 아기〉 — 그냥 아기도, 그 아기도 아니고 — 라고 말한 뒤부터 그녀는 아기가 어떤 사람이 되었을지 궁금한 마음을 억누를 수 없었다.

그날 밤 플라잉 브리지는 플란넬 옷을 입고 두꺼운 등을 구부린 채 바에 앉은 모두에게 한 잔씩 돌리는 낚시꾼들을 제외하면 대체로 텅 비어 있었다. 나디아는 앞문을 밀고 들어가 오브리가 기다리는 안쪽 칸막이 자리로 걸어갔다. 가끔 오브리에게 루크에 대해, 임신 중절에 대해 모든 것을 말할까 생각했다. 어두운 방에 오브리와 단둘이 있으면서 떨리는 숨을 한 번 내쉰 뒤 털어놓는 것을, 오브리가 그녀에게 용서받았다고 말해 주는 장면을 상상했다. 나디아는 가끔 자신이 오브리에게 끌리는 것이 그 때문인지 궁금했다. 그녀의 작은 일부는 오브리 — 순결 반지를 끼고 선한 마음을 가진 — 에게 더 가까이 다가가면 왠지 죄를 용서받을 수 있을 것 같다고 생각했다. 그녀는 눈을 감고 오브리의 손이 자신의 이마를 짚는 것을, 자신의 모든 죄가 육신으로부터 빠져나가는 것을 느낄 것이다.

「무슨 일 있어?」 나디아가 앉자마자 오브리가 말했다.

어쩌면 나디아는 오브리에게, 자신은 엄마가 될 준비가 되어 있지 않다고, 미래를 박탈당할 준비가 되어 있지 않다고, 오로지 어머니를 떠올리게 할 뿐인 집에 갇혀 조금이라도 더 오래 지낼 엄두가 나지 않았다고 말할 수 있었을 것이다. 자기와 루크 둘 다 그것이 최선이라는데 동의했다고, 이번 한 번은 자신에게 이기적일 권리가 허락되었으니 — 그렇지 않은가? — 심각하게 고민하지는 않았다고. 몸을 완전히 새로운 누군가와 나눠 써야 하는 사람이 그녀이니 그녀가 결정권을 가져야 하지 않겠는가? 하지만 오늘 아기 — 그냥 아기가 아니라 우리 아기 — 를 원했다고 말했을 때 루크의 얼굴은, 그가 그런 생각을 했을 거라고는 상상조차 하지 못했었기에, 나디아의 마음 깊이 새겨졌다. 젊은 남자라면 어떻게 했겠는가? 자신의 책임에서 자유로워졌으니, 그녀가 어려운 부분을 처리하여 그들의 문제가 해결되었으니 마땅히 한시름 놓았을 것이다. 하지만 루크는 나디아가 한 행위를 끔찍하게 여겼을지 몰랐다. 어쩌면 그 이후의 나디아를 차마 마주할 수 없었기에 그녀를 클리닉에 버린 건지도 몰랐다.

　나디아는 오브리에게 그 모든 것을 털어놓을 수 있었을 테고, 오브리는 이해했을 것이다. 어쩌면 이해하지 못했을 것이다. 오브리의 얼굴은 루크의 얼굴이 그랬듯 일그러질 — 공포와 혐오로 — 것이고, 오브리는 방어력 없는 불쌍한 아기를 죽인다는 것은 상상할 수도 없다는 듯 칸막이 자리에서 주춤주춤 빠져나갔을 것이다. 아니면 이해한다고 말하면서도 경직된 미소가 눈가에 미치지 않았을 것이고, 차츰 연락이 뜸해지다 아예 이야기 나누지 않는 사이가 되었을 것이다. 모두가 결국 그랬듯 오브리도 사라질 것이다.

나디아는 갑자기 덫에 갇힌 기분이 들어 칸막이 자리를 박차고 나왔다. 그리고 당구대로 천천히 걸어가 녹색 펠트 천을 손으로 쓸었다. 어렸을 때 아버지가 당구 치는 법을 가르쳐 주었다. 아버지가 나디아를 부대장 집에서 열린 크리스마스 파티에 데려갔고, 아버지 친구들이 술탄 에그노그를 마실 때 아버지는 뒤쪽에서 나디아에게 당구 치는 법을 가르쳐 주며 함께 시간을 보냈다. 파티가 끝나고 집으로 돌아올 때는 차로 동네를 천천히 한 바퀴 돌면서 크리스마스 전등을 구경했다. 나디아가 아무리 졸라도 아버지는 결코 집에 크리스마스 전등을 달지 않았지만, 그녀를 차에 태워 다른 사람들이 아름답게 꾸며 놓은 전등 장식을 구경시켜 주기는 했다.

　「칠 줄 알아?」 오브리가 물었다. 나디아가 고개를 가로 젓자 그녀가 말했다. 「배우고 싶어?」

　「너는 칠 줄 아니?」

　「케이시가 가르쳐 줬어.」 오브리가 큐대 하나를 잡고 나디아에게 나머지 하나를 건넸다. 「걱정하지 마. 내가 가르쳐 줄게.」

　오브리는 인내심 있게 기초를 가르쳐 준 뒤 나디아 뒤에 서서 자세를 고쳐 주었다. 나디아가 첫 공을 칠 때 오브리가 뒤에서 나디아의 손을 잡아 주는데 오브리의 머리칼이 나디아의 목덜미를 간지럽혔다. 나디아는 다른 사람의 손이 자신의 손을 잡고 누르는 부드럽고 한결같은 그 느낌을 원했다. 그것이 거짓 포옹이더라도 오브리가 자신을 안고 있어 주기 바랐다.

「한 번 더 가르쳐 줄 수 있어?」 그녀가 말했다.

여섯

우리는 세상에서 떠났다.

각자 자기만의 시간에 자기만의 방식으로. 베티는 남편이 죽었을 때 떠났다. 그는 어느 밤 출장지에서 잠들었다가 다시 깨어나지 못했다. 모텔6에서, 호텔 메이드가 깨끗한 수건을 실은 카트를 밀고 들어올 때까지 누구든 죽은 채 혼자 버려져 있다는 것은 그녀에게 옳지 않은 일로 느껴졌다. 베티는 메이드가 비명을 지르며 주춤주춤 뒷걸음질 치다 철제 카트에 몸이 부딪혀 그것이 기우뚱하는 것을, 그 순간 세탁물이 공중으로 펄럭 날아오르는 것을 종종 상상했다. 남편을 보송보송한 하얀 수건으로 싸서 자기 무릎에 올려 안고 있는 모습을 상상했다. 하지만 그는 이미 세상을 떠났고, 그와 함께 그녀도 떠났다. 플로라는 누가 그녀를 돌볼지를 놓고 자식들 사이에서 싸움이 벌어졌을 때 세상에서 떠났다. 플로라는 다시 오줌을 쌌고 자신이 더럽힌 옷을 입고 앉아 있는 동안 자식

173

들이 싸우는 소리를 들었다. 애그니스는 오래전 자식들을 데리고 가게에 갔다가 계산대 백인 남자가 아줌마, 돈이 얼마나 있는지 봅시다, 하고 말하는 것을 들었을 때 세상에서 떠났다. 몰아세워진 그녀가 계산대 위에 주머니를 탈탈 털어 내자 동전 몇 개가 빙그르르 돌며 떨어졌고 그는 아이들이 지켜보는 가운데 웃었다.

그녀가 말했다. 이봐, 이 세상이 좋은 건 나한테 하나도 남겨 놓지 않았어. 내가 원하는 건 하나도. 그것만큼은 확실해.

우리는 세상을 사랑하려고 애썼다. 우리는 이 세상을 청소했고, 이 세상의 병원 바닥을 닦았고, 이 세상의 셔츠를 다림질했고, 이 세상의 부엌에서 땀을 흘리고 아이들에게 급식을 나눠 줬고, 이 세상의 아픈 사람들을 보살폈고, 이 세상의 아기들을 키웠다. 하지만 세상은 우리를 원하지 않았다. 그래서 우리는 세상에서 떠나 우리의 사랑을 어퍼 룸에 바쳤다. 이제 우리는 세상이 두렵다. 어느 밤 한 소년이 해티의 손가방을 훔친 뒤로 이제 어두워진 뒤에는 우리 중 누구도 밖에 나가지 않는다. 우리는 어퍼 룸 외에는 거의 아무 곳에도 가지 않는다. 우리는 이 세상이 우리에게 어떤 것을 주는지 보았다. 우리는 세상이 원하는 것이 무섭다.

미시간에서 나디아 터너는 춥다는 것이 어떤 것인지

배웠다.

장갑을 낀 채로는 문자 메시지를 보낼 수 없지만 장갑을 껴야 하는 것이다. 빙판길에서 미끄러질지 모르니 걸으면서 절대 문자를 보내지 않는 것이다. 캘리포니아에서는 민소매 티셔츠에 스카프를 하지만, 이곳에서는 그처럼 단순히 멋 내는 용도가 아니라 늘 하고 있어야 하는 것이 스카프라는 것을 배웠다. 학생 보건소에서 무료 독감 예방주사도 늘 맞아야 했다. 남자 친구 샤디가, 아니 조금 더 정확하게는 수단 태생인 그의 어머니가 꼭 먹어야 한다고 박스째 보내는 대구간유 영양제를 나디아도 먹기 시작했다. 샤디는 미니아폴리스에서 자라 춥다는 것이 어떤 것인지 알았다. 그가 그녀에게 주머니에 핫팩을 넣고 다니라고 충고했고, 소금 대신 모래로 얼음을 녹이는 것이 더 낫다는 사실과 그녀가 흑인이니 비타민 D 보충제를 복용해야 한다는 사실을 알려 주었다.

「내 말이 농담인 줄 아는구나.」 샤디가 말했다. 「유색인이 이런 추위에서 사는 건 자연스럽지 않아. 우리는 이곳에 사는 백인들보다 햇빛 양이 더 많이 필요해.」

나디아가 휴대 전화로 그 사실에 대해 찾아보았다. 그의 말이 맞았다. 피부색이 검을수록 비타민 D가 더 많이 필요하다는 사실도 맞았고, 앤아버에 사는 것이 자연스럽지 않다는 말도 맞았다. 나디아는 이렇게 하얀 장소에서는 살아 본 적이 없었다. 그녀는 이전에도 유일한 흑인이었지만 — 레스토랑에서나 AP 수업 시간에 — 그때는 그래도 주변에 필리핀이나 사모아, 멕시코 사람들이 많았다. 이제 나디아는 미시간 교외 타운 출신의 백인 아이들로 채워진 강의실을 바라보았다. 토론 시간에 백인 급우들은 이 학교의 다양성을 주창했고 그들의 학교가 얼마나 진보적이고 수용적인지에 대해 말했다. 농사짓는 시골 지역 출신에게는 그렇게 보일 것이다. 하지만 나디아는 이곳에서 교활한 인종주의를 느꼈다. 테이블로 안내되기까지 더 오래 기다려야 했고, 백인 여자들은 그녀가 보도의 질퍽한 쪽으로 걸어갈 거라고 기대했으며, 살사 클럽 밖에서는 술 취한 남자가 그녀에게 흑인 치고 예쁘다고 소리를 질렀다. 어떻게 보면 이런 미묘한 인종주의가 더 지독했는데, 자신이 미쳤다는 기분이 들기 때문이었다. 그런 상황 뒤에는 늘 의아함이 뒤따랐다. 정말로 인종주의 때문이었을까? 아니면 그냥 그렇게 상상한 것이었을까?

나디아가 샤디를 만난 것은 신입생이던 가을에 친구 에쿠아가 데려간 흑인 학생 연합 모임에서였다. 버락 오바마가 대통령으로 선출된 직후였는데, 흑인 학생 연합과 동성애자-이성애자 동맹이 공동 포럼을 개최하여 흑인의 높은 투표율이 캘리포니아 동성 결혼 금지의 한 원인이 되었는지에 대한 토론을 펼쳤다. 그때쯤 나디아는 이미 그런 타운홀 미팅[23]이 지긋지긋해져 있었으나 고향에 대한 향수 때문에 가보기로 했던 것이다. 뒤쪽에 서서 무료로 제공되는 보스턴 마켓 음식을 접시에 담고 있는데 패널로 나온 샤디가 눈에 들어왔다. 짙은 갈색 피부에 미소가 얼굴을 반으로 갈라놓을 만큼 큼지막해서 웃으니 원래 처진 눈이 초승달 모양이 되었다. 그는 검은 뿔테 안경을 써서 샌님처럼 보였지만, 스웨터를 입었는데도 운동선수처럼 군살 없고 탄탄한 몸인 것을 알 수 있었다. 나중에 나디아는 그가 자라면서 권투를 했다는 사실을 알게 되었는데, 전혀 그답지 않은 일로 느껴졌고 어머니가 먹으란다고 여전히 대구간유 영양제를 먹고 있는 남자가 하는 운동치고 쓸데없이 위험한 것 같았다. 그는 평소 나디아가 좋아한 남자들 — 자신이 얼마나 학업에 무관심한지 보여 주려는 듯 팔 밑에 얇은 바인더 하나만 끼고 책가방 없이 학교에 오는 자신만만하고 과시적인 남자들 — 과는 전혀 달랐다. 그녀는 이미 샤디에게 뭔가가 있다는 것을 알 수 있었다. 샤디는 종종 나디아가 듣기로는 어느 쪽인지 알아낼 수 없을 정도로 여러 관점을 언급했지만 패널로 앉은 누구보다 논쟁을 잘했다. 그는 심지어 이 자리에도 편이 나눠져 있다는 점을 지적했다.

「흑인 대 동성애자라니 이런 말도 안 되는 소리는 다 뭡니까?」 샤디가 어느 시점에 테이블 앞으로 몸을 숙이

23 보통 지역 사회의 주민들이 초청되어 중요 정책을 토론하는 회의를 말함.

며 말했다. 「흑인 동성애자도 존재합니다.」

한 순간 나디아의 심장이 내려앉았다. 그 자신의 이야 기인가? 하지만 포럼이 끝나자 샤디가 뒤쪽으로 걸어오더니 나디아에게 어떻게 생각하는지 물었다. 나디아가 말할 때 샤디는 주머니에 손을 찔러 넣은 채 고개를 숙이고 있었고, 그녀는 그가 저녁 내내 뒤쪽에 있는 자신을 주시하고 있었다는 사실을, 자신에게 잘 보이려고 더 과시적으로 말했다는 사실을 눈치챘다. 어쩌면 샤디는 그녀가 평소 좋아하는 남자들과 적어도 조금은 비슷했던 모양이다.

샤디는 인권에 대한 열정을 드러냈고, 2학년이 되었을 때 팔레스타인과 수단과 북한의 정치운동 소식을 집중적으로 보도하는 대학 신문을 창간했다. 나디아는 늘 모호하고 멀게 느껴졌던 장소들에 대한 글을 읽게 되었다. 그녀가 해외 유학 관련 이메일을 받았다고 하자 샤디가 지원해 보라고 독려했다. 2학년 겨울에 샤디는 베이징으로, 나디아는 옥스퍼드로 갔다.

「안전한 곳이니?」 나디아가 그 학교의 허가를 받았다는 이야기를 하려고 전화하자 아버지가 말했다.

「잉글랜드예요. 아프가니스탄이 아니라요.」

「비용은 얼마나 드니?」

「장학금으로 다 충당돼요.」 나디아는 그 비용을 대기 위해 근로장학생으로 일할 뿐 아니라 누들스 앤드 코에서 일한다는 말은 빼고 그렇게만 말했다.

「서류는 다 준비됐니?」 아버지가 물었다. 「여권이나 그런 거?」

샤디가 나디아를 차에 태우고 여권 사무소로 데려가 사진을 찍게 했다. 그는 프랑스, 남아프리카, 케냐에 다녀와 여권에 이미 스탬프가 찍혀 있었다. 나디아는 작은 사무소에서 기다리면서 자신의 어머니는 한 번도 해외로 나가 본 적이 없다는 사실을 깨달았다. 어머니가 한 번도 해보지 않은 것을 해내는 것, 그것이 그녀의 삶이 될 것이다. 자기 집안에서 최초로 대학에 갔다거나 유명한 회사에서 인턴을 하게 되었다고 자랑스러워하는 친구들과 달리 나디아는 이런 일을 한 번도 축하하지 않았다. 무엇보다 어머니를 앞으로 나아가지 못하게 한 사람이 그녀 자신이었는데 어떻게 어머니를 앞섰다고 자랑스러워할 수 있겠는가?

잉글랜드의 겨울은 회색으로 음울했지만 미시간의 겨울보다는 나았다. 뭐가 됐든 미시간의 겨울보다는 나았다. 나디아는 미시간의 매해 겨울이 자신을 죽일 듯 느껴져, 하늘 없는 2월과 음산한 3월에 이르면 캘리포니아로 가는 가장 이른 비행기를 예약하겠다고 다짐했다. 그러고 나면 봄이 언제나처럼 불쑥 찾아왔고, 앤아버는 곧 조용하고 습한 여름으로 은근슬쩍 넘어갔다. 그러면 나디아는 레스토랑 파티오에서 햇볕에 다리를 태우거나 옥상에서 빈둥거리면서 다시 평범해진 기분을 느꼈고, 태양이 자신 위에 좀 더 오래 머물러 있기를 바랐다. 앤아버에 대해 가장 놀라운 것은, 이곳에서는 자신이 평범하게 느껴진다는 것이었다. 앤아버에서 나디아는 머리에 총을 쏴 죽은 여자를 어머니로 가진 사람이 아니었다. 그저 캘리포니아 태생의 여자, 야망 있는 남자의 여자 친구, 파티를 좋아하지만 수업에는 빠짐없이 참석하는 학생이었다. 집에는 어디에나 상실이 존재했다. 지문이 잔뜩 묻은 유리창으로 밖을 내다보려 할 때처럼 그 얼룩을 보지 않고 지나치는 것은 거의 불가능했다. 나디아는 늘 그녀 자신과 나머지 세상 사이의 유리창 뒤에 갇혀 지내는 것 같았지만 적어도 앤아버에서는 유리가 더 깨끗했다.

스카이프로 이야기하거나 문자 메시지를 보내거나 전화로 대화를 나눌 때마다 오브리는 그녀에게 언제 올 거냐고 물었다. 「곧.」 나디아는 늘 그렇게 대답했지만 돌아가지 않을 이유를 숱하게 찾아냈다. 여름에는 위스콘신과 미네소타에서 인턴을 한다, 추수 감사절 동안은 디트로이트 여기저기에서 봉사 학습을 한다, 크리스마스에는 아기 예수나 마구간은 없지만 샤디 어머니가 트리와 썰매와 사슴으로 집 전체를 코카콜라 광고에 나올 법한 미국적인 겨울 풍경으로 꾸며 놓는 샤디의 집으로 간다, 뭐 그런 이유를. 나디아는 그들이 그러는 것이 오로지 그녀를 생각해서인지, 즉 그들은 그렇게 하면 그녀가 편안함을 느낄 거라고 생각하는지 궁금했다. 그녀가 출발 직전에 취소하면 그들이 무대 배경 치우듯 장식물을 싹 걷어내고 중국 음식을 주문할 것처럼 말이다. 또 어떤 명절에는 혼자 지내면서 아버지를 생각하지 않으려고 애썼고, 샤디의 침대에서 창문과 눈 덮인 집들을 향해 돌아누웠다.

나디아 터너가 사라지고 2년이 흐른 지금, 루크 셰퍼드는 코브라 팀 경기를 구경하러 마틴 루터 킹 주니어 공원에 걸어 다니기 시작했다. 부상을 입기 전까지 그는 세미프로 풋볼 팀이 존재한다는 사실도 몰랐다. 그러다 풋볼 경기는 뭐든 찾아 보기 시작했다. NFL 팟캐스트를 다운로드 받았고, 트럭 차창 밖으로 팝 워너[24] 리그 경기들을 구경하며 어린 남자아이들이 패드와 헬멧 차림으로 종종거리며 서로 몸을 부딪칠 때 삑 울리는 유쾌한 호루라기 소리를 들었다. 부모들은 잔디밭 의자에 앉아 소년들이 태클을 걸거나 넘어질 때, 팔에서 공이 빠져나갈 때는 물론이고 어떤 것을 하건 환호성을 질렀다. 그해 겨울 루크는 아파트를 구해 독립했고, 그 한 달 뒤 우연히 코브라 팀을 알게 되었다. 월세와 피트니스 센터 회원권을

24 Pop Warner(1871~1954). 미국의 유명한 대학 풋볼 코치로, 그의 이름을 따서 주니어 풋볼 리그가 만들어졌다.

모두 감당할 수는 없어 MLK[25] 공원에 가서 턱걸이를 하고 있었는데, 버스 한 대가 들어와 서는 것이 보였다. 측면에 혀를 날름거리는 뱀이 똬리를 틀고 있는 금색과 동색이 칠해진 버스였다. 그는 팀원들이 차에서 내리고 연습 대형으로 찢어지는 동안 팔 굽혀 펴기를 하는 척했다. 리시버들 — 호리호리하고 군살 없고 자신만만한 그들이 늘 먼저 눈에 띄었다 — 이 일상적인 훈련을 시작하기 전에 한 곳에 모였다. 그는 천천히 땅으로 내려갔다가 다시 올라왔다. 풀잎이 누웠다 일어섰다. 오금줄이 팽팽해지는 것을 느꼈고, 그의 손가락은 까끌까끌하고 단단한 풋볼 공의 감촉을 그리워했다.

그것이 석 달 전의 일이었다. 지금 그는 인터넷에서 뭐라도 그 팀에 관련된 내용이 있는지 찾아보았다. 그렇게 스타팅 공격수들의 이름과 본업, 별명을 알아냈고, 타운 주변에서 엔진 오일을 채우고 있거나 월마트에서 카트를 밀고 다니는 그들을 보며 그들의 이름을 혼자 중얼거렸다. (라이트 태클 짐 펜슨, 배관공, 펜더벤더.) 그는 토요일 아침이면 팀 연습을 구경하러 공원에 일찍 갔다. 그는 흐트러짐 없는 라인에 설 때가 그리웠다. 몸을 풋볼 체형으로 되돌리고 싶었고, 교대 시간 사이에 튀긴 음식을 그만 먹고 싶었고, 맥주와 마리화나를 끊고 싶었고, 다시 자신의 몸을 감정 없고 원하는 것 없는 기계처럼 다루고

25 마틴 루터 킹을 말함.

싫었다. 그가 다시 한번 팔 굽혀 펴기를 하려고 몸을 낮추는데 코치가 다가오는 것이 보였다.

「얼굴이 눈에 익다고 생각했지.」코치 와그너가 말했다. 그가 싱긋 웃으며 손을 쑥 내밀었다. 「자네가 누군지 기억나. 샌디에이고 주립 대학교. 스피드 좋은 와이드 리시버.[26] 하지만 그 다리 ―」

「지금은 좀 괜찮아졌어요.」루크가 말했다.

「그래?」

그가 히치루트[27]를 해 보였다. 루크의 오른쪽 다리는 운동 부족으로 힘이 없었고 왼쪽 다리는 안으로 꺾자마자 화끈거렸다. 그가 빠른 걸음으로 돌아오는데 와그너 코치가 얼굴을 찡그렸다.

「조금만 더 노력하면 되겠어.」그가 말했다. 「이봐, 완전히 나으면 연락해. 우리가 자네를 쓸 수 있을 것 같아.」

코브라 팀은 선수들에게 돈을 주지 못했지만 ― 팀이 돈을 벌면 그 돈은 장비 마련과 차량 운행에 쓰였다 ― 루크는 상관없었다. 주머니에 코치 명함을 집어넣었다. 코치의 전화번호 말고도 번쩍거리는 뱀의 엠블럼이 있어 그는 집으로 돌아오는 내내 그것을 엄지로 쓰다듬었다.

「커리어에 집중할 때라고 생각하지 않니?」다음 날 밤

---

26 풋볼에서 공격 라인 몇 야드 바깥쪽에 위치하는 리시버.
27 미식축구에서 리시버가 직진하다 갑자기 멈춘 뒤 돌아서서 패스를 받는 것을 말한다.

그의 어머니가 말했다.

루크는 식탁 위로 몸을 숙인 채 더티 라이스[28]를 휘젓고 있었다. 루크는 일요일에 부모님 집에 와서 저녁을 먹는 게 싫었지만 공짜 음식과 공짜 빨래를 거절할 여유는 없었다. 루크가 들어서자 아버지가 목청을 가다듬더니 〈오늘 아침에 교회에 보이지 않던데〉 하고 말했다. 루크는 계속 새 핑계를 꾸며 내는 것을 그만두었으므로 그저 어깨만 으쓱했다. 아버지의 끝없는 식사 전 기도 시간에는 몽상에 빠져들었고, 부모가 어퍼 룸에 대해 논의할 때는 나중에 남은 음식을 싸 가면 얼마나 오래갈지 생각하며 그저 먹기만 했다. 루크는 대체로 별말 없이 일요일 저녁 식사 시간을 버텨 냈지만 그날은 주머니에 든 명함을 어루만지며 유다른 흥분을 느꼈다. 처음으로 같이 나눌 수 있는 새 소식이 생긴 것 같았다. 하지만 어머니는 눈썹을 치킬 뿐이었고, 아버지는 안경을 벗으며 한숨을 쉬었다.

「직장을 구해, 루크.」 아버지가 말했다.

「직장은 있어요.」 루크가 말했다.

「진짜 직장을 말하는 거야. 그런 허접한 레스토랑 말고.」

「게다가 네 다리는?」 어머니가 말했다. 「다시 부딪치면 또 어떻게 될 줄 알고?」

28 쌀에 양파, 고추, 닭, 간, 허브 등을 넣어 조리한 케이준 요리.

「심하게 아프진 않아요.」

어머니가 고개를 가로저었다. 「잘 들어. 네가 풋볼을 좋아하는 건 알지만 지금은 현실적이 되어야 할 때야.」

「언제 책임질 줄 아는 사람이 될래, 루크?」 아버지가 말했다. 「언제 말이다.」

어쩌면 지금 무책임하게 살고 있는 건지 모르지만 루크는 상관하지 않았다. 그저 뭔가를 다시 잘하고 싶었다. 6월이 되자 그는 연습을 하려고 날마다 공원에 가기 시작했다. CJ는 스파이럴 패스[29]를 완벽하게 해내지는 못했지만 여러 루트를 알았다. 포스트[30]의 정확한 각도와, 부드러운 컬 루트인 버튼 훅 패스[31]를 알고 있었다. 공을 어디 놓을지도 알았고, 자기가 던진 공을 받을 수 있으면 진짜 쿼터백이 던진 공을 받을 수 있을 거라는 농담도 했다. CJ는 그 자신이 생각하는 것만큼 못하지 않았고, 루크는 그것이 속상했다. CJ는 박살 난 몸이 아니라 제대로 움직이는 몸, 불평 없이 명령에 따르는 몸을 가지고 있었기 때문에 루크는 그저 그런 재능을 지닌 그에게도 질투를 느꼈다.

「나 뭣같이 느리지.」 루크가 숨을 몰아쉬며 말했다.

29 공이 측면으로 빙글빙글 돌며 전달되는 패스.
30 리시버가 스크리미지 라인에서 필드로 곧장 10~20야드 달려가 필드 중앙으로 45도 꺾어 들어가는 패스 루트를 말한다.
31 리시버가 얼마간 뛰다가 갑자기 돌아서서 쿼터백이 던진 공을 받는 것.

「뭐, 네 다리가 그 꼴이 됐으니까.」 CJ가 고등학교 회색 운동복 반바지 차림으로 풀밭에 털썩 앉으며 말했다. 바지 허벅지 쪽에 마커로 쓴 자기 이름이 아직 남아 있었다. 「시간이 좀 걸릴 거야.」

「시간이 없어.」 루크가 말했다. 「다시 해보자.」

저녁 연습이 끝난 뒤 그가 CJ에게 맥주를 샀고, 그들은 호지즈 바깥에서 비키니 차림의 여자들이 다리에 모래를 묻힌 채 해변에서 잇따라 들어오는 것을 바라보며 술을 마셨다.

「그 여자하고 아직 연락해?」 어느 밤 CJ가 물었다.

루크가 미지근한 맥주를 한 모금 홀짝였는데, 그는 그것이 오래가길 바라며 늘 조금씩 천천히 마셨다.

「누구?」 루크가 말했다.

「네가 같이 잤다는 그 고등학생 깔치.」

「그 앤 여자 친구가 아니야.」 루크가 말했다.

「지금은 러시아 그런 데 산대.」

「러시아?」

「아니면 그런 엿 같은 곳에. 러시아에 살면서 아프리카 니그로들하고 자겠지.」

루크가 맥주를 또 한 모금 홀짝인 뒤 혀로 입 주변을 쓱 핥았다. 그녀가 떠나고 얼마 동안 그는 나디아의 몸이 닿았을 남자들에 대한 생각에 강박적으로 사로잡히곤 했다. 상상 속 남자들은 자기처럼 운동을 잘하는 남자는 결코

186

아니었고, 가슴에 책을 잔뜩 끌어안고 캠퍼스를 바쁘게 돌아다니는, 미시간 스웨터를 입은 비싼 사립 고등학교 학생 같은 남자였다. 이제 그 남자에게 이름이 생겼다. 샤디 월리드라는 아랍인 이름을 가진 개자식. 팻 찰리스 직원 사무실 컴퓨터에서 그를 찾아냈고, 『블루 리뷰』라는 신문에 기고한 샤디의 글을 발견했다. 루크가 놀란 것은 풋볼에 대한 그의 블로그 — 그는 물론 블로그를 했다 — 글이었다. 정확히는 풋볼이 아닌 축구였고, 그 내용은 프랑스 월드컵의 희망이 이슬람교도인 포워드에게 달려 있는데 그것이 아이러니하지 않느냐는 것이었지만, 루크는 샤디가 스포츠 같은 일반적인 것에 관심이 있다는 사실에 충격을 받았다. 루크는 뭐가 그렇게 아이러니한지 이해하지 못했지만, 그것은 샤디는 알지만 루크는 모르는 또한 가지임에 틀림없었다.

그가 마침내 샤디의 페이스북에 이르렀다. 프로필 사진을 본 순간 숨이 멎는 것 같았다. 샤디는 레스토랑 밖 검은 의자에 느긋이 앉아 있고, 나디아 터너는 긴 꽃무늬 선드레스를 입고 선글라스를 쓴 채 그의 무릎에 앉아 미소 띤 얼굴로 손이 자연스럽게 내려오게 샤디의 어깨에 팔을 두르고 있었다. 그녀는 얼굴이 더 각지고 광대뼈는 더 튀어나와 더 성숙해 보였다. 행복해 보였다. 루크는 다른 사진들도 획획 넘겨 보았지만 — 대체로는 캠퍼스 행사 포스터였고, 그의 어머니가 확실해 보이는 두건 쓴 여자 쪽으로 샤디가 몸을 기울인 사진이 몇 장 있었다 —
늘 나디아가 샤디의 무릎에 앉아 있는 그 사진으로 되돌
아갔다. 그녀의 삶은 아무 일 없었다는 듯 흘러가 있었지
만, 루크는 과거에 꼼짝없이 붙들린 채 늘 그들이 아기를
낳았다면 어떻게 됐을까, 그 생각을 하고 있었다. 그들의
아기.

「그놈은 누구야?」 그릇 치우는 사람이 샤디의 웃는 얼
굴을 가리키며 물었다. 「네 남자 친구?」

그가 낄낄거렸고, 루크는 책상이 흔들릴 만큼 컴퓨터
를 세게 밀었다.

코브라 팀에 들어갔을 때 루크는 자신의 분노가 마침
내 잦아들 거라고 생각했지만 오히려 더 커지는 것을 느
꼈다. 풋볼은 분노를 표출할 안전한 장소였다. 복장을 갖
춰 입을 때마다 루크는 그 안에 분노를 담고 안전하게 보
관했다. 연습 경기 때 상대와 처음 몸이 부딪쳤을 때 하
얀 불꽃과 함께 마음에 파도 같은 고통이 밀려왔다. 이어
그는 땅을 짚고 일어나 작전 회의를 하러 절룩절룩 걸어
갔다. 그렇게 부딪치고 나니 다시 자기 자신으로 돌아간
것 같았다. 그는 또 한 번 부딪쳤다간 그를 불구로 만들
어 버릴 수 있는, 몸집이 두 배인 남자들에게 비아냥거리
며 욕설을 퍼부었다.

「할 줄 아는 게 그게 다냐, 개자식아? 자, 덤벼, 좆같은

새끼, 다시 해봐!」

다음번 경기에서 지난번 그 라인배커[32]가 그를 향해 껑충껑충 뛰어오자 루크는 안쪽으로 꺾으면서 공이 손에 탁 들어온 순간 바람같이 그를 스쳐 엔드존으로 질주했다. 다시 몸이 부딪치지 않은 것이 실망스러울 지경이었다. 그의 분노가 있을 곳은 여기였다. 젠장, 코브라 팀 선수들 전부 화난 사람들이었다. 그들 모두 명성을 얻을 뻔하다 말았거나 기회를 놓친 사연이 있었다. 코치가 그들을 학대해서, 가족 빚 때문에 운동을 그만두고 직장을 구할 수밖에 없어서, 영입 담당자가 그들의 잠재력을 온전히 알아봐 주지 못해서. 루크의 분노가 누구의 분노보다 더 환영받았다. 팀 사람들은 그를 가장 불쌍히 여겼다. 그가 가장 어렸고 가장 많이 미래를 빼앗겼다. 그래서 나머지 선수들도 그에게 잘해 주었다. 로이 태벗이 그에게 같이 낚시하러 가자고 했다. 에드거 해리스는 그의 엔진 오일을 공짜로 바꾸어 주었다. 제러미 핀처는 그가 친구 결혼식에 갈 때 턱시도를 빌리지 않아도 되게 자기 것을 빌려주었다.

「이것까지 망치진 마, 띨띨이.」 핀처가 턱시도 가방을 건네며 말했다. 몇 달 동안 누군가가 루크에게 해준 가장 친절한 행동이었다.

연습이 없으면 루크는 팀 바비큐 파티에 갔다. 그가 하

32 상대 팀 선수들에게 태클을 걸어 방어하는 수비수.

얀 야외 의자들을 쭉 놓을 때 코브라 팀 선수들은 그릴 주변에 북적북적 모여 스테이크를 재우는 가장 좋은 방법이 무엇인지에 대해 논쟁을 벌였다. 핀치는 전혀 재울 필요가 없으며 그런 거지발싸개 같은 양념 따윈 아예 하지 말고 빌어먹을 고기는 원래 먹어야 하는 대로 먹는 거라고 말했다. 리터는 미안하지만 자기는 스테이크를 소의 생살 그대로 먹고 싶지는 않다고, 그것은 자기가 씨팔 네안데르탈인도 아니고 계집년도 아니라는 뜻이라고 말했다. 고먼은 고기 먹는 것에 대해서는 당연히 핀치가 많이 안다고 말했다. 아내들은 감자 샐러드와 마카로니 앤드 치즈가 담긴 그릇을 들고 나와, 이따금 무리에 끼어 남편 험담을 했다. 루크는 그것을 보며 생각했다. 나도 이런 삶을 살 수 있을 거야.

그는 어린이용 간이 수영장 옆에 앉아 코브라 팀 선수들의 아이들이 물장구 치고 노는 것을 지켜보았다. 물 밖으로 나온 아이들이 그 매끈하고 차가운 몸으로 태클을 걸면서 그에게 달려들었다. 루크가 아이들 무리에서 벗어나니 아내들 중 하나 — 고먼이나 리터의 아내였을 텐데 정확히 기억나지 않았다 — 가 손차양으로 햇빛을 가리며 그를 굽어보고 있었다. 그녀는 웃고 있었다.

「아이들과 아주 잘 놀아 주네요.」 그녀가 말했다.

「고맙습니다.」 그가 말했고, 그 말에 기분 좋아진 것이 당혹스러웠다.

어느 바비큐 자리가 마무리될 때쯤 파티 분위기가 수그러져 가는 가운데 루크는 사그라지는 티키 토치[33] 아래 앉아 맥주를 마저 비우며 자기도 오래전 한때 아버지였다고 핀치에게 말했다.

「무슨 개똥같은 소리야.」 핀치가 말했다. 「그 여자가 네 아이를 지우고 싶어 한다? 넌 그 문제에 대해 아무 할 말이 없어. 하지만 가령 그 여자가 아이를 원한다? 그 여자가 누구한테 돈을 달라고 하겠어? 돈을 낼 능력이 없으면 누구 궁둥짝이 교도소로 끌려가겠어? 남자한텐 이제 아무 권리도 없어.」

루크는 그들 위로 불꽃이 일렁일렁 춤추는 것을 바라보며 맥주를 쭉 들이켰다. 그는 몹시 서글퍼졌는데 늦은 밤 남자가 술에 한껏 취한 뒤가 아니면 언제 그런 감정이 들겠는가?

「그 애가 나를 떠났어요.」 루크가 말했다. 「유럽인가 어딘가 빌어먹을 곳으로 가서 지금은 어떤 아랍 놈하고 놀아나나 봐요.」

핀치가 루크의 목에 팔을 감았다. 「유감이로군, 형제.」 핀치가 말했다. 「그건 정말 개똥같은 일이지. 우린 둘 다 그게 뭔지 알아. 나는 아내를 무엇보다 사랑하지만 내 아기를 지우면 아내를 죽여 버릴 거야.」

핀치의 눈이 조금 붉거져 보였고, 루크는 그의 말이 진

33 정원용 햇불 조명.

심인 것을 알 수 있었다. 갑자기 속이 울렁거렸다. 루크가 너무 빨리 일어섰는지 발아래 땅이 기우뚱하더니 어머니의 독서용 안경을 쓰고 집 안을 뛰어다녔을 때처럼 머리가 핑 돌았다. 핀치는 집으로 걸어가겠다는 루크를 만류하고 자신의 집 안으로 끌어당겼다. 루크는 담요만 있으면 된다고 말했지만 핀치의 아내는 그를 위해 소파에 시트를 깔아 주었다. 루크는 그녀가 그런 수고까지 해준 것에 감동했지만, 어쩌면 자신이 소파에 토하는 것을 바라지 않아 그랬을 수도 있겠다고 생각했다. 그도 그런 일이 없기를 바랐다. 몸을 쭉 펴고 눕자 울퉁불퉁한 쿠션이 느껴졌고 통증 때문에 온몸이 뻣뻣했다. 그는 이제 모든 것을 그 정도로 느낄 수 있다는 사실에 감사했다. 핀치의 아내가 현관 쪽에서 담요를 가져왔고, 그의 몸 위에서 담요가 펄럭이며 펼쳐질 때 그는 눈을 감았다.

핀처 부인의 이름은 체리였다. 이름은 과일, 성은 새 같았다.

「셰리가 아니에요.」 그녀가 말했다. 「모두 나를 셰리라고 부르고 싶은가 봐. 내가 뭣 때문에 술 이름으로 불리고 싶겠어?」

「고등학교 때 같은 학교에 샤도네이라는 이름의 여자애가 있었어요.」 루크가 말했다.

「오, 완전 아기네.」 그녀가 말했다. 「아마 그레이프프

루트라는 이름의 여학생하고도 학교에 같이 다녔겠어요.」

그녀는 늘 그렇게 루크를 아기라고 불렀다. 그는 신경 쓰지 않았다. 그녀는 자기 나이를 말해 주지 않았지만 대략 서른다섯 즈음인 것 같았다. 나이가 많지는 않지만 여자들이 자기 나이가 많다고 생각하기 시작하는 나이. 그는 만약 결혼을 한다면 자기보다 연상인 여자를 찾겠다고 결심했다. 관계에서 나이가 더 많다는 것은 더 큰 압박감을 의미한다. 당신이 아기라면 여자는 당신에게 많은 것을 기대하지 않는다. 여자는 당신을 보살피고 싶어 하고 남자는 여자의 관심과 낮은 기대감 그 모두에서 편안함을 느낀다. 쉰 살이 넘은 배우가 텔레비전에 나오면 체리가 말하곤 했다.「장담하는데 너는 저 사람이 누군지도 모를걸.」그러면 그는 알더라도 어깨를 으쓱했는데 그렇게 하면 그녀가 웃었기 때문이었다. 체리가 아이들에게 샌드위치를 만들어 줄 때 루크는 조리대 앞에 앉아 있었고, 그가 한 번도 부탁한 적 없었지만 그녀는 늘 그에게도 하나 만들어 주었다.

그녀에게 끌리는 것이, 그가 시간을 같이 보내기로 선택한 다른 여자들에게처럼은 아니었다. 그녀는 뚱뚱했다. 미소는 너무 큼지막했고 턱은 강해 보였다. 필리핀 여자였고 하와이에서 가난하게 자랐다. 루크는 하와이에 가난한 사람들이 있다는 생각은 해본 적이 없었다.

「모두 서핑을 하고 돼지고기를 구워 먹고 풀잎 스커트를 입고 다니지 않아요?」루크가 물었다. 체리는 이틀 동안 그와 말하지 않았다.

「텔레비전은 그만 보고 나가서 좀 돌아다녀, 루크.」체리가 나중에 말했다. 「천국이 모두에게 천국인 건 아니지.」

체리가 핀치를 만난 것은 그가 카네오헤만에 배치되었을 때였다. 그녀는 메뉴에 서프사이드 스테이크, 루아우 램찹 같은 요리명이 적혀 있는, 관광객을 상대로 바가지를 씌우는 행락지 근처 알로하 카페에서 테이블 서빙을 하고 있었다. 핀치는 비치범 브라우니를 주문하면서 자꾸 버트 브라우니라고 말해 그녀를 웃게 만들었다. 체리는 열여덟 살이었다. 루크의 나이가 되었을 때쯤 그녀는 결혼했고 미국 본토로 건너와 세 아이를 낳았다. 루크는 그녀의 아이들을 좋아했지만 체리와 핀치가 여전히 함께인 것이 오로지 그 아이들 때문인지 궁금했다. 그 집에 놀러가 핀치와 같이 경기를 보는 날이면 그는 두 사람을 관찰하며 둘 사이에 존재하는 보이지 않는 끈 같은 것을 발견할 수 있기를 기대했다. 하지만 핀치는 체리를 거의 알은 척하지 않았고 체리는 그의 주변에 가면 입을 다물어, 두 사람은 마치 영역 다툼 중인 교전국들처럼 그 집 공간을 분할하여 쓰는 것 같았다. 체리는 조리대를 지키며 관광객처럼 거실을 지나갔고, 핀치는 레인지 근처 어디에서든 불편해 했지만 소파 위에서는 몸을 쭉 펴고 누웠다.

코브라 팀 파티에서 체리는 다른 아내들과 피노그리지오를 홀짝였지만 늘 조금 따분해하는 것 같았다. 루크는 다른 아내들이 체리에 대해 거만하다고 말하는 것을 들으면 그녀가 저녁으로 슈거 샌드위치를 먹었다거나, 부모 둘 다 돌Dole 통조림 공장에서 일해 거의 얼굴을 보지 못했다거나, 다른 사람들 모두 각자의 부모를 늦은 밤 어른거리는 그림자나 흐린 기억의 새벽녘 이마 키스 정도로만 어렴풋이 알 거라고 생각하며 자랐다는 이야기를 떠올렸다. 그녀는 결혼하고 나서 살이 쪘고, 충분치 않으면 어떡하지, 하는 불안감에 여전히 뭔가를 비축해 둬야 — 침대 밑 서랍에 초콜릿 바를 쟁여 두고 쓰레기봉투에 낡은 옷을 넣어 옷장 안쪽에 두었다 — 한다고 느꼈다. 가난은 결코 널 버리지 않는다고, 그녀가 루크에게 말했다. 가난은 뼈에 각인된 굶주림 같다고. 가난은 배부를 때조차 널 굶주리게 한다고.

「내일 새 다이어트를 시작할 거야.」 체리가 쿠폰 서랍에 넣어 둔 리세스 컵 초콜릿의 포장을 풀며 말했다.

「어떤 다이어트요?」 루크가 물었다.

「공룡이 먹는 것만 먹는 다이어트.」

「공룡은 다 죽지 않았나요?」

체리가 웃었다. 「그래서 내가 널 좋아하는 거야, 루크.」

「왜요?」

「솔직하니까.」 그녀가 말했다. 「〈오, 체리, 다이어트할
필요 없어요.〉 그런 말을 하지 않거든. 웃기는 소리 집어
치우라지. 내가 방에서 나가면 바로 나를 뚱보라고 부르
는 그 사람들.」

루크는 체리가 그를 그렇게 ─ 솔직하고 상황 판단 빠
르고 감상적이지 않은 사람으로 ─ 생각해 주는 것이 좋
았다. 그래서 그렇게 해서는 안 된다는 것을 알면서도 그
녀 옆에서 보내는 시간이 점점 더 많아졌다. 루크는 다른
사람의 아내와 친구가 되는 것이 익숙하지 않았고, 존중
하며 지켜야 할 경계가 있다는 것도 잘 알았다. 핀치가
없을 때 그 집에 찾아가서는 안 된다는 것도 알았지만 오
후 근무 전에 이따금 그 집에 들르곤 했다. 그는 대체로
핑계 ─ 핀치가 빌려준 소켓 렌치를 돌려주고 싶다, 플레
이북[34]을 잃어버렸다, 커피 테이블에 물병을 놓고 간 것
같다, 따위였다 ─ 를 꾸며 냈다. 하지만 사실은 체리와
이야기를 하고 싶어서였는데, 그녀는 늘 그의 삶에 관심
이 있는 것 같았기 때문이었다. 체리는 그에게 더 좋은
직장을 구해야 한다고, 학교로 돌아가는 것을 고려해 봐
야 한다고, 나디아의 페이스북 스토킹은 그만둬야 한다
고 말했다.

---

34 미식축구 팀에서 보는 수비와 공격의 위치 및 작전을 그림과
함께 기록한 책.

「그게 네 첫 번째 실수야.」체리가 말했다. 「절대 옛날 여자 친구 주변을 훔쳐보고 다녀서는 안 돼. 너 없이 그 애가 얼마나 행복한지 보고 싶어 할 이유가 뭔데?」

체리의 말이 맞았다. 그녀는 여러 가지로 맞는 말을 했고, 그는 체리에게 조언을 구하는 것이 좋았다. 어머니에게 임신 사실을 털어놓고 어머니가 돈을 찾아 온 그날 아침 이후로 어머니에게는 조언을 구할 수 없었다. 더는 그럴 수 없었다. 도와준 것에 대해 어머니를 탓하지는 않았지만 그 순간 그들 사이의 뭔가가 변했다는 것을 루크는 알 수 있었다. 어머니는 그로서는 어머니가 할 수 없을 거라고 생각했던 행동을 했고, 그 순간 그들의 관계를 규정하던 경계가 갑자기 이동하여 그의 마음이 방향을 잃었고 마치 그가 어떤 방에 들어가 한때 벽이 있던 자리에 손을 짚었더니 공기만 만져지는 것 같은 기분이 들었다.

「두 마리 암탉이 무슨 수다를 떨고 있지?」핀치가 부엌에 들어와 한창 이야기 중이던 그들을 목격하고 그렇게 말했다. 체리는 늘 〈아무것도 아니야〉하고 말하고는 조용한 자기 모습으로 되돌아갔다. 루크는 그녀가 태도를 얼마나 빠르게 바꿀 수 있는지 놀랐다. 어쩌면 여자란 모두 변신술에 능해 누가 옆에 있는지에 따라 즉시 모습을 바꾸는지도 몰랐다. 그렇다면 샤디 월리드 옆에 있던 나디아는 어떤 사람이었을까?

「당신 영상을 봤어.」어느 날 루크가 빌려갔던 책 『블루스 행잉』을 돌려주려고 그들의 집에 들렀을 때 체리가 말했다. 여기, 그녀가 그에게 책을 건네며 그렇게 말했었다. 여기 불쌍한 하와이인들 이야기가 있어. 루크는 그녀의 말을 믿기 위해 그 책을 읽을 것까지는 없다고 말하려다가 그것이 체리에게는 중요한 문제 같아서 어쨌거나 읽었다. 인터넷으로 그 책이 필리핀인 등장인물을 다루는 방식이 얼마간 인종주의적이라는 글을 읽은 적이 있었지만, 충분히 재미있었다. 그게 사실이냐고, 그는 그녀에게 물어보려고 생각했었다. 하와이에서 필리핀 사람들이 흑인 취급을 받는 게 정말이냐고.

「무슨 영상이요?」 그는 한 귀로 들으면서 책장에서 그 책이 원래 놓여 있던 자리를 찾고 있었다.

「무슨 뜻이야?」 체리가 말했다. 「다른 영상이 또 있어?」

「아.」 그가 말했다. 「그거.」

「핀치가 다른 사람들 몇 명을 집으로 불렀어.」 체리가 말했다. 「그들이 그걸 보고 보고 또 보더라.」

그의 마음속에 문득 코브라 팀 사람들이 핀치의 컴퓨터를 둘러싸고 허리를 숙인 채 그가 부상당하는 동영상을 계속 돌려보면서 깔깔거리는 이미지가 생생히 그려졌다. 맙소사, 세퍼드 좀 봐! 한 번 더, 됐어, 이제 나올 거야, 이제 나올 ― 오, 젠장! 삐고 뭐고 다 끝났네! 그는 자신이 코브라 팀의 일원이라고 생각했지만, 아니었다. 그는 그저 섬뜩한 농담일 뿐이었다.

「내가 봐도 돼?」 체리가 물었다.

「이미 봤잖아요.」 루크가 말했다. 그는 모든 사람이 그 동영상을 봤더라도 그녀만은 보지 않았어야 한다는 듯 묘한 배신감을 느꼈다.

「아니.」 그녀가 말했다. 「네 다리.」

너무 아무렇지 않게 말해서, 루크는 체리가 뭘 말하는 건지 깨닫기까지 잠시 시간이 걸렸다. 「왜요?」 그가 물었다.

「그냥 보고 싶어서.」 체리가 말했다. 「시합은 고사하고, 온전하지 않은 그 다리로 어떻게 걸어 다니는지 그것조차 이해가 안 돼.」

체리는 호기심을 보였지만, 그가 코브라 팀에 대해 상상하는, 웃음거리를 찾는 그런 호기심은 아니었다. 그녀는 차가 생각만큼 심하게 파손되지 않았다고 스스로 설득하려고, 그것을 확인하기 위해 기어코 망가진 차에서 기어 내리는 사람 같았다. 루크는 책장 근처 레이지보이 의자에 앉아 말없이 운동복 바지 다리를 무릎까지 걷어 올렸다. 그의 어머니는 부러진 다리가 들어 올려진 채 병원 침대에 누워 있는 루크를 보고 눈물을 흘렸다. 어머니를 걱정시키고 싶지 않았던 그는 싱긋 웃으며 이렇게 말했다. 「괜찮아요. 아프지도 않은걸요.」 그날 오후 좀 늦게 애틀랜타에서 아버지의 전화가 걸려 왔다. 그는 그날 밤 목사 컨퍼런스에서 기조연설을 맡아, 직접 오는 대신 기도 헝겊을 보냈다. 어머니가 그것을 그의 깁스한 다리에 올려 주었지만 루크는 하느님의 치유력을 느끼지 못했다. 사실 아무것도 느끼지 못했는데, 아마 그게 그거였을 것이다.

체리의 손이 그의 다리를 내려가면서 발목까지 뻗은 흉측한 갈색 흉터를 어루만질 때 루크의 몸이 떨렸다. 그녀가 허리를 굽혀 그의 흉터에 입을 맞추었고, 그는 눈을 감고, 어린아이처럼, 그녀의 키스가 자신의 아픔을 멈추게 할 거라고 믿었다. 어머니가 입을 맞춰 주면 왜 그런지 몰라도 늘 몸이 낫곤 했는데 그때 그는 그것을 얼마나 쉽게 믿었고, 그것은 또 얼마나 단순하게 느껴졌던가.

다음 날 아침 루크는 여전히 체리의 키스를 생각하며 팻 찰리스 뒷골목으로 쓰레기를 들고 나갔다. 그는 그 일이 있은 직후에 떠났다. 그녀의 막내딸이 통로에 나타나 주스를 달라고 했고, 체리는 몸을 일으키며 루크를 쳐다보지도 않았다. 그녀는 당황한 모습이었는데 왜 그러지 않았겠는가? 체리는 애정 표현에 인색했고 심지어 핀치에게도 그래서, 두 사람을 보고 있으면 누가 관심을 더 주지 않는지를 놓고 시합을 벌이는 것 같았다. 하지만 루크는 그녀가 보여 준 친절에 감사했다. 일을 마친 뒤에는 그녀에게 전화를 하고 싶었다. 어쩌면 술 한잔하자고 말해 볼 수 있을 것이다. 술이 아니면 커피. 그는 커피를 좋아하지도 않았지만, 단지 같이 자볼 생각에 그러는 게 아니라는 걸 보여 주고 싶을 때 여자에게 같이 마시자고 할 만한 적당한 음료가 커피 같았다. 그는 불룩한 쓰레기봉투를 끌고 나와 녹색 대형 쓰레기통 안에 힘겹게 집어넣었다. 돌제 부두 위로 해가 지고 있었고, 하늘은 불타는 오렌지색이었다. 가끔 오션사이드는 더러운 뒷골목에서 바라봐도 아름다웠다.

그가 다시 안으로 들어가려고 하는데 코브라 팀 사람들이 보였다. 핀치와 리터와 고먼과 다른 다섯 명 모두가 뒷골목을 걸어오고 있었다.

「여, 떨거지들, 웬일들이에요.」 루크가 말했다. 「여러분 모두에게 맥주를 사줄 수는 없으니 말도 꺼내지 마요.」

아무도 웃거나 모욕적인 말로 되받지 않자 그 순간 그는 뭔가 잘못되었음을 깨달았다.

몇 년 전이었다면 루크는 재빠르게 레스토랑 안으로 피했을 것이다. 하지만 그가 돌아서기도 전에 핀치의 라이트 훅이 날아왔다. 루크는 코브라 팀이 그의 다리를 쿵쿵 발로 짓밟기도 전에 정신을 잃었다.

일곱

재활 치료 센터에서 루크는 걷는 법을 다시 배웠다.

한 번에 다 배운 게 아니라 천천히. 그는 처음 두 주 동안 입원한 층 복도 네 개를 보행 보조기를 밀고 다니면서 보냈다. 경찰이 관할 구역을 기억하듯 그 복도들에 대해 속속들이 익혔다. 민트 그린색 체크무늬 리놀륨, 간호사실, 할머니들이 뜨개질을 하며 한담을 나누는 한쪽 구석. 루크는 발을 끌고 복도를 지나가면서 한쪽 발 앞에 반대쪽 발을 놓는 단순한 동작이 얼마나 어려울 수 있는지 매일 아침 놀랐다. 그의 다리에는 이제 무릎에서 발목까지 티타늄 막대가 꽂혀 있었고, 그것은 평생 그의 다리 안에 있게 될 것이었다. 금속 탐지기를 통과할 때 번번이 삑 소리가 울릴 거라고, 하지만 언젠가 다시 걸을 수 있을 거라고 의사가 말했다. 지금은 발목 힘을 강화하고 부어오른 무릎을 구부려 대퇴 사두근과 오금줄을 발달시키는데 힘써야 했다. 루크는 먼저 발꿈치를, 이어 발가락을 내려놓으려고 애쓰면서 발을 끌며 나아갔고, 재활 치료 보조사인 카를로스는 그가 넘어질 경우를 대비해 그의 뒤를 따라갔다. 카를로스의 아버지는 콜롬비아 출신에 어머니는 니카라과 출신이었지만 모두 그를 멕시코인이라고 했다.

「늘 멕시코인이에요.」 그가 말했다. 「사람들은 〈어이, 카를로스, 타코 좀 만들어 주지?〉 그렇게 말하죠. 나는 그 빌어먹을 타코에 대해서는 하나도 아는 게 없는데 말예요. 타코 좀 만들어 줘, 그 빌어먹을 걸 그렇게 좋아한다면서, 그런다니까요.」

그 말은 사실이었다. 루크가 처음 치료 센터에 들어왔을 때 그를 맡게 될 보조사는 카를로스라는 멕시코 남자라고 간호사가 말해 주었던 것이다.

「마음에 들 거예요.」 그녀가 말했다. 「정말 재미있는 사람이거든요. 몸집은 작아도 힘이 세요. 작은 남자들이 늘 힘이 세더라고요.」

카를로스는 165센티미터 정도의 키에 어깨가 벌어지고 체격이 건장했다. 그전에는 피트니스 센터에서 개인 트레이너로 일했다고 했다. 루크는 늘 트레이너들이란 죄다 민소매 티셔츠 밖으로 근육이 터져 나올 것처럼 보이는 근육질 남자라고 생각했지만, 카를로스는 가정주부가 살을 좀 빼려고 할 때 믿을 만한 타입으로 보였다. 그는 강인하고 용기를 주는 사람이었다. 루크에게 내키지 않더라도 약은 전부 다 먹어야 한다고 설교를 늘어놓았다. 감염 방지를 위한 항생제, 혈액 응고를 막는 아스피린, 그리고 진통제까지. 카를로스는 루크가 테이블에 눕도록 도운 뒤 먼저 다리에 알로에 베라 로션을 발라 마사지했다. 루크는 트레이너들이 아픈 근육을 문질러 주거나 경련을 풀어 주거나 삔 발목에 스포츠 테이프를 감아 주는 것에 익숙했지만 그것은 탈의실 안에서였다. 운동실 테이블에 몸을 쫙 펴고 누운 상태로 다른 남자가 그의 피부에 로션을 발라 주는 것이 그는 어색하게 느껴졌다. 혹 카를로스는 동성애자인지도 몰랐다. 그게 아니면 왜 다른 남자의 몸에 로션 발라 주는 것을 직업으로 삼았겠는가? 하지만 카를로스의 마사지가 기분 좋게 느껴졌기 때문에 그 말을 입 밖에 내지는 않았다. 조직 손상은 깊었다.

「맙소사. 그 사람들이 정말로 당신 배짱을 시기했나 보군요.」 카를로스가 말했다. 「다시 걷지도 못하게 만들어 놓은 걸 보면요.」

루크는 자기를 짓밟은 것이 코브라 팀 사람들이라는 사실을 부모에게는 절대로 말하지 않았다. 그가 체리와 잤다면 — 그랬다면 남자답게 그 벌을 받아들였을 터였다 — 그것은 다른 문제였겠지만, 우정을 나누려고 했다는 이유로 그런 발길질을 당했다는 사실은 인정하기가 너무 창피했다. 게다가 그의 부모는 그동안 그들이 그 팀에 대해 생각한 게 옳았다는 말만 늘어놓을 터였다. 그래서 그는 어떤 놈들이 강도짓을 하려고 했는데, 아니, 그들의 얼굴을 보지는 못했다고 말했다.

루크가 하루치 운동을 하는 동안 카를로스는 천장에 매달린 텔레비전으로 축구를 보았다. 루크는 벽에 기대 헉헉거리며 바다 같은 풀밭 위를 굴러가는 작은 공을 눈으로 좇았다. 그는 지금까지 축구를 따분한 경기라고 생각했었지만 멈추지 않는 페이스와 끊임없는 움직임과 야단스러운 축하 행위가 점점 좋아졌다. 어쩌면 그는 축구를 했어도 잘했을 것이다. 어쩌면 몸을 망가뜨리지 않고도 사랑할 만한 스포츠를 찾아낼 수 있었을 것이다.

「당신은 한때 유명인이었죠.」 카를로스가 말했다. 「이제는 아니에요. 그 사실을 받아들여야 해요. 유명인이 되지 않아도 괜찮아요. 좋은 사람이 되는 걸로 충분해요.」

바깥세상에서 당신이 누구였는지는 중요하지 않았다. 재활 치료 센터에서 당신은 그저 자신의 몸에 대한 통제력을 되찾기 위해 힘겹게 싸우는 다른 모두와 같았다. 루크는 치료 센터에서 가장 나이가 어렸다. 환자들 대부분은 어르신이었다. 그들은 너무 커버려 유모차가 맞지 않는 아이들이 그러듯 휠체어에 앉아 발을 짚어 가며 복도를 쌩하니 지나갔다. 치료를 받는 중간중간 루크는 홀에 앉아 어르신들과 카드놀이를 즐겼다. 그들 대부분은 뇌졸중의 희생양이었다. 루크가 가장 좋아한 노인은 로스

앤젤레스 출신의 은퇴한 교도관 빌이었다.

「나는 라데라 하이츠에서 자랐어.」 빌이 그에게 말했다. 「예전에 그곳이 흑인 동네였을 때. 지금은 거기 들어갈 수도 없어. 그놈들한테 완전히 점령당했거든 ―」 그가 복도를 걸어가는 카를로스를 가리키며 목소리를 낮추었다. 멕시코 놈들.

빌은 한국 전쟁에서 싸웠지만 보도에서 발을 헛디뎌 골반을 다치는 바람에 결국 이곳 재활 치료 센터에 오는 신세가 되었다. 전쟁과 수감자 폭동에서 살아남았지만 보도의 튀어나온 곳 때문에 쓰러진 것이다. 그는 독신이었다. 결혼을 하긴 했으니 ― 세 번 ― 결혼하는 부류의 남자였지만 결혼을 유지하는 타입이 아니었던 것이다. 그는 늘 여자들의 남자였다. 루크는 그가 간호사들과 시시덕거리는 것을, 그들이 빌의 휠체어를 밀고 복도를 지나갈 때 그가 그들의 손을 잡고 저녁 식사 끝나고 쿠키 하나만 더 달라고 아첨하는 것을 보았다. 루크는 그를 결코 정착하지 못하는 부류의 남자일 거라고 생각했는데, 여든 살이 되고 재활 치료 센터에서 혼자 지내야 한다면 정착한들 좋은 게 뭐가 있겠는가?

「누구 좋아하는 사람 없나?」 한번은 빌이 물었다. 「자넨 풋볼에서 유명했잖아. 여자들이 줄줄 쫓아다녔을 텐데.」

루크가 어깨를 으쓱하며 다시 카드를 섞었다. 나디아

에게 전화를 해보려고 한두 번 생각했지만 뭐라고 말할 것인가? 날마다 하는 일이라곤 걷기를 배우는 게 다라고? 무릎 들기나 레그컬 같은 단순한 운동도 신음이 나올 정도로 힘들다고? 시간을 때우려고 어르신들과 포커를 치며 휠체어에 앉아 몇 시간씩 보낸다고? 어느 저녁 그가 한 판 더 하려고 카드를 다시 돌리는데 엘리베이터 문이 열리더니 오브리 에번스가 내렸다.

「안녕하세요.」 오브리가 말했다. 「교회 어머니들이 이걸 갖다주라고 하셔서요.」

그녀가 보따리처럼 보이는 뜨개질한 담요를 들어 올렸는데, 분홍색과 녹색과 은색으로 된 그것은 하얀 벽을 배경으로 놀랄 만큼 찬란해 보였다. 루크는 오브리를 병실로 데려갔다. 그는 한 걸음 옮길 때마다 비틀거렸고 보행 보조기를 밀면서 천천히 복도를 걸어갔다. 그러는 동안 오브리는 아무 말 하지 않았다. 그는 숨을 헐떡이는 것에 창피함을 느끼며 침대에 털썩 주저앉았다. 오브리가 담요를 깔끔하게 개서 침대 발치에 내려놓았다. 그는 이전에 그녀와 단둘이 있어 본 적이 없었다. 교회에서 얼굴을 봐서 희미하게 알기는 했다. 오브리는 착하고 신앙심이 깊었지만 그는 그것이 따분하다고 생각했다. 하지만 사람들은 그녀를 좋아하는 것 같았다. 그의 어머니가 그랬다. 나디아의 페이스북에 있는, 그들이 함께 찍은 모든 사진을 보면 나디아도 그랬다.

「아직 타운에 있는지 몰랐네요.」 그가 말했다.

「여기서 수업을 들어요.」 오브리가 말했다. 「팔로마 대학에서요. 일도 하고요.」

「어디에서 일해요?」

「도넛 터치에서요.」 루크가 코로 킁 웃자 오브리가 얼굴을 찡그렸다. 「왜요?」

「아무것도 아니에요.」 루크가 말했다. 「그냥 이름이 웃겨서.」

루크가 싱긋 웃었다. 「도넛이 정말 먹고 싶다면 이름 같은 것엔 신경 쓰지 않을 걸요.」

그는 도넛을 마지막으로 먹어 본 게 언제였는지 기억 나지 않았다. 그는 플라스틱 용기에 담겨 나오는 병원 음식으로 지탱하기 전에 이미 풋볼 식단인 몸에 좋고 깨끗한 음식들로 바꾼 상태였고 매끼 구운 치킨과 채소를 먹었다. 그렇게 먹은 것이 그에게 매우 좋은 영향을 미쳤다. 루크는 균형을 잡기 위해 보행 보조기를 잡고 두 발을 짚으며 일어섰다.

「아직 나디아 터너하고 연락해요?」 루크가 물었다.

「늘 해요.」 오브리가 말했다.

「아직 러시아에 있어요?」

「네?」 오브리가 웃었고 코에 주름이 잡혔다. 「나디아는 러시아에 간 적이 없어요.」

「그래요?」

「잉글랜드엔 갔었어요. 프랑스에 잠깐 있었고.」오브리가 잠시 말을 멈추었다. 「사진 보고 싶어요?」

그는 보고 싶었지만 바닥을 내려다보며 고개를 가로저었다. 「아니요.」루크가 말했다. 「그냥 아는 사람 중에 러시아에 가본 사람이 없어서요.」

「저도 그래요.」오브리가 말했다. 「하지만 그 애는 어디든 다 가니까요. 가고 싶은 곳에는 어디든 가요.」

루크는 러시아로 가 팽이처럼 생긴 화려한 건물들 앞에서 북슬북슬한 모피 모자를 쓰고 있는 나디아의 모습을 상상하며 보낸 시간을 떠올리자 자신이 바보같이 느껴졌다. 하지만 그가 아는 사람 중 누군가가 간다면 나디아일 것이다. 그녀가 그와 함께 타운에 남아 그들의 아기를 같이 키울 거라는 생각을 어떻게 할 수 있었던 걸까?

오브리가 열쇠를 찾아 지갑 안을 뒤졌다. 그녀가 떠나려고 하는 것을 보자 그는 갑자기 가지 못하게 막고 싶어졌다.

「우리는 일요일마다 당신을 위해 기도해요.」오브리가 말했다. 「뭐든 필요한 게 있으면 알려 주세요.」

「도넛을 가져와 주면 좋겠는데요.」그가 말했다.

다음 날 오브리가 그에게 레드벨벳 도넛을 가져왔고, 맛은 그가 그 멍청한 이름을 잊어도 될 만큼 촉촉하고 달콤했다. 나중에 그녀는 다른 것도 가져왔다. 새 카드, 껌,

그가 읽지는 않지만 그녀가 찾아오면 보이도록 협탁에 올려둔 〈기독교인은 왜 고통받는가〉라는 제목의 책, 하루하루 진척 상황을 기록할 수 있는 플래너, 어퍼 룸 사람들이 써 보낸 회복 기원 카드들, 운동할 때 입는 Beast Mode라고 쓰인 민소매 티셔츠 같은 것들이었다. 오브리는 조용하게 예뻤고, 루크는 그런 모습을 점점 좋아하게 되었다. 나디아의 아름다움이 불도저처럼 그를 밀어붙였다면, 오브리의 예쁜 모습은 따뜻하게 일렁거리는 티캔들 같았다. 오브리는 일을 마치면 그를 찾아왔고, 앞쪽에 분홍색 도넛이 날염된 검은색 폴로셔츠 유니폼을 입은 그녀의 모습은 귀여워 보였다. 그녀는 엘리베이터에서 내릴 때 유니폼과 짝이 맞는 챙 모자를 만지작거렸고, 그러면 곱슬곱슬한 포니테일이 깐닥거렸다. 오브리에게서는 프로스팅 같은 달콤한 향기가 났다.

「거기 그거 예전에 나도 하나 가지고 있었는데.」 그가 한번은 그녀의 순결 반지를 가리키며 말했다.

「정말이야?」

「열세 살 때였을걸. 하지만 손이 반지보다 커버렸어. 그래서 아버지가 손가락에 끼인 그걸 톱으로 잘라 내야 했어.」

「농담이지.」

루크가 손을 들어 올렸다. 그의 오른쪽 약지에 희미한 갈색 흉터가 남아 있었다.

211

「괜찮아.」그가 말했다. 「그해 좀 지나 결국 어떤 여자
애랑 잤거든. 어쨌거나 벌어질 일이었는데. 그 반지를 끼
고 있었다면 내 기분만 나빠졌겠지.」

「그게 기분 나쁘고 말고 할 문제는 아니야.」그녀가 말
했다. 「적어도 나한텐.」

「그럼 그건 어떤 거야? 예수님과 결혼한다, 뭐 그런
건가?」

「그냥 이걸 보면 생각하게 되니까.」

「어떤 생각?」

「내가 깨끗해질 수 있다는 생각.」오브리가 말했다.

오브리는 착한 여자였다. 그녀와 함께 시간을 더 많이
보낼수록 그는 자신이 다른 누군가가 실제로 착한 사람
일 수 있다는 생각을 좀처럼 하지 않고 살았다는 사실을
깨달았다. 잘해 준다, 어쩌면 진심이건 아니건 잘해 주는
건 누구나 할 수 있을 것이다. 하지만 착하다는 건 완전
히 다른 문제였다. 그는 오브리의 친절을 처음에는 경계
했지만 지금은 무장 해제되었다. 오브리가 그에게서 무
엇을 바랄 수 있겠는가? 모두 뭔가를 바라지만 세상 크기
가 복도 네 개로 줄어 버린 남자에게 그녀가 얻고 싶어
할 만한 것이 뭐가 있겠는가? 가끔 그들은 그의 병실에서
구멍 뚫린 도넛들로 가득한 종이 봉지에 손을 넣어 가며
카드놀이를 했다. 또 가끔 그녀는 루크를 휠체어에 태우
고 바깥으로 나가 주차장에서 들어오고 나가는 차들을

구경했다. 그는 나디아에 대해 더 물어보고 싶었지만 결코 물어보지는 않았다. 그녀를 다시 언급하는 것만으로도 속을 다 들킨 기분이 될 것 같았다. 게다가 체리가 말했듯 나디아가 얼마나 행복하게 지내는지 자꾸 듣고 싶어 할 이유가 뭐가 있는가? 나디아는 얼마나 대단하고 흥미진진하고 성취하는 삶을 살아가는가. 그는 이제 대단한 사람이 아니었다. 어린 시절 커서 풋볼 공에 이름을 써줄 때를 대비해 자기 이름 전부를 필기체로 연습하며 꿈꾸던 모습처럼 유명해지지도 않을 것이다. 그는 소박한 삶을 살 것이다. 그 생각을 하자 루크는 우울해지는 대신 위로받는 것 같았다. 덫에 걸린 기분에서 처음으로 벗어난 것 같았다. 오히려 안전해진 기분이었다.

그는 오브리에게 포커를, 이어 블랙 잭을 가르쳤다. 그녀가 두 게임 다 놀랄 만큼 빠르게 습득하자 그가 언젠가 같이 라스베이거스로 가서 진짜 카지노에서 해보자고 말했다. 오브리가 웃었다. 한 번도 가보지 않은 곳이었다.

「내가 라스베이거스에는 왜 가?」 그녀가 말했다. 「나는 파티 같은 건 안 좋아해. 도박도 그렇고.」

「재미있으니까.」 그가 말했다. 「먹을 것도 있고. 볼 것도 있어. 너 연극 좋아하잖아, 안 그래? 우리 가보자. 내가 나가면.」

오브리가 조그맣게 웃은 뒤 손에 쥔 카드 중 가운데 것을 뽑았다.

「그래.」그녀가 말했다.「재미있겠네.」

그녀는 그저 친절하게 대하려는 마음에서 대답한 것이었지만, 그는 오브리의 말에 매달렸고 그날 밤 플래너에 기록해 두었다.

「여기서 나가면 뭘 할 생각인가?」빌이 물었다.

루크는 이제 휠체어를 졸업하고 목발로 옮겨가 복도를 절룩거리며 돌아다니고 있었다. 어지럽고 어설펐다. 누구의 예상보다 빠른 호전이었다고 카를로스가 말해 주었다. 그는 복도를 걸을 때 차고 다니라고 루크에게 작은 계보기를 주었고, 한 달 안에 루크는 벌써 5만 걸음을 기록했다. 카를로스가 MVP라고 적힌 증명서를 출력해 그에게 주었다. **Most Valuable Pacer. 가장 귀한 보행자.** 오브리가 그를 도와 그것을 벽에 걸었다.

「모르겠어.」루크가 말했다. 팻 찰리스에서는 그에게 병가를 주지 않았다. 몇 주 전에 다른 사람으로 교체했다. 그는 새 일자리를 찾거나 부모님 집에 다시 들어가야 했다. 부모님이 재활 치료 센터 치료비 지난달치를 이미 내주었다. 루크는 복도를 절룩절룩 걸으며 비용이 얼마나 들었을지 계산해 보다가 그 생각에 가슴이 몹시 답답해졌다. 부모님에게 빚을 또 진 것이다. 그는 곧 일자리를 구해야 할 테고 그곳은 어쩌면 부두의 다른 레스토랑이 될 터였다. 그것 말고 그가 할 줄 아는 게 뭐가 있는가?

「아니, 아니야.」 빌이 말했다. 「원하는 게 그보다는 더 커야지.」

루크가 웃었다. 「어떤 거요? 대통령이나 뭐 그런 게 되고 싶어야 해요?」

「그게 너 같은 녀석들의 문제야.」 빌이 말했다. 「너희는 게을러졌어. 왜 그런 줄 아나? 너희도 저 어린 언니들이 너희가 하지 않으려는 일을 떠맡을 걸 아니까. 다 큰 남자들이 엄마와 같이 살고 아이들이 떼거지로 뛰어다니는데 직장은 구하지 않아. 그렇게 지내다 어느 시점에 우리는 여자들이 우리를 돌보도록 기꺼이 내버려 두는 족속이 된 거지.」

루크는 어퍼 룸에서 어르신들이 그 비슷한 말을 하는 것을 들으며 자랐다. 그들이 그토록 열심히 싸워 이룬 진보를 그의 세대가 망쳐 버리는 걸 보게 됐다고. 젊다는 이유로 그가 그들에게 빚을 졌고 그들이 느낀 창피함을 개인적으로 보상해야 한다는 듯. 그럼에도 그는 홀에서 어르신들과 어울리는 것이, 그들의 이야기를 들으며 그들의 삶을 상상하는 것이 좋았다. 빌은 트레이너들이 이런저런 운동을 시키려고 해도 절대 말을 듣지 않았다. 세월이 흐르면서 그는 통증에 대해 너무 완고해진 한편 너무 나약해졌다. 누가 빌을 비난할 수 있겠는가? 빌은 늙었고 밖에서 그를 기다리는 사람도 없었다. 그는 그저 그곳의 벗들과 시시껄렁한 이야기를 나누고 예쁜 간호사들

을 쳐다보고 싶을 뿐이었다. 루크만이 빌을 휠체어에서
일으켜 세울 수 있었다.

「이런 일을 참 잘하네요.」 카를로스가 그에게 말했다.

루크가 빌에게 대퇴사두근 운동을 끝까지 마쳐야 한
다고 설득했고 그 노인이 훅 한숨을 쉬며 휠체어에 털썩
앉을 때까지 그를 응원했다. 입구에서 지켜보던 카를로
스는 감동을 받은 것 같았다.

「물리 치료 쪽을 공부해 봐요.」 카를로스가 말했다.
「이곳에 있을 만큼 있었잖아요.」

루크가 오브리에게 그 말을 전했고, 다음 날 그녀는 물
리치료 보조사가 되는 데 필요한 자격 요건을 출력해 왔
다. 그는 2년 동안 학교에 다녀야 한다는 사실에 풀이 죽
었지만 오브리가 시간은 어떻게든 지나간다고, 원하는
것을 추구하는 데 시간을 쓰지 않을 이유가 뭐냐고 말했
다. 오브리가 어깨를 힘껏 잡아 주자 마음이 편안해졌다.
그녀의 말이 맞았고, 재활 치료 센터에서 다른 것은 전혀
배우지 않았다 하더라도 인내하는 법만큼은 배웠다. 걷
는 법을 다시 배우며 지난 몇 달을 보냈다. 루크는 뭐든
기다릴 수 있을 것 같은 기분이 들었다.

그가 마침내 지팡이에만 의지하면 될 정도로 튼튼해
져 재활 치료 센터를 나오게 되었을 때 시간은 그를 향해
돌진하는 것 같았다. 루크는 치료 센터에서 보낸 부드러
운 순간들이, 하루가 다음 하루로 흐릿하게 넘어가던 나

날이, 식사 시간과 반복적인 운동과 오브리의 방문으로만 표시되던 시간들이 그리웠다. 세상에 나오니 시간이 그를 빠르게 스쳐 지나 결코 따라잡을 수 없는 것이 된 듯했다. 치료 센터에서 그는 다른 사람들에 비해 민첩하고 빨리 배우는 사람이었지만, 부모의 집에서는 슬로모션으로 움직이는 것 같았고, 침대에서 내려와 샤워를 하고 옷을 입고 아침을 준비하는 그 모든 노력에 걸리는 시간이 다른 사람의 세 배는 되는 것 같았다. 낮 동안 그는 물리 치료 과정에 들어가기 위한 지원서를 작성했고 일자리를 구하려고 애썼다. 하지만 루크에게는 내세울 만한 기술이 전혀 없었고, 기술이 필요 없는 일은 대부분 적어도 50파운드 무게를 들어 올릴 수 있는 힘을 요구했다. 그는 마침내 아버지에게 어퍼 룸에서 할 만한 일이 있는지 물었다.

「제가 교회에서 뭔가 해보면 어떨까 해요.」 그가 말했다. 「쓰레기를 치울 수도 있고, 모르겠지만, 뭐든요.」

루크는 용돈을 구걸하는 기분이 들어 창피했지만 아버지는 그의 어깨에 따뜻한 손을 올리고 미소를 지었다. 그는 아마도 이 순간을 오래도록 기다렸을 것이다. 자신의 외아들이 초라해진 모습으로 집에 돌아와 목회를 돕겠다고 나서는 순간을. 어쩌면 그는 루크가 태어났을 때 이 순간을 상상했을 것이다. 언젠가 교회를 물려받을 아들. 제단에서 그의 옆에 서 있는 아들, 10대를 위한 성경 공부를 주도하고 그의 뒤에서 어퍼 룸 복도를 걸어가는 아들. 그런 아들 대신 돼지가죽[35]을 숭배하고, 주일 찬양 시간을 텔레비전 앞에서 보내고, 달리고 공 잡는 것 말고 다른 어떤 것에서도 하느님의 소명을 받지 못한 아들이 주어져 아버지가 얼마나 상심했겠는가.

「교회가 성장하고 있어.」 아버지가 말했다. 「점점 늙어 가고 있고. 바깥출입을 못하는 병자들을 방문할 사람이 있어야 할 것 같은데.」

「제가 할 수 있어요.」 루크가 말했다.

그는 다른 어떤 것보다 병을 잘 이해했다. 나았다고 하더라도, 나을 수 있다고 하더라도, 병은 몸 안 깊숙이 새겨져, 자기 몸에 의해 배신당한 느낌은 결코 잊히지 않았다. 그래서 기부받은 음식을 들고 병자들 집 문을 두드릴 때 루크는 어서 회복되길 바란다는 말은 하지 않았다. 그들이 아플 때 그저 찾아가 그들과 함께 앉아 있을 뿐이었다.

루크는 여전히 어퍼 룸 주변에서 오브리와 만났다. 처음에는 이제 재활 치료 센터에서 나온 뒤이니 그녀가 말을 걸지 않을까 봐, 그들의 우정이 그 공간에 한정된 것이었을까 봐 걱정했다. 하지만 오브리는 그를 보면 늘 반가워하는 것 같았다. 그가 집으로 놀러 와도 좋다고 은근히 눈치를 줬지만 한 번도 오지 않았다. 하지만 일요일

35 미식축구 공을 말함.

오전에 오브리는 그의 옆에 앉았다. 그가 어렸을 때 부모와 같이 앉던 신자석 맨 앞줄이 아니라 아픈 다리를 뻗을 수 있는 뒤쪽 통로 근처에. 그의 아버지가 병자들에게 손을 얹고 기도해 주는 일요일마다 오브리는 루크를 흘끗 쳐다보았고, 일요일마다 그는 러그 가장자리 술을 내려다보며 시선을 피했다. 어느 주에 오브리가 루크의 귓가로 몸을 기울였다.

「저 앞에 나가고 싶어?」 오브리가 말했다. 「같이 가줄게.」

치유가 그렇게 쉽다는 걸, 청하기만 하면 된다는 걸 어느 누가 믿을 수 있겠는가? 계속 아픈 상태로 있는 그 사람들은 뭔가? 충분히 열심히 간청하지 않았다는 말인가? 하지만 오브리는 루크의 손을 잡았고, 그의 순결 반지가 끼워져 있던 흉터 자리에 닿게 손깍지를 꼈다. 그들의 손바닥이 키스했고, 처음으로 그는 자신이 온전해질 수 있다고 느꼈다.

선선한 5월의 어느 밤 루크는 경기장에서 바가지를 씌워 파는 맥주가 담긴 플라스틱 컵을 들고 구내 관중석 인파를 밀치고 나아갔다. CJ가 컵에 든 맥주를 자기 손에 철벅철벅 튀기며 쿵쿵 루크를 따라갔다. 그는 야구를 좋아하지 않았지만 이제 그들이 같이 일하지 않으니 서로 어울릴 기회가 별로 없어 같이 파드리스 경기를 보기로 한 것이었다. CJ가 풋볼 시합을 찾아보려고 했지만 — 봄에는 늘 경기장에서 시합이 열렸고 심지어 춘계 훈련도 구경할 수 있었다 — 루크는 야구를 보고 싶다고 말했다. 정말로 보고 싶지는 않았다. 하지만 풋볼에 자신을 더 내줄 수는 없었다. 풋볼에 이미 너무 많은 자신을 쏟았다. 새롭게 사랑할 뭔가를 찾을 것이다.

7회가 진행되는 내내 만화의 프레드 수사 복장을 한 사람이 점수판 위에 올라가 춤을 추었고 관중은 노래를 불렀다. 루크가 찬송가 부르는 시간에 입을 벙긋거리는 것처럼 CJ가 입술을 달싹거렸다. 그들이 자리에 앉자 CJ가 미지근한 맥주를 한 모금 마신 뒤 컵을 땅에 내려놓았다.

「빌어먹을 팻 찰리스에서 나와야겠어.」CJ가 말했다.

「그러면 뭘 하려고?」

「몰라. 뭐든 다른 거. 입대할 수도 있고,」

「해병대?」

「제길, 그럴 수도 있다고. 내가 할 줄 아는 게 또 뭐가 있어?」

CJ가 막사에서 지내거나 등에 총을 멘 채 사막을 몰아치듯 통과하는 모습은 그려지지 않았다. CJ가 과연 신체 검사는 통과할 수 있을까? 그가 충분히 건장하다는 건 틀림없는 사실이지만 3마일을 달려야 할 텐데 루크는 CJ가 30야드를 달리는 것도 본 적이 없었다.

「너를 어디 먼 곳에 보내면 어쩌려고?」 루크가 말했다.

CJ가 어깨를 으쓱했다. 「적어도 그건 뭔가 하는 거지. 나도 너처럼 내 힘으로 뭔가 해봐야겠어. 너한테는 미래가 있잖아. 나한테는 뭐가 있지?」

늙은 흑인 행상이 철제 의자에 올라가 〈땅콩 있어요! 짭조름한 땅콩 큰 봉지 있어요〉 하고 외쳤다. 관중이 웃음을 터뜨렸고, 루크는 맥주를 홀짝인 뒤 기름기 묻은 냅킨으로 입을 닦았다. 그는 다른 누가 자신의 삶을 부러워한다는 생각이 익숙지 않았다. 그는 집에 살면서 매주 아버지가 주는 50달러를 받았지만 그것은 급여라기보다는 용돈으로 느껴졌다. 먼 길을 걸어야 할 때는 지팡이에 의지했고, 경기장에 들어올 때는 다리 안의 금속 막대 때문에 탐지기가 울려 손과 봉으로 세 번 몸수색을 당했다. 하지만 그는 적어도 뭔가 쌓아 가고 있었다. 가을에는 물리 치료 과정을 시작할 것이다. 주말에는 자신을 안정시켜 주는 여자, 흩어진 그를 다시 짜 맞춰 주는 여자와 시간을 보냈다. 토니 그윈[36]의 이름이 찍혀 있는 복고풍 야구복 상의를 입은 예쁘장한 갈색 머리 여자가 앞으로 지나가자 루크는 야구장에 오브리를 데리고 오면 어떨지 생각했다. 그의 야구 모자를 쓴 그녀는 귀여워 보일 것이고, 혹 키스 카메라에 포착되면 오브리는 사람들의 환호

36 Tony Gwynn(1960~2014). 미국의 전 야구 선수이자 스포츠 해설가로 미국의 샌디에이고 파드리스 팀에서 활약했다.

성에 당황하지 않고 루크에게 몸을 기울일 것이다. 그는 파드리스 팀이 홈런을 치기 바라겠지만 그것은 오직 폭죽이 터져 하늘을 가로지를 때 오브리의 얼굴을 보기 위해서일 것이다.

8회 초에 자기 몸보다 세 배는 큰 에인절스 팀 야구복 상의를 입은 작은 흑인 소년이 의자 위에 폴짝 올라가 솜사탕 파는 남자를 소리쳐 불렀다. 행상이 듣지 못하고 알루미늄 계단을 내려가기 시작했다.

「아저씨, 여기요!」 루크가 일어서는데 갑작스럽게 움직이느라 몸이 움찔했다. 「이쪽이요!」

그가 소년을 가리켰다. 행상이 걸음을 멈추었고 소년이 허공에 지폐를 흔들며 사람들 다리를 넘다가 풀썩 엎어졌다. 행상이 빙글빙글 돌아가는 분홍색과 하늘색 솜사탕을 들고 허리를 숙이자 소년이 벌떡 일어서며 옅은 하늘색을 가리켰다. 행상이 거스름돈을 건넬 때 소년은 조바심을 치며 손가락을 꼼지락거렸고, 이어 의기양양 솜사탕을 손에 쥔 채 방긋 웃었다. 사람들 모두 아이가 넘어지지 않고 지나갈 수 있도록 아이 등을 손으로 받쳐주었다. 아이가 지나갈 때 루크의 손가락이 그 가느다란 팔 안쪽의 보드라운 부분을 스쳤다.

「비밀을 말해 줘.」 그러던 어느 날 오브리가 말했다.

루크는 침대에 몸을 펴고 누워 있었다. 그의 방은 늦봄의 열기로 따뜻했지만 창문을 열수는 없었다. 열면 오브리가 추위할 테니까. 오브리는 늘 추위했고, 루크는 그녀가 그러는 것이, 자기에게 그녀를 따뜻하게 해줄 책임이 있다고 느끼는 것이 좋았다. 오브리가 몸을 웅크려 루크의 가슴에 안겼고, 그는 허리를 굽혀 그녀의 이마에 키스했다. 그날 저녁 그의 부모가 집을 비웠지만 루크는 오브리가 집에 오더라도 안는 것 이상은 거부한다는 것을 알았다. 처음 데이트를 시작했을 때 그는 둘만 보낼 수 있는 시간을 찾으려고 애썼다. 그는 그녀가 섹스의 순간을 기다리고 있겠지만 영원히 참고만 있지는 않을 거라고 생각했다. 오브리가 준비되는 것은 단지 시간문제라고 여겼다. 하지만 몇 달이 지났는데도 그들은 아직 섹스를 하지 않았다. 이따금 오브리가 그를 찾아오면 그들은 침실 근처에는 가지도 않았고 그 대신 그의 부모와 함께 저녁식사를 하거나 둘이 같이 포치 그네에 앉아 있었다. 오브리가 그러는 건 자기가 다니는 교회 목사의 집에서 그걸 한다는 게 이상하게 느껴져서일 거라고 생각한 그는, 여자들만 사는 집에 가는 것이 어색하게 느껴졌지만 오브리를 만나러 그녀의 언니 집에 찾아가기 시작했다. 그는 선반에 여성 용품 — 모이스처라이저, 페이셜 크림, 세럼, 씻어 낼 필요가 없는 컨디셔너 등 온갖 모양과 크기의 병들이 있었다 — 이 잔뜩 있는 욕실로 들어가 피부에 부드러운 감촉과 파우더 향이 남는 분홍색 비누로 손을 씻었다. 그는 그것이 남자답지 않게 느껴져 부엌에 가서 오렌지색 식기 세제로 손을 씻기 시작했다.

그들이 어디에 있건 섹스는 없었다. 키스는 괜찮았고 가끔 만지는 것도 허용되었지만 늘 옷 위로, 허리 위로만 이었다. 루크는 여자와 사귀면서 알몸을 보지 않은 적이 없어 정말로 그녀를 만질 때를 상상하면 몸이 달아올랐다. 밤에 전화로 이야기하면서 루크는 침대에 누운 오브리를, 앙증맞은 반바지에 브래지어 없이 민소매 티셔츠만 입고 시트에 누운 그녀의 모습을 상상했다. 오브리가 그날 하루에 대해 이야기할 때 이따금 그는 그녀의 젖꼭지가 하얀 면 티셔츠 위로 어떻게 도드라져 보일지 생각하며 자신의 몸을 만졌다. 그러고 나면 늘 그녀의 이미지를 더럽힌 것에 대한 죄의식을 느꼈다. 더러운 짓이었다고.

루크는 오브리의 얇은 티셔츠 아래 불룩한 가슴을 바라보면 그녀를 만지고 싶었지만 참았다. 오브리가 비밀을 나눠 달라고 했다. 진지한 사이가 되려고 노력하는 것이었다. 루크는 야구 경기장에서 봤던 그 남자아이 이야기를 해야겠다고 생각했다. 그 아이의 보드라운 피부가 계속 생각나는 것을 어쩔 수 없었지만, 그 이야기는 그의 머릿속에서조차 소름이 돋았다. 오브리는 이해하지 못할 것이다. 그 자신도 잘 이해할 수 없었다.

「예전에 어떤 여자를 임신시켰어.」루크가 말했다.「그녀가 아기를 지웠어.」

224

오브리는 잠시 말이 없었다. 「그 여자가 누구야?」 그녀가 마침내 물었다.

「예전에 알던 여자.」 루크가 말했다. 「나는 그녀를 사랑했지만 그녀는 아기를 원하지 않았어.」

「어떻게 됐어? 그 여자 말이야.」

「오래전 일이야.」 그가 말했다. 「그 뒤로는 이야기를 나눈 적도 없어.」

오브리가 루크의 손을 잡았다. 진실을 모조리 털어놓을 용기는 없었지만, 그래도 마음이 편해졌다.

「나한테도 말해 줘.」 루크가 말했다. 「네가 누구에게도 하지 않았던 이야기.」

오브리가 천장을 올려다보았다. 그리고 말했다. 「어렸을 때 나한테 초능력이 있는 줄 알았어.」

그가 웃었다. 「뭐?」

「초감각.」 오브리가 말했다. 「힘은 아니고. 내가 힘이 더 세진 것 같진 않았으니까. 생물 시간에 동물들이 어떻게 적응하는지에 대한 이야기가 나오잖아? 시간이 흐르면서 해저의 물고기가 먹이를 꾀고 생존하기 위해 어둠 속에서 빛을 내는 그런 신기한 일을 시작하는 거 말이야. 그런 거였어.」

「어떤 종류의 초능력이었어?」 루크가 말했다.

「어떤 남자가 착한지 나쁜지 냄새로 알 수 있는 거. 혹은 그 남자가 내 몸을 만지면 내가 내 피부 밖으로 쑥 빠져나오는 거.」

「누구였어?」

「그리고 내 귀에 정말로 잘 들렸어.」 오브리가 말했다.
「쥐가 배관 통로를 갉작거리며 통과하는 소리처럼 그가
아파트 안을 돌아다니는 소리가 들렸어. 그가 내 방에 오
기 전에 그의 소리를 들을 수 있었어. 나는 늘 엄마가 왜
못 듣는 건지 궁금했지만 엄마는 들을 수가 없는 거라고
혼잣말을 했어. 엄마한테는 초감각이 없어서 그런 거
라고.」

오브리가 울기 시작했다. 그가 서툰 손으로 그녀의 얼
굴을 감쌌고, 젖은 뺨, 턱, 이마에 키스했다. 그리고 그녀
가 피부 안에 계속 머물러 있도록 지켜 주고 싶다고 생각
하며 오브리의 목에 얼굴을 묻었다.

여덟

눈에 보이지 않으면 마음에서 잊히는 것처럼 우리는 나디아 터너에 대해 잊었다. 나디아는 예쁘고 엄마 없는 여자로 자기 아빠의 트럭을 망가뜨렸고, 그 이후 우리 마음에서 떨어져나갔다. 누군가가 로버트 터너에게 딸이 어떻게 지내느냐고 묻고 그가 잘 지낸다고, 그냥 잘 지낸다고, 곧 2학년을 마친다고 대답할 때 반짝 나타나는 몇 순간만 빼면 그랬다. 혹은 이번 여름에 위스콘신에서 인턴을 한다고, 그렇다고, 뭔지 모르지만 관공서 일이라고 대답할 때나. 로버트는 계속 트럭을 제공했다. 목사 부인은 조수를 새로 고용하지 않았다. 우리는 나디아 터너를 다시 보지 못했다. 추수 감사절에도. 크리스마스에도. 기도실에서 땀을 뻘뻘 흘리며 요청 내용이 빼곡히 적힌 카드를 돌려 가면서 기도를 올린 긴 여름의 시간들에도. 더운 달에는 바라는 것이 늘 정점에 이르렀다.

우리가 신호를 모은 것은 세월이 흐른 뒤, 그 소문을

듣고 시간이 흐른 뒤였다. 베티는 나디아가 교회 어린이 예배실에서 봉사활동을 하지 않은 것이 이상하지 않았느냐고, 심지어 오브리 에번스 주위를 맴돌며 쫓아다닐 때에도 그러지 않은 것이 이상하지 않았느냐고 말한다. 영적 민감성이 가장 뛰어난 애그니스는 예전에 한번 교회 로비에서 나디아를 스쳐 지난 적이 있었는데 그때 그녀의 등 뒤로 아기가 따라가는 것이 보였다고 말한다. 무릎양말을 신은 남자아이였는데, 애그니스가 흘긋 돌아보았더니 사라지고 없었다고. 오, 나는 알고 있었어, 우리가 나디아 터너 이야기를 꺼내면 애그니스는 말한다. 보자마자 대번에 알았지. 아이를 지운 여자는 언제나 알아볼 수 있거든.

비밀이 발설된 뒤에는 모두 예언자가 된다.

겨울, 다시 겨울, 또 다시 겨울이 되었다. 나디아 터너가 집을 떠난 지도 제법 오래되었고, 그녀는 집에 가보지 않는 것에 죄의식을 느꼈다. 4학년이 되자 오션사이드가 눈 내리는 구 모양의 장식물 안에 갇힌 작은 해변처럼 여겨졌다. 때때로 책장 선반에서 그것을 내려 바라보겠지만 그 안에는 결코 들어갈 수 없다. 졸업식이 다가오자 나디아는 LSAT 시험을 쳤고, 뉴욕 대학교, 듀크, 조지타운 등 집에서 멀리 떨어져 있을 수 있다면 어느 로스쿨 과정에나 지원했고, 마침내 시카고 대학교의 제안을 받아들였다. 여름 내내 앤아버에서 일한 뒤 다가오는 가을에 시카고로 이사할 계획을 세웠다. 하지만 오브리가 숨가쁜 목소리로 걸어온 전화 한 통이 나디아를 다시 집으로 끌어당겼다. 루크가 그날 밤 청혼했다고, 곧 결혼할 거라고, 나디아에게 가장 먼저 알리고 싶었다고 했다.

「무슨 일이야?」 나디아가 전화를 끊자 샤디가 물었다.

그는 소파 모서리에 우뚝 앉아 있었다. 「둘이 친구 사이인 줄 알았는데.」

「친구 맞아.」

「그런데 왜 안 기뻐해?」

「약혼자가 좀 모자란 놈이라서.」

「그런데 왜 그 남자랑 결혼한대?」

「그 애는 그 사실을 모르거든.」

다른 남자, 좀 더 직관적인 남자였다면 나디아에게 그것을 어떻게 아느냐고 물어봤을 것이다. 하지만 샤디는 소파를 짚으며 일어나 저녁 식사로 면을 삶으러 갔다. 그는 자기를 만나기 전 나디아의 삶에 대해 어떤 질문은 일부러 피했는데, 대답을 듣고 싶지 않았기 때문이었다. 나디아는 대학 입학 전 여름에 대한 언급은 아예 하지 않음으로써 그에게 기꺼이 동조했다. 루크와 아기에 대해 그에게 말할 수는 없었다. 샤디는 착하고 진보적인 남자였지만 그녀가 왜 낙태 클리닉에 가야 했는지 이해해 주지는 않을 것이다. 낙태는 논문 쓸 때나 술 마시며 논쟁하는 흥미로운 주제가 될 때, 그것이 당신에게 영향력을 미치리라는 상상을 절대 하지 않을 때에는 다르게 생각될 수 있었다. 아기 이야기를 할 수 없었으므로 오브리가 2년 전 찾아와 루크와 시간을 보내고 있다고 말했을 때 왜 그토록 엄청난 충격을 받았었는지 그 이유도 그에게 설명할 수 없었다. 처음에 나디아는 오브리의 이야기가 귀에 잘 들리지도 않았다. 그녀는 오브리를 만나 무척 들뜬 상태여서 오브리가 정말로 여기 와 있다는 것조차, 샤디가 디트로이트 메트로 공항에 가서 데려오라고 너그럽게 빌려준 코롤라 조수석에 오브리가 앉아 있다는 사실조차 믿기지 않을 정도였다. 앤아버로 돌아오는 길에 나디아는 오브리를 자꾸 흘끗거리며 싱긋싱긋 웃었고 그녀를 편안한 동네 술집이나, 코디 리처드슨의 집을 도서관처럼 조용하고 평화로운 곳으로 보이게 해줄 남학생 사교 클럽 파티에 데려갈 상상에 빠져 있었다. 고향 친구에게 대학에서 사귄 남자 친구와 다른 대학 친구들을 소개함으로써 분리되어 있던 삶의 두 부분이 세련되고 성숙한 방식으로 섞여 들 것이다. 그 순간 나디아는 오브리가 루크의 이름을 말한 것을 알아차렸다.

「뭐라고 했어?」 나디아가 말했다.

「나하고 루크하고 시간을 같이 보낸다고 말했어.」

「뭐라고?」 나디아가 다시 말했다.

「알아.」 오브리가 말했다. 「그거 좀 이상한 것 같지 않아?」

「그게 왜 이상해?」

「나도 몰라. 우리가 이전에는 정말로 한 번도 같이 시간을 보낸 적이 없었는데 지금은…….」

오브리가 아리송하게 말꼬리를 흐렸다. 시간을 보낸다, 그게 대체 무슨 의미이지? 같이 잔다? 아니, 순결 서약을 깨뜨렸다면 오브리가 이미 말했을 것이다. 그러지 않았겠는가? 그러니 그들이 섹스를 하는 게 아니라면 뭘 같이 한다는 거지? 그것이 나디아의 마음을 가장 괴롭혔다. 루크가 오브리에게 사귀자고 했다. 그가 그녀를 동물원에 데려갔고, 거기서 새들에게 먹일 과즙 음료를 샀다. 오브리가 새장 앞에서 둘이 함께 포즈를 취한 사진, 루크의 팔에 열대 새들이 줄줄이 앉아 있는 사진, 둘이 디즈니랜드에서 1주년 기념일을 축하한 사진, 루크가 귀가 펄럭이는 구피 야구 모자를 쓴 사진을 나디아에게 보내주었다. 나디아는 루크가 몇 시간 전에 미리 문자 메시지를 보내는 정도 이상의 노력이 필요한 데이트는 물론이고 공개적인 곳에서 귀여운 모자를 쓰는 것을 상상할 수 없었다. 루크는 이제 달라졌다. 아니면 그녀 아닌 다른 사람과 함께하면서 달라진 것이다.

나디아는 그들의 관계가 오래갈 거라고는 절대 생각하지 않았다. 어떻게 그게 가능할 수 있겠는가? 그들에게 어떤 공통점이 있겠는가? 그들을 묶을 수 있는 게 뭐가 있는가? 나디아는 두 사람이 부두 가장자리에 함께 앉아 있거나 시내에서 저녁 식사를 하거나 추수 감사절에 목사와 셰퍼드 부인과 함께 부엌에서 포즈를 취한 사진을 쳐다보지도 않고 화면을 쭉 내렸다. 셰퍼드 부인은 이미 오래전에 완벽한 며느리를 골라 놓은 것처럼 오브리의 허리에 한 팔을 감고 활짝 웃고 있었다. 그녀는 루크가 마침내 그 사실을 깨달은 것에 틀림없이 안도했을 것이다.

「그래서 갈 거야?」 샤디가 물었다. 「결혼식에?」

「가야겠지.」 나디아가 말했다.

「언제라도 같이 가줄 수 있어.」 샤디가 말했다.

샤디는 등을 돌리고 있었지만 나디아는 그의 목소리에서 미소를 느꼈다. 그는 그런 말을 종종 흘렸다. 나디아의 집에 같이 가서 아버지를 만나 보고 싶다고. 친구들이 그들에게 결혼에 대해 자꾸 물어봤지만 그녀는 더 깊은 관계에 대한 주제는 늘 피했다. 게다가 그의 어머니는 나디아를 좋아하긴 했지만 샤디의 결혼 상대로는 이슬람교 여자를 바랐다.

「좋아.」 샤디의 선언에 나디아가 대답했다. 「그 문제에 대해 내가 어떻게 하길 바라?」

「아무것도.」 그가 말했다. 「난 그냥 재미있을 것 같아서.」

「우리 아버지는 내가 기독교 남자와 결혼하길 바라

셔.」 나디아가 말했다. 「어떤 사람들에게는 그런 게 중요해.」

나디아는 샤디가 미래에 대한 이야기를 은근슬쩍 흘리는 방식이 거슬렸다. 샤디는 이제 막 구글에서 일자리 제의를 받았는데, 한 번은 의뭉스럽게 그녀가 졸업 후 캘리포니아로 돌아가고 싶다면 자신이 마운틴뷰로 근무지를 옮길 수 있다는 뜻을 비쳤다. 나디아는 샤디가 캘리포니아의 방대함을 과소평가하는 것을 비웃었다. 마운틴뷰가 샌디에이고에서 차로 여덟 시간 거리인 것을 모른단 말인가? 그럼에도 나디아는 그가 자기 삶을 업고 그녀를 기꺼이 따라오려고 한다는 사실이 여전히 두려웠다. 그녀가 샤디와 사랑에 빠졌을 무렵 그는 국제부 기자가 되어 헬리콥터를 타고 전쟁 폐허국으로 가고 싶다고 말했었다. 샤디의 독립적인 성격에 나디아는 해방감을 느꼈다. 하지만 이제 샤디는 사무실에서 일하는 사람이 되려고 했고, 나디아는 그가 그녀에게 품은 희망에 벌써부터 억눌리는 느낌이었다. 졸업식이 다가오자 그와의 싸움은 더 잦아졌고, 그중에는 나디아가 졸업식 행렬에 참가할 생각이 없다고 말한 순간도 포함되었다. 샤디는 그녀보고 이기적이라고 말했다.

「졸업식은 네 문제가 아니야.」 샤디가 말했다. 「너를 아끼는 모두의 문제야. 네가 졸업식장으로 걸어 들어가는 걸 아버지가 보고 싶어 하지 않겠어?」

「그건 제길 네가 참견할 문제가 아닌 것 같지 않아?」
나디아가 말했다.

그녀는 어머니가 보러 올 수 없는 졸업식에는 참석하고 싶지 않았다. 어머니는 결코 대학에 가지 못했지만 〈언젠가〉라고 말했었다. 늘, 언젠가. 팔로마 대학 안내 책자가 우편으로 왔을 때 어머니는 조리대에 몸을 기댄 채 자신은 절대 들을 기회가 없을 진한 글씨체로 된 강의명을 훑어 나갔다. 한번은 나디아의 아버지가 쓸데없는 우편물과 함께 그 책자를 내다 버렸는데, 어머니는 그때 아버지가 이미 대형 쓰레기통에 버렸다고 말하기 전까지 집 쓰레기통을 샅샅이 뒤졌다.

「버리는 건 줄 알았어.」아버지가 말했다.

「아니, 로버트. 아니야.」어머니가 말했다.「아니, 버리는 게 아니야.」

어머니의 표정은 여섯 달마다 우편함에 배달되는 카탈로그 이상의 것을 잃어버린 듯 절박했다. 그때 어머니는 공부를 다시 시작하기에는 일과 가족 때문에 시간이 없었지만 나디아에게는 늘 네가 대학에 가기 바란다고 말했다. 어머니는 나디아의 수학 숙제를 검토하거나 글씨가 엉망이라고 야단치거나 읽기 과제에 대한 문제를 내면서 그것을 상기시켰다. 나디아는 어머니가 대학에 못 간 것이 자기 때문이었다는 사실을 알고 있어서, 자기가 집을 떠나면 어머니도 마침내 대학에 갈 수 있지 않을까 생각했다. 지금은 졸업식이 바보 같은 일로 느껴졌다. 함께 포즈를 취해 사진을 찍고 나디아가 호명될 때 환호해 줄 어머니가 없는데 사각모에 가운을 입고 햇볕에 땀을 뻘뻘 흘릴 이유가 뭐가 있는가? 그녀의 마음속에는 그들이 결코 찍지 못할 사진, 서로 팔을 두르고 어머니는 너무 웃어 눈가에 잔주름이 잡힌 사진만 보일 뿐이었다.

나디아는 그날 밤 샤디에게 사과했다. 그녀는 알몸으로 그의 침대에 들어갔고, 샤디는 나디아가 그를 만지기도 전에 빳빳하게 서서 신음하며 그녀에게 몸을 굴렸다. 샤디가 협탁 서랍 안을 더듬거릴 때 나디아는 그의 목에서 간지럼을 잘 타는 부분, 그 피부의 짭조름한 맛을 느꼈다. 나디아는 피임약을 먹고 있었지만 샤디에게도 늘 콘돔을 착용하게 했다.

「무슨 생각해?」 그가 끝나고 물었다.

「나는 네가 그러는 게 싫어.」 나디아가 말했다.

「뭘 하는 게?」

「내가 무슨 생각 하는지 묻는 거. 묻는 순간 내 마음이 곧바로 멍해져.」

「그건 시험이 아니야.」 샤디가 말했다. 「나는 그저 너를 알고 싶은 거야.」

밤중에 나디아는 어깨를 움직여 샤디의 팔을 치웠다. 그가 그녀를 밤새 안고 있으면 나디아는 땀이 났다. 가끔 나디아는 자신이 추울 때만, 모든 것이 죽어 있는 한겨울에만 그를 사랑하는 것은 아닐까 생각했다.

오브리 에번스의 삶 전체는 그녀가 잠을 잔 장소들로
요약될 수 있었다.

공주가 쓰는 것 같은 분홍색 헤드보드가 있는 소녀 시
절 침대, 아버지가 떠난 뒤 친척 집들 거실에서 쓰던 침
대 겸용 소파, 그들을 받아 주는 곳이 없어졌을 때 자던
어머니의 차 뒷좌석, 새 아파트로 옮겨 갔을 때 언니의
침대 밑에서 꺼내 쓰던 바퀴 달린 침대, 혼자 자기 싫어
찾아가던 어머니의 침대, 어머니가 남자 친구와 동거를
시작한 뒤 쓰던 오브리 자신의 침대, 어머니의 남자 친구
가 그녀를 만진 그녀 자신의 침대, 집에서 도망쳐 나온
뒤 쓰던 언니 집 손님방 침대, 그리고 지금 그들이 한 번
도 사랑을 나누지 않은 루크의 침대. 오브리가 가장 좋아
한 것은 그들이 한 번도 사랑을 나누지 않은 그의 침대였
다. 루크의 푸른색 격자무늬 침구는 백화점 품질의 것이
었고, 늘 누가 방금 앉은 것처럼 약간 헝클어져 있었다.
그의 원룸형 아파트에는 그거 말곤 별게 없었다. 어머니
에게서 받은 버들고리 바구니에는 이제 야령이 가득 들
었고, 쓰레기통에는 짜부라진 피자 박스가 삐죽 나와 있
었다. 문 근처에는 나이키 신발들이 가지런히 놓여 있었
고, 벽에는 나무 지팡이가 기대져 있었다. 그의 아파트로
처음 찾아갔을 때 오브리는 무엇을 해야 할지 잘 몰라 문

간에 얼어붙은 듯 서 있었다. 그들은 그 전에는 그렇게 둘만 있어 본 적이 없었다. 그 장소는 다른 누구의 것도 아니었고 누가 열쇠를 갖고 있다가 불쑥 들어올 일도 없었다. 루크가 자기 침대를 가리켜 손짓했다.

「미안해.」그가 말했다. 「거기 말곤 앉을 곳이 없어.」

그래서 그들은 침대에 앉아 영화를 보았다. 그들이 침대에서한 또 다른 일이라곤 종이 접시로 피자를 먹은 것, 카드놀이를 한 것, 부상(負傷) 모드를 설정하지 않고 매든[37] 게임을 한 것, 슈퍼볼을 본 것, 찌그러진 소리가 나는 오브리의 노트북 스피커로 음악을 들은 것, 손을 잡은 것, 키스한 것, 말다툼한 것, 기도한 것이었다. 잠도 함께 잤지만 나란히 누워 자는 그런 것이었다. 오브리는 루크의 향수 냄새가 희미하게 배어 있는 베개에 누워 잠들었고, 그는 그녀를 감싸 안았다가 그녀가 몸을 떼어 낼 때 그녀의 목덜미에 키스했다. 오브리는 두렵지 않았다. 침대마다 각각의 이야기가 있었고, 루크의 침대는 또 다른 이야기를 해주었다. 그의 베개에 귀를 갖다 대도 분노의 소리는 들리지 않았다. 루크가 그녀에게 간격을 좁혀 올 때 들리는 소리는 사각거리는 이불 소리와 두근거리는 그녀의 심장 소리뿐이었다.

「괜찮아?」루크가 물었다. 「파티에 관한 것 전부.」

「괜찮아.」오브리가 말했다.

37 미식축구 비디오 게임.

「지나치다 싶으면 엄마한테 그만하라고 말해. 우리 엄마는 달리기 시작하면 멈추지 않는 기차 같아.」

「도와주려고 그러시는 거잖아.」

「그래도.」루크가 말했다.「달리기 시작하면.」

그들은 그의 부모 집에서 방금 돌아왔고, 루크의 어머니는 오브리의 허리에 팔을 감고 그녀를 뒷마당으로 데려가 브라이덜 샤워에 대한 계획을 설명했다.

「자, 웨이터들이 바로 여기 있을 거야.」셰퍼드 부인이 마당 한복판을 가리키며 말했다.「하지만 너무 가깝게는 안 되지. 먹는 동안 그들이 주위를 맴도는 건 싫으니까. 루스 케이터링은 내가 가장 선호하는 업체는 아니지만 너도 존이 루 집사님 사업을 돕고 싶어 하는 거 알지. 내가 계획을 세우는 그 시간 내내 그이가 입도 뻥긋하지 않을 줄은 당연히 알았지만 내가 케이터링 업체와 예약하기 직전에 자기 의견을 죄다 꺼내 놓지 뭐니. 루의 아들들이 신경을 제대로 써줘야 할 텐데. 내가 테이블보를 크랜베리 색으로 부탁했는데 아무래도 빨간색을 가져올 것 같거든.」

세세한 부분을 걱정하는 것이 지치는 일이라면, 걱정하는 척하는 것은 훨씬 더 지치는 일이었다. 오브리는 테이블보가 크랜베리 색인지 빨간색인지 무관심한 것에 죄의식을 느꼈다. 셰퍼드 부인이 브라이덜 샤워를 멋지게 열어 주려고 그렇게 애를 쓰니 최소한 걱정을 공유하기라도 해야 했다. 하지만 오브리에게는 또 다른 걱정이 있었다. 결혼식을 몇 달 앞둔 때부터 오브리는 잠을 이룰 수가 없었다. 삶의 큰 변화가 다 그렇듯 그 일은 서서히, 그러다 갑자기 일어났다. 처음에는 잠자는 시간이 몇 분 줄어든 정도로, 평소보다 좀 늦게 잠들고 자명종 소리보다 좀 일찍 깨어났다. 그러다 밤이 되어 이불을 덮고 누워 이것저것 생각하다 보면 한 시간이 훌쩍 흘러갔고, 그러는 사이 노트북을 올려놓은 배는 따뜻해지고 안경에는 또 한 화의 텔레비전 프로그램이 반사되며 흘러갔다. 밤중에 물 마시려고 일어나 침대에서 뒤척이다 창가에 앉아 성경을 읽다 보면 시간이 덩어리째, 조각조각, 뭉텅뭉텅 지나가 어느새 블라인드 틈새로 햇살이 들어오고 있었다. 4월이 되자 밤에 겨우 몇 시간 잘 뿐이었는데, 그 몇 시간의 수면은 한잠도 자지 않은 것보다 그녀를 더 피곤하게 만들었다. 오브리는 잠을 이루지 못했고, 그것은 모두가 말해 주는 결혼 전의 불안 때문이 아니었다. 오브리는 어머니를 부르기로 결정하고 초대했는데 아직 답장을 받지 못했다. 와도 걱정, 오지 않아도 걱정이었다.

「엄마를 초대하다니 미쳤어?」 모니크가 말했다. 두 사람이 식탁에 앉아 있을 때였는데, 식탁에는 지난 몇 달 동안 셰퍼드 부인이 보낸 결혼식 관련 책들이 잔뜩 놓여 있었다. 작전실, 케이시는 그렇게 불렀다.

「모, 진정해.」 오브리가 말했다. 「엄마는 어쨌거나 안

올 거야. 셰퍼드 부인이, 적어도 초대라도 하지 않으면 후회할 거라고 하셨어 ─」

「그래서 넌 엄마가 오기 바란다는 거네.」

「몰라.」 오브리는 그렇게 말했지만 이미 어머니와의 재회 장면을 상상하고 있었다. 어머니가 작은 녹색 여행 가방을 들고 기차에서 내릴 때 과거의 더께들이 걷히기 시작한다. 어머니의 머리칼은 이제 더 짧아져 있고 은색이 도는 곱슬머리가 머리를 감싸고 있을 것이다. 해안의 바람 때문에 날씨가 추울까 봐 산호색 카디건을 목까지 단추를 채워 입었을 것이다. 눈을 찌르는 햇살을 손차양으로 가리며 기차역을 둘러보고 마침내 오브리를 발견할 것이다. 그리고 빙긋 웃을 것이다. 오브리는 아침을 먹으면서 어머니의 온갖 사소한 습관을, 머핀을 대각선으로 자르는 것과 상대의 말을 들을 때 팔짱을 끼는 것과 웨이터가 테이블로 와서 그들에게 더 필요한 게 없는지 물어볼 때 말을 주고받는 방식을 지켜볼 것이다. 오브리는 어머니의 얼굴을 황홀하게 바라보며 다시 어린 소녀가 된 기분을 느낄 것이다.

「셰퍼드 부인이 어떻게 생각하는지가 무슨 상관이야?」 모가 말했다. 「그분이 네 엄마는 아니잖아.」

「언니도 엄마는 아니지.」 오브리가 말했다. 그렇게 말하고 처음에는 속이 후련했지만 시간이 지나자 언니의 검은 눈동자가 커져 그것만 보이던 것이 떠올라 마음이 불편했다. 언니의 눈은 그들이 공유하는 특징이 아닌, 어머니로부터 물려받은 것이었다. 오브리의 눈은 아버지 눈이었지만 그가 누군지는 두 사람 다 몰랐다. 어렸을 때 오브리는 자신과 언니의 아버지가 다르다는 사실을 처음 알고 울음을 터뜨렸다. 언니는 내가 너를 두 배로 사랑하니 괜찮아, 하고 말해 주었다.

「그게 누구 결혼식이지?」 그날 밤 나디아가 전화로 물었다.

「내 결혼식.」

「그러면 결혼식을 주관하는 사람이 누가 돼야 해?」

「나.」

「그렇지. 모가 엄마와 말하고 싶어 하지 않는다면 그래도 돼. 하지만 네 결혼식이니까 네가 원하는 사람은 누구든 초대해야지. 인생은 짧아. 엄마를 다시 만나고 싶으면 그렇게 해.」

오브리는 손톱으로 손바닥을 꾹 눌렀다. 언니 집에 처음 살러 왔을 때 종종 그렇게 하곤 했다. 나쁜 생각이 떠오르면 주먹을 쥐고 힘껏 누르는 것이다. 언니는 늘 오브리의 두 손을 잡아 자신의 두 손 사이에 넣고 추울 때 그러는 것처럼 비벼 주곤 했다. 오브리는 침대 모서리에 앉은 채 손을 펴서 작고 또렷한 초승달 모양이 빨갛게 변하는 것을 지켜보았다.

「안 끊었지?」 나디아가 말했다. 그녀의 목소리가 먼 곳에선 듯 들렸다.

「미안해.」 오브리가 말했다. 어머니를 초대할지 말지 나디아에게 묻는 것이 얼마나 배려 없는 행동이었는지 미처 깨닫지 못했었다.

「왜 사과해? 네가 죽인 것도 아닌데.」

「그래도.」

「하지 마, 알았어?」

「뭘 하지 마?」

「나를 슬픔에 빠진 불쌍한 여자 취급 하지 말라고.」

「안 그래.」 오브리가 잠시 말을 멈추었다. 「너희 엄마를 알았더라면 좋았을걸.」

「나도.」 나디아가 말했다.

오브리는 어머니를 모른다고 느끼는 자식이 그들뿐인지 궁금했다. 어쩌면 어머니란 본질적으로 방대하고 알 수 없는 존재인지도 몰랐다.

「미시간은 어때?」 오브리가 물었다.

「뭣같이 추워. 여전히 눈이 오고. 그게 믿어져?」

「계절을 바란다면 어쩔 수 없는 거지.」

「집어치워. 계절은 과대평가됐어.」

오브리는 나디아가 미시간에서 경험한 새로운 모험 이야기를 좋아했다. 첫 겨울이 왔을 때였는데 시카고 출신 친구들이 코트와 부츠를 사야 한다며 그녀를 본 마우어에 데려갔고, 친구들은 나디아가 북슬북슬한 부츠에 발을 집어넣는 동안 피아니스트가 연주하는 라이브 음악을 듣고 중서부 백화점에 매혹되는 것을 보고 웃음을 터뜨렸다. 2학년 때 파티 가는 길에 빙판에서 한 번 넘어졌지만 나디아는 맥주를 들지 않은 손으로 몸을 지탱한 것을 자랑스러워했다. 나디아는 다른 장소로 가서 지내기도 했다. 매디슨주 의사당에서 여름 인턴을 했고, 옥스퍼드에 가서 한 학기를 보냈고, 거기서 지낼 때 주말을 이용해 에든버러와 베를린을 여행했다. 파리에서는 지하철문이 쾅 닫히며 백팩이 끼이는 바람에 파리 사람들이 짜증을 내며 그녀를 잡아당겨 가방을 빼준 일이 있었다. 오브리는 그 이야기를 아주 좋아했다. 누가 뭐래도 끄떡없이 의연한 나디아 터너가 지구상에서 가장 세련된 도시에서 어설픈 행동을 할 수 있는 것이다. 우리가 세상에 나가 어떤 사람이 될지 아마도 우리는 알 수 없을 것이다. 사는 곳마다에서 아마도 우리는 다른 사람이 될 수 있을 것이다.

「영국에 간 이야기 다시 해줘.」 오브리가 말했다. 「그 보트 이야기.」

거룻배였다고, 나디아는 이메일에서 오브리에게 설명했다. 나디아와 여자 친구들이 처웰강으로 거룻배를 타러 갔다고. 다른 친구들이 강둑 진흙에 삿대가 꽂혀 배가 뒤집힌 이야기를 듣고 겁을 집어 먹는 바람에 나디아 혼자 용감하게 삿대를 잡았다고. 그래서 모두 핌스와 샴페

243

인을 마시는 동안, 그녀는 날씨가 너무 더워 마셔도 괜찮은 양보다 아마도 더 많이 마시면서 혼자 배를 이동시켰다. 알딸딸한 데다 삿대를 잡느라 지쳤지만 나디아는 그 시간 내내 삿대를 잡고 잎이 무성한 나무 밑을 지나갔다. 배는 한 번도 뒤집히지 않았다. 나디아가 써 보내기로 그날은 그녀의 삶에서 최고의 날 가운데 하나였다.

통화하면서 나디아가 나지막하게 웃었다. 오브리는 미시간 아파트 창가에 앉아 내리는 눈을 바라보는 나디아를 상상했다.

가장 친한 친구의 결혼식을 한 주 앞두고 나디아가 집에 돌아왔다.

비행기가 봄의 안개를 뚫고 하강할 때 그녀는 창문에 몸을 기대고 있었다. 종려나무의 뾰족한 우듬지가, 이어 집집마다 보이는 빨간 스페인풍 옥상이 나타났다. 미시간에 착륙할 때 나디아가 처음 주목한 것은 집이었다. 물결 모양 빨간색 슬레이트를 올리고 황갈색 치장벽토를 바른 집이 아니라, 영화에서 보던 것처럼 슬레이트 지붕이 있는 흰색 집이었다. 샌디에이고 공항 화장실에서 나디아는 머리를 매만지며 옆에서 두 여자가 스페인어로 이야기하는 것을 들었다. 토막토막 알아들을 뿐이었지만 익숙한 외국어 소리에 감사하는 마음이 들었다.

터미널 밖으로 나가자 아버지가 도로 경계석에서 손

을 흔들었다. 그를 알아보지 못하기란 어려웠다. 근처에 트럭을 몰고 온 사람은 그 혼자뿐이었다. 나디아는 조심히 커피를 들고 가방을 끌며 아버지를 향해 걷기 시작했지만 손을 흔들어 주지는 않았다. 나디아는 커다란 선글라스를 쓰고 있었지만 하늘은 흐렸다. 그녀가 고대하는한 가지가 햇빛인 것을 이 도시가 알고서 주기를 거부한것처럼, 그녀는 잔뜩 구름 낀 하늘에 배신당한 기분이 들었다. 가까이 다가가자 아버지가 트럭에서 내려 가방 싣는 것을 도와주었다. 한쪽이 웃어도 상대방이 웃어 주지않을까 봐 두려워하는 사람들처럼 그들은 서로 주저하며웃었다.

「돌아왔구나.」그가 말했다.

「잘 지내셨어요, 아버지.」

아버지가 손을 내밀며 나디아를 포옹했고 그녀도 그를 끌어안았다. 커피를 쏟지 않으려고 어색하게 한 팔로만. 아버지는 여전해 보였지만 좀 늙은 것 같았고 피부는 주름살이 더 생겨 있었다. 머리칼도 더 세서 희끗희끗했다. 지금은 누가 그의 머리칼을 잘라 주는지 궁금했다.

「재미있구나.」그가 기어를 5단으로 바꾸며 말했다.「이제 너도 커피를 다 마시는구나.」

아버지는 나디아의 컵을 향해 고갯짓을 한 뒤 조금 웃었다. 대학에 가기 전 나디아는 커피를 아예 마시지 않았다. 어머니가 마시던 커피를 한 모금 마셔 본 뒤 거의 뱉어 낼 뻔한 적이 있었다. 핫초콜릿처럼 달 줄 알았는데 쓰고 역한 맛이 났던 것이다. 이제 그녀는 심지어 더는 핫초콜릿을 마실 수가 없었다. 지난겨울 기운을 좀 차리려고 한 박스 샀다가 너무 달아 내다 버렸다. 공항 스타벅스 커피는 거의 커피라 할 수 없을 지경이라, 샤디의 아파트에서 프렌치 프레스로 내려 마시던 커피가 벌써 그리웠다. 그가 처음 그 사용법을 알려 준 날 나디아는 눈을 흘기며 자기는 커피를 마시고 싶은 것이지 과학 실험을 하고 싶은 게 아니라고 말했다. 하지만 아버지에게 그 이야기를 하지는 않았다. 그녀가 샤디의 집에서 눈 뜨는 아침이 얼마나 많은지 아버지가 알 필요는 없었다.

「친구는 나중에 오니?」 아버지가 말했다.

「금요일에요.」 나디아가 말했다. 「그래도 괜찮겠죠.」

디트로이트 메트로 공항에서 샤디가 그녀에게 작별 키스를 했다. 「집에 가기 싫어하는 거 알아.」 그가 나디아의 머리칼과 목의 피부가 만나는 곳을 어루만지며 말했다. 「넌 좋은 친구야.」 그녀 자신은 좋은 친구도, 심지어 그 근처에도 가지 못했으므로 그에게 다시 키스했다. 좋은 친구라면 가장 친한 친구의 결혼식에 가면서 기쁨을 억지로 가장하지 않을 것이다. 좋은 친구라면 기쁨을 자연스럽게 느낄 것이다. 나디아는 이번 여행 내내 불안했고, 샤디가 그녀와 그녀의 아버지와 함께 지내려고 비행기를 타고 온다는 사실이 자신의 기분을 좋게 만드는지

나쁘게 만드는지도 잘 알 수 없었다.

「이번 학기는?」아버지가 물었다.「잘 보냈니?」

「괜찮았어요.」나디아가 말했다.

「학위 같은 건 받는 거지?」

「여기로 보내 줄 거예요.」

「그렇구나. 잘됐어.」

「그것 때문에 화나신 건 아니죠?」

아버지가 어깨를 으쓱했다.「네 졸업식에 가보면 좋겠지만.」그가 말했다.「네가 최선이라고 생각하는 대로 해야겠지.」

델마 석호(潟湖)를 지나갈 때 나디아는 따스한 차창에 머리를 기댔다. 샤디는 나디아에게 이기적이라고 했지만 그녀의 아버지는 서운한 감정조차 인정하지 않았고, 그녀는 왠지 그것에 더욱 좌절감을 느꼈다.

차가 집 앞에 서자 나디아는 가방을 가져가겠다고 고집을 부린 아버지를 따라 앞문으로 걸어갔다. 그를 따라 집 안으로 들어가던 그녀가 갑자기 멈춰 섰다. 살아 있는 유기체인 집이 그 기본 화학 성질을 바꾼 것처럼 뭔가가 다르게 느껴졌다. 심지어 다른 냄새가 났다. 집의 냄새가 몇 년 만에 이렇게 달라질 수 있는가? 아니면 집의 냄새가 어땠는지 그녀가 잊은 것일까? 나디아는 거실을 둘러보았고 무엇이 실제로 바뀌었는지 알아냈다. 아버지가 사진을 다 떼어 낸 것이다. 전부는 아니었다. 조금 앞으로 걸어가니 커피 테이블에 놓인 그녀의 사진이 보였고, 벽난로 선반에는 고등학교 졸업식 사진이 놓여 있었다. 사라진 것은 어머니 사진만이었다. 벽에 사진이 걸려 있던 자리가 사각형으로 희미하게 남아 있었다.

「아빠가 어떻게 그러실 수가 있어?」나디아는 나중에 샤디에게 말했다.「우리 엄마야.」

샤디 앞에서 결코 울지 않았던 그녀는 전화로 울면서 그가 지켜보고 있는 것처럼 창피함을 느꼈다. 나디아는 침대 옆 카펫에 웅크리고 앉아 민소매 티셔츠로 눈물을 훔쳤다.

「어머니를 보는 게 아버지 마음을 아프게 했을지도 모르잖아.」샤디가 말했다.

「엄마가 여기 아예 살지 않았던 것처럼 느껴져. 아빠가 엄마를 한 번도 사랑하지도 않은 것처럼.」

「아버지는 지금도 어머니를 사랑하시는 것 같은데. 그래서 그걸 보는 게 몹시 가슴 아프신 거고.」

「미안해.」나디아가 말했다.

「왜? 네가 잘못한 게 없는데.」

「그래도. 이런 뚱딴지 같은 소리를 들으려고 네가 전화한 게 아니잖아.」

「그건 네 삶이야.」샤디가 말했다.「나는 듣고 싶어.」

눈을 감고 벽에 걸려 있던 사진들을 기억해 내려고 애썼다. 날마다 그 사진들 앞을 지나갔지만 지금은 희미하게 기억날 뿐이었다. 부모님의 결혼식 날 모습, 정원에 있는 어머니, 노츠베리 팜에 살았던 어머니 가족. 어떻게 그것을 기억해 두지 않은 걸까? 어쩌면 한때는 기억했더라도 차츰 잊어버렸을 것이다. 어머니의 향기가 사라졌기 때문에 집 냄새가 다르게 느껴졌던 걸까? 아니면 어머니의 냄새가 어땠는지 그녀가 잊은 걸까?

셰퍼드 부부는 나른하고 조용한 동네에 살았다. 물결 모양 지붕에 차양을 드리운 듯 아치 모양으로 종려나무가 자란, 나란히 들어선 똑같이 생긴 집들 중 한 채가 그들의 집이었다. 기도인지 명령인지 아무도 모르지만 **하느님의 축복이 이 집에 머물기를**이라고 환영의 글귀가 쓰인 갈색 매트가 앞 포치에 놓여 있었다. 앞쪽 입구의 황갈색 벽면들은 그림(잔디밭에서 두 여자가 크로케를 하는 그림과 「코스비 쇼」에서 본 장례 행렬 그림)으로 가득했다. 실제로 연주하기에는 너무 새것 같은 마호가니 피아노가 계단 벽에 붙여져 있었고, 피아노 위에는 가족사진들이 가지런히 놓여 있었다. 목사와 셰퍼드 부인이 그들의 결혼식 날 예배당 앞에서 웃는 사진, 새로 태어난 아들과 함께 자랑스러운 부모의 표정을 한 채 포즈를 취한 사진. 그리고 피아노 끝에서는 사각모를 쓰고 가운을 입은 10대의 루크가 미소조차 짓지 않은 거만한 표정으로 카메라를 쏘아보고 있었다.

브라이덜 샤워를 하던 날 오후 나디아는 사람들의 목소리를 좇아 뒤뜰로 나갔다. 진홍색 테이블보가 깔린 둥근 테이블들이 셰퍼드 부부의 잔디밭 한 곳에 모여 있었다. 빳빳이 풀 먹인 흰색 셔츠에 앞치마를 두른 10대 흑인 청년들인 케이터링 업체 직원들이 고블릿 유리잔에 얼음물과 레모네이드를 따르며 마당을 돌아다녔다. 나디아는 잔디밭 저만치 잎이 무성한 나무 아래 여자들에게 둘러싸인 오브리의 모습을 보았다. 나디아는 금색이 소용돌이를 그리며 무릎까지 내려오는 하얀 드레스를 입었고, 곱슬곱슬한 검은 머리칼을 어깨까지 기르고 있었다. 그리고 손으로 입을 가리고 웃고 있었다. 이곳에 완벽하게 어울리는 그녀를 보는 것은 충격이었다.

오브리는 나디아가 잔디밭을 가로질러 오는 것을 보며 환히 웃었다. 그녀가 폴짝폴짝 뛰어가 두 팔 벌려 나디아의 목을 끌어안았고, 서로 무릎이 맞부딪치며 몸이 충돌했다.

「네가 돌아왔다니 믿을 수 없어!」 오브리가 말했다. 「정말 보고 싶었어.」

「나도.」 나디아가 웃었고, 마당 한복판에서 끌어안는 것이 바보같이 느껴졌으나 먼저 놓고 싶지는 않았다.

오브리는 나디아의 팔짱을 낀 채 그녀를 파티장 여기저기로 데리고 다녔고, 어퍼 룸 여자들은 그들이 지나갈 때 우주로 둥둥 흘러갔다 돌아온 사람을 본 것처럼 나디아를 다시 보는 것이 충격인 듯했다. 어머나, 돌아왔구나, 그들이 말했다. 어떤 여자들은 그녀를 끌어안으며 마침내 집에 돌아오기로 했구나, 하고 좀 더 직설적으로 말했다. 그들의 눈에 나디아는 탕자인 딸이었으나 무일푼이되어 겸손하게 돌아오지 않았기 때문에 심지어 더 나쁜 것이었다. 탕자인 딸은 불쌍히 여길 수 있었다. 하지만나디아는 고향을 버리고 떠났음에도 더 잘되어 매력적인대학 강의도 듣고 인상적인 인턴십도 하고 세계적인 남자 친구도 사귀고 세계를 여행한 이야기도 갖고서 나타난 것이다. (「파리?」 나디아가 그 이야기를 해주었을 때시스터 윌리스가 말했다. 「흠, 잘난 척은.」) 지금 나디아가 잘난 척하는 것인가? 아니면 그녀가 떠난 것 때문에나디아와 어퍼 룸의 다른 여자들 사이가 회복될 수 없이갈라진 것인가? 어쩌면 그 균열은 거기 늘 존재했으나 그곳을 떠남으로써 그녀의 눈에 보였을 것이다. 대화 도중셰퍼드 부인이 그 무리로 다가왔다. 분홍색 스커트 정장에 걸을 때 풀밭에 굽이 푹푹 빠지는 힐을 신고 있었다.

「돌아온 걸 환영한다, 애야.」 그녀가 나디아의 어깨를톡톡 치며 말했다.

나디아는 셰퍼드 부인에게 지난 4년 동안 자신이 해낸모든 것에 대해 말하고 싶었다. 우등생 명단에 들어간 것과 인턴십과 해외여행에 대해. 그녀는 멀리 떠나 뭔가 이루어 냈고, 셰퍼드 부인이 그것을 알아 주었으면 했다.

하지만 나디아가 인사를 건네자마자 셰퍼드 부인은 그 자리를 떠났고, 이리저리 바쁘게 돌아다니며 다른 손님들과 대화를 나누었다. 셰퍼드 부인은 나디아가 어떤 것을 이루어 냈는지에는 전혀 관심이 없었다. 나디아에 대해 조금이라도 관심이 있었다 한들 나디아가 그녀를 돕던 일을 그만둔 뒤 곧 사라졌다. 그래서 나디아는 그 이야기를 삼켰다. 그녀는 오브리가 이끄는 대로 끌려갔고, 그렇게 여자들 무리를 돌아다니는 투어를 끝내고 모니크와 케이시가 앉아 있는 테이블로 갔다. 나디아는 두 사람을 포옹하며 그들이 보여 주는 친근함에 감사했다.

「정말 볼만한 광경이지?」 모니크가 말했다.

「그러지 마.」 케이시가 말했다.

「뭘 말이야? 안 그래? 난 웨이터들을 말한 건데? 저 부인은 정말로 누구한테 잘 보이려고 저러는 걸까?」

하지만 셰퍼드 부인이 누구에게 잘 보일 필요가 있겠는가? 아니, 셰퍼드 부인은 오직 사랑으로 오브리에게 이 브라이덜 샤워를 열어 준 것이다. 나디아는 셰퍼드 부인이 오브리와 함께 결혼식 카탈로그를 뚫어져라 들여다보고 있는 장면을 상상했다. 드레스 피팅을 하러 가서 오브리가 거울 앞에서 한 바퀴 빙그르르 돌 때 그것을 지켜보는 셰퍼드 부인의 모습을 상상했다. 어쩌면 목사 부인은 그 장면을 보며 눈물이 조금 맺혔을 것이고, 아들이 마침내 착한 여자 ― 꼭 맞는 여자 ― 를 찾아낸 것에 뿌듯해

했을 것이다. 마침내 자기가 늘 바라던 며느리를 얻었으니 얼마나 행복할 것인가. 점심 먹을 때 나디아는 깨지락거렸고 남은 것을 긁어 쓰레기통에 버렸다. 그녀는 널찍한 뒷마당에 있는데도 폐소 공포증에 걸린 것처럼 숨이 막혀 2층 욕실로 올라갔고, 거기 푹신한 변기 뚜껑에 앉아 샤디에게 문자 메시지를 보냈다. **보고 싶어, 못난이.** 샤디는 곧 퇴근할 시간이었고, 나디아는 지금 자신이 앤아버로 돌아가 있으면 좋겠다고, 그의 낡은 2인용 소파에서 뒹굴거리거나 메인가 보도에 내놓은 테이블에서 커피를 마시며 지나가는 사람들을 구경하고 있으면 좋겠다고 생각했다. 그녀는 더 이상 이곳에 속한 사람이 아니었다. 오브리가 그런 것처럼은 아니었다.

나디아는 다시 계단을 내려가려다 루크의 침실을 보았다. 통로에서 보니 달라 보였고, 조심조심 다가가니 손님방으로 바뀐 것을 알 수 있었다. 더 이상 벽에 풋볼 포스터들이 붙어 있고 1인용 침대 하나가 창가에 밀어붙여져 있던 루크의 방이 아니었다. 나디아는 예전에 그 방에 몰래 들어가 그의 어린 시절 침실에서 옷을 벗던 것을, 브래지어는 빨간색과 파란색의 풋볼 공 무늬지가 깔린 책상 위에 던져 놓고, 청바지는 팝 워너 트로피들이 진열된 선반 근처에 벗어 두고, 침대 헤드보드 위로 붙여 놓은 제리 라이스가 지켜보는 가운데 루크에게 키스하던 것을, 그럴 때마다 늘 기분이 묘해지던 것을 떠올렸다.

「나는 이제 여기 안 살아.」

그녀 뒤로 문 입구에 루크 셰퍼드가 나타났다. 그는 까끌까끌하게 수염이 돋아 있던 뺨을 면도해 깔끔해 보였고, 심지어 드러그스토어에서 구입한 사각 안경도 쓰고 있었다. 「안경은 스마트해 보일 필요가 있을 때만 써.」한 번은 그가 조심스럽게 안경을 접어 가슴 주머니에 넣으며 말했다. 그때 나디아는 그 말을 이해하지 못했다. 그는 늘 스마트해 보이고 싶지 않은 건가?

「집에서 나갔어.」루크가 말했다. 「강변에 살 곳을 구했어.」

「관심 없어.」나디아는 자기가 관심 있다는 것을 그가 안다는 사실에 창피함을 느끼며 말했다. 「나 남자 친구 있어.」

「알아. 아프리카 남자.」

「미국인이야.」나디아가 말했다. 「부모님이 수단 출신이지.」

루크가 어깨를 으쓱했다. 나디아는 그가 아무렇지 않아 보이는 것이, 서로 이야기 나누지 않은 지 한참인데도 그가 그녀의 삶에 대해 자유롭게 말하는 것이 싫었다. 그가 무엇을 알고 있건 오브리에게 들은 것일 테고, 나디아는 두 사람이 침대에 누워 자기 이야기를 하는 것을 상상하자 배신감이 들었다. 루크는 나무 지팡이에 의지하며 방 안으로 들어왔고, 그가 절룩거리며 그녀를 지나 침대에 털썩 앉을 때 나디아는 딴 곳을 보았다. 그의 무게로 침대에서 삐걱 소리가 났다.

「뭐 하나 말해 줄까?」 루크가 말했다.

「뭔데?」

「어렸을 때 교회 물건을 훔치곤 했어.」 루크가 말했다.

「거짓말.」

「농담 아니야.」

「그럼 어떤 걸 훔쳤는데?」

「뭐든. 내가 그럴 수 있는 사람인지 알고 싶었거든.」

그 말을 증명하기 위해 그는 침대 밑에 손을 넣어 가죽 표지가 갈라진 적갈색 기도 책을 꺼냈다. 그가 6학년 때 마더 베티의 피아노 의자에서 훔친 것이었다. 시스터 윌리스가 수업 시간에 떠든 벌로 그에게 예배당에서 30분 동안 기도를 하라고 시켰는데, 그는 그러는 대신 배를 깔고 누워 신자석 밑을 올려다보거나 카펫 가장자리 장식을 발가락으로 건드리거나 제단 주변을 쿵쿵 돌아다니며 교회를 탐험했다. 피아노 의자가 그를 매혹했다. 뭔가를 넣어 두는 의자라면? 틀림없이 영화 속 악당이 총을 보관하는 가짜 책 같은 뭔가 중요하고 비밀스러운 것이 들어 있을 것이다. 그는 그것이 무기고이길 바랐지만 그 안에는 흩어진 악보와 볼펜, 기도 책뿐이었다.

「그거 우리 엄마 거야.」 나디아가 말을 더듬거렸다.

그녀는 그 기도 책을 여러 해 동안 보지 못했다. 어머니는 그것을 침대 옆 협탁 위에 두곤 했는데 어느 날 사라졌다. 어머니가 그 기도 책을 찾으려고 몇 주 동안 집을 샅샅이 뒤졌다.

「알아.」 루크가 말했다.

「엄마는 잃어버린 줄 아셨어.」

「미안해.」 루크가 말했다.

「도대체 왜 돌려주지 않은 거야?」

「잘못을 저지른 것 같았어.」

「그래서 그냥 가지고 있었다고?」

「까맣게 잊고 있었어.」 루크가 말했다. 「이사할 때 찾았어. 돌려주고 싶었어.」

루크가 나디아에게 기도책을 건넸다. 나디아는 그의 옆에 앉아 얇은 은색 페이지들을 넘겨 보았다. 찬송가 곡명이 눈을 휙휙 스쳐갔고, 더 가까이 숙이자 먼지와 가죽과 희미하게 어머니의 향수 냄새가 났다. 나디아는 눈물이 차오르는 것이, 그리고 등에 올려진 루크의 따뜻한 손이 느껴졌다.

결혼식 전 주말에 오브리의 어머니가 보낸 답장이 마침내 도착했다. 오브리가 보낸 초대장 뒤에 답을 써 보냈다. **우리는 못 갈 것 같아. 하지만 축하해!** 오브리는 우편함 앞에 서서 그 내용을 한 번, 두 번, 세 번 읽은 뒤 카드를 다시 봉투에 넣고 쓰레기통에 버렸다. 집에 들어오니 언니가 소파에 앉아 뉴스를 보고 있었다. 오브리는 신발을 벗고 소파 위 모니크 옆으로 올라가 그녀의 무릎을 베고 누웠다.

「안 오신대.」오브리가 말했다.

「알았어.」

「그게 다야?」

「내가 뭐라고 했으면 좋겠어?」

「몰라.」오브리는 연기가 피어오르는 집 앞에서 금발 기자가 소방관과 인터뷰하는 것을 보며 입술을 잘근거렸다. 「엄마가 내 결혼식에 와주길 바란 게 그렇게 바보 같아?」

「아니.」언니가 말했다. 「자기 엄마를 싫어한다고 말하고 싶은 사람이 누가 있겠어?」

오브리는 눈을 감았고 이마에 흘러내린 머리칼을 뒤로 쓸어 넘겨 주는 언니의 손길을 느꼈다. 고등학교 마지막 학년이 되기 전 여름에 오브리는 처음으로 언니를 보러 오션사이드에 왔다. 모는 공항 수하물 찾는 곳에서 오브리를 만났고, 그렇게 하지 않으면 오브리가 못 알아볼 것처럼 손을 크게 흔들었다. 모는 여전해 보였고 — 아담한 몸집에 머리칼은 어머니가 싫어하는 스타일로 짧게 잘랐다 — 환한 웃음을 지으며 오브리를 가까이 끌어당겼다. 「너 좀 봐. 이제 다 컸네.」모 뒤에는 백인 여자 하나가 주머니에 손을 찔러 넣은 채 서 있었다. 20대 후반,

젖은 듯 보이는 짙은 금발, 히죽거리는 것처럼 너무 과한
미소. 회색 민소매 티셔츠와 발목에서 단을 접은 헐렁한
청바지 차림의 그녀가 앞으로 나서며 손을 내밀었다.

「이제야 만났네. 정말 반가워.」 그녀가 말했다. 「비행
이 즐거웠길.」

오브리는 그랬다고, 고맙다고 말했다. 그들 셋 모두 어
색하게 서 있었고 마침내 모가 이제 가야 하지 않겠느냐
고 말했다. 모가 바퀴 달린 가방을 잡았고 케이시가 오브
리의 어깨에서 더플백을 가져갔다. 그녀는 들기 힘들 만
큼 가방이 무거운 척했다.

「아휴.」 그녀가 모에게 말했다. 「네 여동생이 맞구나.」

케이시는 어색한 상황에서 사람들을 웃기려고 노력하
는 타입이었고, 오브리는 모두를 안심시키려면 자기가
웃어야 한다고 희미하게 느꼈다. 차를 타고 집으로 가는
길에 그들이 그녀에게 학교와 친구들은 어떠냐는 둥 그
저 그런 질문을 던졌고 오브리는 조용하고 짤막하게 대
답했다. 뒷좌석에서 오브리는 그들이 걱정스러운 눈길을
주고받는 것을 보았고, 정지 신호에서 모가 나지막이 말
하는 것을 들었다. 「졸려서 그런 거야.」 그들이 어렸을
때, 꼭 오브리가 그 자리에 없는 듯 모가 늘 오브리를 대
신해 어머니에게 말했던 것처럼.

그녀는 같이 있지 않았다. 정말로 그랬다. 한 주 내내
오브리는 언니 집을 유령처럼 떠돌았다. 오브리는 몸을

자신의 침실에, 폴의 손길 아래 두고 온 것처럼 그의 뜨거운 숨결이 목에 닿는 것을 느꼈고, 자신은 늘 그 바깥 주변을 떠돌고 그곳은 그녀를 끌어당기는 것 같았다. 오브리가 타운에서 보내는 마지막 날에 언니는 그녀를 해변으로 데려갔고, 그들은 한 무리의 관광객 뒤에서 걸음을 옮겼다. 안경 쓰고 허리에 지퍼 가방을 찬 노인이 몇 명 안 되는 관광객 무리에게, 웨스트코스트에서 가장 길이가 길다는 오션사이드 돌제 부두에 주어진 영예에 대해 말했다. 돌제 부두는 6번 재건되었다. 최초의 것은 폭풍우를 맞아 200년도 더 전에 파괴되었는데, 지금도 썰물이 되면 물속에 남은 목재를 볼 수 있었다. 두 번째와 세 번째 것이 파손된 것도 폭풍우 때문이었다. 1920년대에 네 번째 돌제 부두가 개방됐을 때 타운에서 사흘 동안 축하 행사가 열렸다. 하지만 20년 뒤 폭풍우가 몰아쳐 또 폭삭 무너졌다.

「이 돌제 부두로 말할 것 같으면.」 그가 발을 쿵 구른 뒤 말했다. 「바로 이 돌제 부두로 말할 것 같으면 1987년에 개방된 것입니다. 눈 몇 번 깜짝할 만큼 전에 일어난 일이지요. 여러분이 살아 있는 동안 또 하나, 어쩌면 또 하나의 돌제 부두가 더 지어질지도 모릅니다. 폭풍우는 또 다시 몰아치겠지만 우리는 계속 지을 겁니다.」

나중에 그들이 돌제 부두 끝에 이르자 오브리는 언니에게 여기서 같이 살아도 되겠는지 물었다. 모의 손을 꼭 잡고 제발 돌아가지 않게 해달라고 속삭였다. 하지만 관광객 무리 뒤에서 느리게 걸음을 옮기던 그 시간 동안은 이 도시가 결국 바다에 잠겨 버릴 돌제 부두를 끊임없이 지어 올리는 상상에 지쳐 발아래 목재만 내려다보았다. 돌제 부두는 그 길이 말고는 특별할 것이 없었다. 판자 보행로도, 페리스 회전 관람차도 없었다. 그저 중간 지점에 낚시 도구 가게가 하나 있고 그 끝에 식당이 하나 있을 뿐이었다. 돌제 부두는 그저 무너지고 다시 짓기를 반복하는 긴 나무토막에 지나지 않았는데, 오브리는 몇 년 뒤 요점이 그것인지, 영예는 이따금 무너진 것을 다시 짓는 일, 즉 결과가 아니라 시도하는 과정에 주어지는 것인지 생각해 보았다.

어머니의 답장이 온 다음 날 오브리와 나디아는 해변에서 만났다. 오브리는 팔꿈치로 몸을 받친 채 모래밭에 엎드려 누워 있었고, 그녀 옆 담요에는 나디아가 몸을 굴려 똑바로 누워 있었다. 나디아는 작고 검은 비키니를 입어 모든 남자의 시선을 끌었지만, 모르는 사람들의 관심을 받는 것이 너무 익숙해 그것이 거의 의식되지 않는 듯 무관심해 보였다. 당연히 익숙할 터였다. 그녀를 보라. 고등학교 이후로 나디아는 군살이 더 빠지고 옷은 더 심플해지고 화장은 과장된 느낌이 빠져 자연스러운 아름다움이 부각되었다. 오브리는 나디아 옆에 있으려니 피둥피둥 살진 것 같아 수영복 위에 입은 헐렁한 티셔츠와 반바지를 벗을 엄두가 나지 않았다. 그녀가 늘 자신을 못생긴 친구로 느꼈을까? 아니면 이것은 새로운 느낌일까? 브라이덜 샤워에서 우연히 목격한 그 장면 때문에 불안한 것일까? 오브리는 아무 일 아니라고 되뇌었지만, 나디아와 루크가 침대에서 대화를 나누던 모습을 여전히 머릿속에서 지워 낼 수 없었다. 정확히는 침대에서가 아니라 침대에 앉아서, 오래된 친구 사이처럼 편하고 친근한 모습으로. 오브리는 손님들을 마당에 두고 루크를 찾아 나섰다가 그의 침실에 두 사람이 같이 있는 것을 보았고, 그들의 파티를 방해한 사람이 그녀 자신인 것처럼 통로에서 얼어붙었다. 오브리는 루크와 더 가까워질 때마다 — 그가 처음 손을 잡았을 때, 키스했을 때, 침대에서 그의 품에 안기라고 했을 때 — 매순간 겁을 먹었다. 하지만 나디아는 편안해 보였다. 이 친밀함은 그들에게 새로운 것이 아니었다. 그들에게는 서로 공유하는 과거가 있었고, 어느 쪽도 그것을 언급하지 않았다는 사실이 오브리에게는 가장 큰 상처가 됐다. 말할 수 없는 과거는 최악의 과거인 법이다.

「너하고 루크 사이에 무슨 일 있었지?」 오브리가 물었다.

나디아가 몸을 움직였다. 눈은 커다란 선글라스 뒤에 가려져 있고, 한쪽 팔은 이마에 올려져 있었다.

「무슨 말이야?」 나디아가 말했다.

「너희 둘 사이에 무슨 일 있었다는 거 알아.」

정말로 그런지는 알지 못했지만, 아는 척하면 나디아가 부인할 여지가 줄어들 것이다.

「오래전 이야기야.」 나디아가 말했다. 「아무것도 아니었어. 몇 번 만났는데…… 화난 거 아니지?」

「내가 왜 화가 나? 아무것도 아니었다며, 그렇지?」

오브리는 자기 목소리가 질투심에 가득하고 심술궂게 들렸지만 상관하지 않았다. 왜 어느 쪽도 그녀에게 말해주지 않았을까? 그들은 그녀가 너무 심약해서 그 이야기를 들으면 바스러질 거라고 생각했나?

「저기, 아무 일 없었다고 맹세해.」 나디아가 말했다. 「그러니까, 자는 거 말야. 서로 연락하지 않은 지 한참 됐어. 고등학교 때 좀 어울린 것뿐이야. 내가 고등학교 때 얼마나 많은 남자들이랑 어울렸는지 알아?」

나디아는 혼자 조금 웃더니 담요에서 일어나 앉아 배에 묻은 모래를 털어냈다. 오브리는 나디아의 검은 선글라스에 비친 자신의 모습을 보았다. 얼굴은 뿌루퉁해 보였고 머리칼은 누웠다 일어난 쪽이 눌려 있었다. 오브리는 속앓이를 한 자신이 바보같이 느껴졌다. 루크는 당연히 다른 여자들을 만났다. 그녀가 그와 데이트를 시작하기 전 그의 명성이 어느 정도였는지는 오브리도 잘 알았다. 게다가 고등학교 시절은 아주 먼 과거로 느껴졌다. 그녀도 고등학교 때 남자들에게 반했었지만 지금은 이름도 기억나지 않았다. 루크에게 나디아는 아마 또 하나의 정복 대상이었을 것이다. 아니면 나디아는 그에게 기억될 만한 존재였을 것이다. 어떻게 그렇지 않겠는가? 나디아는 아름답고 자신만만하고 강했다. 남자의 침대에 앉아 있는 것만으로 겁먹지 않을 것이다. 브라이덜 샤워에 왔던 좀 더 뻔뻔한 손님들이 선물한, 오브리 자신은 절대 입지 않을 잠옷이나 속옷을 나디아라면 아마 입을 수 있을 것이다. 오브리는 끈으로 된 작은 옷을 입고 루크 앞에 서면 바보가 된 듯 느낄 것이다. 그녀는 남자를 성적으로 자극하는 방법을 몰랐다. 그가 어떤 것을 좋아하는지 그녀가 어떻게 알겠는가? 그가 만질 때 그녀가 여전히 자신의 피부 밖으로 뛰쳐나가고 싶어지면 어떻게 하겠는가? 오브리는 다시 주먹을 세게 쥐어 손톱이 날카롭게 찌르는 것에서 안도감을 느꼈다.

하늘에 걸린 해가 지기 시작했을 때 해병대원 두 사람이 그들에게 다가와 같이 배구를 하자고 졸랐다. 두 남자다 짙은 색깔 트렁크를 입었지만 똑같이 짧게 깎은 머리를 보니 군인인 것을 알 수 있었다. 머리 자른 모양뿐 아니라 열심히 설득하는 모습을 봐도 그랬다. 나디아를 보고 싱긋거리는 다부진 체격의 라틴계 남자는 여자들에게 말을 붙여 보려고 영화관이나 볼링장 앞을 어슬렁거리는 다른 젊은 해병대원들처럼 지나치게 친근해 보였다. 얼굴에 아직 군데군데 여드름 흉터가 남은 그는 잠시도 가만 있지 못하는 어린아이처럼 모래밭을 발뒤꿈치로 쿵쿵 찧었다.

「어서요, 숙녀분들.」키 큰 흑인이 말했다. 「두 사람이 더 필요해요.」

오브리는 그가 자신을 보고 있다는 것을 알아차렸다. 대부분의 남자들이 나디아에게 보내는 직접적인 응시. 오브리는 시선을 피했다. 그녀는 낯선 남자들 주변에서는 늘 불안감을 느꼈는데, 자신에게 상처를 줬던 그 남자를 뻔히 아는데도 그랬다. 당신을 아는 남자가 당신에게 상처를 줄 수 있다면, 모르는 남자가 어떻게 할지 누가 알겠는가?

「운동은 정말로 잘 못해요.」나디아가 말했다.

「제 팀에 들어오면 되죠.」젊은 남자가 말했다. 「어떻게 하는지 가르쳐 줄게요.」

나디아가 웃었다. 「어떻게 하는지는 알아요. 그냥 잘 못해요.」

「그래도 괜찮아요.」그도 따라 웃으며 말했다. 「어떻게 더 잘하는지 가르쳐 줄게요.」

그의 이름은 JT, 조너선 토러스를 줄인 것이었다. 그는 어느 쪽이든 부르고 싶은 대로 부르라고 했다. 딱히 잘생긴 편은 아니었지만 잘 웃었고, 그것이 나디아의 마음을 허문 것 같았다. 나디아가 아직 담요 위에 앉은 채 꼼짝

하지 않는 오브리를 발가락으로 찔렀다.

「일어나, 오브리.」나디아가 말했다. 「같이 하자.」

「됐어. 난 그냥 구경할래.」

밀러라고 한 키 큰 쪽이 회색 트렁크 허리에 손을 올리며 안 된다고 말했다.

「안 돼요.」그가 말했다. 「당신 없이 할 순 없어요.」

오브리는 그의 조용히 말하는 방식과 방심하지 않는 모습에 터너 씨를 떠올렸는데, 무엇보다 한결같이 꾸민 듯한 그의 미소가 그랬다. 그는 시종일관 침착해 보였다. 배구 네트는 100피트밖에 떨어져 있지 않았다. 그녀가 그만두고 싶으면 언제라도 그만두면 된다.

「오, 될 대로 되라죠.」오브리는 밀러가 일으켜 주는 대로 일어서며 말했다. 밀러의 손바닥은 거칠고 모래가 묻어 까끌까끌했다.

오브리는 충동적인 결정을 내렸다. 한 번도 해보지 않은 일이었다. 갑자기 밤이 가능성의 불꽃을 타닥거리기 시작했다. 그녀는 오늘 밤 모르는 남자들과 이야기를 나누면서도 겁먹지 않는 다른 여자가 될 수 있을 것이다. 그녀가 그런 여자가 될 수 있는 것은 오로지 나디아 터너와 함께 있기 때문이었다. JT가 배구공을 들고 돌아오자 그들은 다 같이 가까운 네트로 걸어갔다. JT는 그들의 담요를 팔 밑에 끼고서 걷는 내내 나디아와 이야기를 나누었다.

「정말로 몇 살이에요?」 나디아가 물었다.

그가 싱긋 웃었다. 「말했잖아요. 스무 살.」

나디아가 밀러를 돌아보았다. 「거짓말이죠?」

「노코멘트.」 밀러가 말했다.

나중에 알아낸 바로 JT는 열여덟 살이었다. 시합이 끝난 뒤 그들은 위너슈니첼의 칸막이 자리에 비좁게 끼어 앉아 해병대원들이 사온 칠리 프라이와 핫도그를 나눠먹었다. 두 남자는 계산대 앞에서 서로 밀치며 누가 돈을 낼지 옥신각신했다. 밀러는 그들이 친구가 된 것은 여섯 달밖에 되지 않았다고 말했지만 해병대에서 그것은 평생 같은 시간이었다.

「그때 이 녀석을 봤어야 해요.」 밀러가 포크로 JT를 가리켰고, 치즈 한 가닥이 테이블 위로 길게 늘어졌다. 「아무것도 없이 여기 온 거예요. 아무것도 몰랐어요. 심지어 자기 양말도 빨 줄 몰랐다니까요.」

밀러는 스물여덟 살, 더 지혜롭고 세상 물정을 더 많이 알았다. 그는 고등학교를 졸업하자마자 해병대에 입대했고 이미 이라크에 두 번 갔다 왔다. 머리 근처에서 터진 박격포 때문에 오른쪽 청력 일부를 상실했다.

「당신 말이 하나도 안 들려요.」 저녁을 먹으며 밀러가 오브리에게 말했다. 「당신은 너무 조용히 말해요.」

오브리가 조금 더 가까이 다가갔다. 그녀의 허벅지가 그의 허벅지에 닿았다.

「이제 잘 들려요?」오브리가 말했다.

그녀의 말을 집중해서 듣느라 밀러의 고개가 숙여지고 이마에 주름이 잡히는 것을 보기까지 오브리는 그가 그저 재미삼아 집적거리는 거라고 생각했다. 하지만 밀러는 재미 삼아 유혹하는 타입이 아니었다. 배구 시합을 하는 동안 JT는 절반은 농담을 하고 나머지 절반은 비키니 입은 나디아를 쳐다보느라 정신이 빠져 옆으로 날아가는 공을 놓쳤다. 밀러가 독보적으로 잘했다. 그는 뭐든 이기려고 시합하고, 비디오 게임에서 지면 TV 화면에 대고 소리를 지르고, 잘못 받아친 뒤에는 탁구대에 탁구채를 내려칠 타입으로 보였다. 하지만 오브리가 아무리 엉망으로 해도 그는 소리 한 번 지르지 않았고, 조금이라도 잘한 게 있으면 코트를 걸어가 하이파이브를 했다. 원래 이렇게 진지한 사람인가, 아니면 해외에서 싸운 경험에서 기인한 진지함인가? JT는 아직 배치된 적이 없었지만 자신의 시간이 다가온다는 것을 알고 있었다. JT는 두려움이 없었다. 무엇보다, 그가 입대한 이유가 그것이었다. 임무 완수.

「그리고 세상을 배우고 여행하는 거요.」JT가 프렌치프라이를 입 안 가득 넣고 말했다. 「그리고 캘리포니아에 와서 예쁜 여자들과 핫도그를 먹는 거.」

그들이 해변에 돌아왔을 때쯤 날이 어두워져 있었다. 청년들은 모닥불을 피우고 거기 6개들이 맥주팩 2개에서 뜯어낸 판지를 던져 넣었고, 그것은 유목과 구겨진 신문지 위에서 타닥타닥 착실히 타 들어갔다. 밀러는 불을 피울 때 점화용 액체를 쓰고 싶지 않아 했었다.

「그건 가짜예요.」밀러가 돌멩이를 동그랗게 둘러 놓은 곳 옆에 무릎을 꿇은 채 담배 라이터를 들고 말했다. 그는 이글이글 불이 핀 숯덩이를 달래 불꽃을 키우고 장작을 복잡한 기하 형태로 쌓았다. 공기를 넣어야 해요, 그가 설명했다. 하지만 너무 많이는 안 되는데, 그러면 불이 폭발할 수 있거든요. 생명을 불어넣는 바로 그 공기가 생명을 파괴할 수 있기 때문에 완벽한 균형이 필요했다. JT는 기다리는 것이 점점 지겨워졌다. 그가 모닥불 구덩이 몇 개를 지나 한 곳에서 점화용 액체 깡통을 빌려 왔다.

「조금만 넣어.」JT가 그것으로 장작을 흠뻑 적시기 전에 밀러가 미리 말했다. 불길이 치솟자 여자들이 소리를 질렀다. JT는 그저 웃었다.

「젠장 멋진데!」그는 계속 그렇게 말했다. 「얼마나 높이 치솟는지 보여요?」

밀러는 천천히 일어서서 무릎에 묻은 모래를 털어 냈다. 그는 풀이 죽은 보였다.

「괜찮아요.」오브리가 말했다. 「당신이 거의 다 한 거예요.」

밀러가 그녀에게 웃어 주었지만 이는 드러내지 않고

입술로만이었다. 오브리는 배구할 때 약혼반지를 뺐다가 다시 끼고 있었는데 밀러가 그것을 알아챘다. 그녀는 나디아와 같이 담요로 몸을 감싸고 통나무 위에 앉아 있었다. 밤공기가 싸늘해 둘은 바싹 붙어 앉아 하이네켄 병을 나눠 마셨다. 나디아의 어깨에 머리를 기대자 문득 둘이 함께 보낸 그 여름에 대한 향수가 밀려 왔다. 차를 타고 돌아다니고 영화를 보러 가고 터너 씨의 해먹에 누워 흔들리던 시간이. 그녀는 결혼할 것이고 나디아는 중서부로 돌아갈 것이다. 이렇게 시간을 함께 보낼 날이 또 있을까? 아직 끝나지 않은 우정에 향수를 느끼는 것이 가능한가? 아니면 향수를 느낀다는 것은 우정이 이미 끝났다는 말인가?

모닥불 맞은편에서 JT가 모래밭으로 풀썩 쓰러졌다. 「누가 나 좀 안아 주면 좋겠다.」 그가 말했다.

「나 쳐다보지 마.」 밀러가 말했다.

그들은 서로 떠밀었고 여자들은 웃었다. 나중에 해병 대원들은 병영으로 돌아갈 것이고, 아니면 새로운 여자들을 찾아 영화관을 어슬렁거릴 것이다. 하지만 지금은 모두 친구인 듯 행동하는 것으로, 모두 다시 만날 사이인 척하는 것으로 충분했다. 밀러가 오브리에게 씁쓸한 미소를 지어 보였다.

「자유의 끝을 즐기는 중인가요?」 밀러가 반지를 보고 고개를 까딱하며 말했다.

오브리는 아무 대답 하지 않았고, 자신이 아직 자유 속으로 발을 들여놓지 않았다고 느꼈다.

　「끝이라고요.」JT가 킁 콧소리를 냈다. 「쳇. 나는 뭔가 일어나기를 기다리는 중인데요.」

　그는 잠시 말이 없었다. 불꽃이 사위어 들자 밀러가 불길을 살리려고 판지 조각을 또 한 움큼 던져 넣었다. 그러고 나자 JT가 싱긋 웃으며 폴짝 일어섰다.

　「여기 앉아 있는 거 지겨워요.」그가 말했다. 「같이 수영하러 가요.」JT가 셔츠를 벗어 모래밭에 던지고 플립 플롭을 벗어 두 손에 들었다. 그러고는 돌제 부두를 향해 걸어갔고, 곧 바다로 전력 질주하며 소리를 질렀다.

　「우리도 가자.」오브리가 말했다.

　「미쳤어?」나디아가 말했다. 「물이 얼어붙을 듯 차가워.」

　「상관없어.」

　오브리가 나디아를 통나무에서 끌어내자 담요가 모래밭에 떨어졌다. 오브리는 나디아를 데리고 모닥불 옆을 지나갔고, 이제 그들은 반쯤 웃고 반쯤 비명을 지르며 축축한 모래밭을 통과해 부두로 달려갔다. 오브리는 풀쩍 뛰어 차가운 물로 첨벙 뛰어들면서 만약 언니가 이 사실을 알면 자기를 죽일 거라고 생각했다. 언니는 얕은 물에 뛰어들어 등골뼈를 산산조각 낸 사지마비 환자에 대한 설교를 늘어놓을 것이다. 하지만 물속으로 뛰어들어도 나쁜 일은 전혀 일어나지 않았다. 차가운 파도가 또 한 차례 밀려와 그녀가 아직 벗지 않고 있던 반바지를 흠뻑 적셨다. JT는 그들 주위로 빙빙 원을 그리며 헤엄쳤다. 나디아가 머리칼이 곱슬곱슬해진 채 웃었고, 오브리가 머리를 뒤로 젖혀 달빛 아래 몸을 띄웠다. 해변에는 밀러가 손에 셔츠를 들고 혼자 화장실 콘크리트 벽에 기대서 있었다. 그녀가 휘청휘청 물에서 나왔다.

「여기 왜 혼자 서 있어요?」오브리가 말했다.

「당신들 모두 미쳤으니까.」밀러가 말했다. 「나는 저기 가서 뛰어들 생각 없어요.」

「왜요? 무서워요?」

「죽는 게요?」밀러가 말했다. 「맞아요.」

밀러는 전쟁터에서 싸웠다. 사람들을 죽였다. 죽이지 않았더라도 죽이는 훈련을 받았다. 그는 죽음과 함께 살아 왔고, 죽음을 두려워하지 않는 것에 용감함 같은 것은 없다는 사실을 잘 알았다. 두려워하지 않는 건 그것의 실상을 알지 못할 만큼 어리석은 사람들뿐이었다.

「나는 무섭지 않아요.」오브리가 말했다.

「뭐가요?」밀러가 말했다.

「당신이.」

두 사람 다 잠시 말이 없었고, 밀러가 그녀의 허리에 팔을 감았다. 오브리는 움직이지 않았다. 그가 그녀에게 키스했다. 처음에는 부드럽게, 이어 강렬하게. 그의 입술이 그녀의 목덜미를 내려갈 때 오브리는 몸이 얼어붙는 동시에 뜨겁게 달아올랐다. 오브리는 자기가 뭘 하는지 깨닫기도 전에 그를 어두운 화장실로 끌어당겨 여전히 축축한 모래로 덮여 있는 지저분한 바닥에 눕혔다. 앞에 있는 그를 거의 볼 수 없고 그저 느낄 수 있을 뿐이었다. 그의 큰 손이 그녀를 꽉 잡았다. 그가 그녀를 죽일 수도 있었다. 그녀의 머리를 바닥에 세게 찧을 수도 있었다. 그 큰 손으로 목을 졸라 으스러뜨릴 수도 있었다. 하지만 그 위험은 오브리의 몸을 얼어붙게 만든 것이 아니라 오히려 흥분시켰다. 오브리가 그의 위에 올라가자 밀러가 그녀의 입을 막으며 신음했다.

「지금 아무것도 없어요.」밀러가 속삭였다.

콘돔을 말한 것이었다. 오브리가 몸을 떼어 냈다. 바깥에는 파도 위로 달빛이 환하게 빛났고, 그녀는 화장실 문을 통해 나디아와 JT가 물속에서 웃고 물을 튀기고 떴다 가라앉는 모습을 보았다. 밀러의 몸에서 내려온 오브리는 물살을 헤치고 그들에게 걸어갔고, 다시 몸을 흠뻑 적시자 어느 것이 바다이고 어느 것이 자신인지 구분할 수 없었다.

「그 남자 너를 좋아하는 것 같던데.」나디아가 말했다. 「나이 많은 쪽.」

그들은 차를 세우고 샌루이스레이강 위로 떠오르는

해를, 혹은 그 후의 흔적을 바라보고 있었다. 여름이면 강물이 말라 나무들 사이로 갈라진 땅이 뱀처럼 드러났다. 오브리는 트럭 차창에 몸을 기댔고 창유리가 그녀의 얼굴을 따뜻하게 덥혀 주었다. 맹세컨대 몸에서 아직 밀러 냄새가 나는 것 같았다. 오브리는 나디아에게 화장실에서 무슨 일이 있었는지, 자기가 어떻게 주도했고 어떻게 두려워하지 않았는지 다 털어놓고 싶었지만 그러지 않았다. 그 밤의 끝에 밀러의 전화번호를 거부한 것과 같은 이유에서였다. 그녀가 그를 다시 만나지 않을 것은 분명했고 그 기억은 혼자의 것으로 간직하고 싶었다. 단단한 진실을 공유한다고 짐이 덜어질 것 같지는 않았다. 단단한 진실은 결코 가벼워지지 않았다.

「왜 나한테 말해 주지 않았어?」 오브리가 말했다.

「뭘 말해?」

「너와 루크에 대해. 절대 말해 주지 않을 생각이었겠지.」

「내가 왜 그래야 해? 우리가 만난 건 고등학교 때였어. 그게 큰일은 아니잖아!」

「나한테는 그래!」

오브리는 이전에 나디아에게 한 번도 소리를 질러 본 적이 없어, 잠시 움찔하는 그녀를 보며 우쭐한 기분이 들었다. 이윽고 나디아가 그녀를 끌어안았다.

「미안해.」 나디아가 속삭였다. 「미안해, 응? 너한테는 비밀 안 만들게.」

　나디아가 오브리의 이마에 키스했고, 오브리는 피곤
이 밀려와 뭐라고 대꾸하지 못했다. 그 모든 일이 일어난
뒤에도 오브리는 부드러운 뭔가, 자신의 머리칼을 만지
는 나디아의 손가락 같은 것을 여전히 느낄 수 있다는 사
실에 놀라며 나디아에게 몸을 기댔다.

아홉

초대장이 도착하고 난 뒤 우리가 하는 이야기는 오로지 결혼식 이야기뿐이었다. 목사 부인 이름의 머리글자를, 비스듬히 눕혀진 L이 굴려 쓴 S에 받쳐지게 새긴 도장으로 봉인한 금색 테두리의 하얀 봉투, 그 안에 반짝거리는 금색 사각무늬 종이가 들어 있고, 그 위에 눈을 찌푸려야 읽을 수 있을 만큼 멋을 부린 필기체 글자들이 박혀 있었다. 커피 시간에 초대장을 눈앞에 바짝 가져와 바라보는데, 반짝거리는 초대장이 빛을 튕겨 보내 우리 얼굴에서도 빛이 났다. 우리 모두 그 결혼식에 대한 세세한 비밀 이야기를 들었다. 레이 집사의 아내 주디가 플로라에게 말하길, 케이크는 헤븐 센트 디저트 것인데 세 배로 고급이고 이가 빠질 만큼 맛이 진하다고 했다. 서드 존은 애그니스에게 결혼식 하객이 1천 명이 넘을 거라고 말했다. 교회 오르간 연주자인 코딜리어는 빙고 게임 시간에, 목사 집에서 피로연이 열릴 텐데 업체 종업원들이 길쭉

한 샴페인 잔을 올려놓은 은쟁반을 들고 돌아다닐 거라고 베티에게 소곤거렸다.

우리를 비난할 수는 없다. 우리 나이쯤 되면 결혼식에는 가볼 만큼 가봤다. 사실 너무 많이 가봤다. 너무 지루해서 목사가 말을 시작하기도 전에 잠들 지경이었던 결혼식도 있었고, 결혼에 대해 생각할 자격조차 없는, 인생은 고사하고 샌드위치조차 나눠 먹으려 하지 않는 사람들의 결혼식도 있었다. 하지만 이 결혼에서 우리는 다시 희망을 느낄 수 있었다. 우리가 우리 교회 젊은 사람들에 대해 가진 인상은 대체로 좋지 않았다. 남자들은 시무룩한 표정에 동작이 느리고 구부정한 자세로 신자석에 앉아 누가 말을 붙이려고 하면 입을 꾹 다물었다. 우리가 젊을 때는 영성이 풍부한 남자들, 성경을 인용하는 독실한 남자들을 알았다. (당구 치고 담배 피우는 도박꾼들도 알았지만 적어도 그들에게는 허리에 벨트를 할 만큼의 분별은 있었다.) 요즘 여자들은 더 나쁘다. 우리가 요즘 여자들처럼 풍선껌을 터뜨리고 머리칼을 빙빙 돌리고 엉덩이를 씰룩거리며 교회에 가려 했다면 우리 엄마들은 우리 다리를 회초리로 때렸을 것이다. 어느 교회가 좋다면 거기 다니는 나이 든 여자들이 잘해서라는 사실은 누구나 알 테니 우리 모두 영광의 나라로 가버리면 이 교회는 누가 지탱할 것인가? 보조 위원회 활동은? 가치 있는 여성 컨퍼런스 준비는? 크리스마스 때 음식 바구니를 나

뭐 주는 일은? 이 젊은 여자들이 회의실을 디스코 홀로 바꾸지 않는다는 전제하에 우리가 내다본 미래는, 지하실의 긴 연회용 테이블에는 먼지가 더께더께 쌓이고 여성 성경 공부 모임은 텅 비워진 모양새였다.

하지만 오브리 에번스는 달랐다. 이만큼의 시간이 흐르기 전 그녀가 제단에서 우는 것을 보았을 때 우리의 옛날이 생각났다. 빳빳이 풀 먹인 옥양목 드레스에 흰 장갑 차림으로 전도 집회에 줄지어 가고, 혼자 노래를 부르며 교회 피크닉에 가져갈 고구마 파이를 굽고, 백인 목사가 우리를 보지 않게 한쪽으로 비켜 앉아야 했던 인종 차별 교회에서 무릎을 꿇었던 우리 옛날 젊은 시절 모습이. 오브리에게서 우리는 우리를, 혹은 우리 옛날 모습을 보았다. 느린 사랑의 첫 불꽃을 느낀 여자들. 목사의 손이 우리 이마에 닿았을 때 우리는 팔을 벌려 손을 뒤로 하고 처음으로 한 남자의 이름을 외치며 쓰러졌다. 예수님! 그리고 한 남자의 이름을 두 번째로 외쳤을 때 그것은 그 첫 순간의 그림자로 느껴졌다. 그래서 우리는 오브리가 어디에서 왔는지는 몰랐지만, 목사가 그녀에게 어떤 선물을 받으려고 왔는지 묻고 그녀가 구원이라고 속삭였을 때 오브리 에번스가 왜 울음을 멈출 수 없었는지 그 이유를 이해했다.

샤디가 도착한 날 밤에 나디아의 아버지는 그들을 도

미닉스라는 이름의 항구 레스토랑에 데려갔다. 나디아는 오전 내내 어머니의 기도 책을 살폈다. 한 페이지씩 천천히 넘기다 여백에 어머니의 둥글둥글한 글씨체가 휘갈겨진 것이 보이면 멈추었다. 대체로 기도문에서 어머니의 파란색 펜이 밑줄 그은 부분은 **평화**나 **안식처** 같은 종잡을 수 없고 추상적인 단어들이었다. 때때로 어머니가 남겨 놓은 메모도 보였지만 이해하는 것이 불가능했다. 어느 시편 아래 식료품 목록 같은 것을 휘갈겨 놓은 식이었다. 나디아는 자신이 무엇을 찾고 있는지 정확히 알지 못했다. 아마 단서 같은 것이었을 텐데, 그렇다면 무엇을 암시하는 단서인가? 어머니가 왜 죽고 싶어 했는지에 대한? 그녀가 기도 책에서 발견할 거라고 기대한 것은 무엇이었을까? 자살 유언?

「그럴 수도 있겠네.」샤디가 공항에서 집으로 오는 길에 말했었다. 「사람들은 대부분 유언 같은 걸 남기지 않나?」

나디아는 한편으로 어머니가 그런 글을 전혀 남기지 않은 것에 늘 안도감을 느꼈다. 나디아의 마음속에 어머니의 자살은 늘 충동적이고 다급한 것, 어머니의 눈을 멀게 해 마침내 다른 어떤 것도 보이지 않게 만들 만큼 절실한 죽음에의 필요성에 의한 것이었다. 앉아서 유언 쓸 시간이 있었다면, 자신을 총으로 쏴서는 안 된다는 것을 충분히 깨달을 만큼의 여유가 있었을 것이다. 유언은 이

기적으로 여겨질 것이다. 그것은 자신이 이미 가슴 아픈 선택임을 알고 있는 것을 정당화하려는 욕망의 표현이기에. 그럼에도 나디아는 어머니를 이해하는 데 도움이 될 만한 것을 발견하길 바라며 기도 책을 살폈다.

저녁 식사 때 그녀의 아버지는 슈림프 스캄피 파스타와 곁들여 마실 메를로 와인 한 병을 주문했다. 나디아는 아버지에게 음식과 짝이 잘 안 맞는 와인을 골랐다는 말은 하지 않았다. 아버지는 와인을 즐기지 않았고 도미닉스 같은 고급 레스토랑에는 더더욱 가지 않았다. 그는 샤디에게 좋은 인상을 주고 싶어 했지만 나디아는 그들의 다정한 모습이 거슬릴 뿐이었다. 그녀가 샤디를 집에 데려갔을 때 아버지는 그에게 천천히 집 구경을 시켜 주었다. 두 사람은 거의 똑같이 청바지 주머니에 손을 찔러 넣고 서 있었다. 그들은 나디아의 관심 밖인 주제들 — 골프, 미시간 풋볼 — 에 대해 편하게 대화를 나누었고, 나디아는 아버지나 어머니를 처음 만나러 온 손님이 자신인 것처럼 그들의 이야기를 들으며 어색하게 서 있었다. 더욱 나빴던 것은, 집을 구경시켜 주다 어느 시점에 아버지가 손짓으로 빈 벽을 가리킨 것이었다.

「유감스럽게도.」 아버지가 샤디에게 말했다. 「보다시피 집 여기저기를 새로 꾸며야 해.」

두 남자가 웃었다. 나디아는 자리를 먼저 뜨겠다고 양해를 구했다. 하지만 그 일을 생각할수록 더욱 화가 치밀어, 저녁 식사를 하면서 입을 꾹 다물고 시무룩한 표정으로 앉아 있었다.

「아빠한테 그럴 권리는 없었어요.」 나디아가 마침내 말했다.

샤디가 그녀를 흘끗 보았다. 파스타 면이 포크에 걸린 채로 아버지는 동작을 멈추었다.

「뭐 말이니?」

「사진을 떼어 낸 거요.」

아버지의 턱이 굳어졌다. 그가 접시 가장자리에 포크를 내려놓았다.

「나디아.」 그가 말했다. 「4년이나 지난 —」

「그래서 어쨌다고요. 내 엄마예요! 그걸 본 제 기분이 어땠을 것 같아요? 집에 들어갔는데 엄마가 사라진 기분이요!」

「엄마는 떠났어.」 아버지가 말했다. 「그리고 너도 떠났고. 그런데 지금 네가 나보고 내 집에서 어떻게 살아야 하는지 말해 주겠다는 거로구나? 너는 떠나고 없는데 모두의 삶은 변함없이 그대로여야 한다고 생각하는 거니?」

아버지가 냅킨으로 천천히 입을 닦은 뒤 테이블을 짚고 일어섰다. 모퉁이를 돌아 화장실로 사라지는 아버지를 지켜보며 나디아는 입을 다물고 있지 못했던 자신이 미워졌다. 그녀가 두 손으로 자기 머리를 잡았고 샤디가 목을 만져 주는 것이 느껴졌다. 그날 밤 그가 살금살금 그녀의 침실로 들어와 슬그머니 이불 밑을 파고들었다. 1인용 침대에서 그와 꼭 붙어 자려니 비좁았지만 기분이 몹시 참담해 그의 존재를 물리칠 수 없었다.

「나 정말 못됐지.」 나디아가 말했다.

「그렇지 않아.」 샤디가 말했다. 「화내도 괜찮아.」

갑자기 그의 인내심에 짜증이 났다. 샤디는 무한히 이성적이었지만 그녀는 결코 그렇게 될 수 없었다. 나디아는 한 번만이라도 그가 그녀에게 화를 내주기를 바랐다. 한 번만이라도 그녀가 정말로 어떤 사람인지 그가 제대로 봐주기를 바랐다.

「내가 그 신랑하고 잤어.」 나디아가 말했다.

샤디는 한동안 말이 없었고, 그녀는 그가 잠든 것은 아닌가 생각했다.

「언제?」 샤디가 마침내 말했다.

「4년 전에.」

「그렇구나.」 그가 차분하게 말했다. 「4년 전에 그랬다는 거네.」

「그 남자가 내 가장 친한 친구하고 결혼한다고.」 나디아가 말했다. 「넌 네 가장 친한 친구가 나하고 잤대도 아무렇지 않겠어?」

「그때 네가 열일곱 살이었으니까 괜찮아. 열일곱 살엔 아무하고나 자.」

샤디는 그녀의 허리를 더욱 꼭 끌어안았다. 그가 잠들

자 나디아는 그의 무거운 팔 밑에서 빠져나왔다. 나디아는 창가에 앉아 도둑맞았던 기도 책을 보듬어 안은 채 달빛 속에 잠이 들었다.

나디아는 결혼식 때 세 번 울었다.

한 번은 오브리가 신부 행진을 할 때였다. 미소 띤 얼굴로 백합꽃 부케를 들고, 뒤로는 나디아가 결코 건널 수 없는 만(灣)처럼 길게 늘어뜨려진 하얀 옷자락을 끌면서. 루크가 결혼 서약을 하는 동안 나디아는 두 번째로 눈물을 훔쳤다. 루크는 그것을 직접 썼고, 소리 내어 읽을 때 손이 떨렸다. 나디아는 루크의 떨리는 손을 바라보며 자기 손으로 진정시켜 주고 싶다고 생각했다. 피로연에서 첫 댄스 시간에 루크와 오브리가 브라이언 맥나이트의 노래에 맞춰 몸을 흔드는 동안 나디아는 세 번째로 눈물을 흘렸다. 루크는 아마 오브리의 귀에 대고 컬컬한 목소리와 맞지 않는 음정으로 노래를 불러 주었을 것이다. 옆 테이블에서 그녀의 아버지가 두 사람이 빙글빙글 도는 것을 지켜보고 있었는데, 루크의 춤은 다리 때문에 약간 절룩거렸다. 아버지는 어머니를, 그들의 결혼식 날을 생각하고 있었을까? 나디아는 아버지와 어머니 둘이 합쳐 200달러로 결혼생활을 시작했다는 이야기를 들어 알고 있었다. 어머니의 친구가 드레스를 직접 바느질해 만들어 주었고 또 한 친구가 케이크를 구워 왔다. 하객들에게는 프라이드치킨과 샌드위치를 대접했다. 어머니는 웃으면서 확실히 돈이 적게 든 결혼식이었다고 말했지만, 사람들은 몇 년 뒤까지 그들이 가본 가장 재미있는 결혼식이었다고 말했다. 나디아는 자신의 부모를 재미있는 사람들로는 결코 상상할 수 없었지만 어쩌면 그때는 그랬을지 몰랐다. 아니면 그 순간 아버지는 언젠가 있을 그녀의 결혼식을 생각하고 있었을까? 나디아가 샤디를 흘끗 보자 그가 미소를 지으며 그녀의 손을 꼭 쥐었다. 나디아는 자신이 아버지를 새로운 방식으로 또다시 실망시키게 될 것을 깨닫고 또 한 번 눈물을 훔쳤다.

피로연에 술은 없었다. 나디아는 셰퍼드 부부가 오픈 바[38]에 돈을 쓸 거라고 기대하지는 않았지만 적어도 샴페인은 있을 줄 알았다. 한 시간 뒤 그녀는 욕실을 쓰겠다고 말한 뒤 잠시 바람 쐬러 피로연장 밖으로 나갔다. 뒷문으로 빠져나간 나디아는 루크가 바깥에서 화분에 기대서 있는 것을 보고 깜짝 놀랐다. 은색 넥타이는 이미 느슨하게 풀려 있었다.

「여기 밖에서 뭐하고 있어?」 나디아가 말했다.

「휴식이 필요해서.」 루크가 말했다.

「네 결혼식으로부터?」

그가 어깨를 으쓱했다. 나디아는 루크가 그렇게 하는 것이, 제대로 대답하는 대신 어깨만 으쓱하는 것이 싫었

---

38   파티나 행사에서 술, 음료를 무료로 제공하는 것을 말함.

다. 적어도 샤디는 뭐든 말로 하려고 했다.

「술 마실래?」 루크가 말했다. 그가 주머니에서 플라스크[39]를 꺼냈다.

나디아가 웃었다. 「여기서? 미쳤어?」

루크가 싱긋 웃더니 뚜껑 연 플라스크를 나디아 쪽으로 기울이며 다시 어깨를 으쓱했다. 나디아는 그들이 어린아이가 된 것처럼 느껴졌다. 부모가 잠든 사이 만나려고 몰래 공원에 나온 것처럼. 위스키를 작게 한 모금, 그리고 또 한 모금 홀짝이자 목 안이 불타는 것 같았다.

「네 남자 친구 만났어.」 루크가 말했다. 「괜찮은 놈이더라.」

「나는 이제 괜찮은 남자들을 좋아해.」 나디아가 말했다.

그가 싱긋 웃었다. 「네 타입은 아닌 것 같던데.」

「나는 좋아하는 타입 같은 거 없어.」

「웃기는 소리 하지 마. 누구에게나 있어.」

「그러면 오브리는 네 타입이야?」

그 말은 그녀가 의도한 것보다 더 진심으로 들렸다. 나디아는 그들이 서로 끌렸다는 것이 이해되지 않았다. 혹은 떠난 뒤로 일어난 그 모든 변화들을 이해한 적이 한 번도 없었을 것이다. 루크가 그녀에게서 플라스크를 가져가 조금 뒤로 기울였다.

39 휴대용으로 위스키를 담아 마시는 납작한 병.

「아니.」 그가 말했다. 「하지만 그게 내가 그 애를 사랑하는 이유야.」

나디아는 놓여나기를 바랐었다. 이 결혼식에 와서 둘이 제단에서 키스하는 것을 보면 아직 남아 있던 루크에 대한 미련이 마침내 사라지리라 기대했었다. 찰카닥, 그러면 자물쇠가 열리면서 마침내 자유로워질 거라고. 하지만 오히려 그가 그녀 안에 더 깊이 새겨지는 것 같았다. 지난날의 허기, 루크를 원했던 그 모든 시간들, 사람들보는 데서 그가 손을 잡아 주기를 바랐던 그 시간들, 그가 마침내 그녀에게 사랑한다고 말해 주기를 꿈꾸던 그밤들이 남긴 화상의 흉터가 희미하게 느껴졌다. 그와 만나면서 나디아는 사랑이란 열심히 파헤쳐 나가야 하는 것으로 느꼈지만, 그가 오브리를 얼마나 쉽게 사랑했는지 보라. 아니, 그가 그런 것은 당연했다. 오브리는 사랑하기 쉬운 사람이었다.

루크가 그녀에게 다시 플라스크를 건넸다. 그들은 낭만과 불빛으로부터, 사진을 찍거나 흘러간 곡에 맞춰 춤추며 신혼부부의 행복을 바라는 사람들로부터 떨어져 피로연장 뒤 파이프와 은색 탑 근처에서 함께 술을 마셨고, 서서히 취기가 돌고 몸이 달아오르는 것을 느끼며 플라스크가 가벼워지다 완전히 비워질 때까지 그것을 주고받았다. 루크는 플라스크를 다시 주머니에 찔러 넣었고, 두사람은 말로 표현되지 않은 신호를 따르듯 조용히 다시 피로연장으로 걸음을 돌렸다. 로비로 들어서자 입구에 셰퍼드 부인이 골반에 손을 올리고 서 있었다. 그녀는 분홍색 스커트 정장에 꽃 모양 브로치를 하고 있어 마치 장미 덤불에서 뽑아 낸 것처럼 보였다. 가시가 무성한 채로.

「거기 있었구나!」 그녀가 말했다. 「모두 너를 찾고 있었어.」

「죄송해요.」 루크가 말했다. 「잠시 쉬고 싶었어요.」

「그래, 어서 가자. 그렇게 달아나선 곤란하지.」

그녀가 루크의 팔을 잡아 다시 피로연장으로 끌고 들어갔다. 나디아가 따라가려고 하니 셰퍼드 부인이 입구를 막아섰다.

「이런 행동은 그만둬야겠지.」 그녀가 낮은 목소리로 말했다.

나디아는 다시 열두 살로, 교회 건물 뒤에서 키스하다 걸려 창피를 당하던 그 시절로 돌아간 것 같았다. 그리고 놀랍게도 그때 하고 싶었던 말을 해버렸다.

「저는 잘못한 게 없는데요.」 나디아가 말했다.

「이봐, 누구를 속이려 들어? 내가 얼마나 많은 여자들을 봐왔는지 아니? 자기 것이 아닌 것을 가지려고 늘 굶주려 있는 여자들. 지금 말하는데, 이런 행동 당장 그만둬. 너는 이미 문제를 일으킬 만큼 일으켰잖니.」

「그게 무슨 뜻이에요?」

「무슨 뜻인지는 네가 잘 알 텐데.」 셰퍼드 부인이 말했다.「누가 너한테 그 돈을 줬다고 생각하니? 루크가 6백 달러를 가지고 있었다고 생각하는 거야? 네가 그 못된 짓을 하도록 내가 도와줬으니, 넌 내 아들을 내버려둬 야지.」

셰퍼드 부인이 고개를 조금 절레절레 흔들며 뭔가 말해 보라는 듯 나디아를 쳐다보았지만 나디아가 아무 말 하지 않자 브로치를 바로하고는 피로연장으로 돌아갔다. 나디아가 혼자 로비에 한참을 서 있으니 샤디가 찾으러 나왔다. 그는 괜찮은지 물어보았고 나디아는 고개를 끄덕였다. 하지만 나중에 그녀는 루크에게 그 돈을 어디서 그렇게 빨리 마련했는지 물어볼 생각을 그때 왜 하지 못했는지 돌이켜보았다. 그때 그녀는 너무 절박했기에 루크를 뭐든 할 수 있는 존재로 생각했다. 지금 그녀는 그때 그가 절박했다는 것을 깨달았다.

신혼부부는 아침에 프랑스행 비행기에 올라타 니스에서 이틀, 파리에서 이틀을 보낼 예정이었다. 루크의 부모가 교회 사람들의 도움을 받아 결혼 선물로 신혼여행 비용을 대주었다. 아버지는 그들이 여태 모금한 것 중 가장 큰 액수에 속한다고 말했고, 루크는 니스를 제대로 발음하지도 못하는 사람들이 그들의 행복을 빌어 주며 그들을 그곳에 보내 주려고 돈을 모았다는 사실이 영광스럽게 느껴졌다. 근거리 어디로 신혼여행을 갔어도 행복했

을 것이다. 멕시코 크루즈나 하와이 — 그는 알로하 카페
에서 체리를 발견하고 스트로베리 선라이즈를 주문하는
것을 상상했다 — 정도면 됐을 테지만 오브리는 프랑스
로 가겠다는 마음이 확고했다. 오브리가 그곳에 가고 싶
어 하는 이유가 오로지 나디아가 가본 곳이기 때문인 것
을 알았지만 그는 그렇게 하자고 했다.

하지만 그것은 내일 일이었다. 오늘 밤 그들은 호텔에
있었고, 루크는 오브리의 등 뒤로 슬며시 다가가 드레스
지퍼를 내리며 언제나처럼 여자의 옷이 얼마나 섬세하게
만들어졌는지, 그 작은 고리와 가느단 버튼에 감탄했다.
여자의 브래지어를 처음 벗길 때 그는 서툰 손놀림으로
고리를 찾았는데, 지금 그 비슷한 초조함이 느껴졌고 심
지어 어질하기까지 했다. 루크는 실망할까 봐 두려웠지
만 더 큰 걱정은 자기가 그녀를 실망시키면 어쩌나 하는
것이었다. 하지만 그 기분은 은은한 호텔 조명, 룸서비스
로 제공된 샴페인, 실크로 만든 꽃과 음악과 어머니가 강
박적으로 꾸민 장식이 만들어 낸 결혼식의 낭만 때문이
었을지 몰랐다. 그는 늘 섹스와 사랑을 분리해서 생각했
지만 이제 그 두 가지가 합쳐지려 했고, 루크는 열네 살
때처럼 휘몰아치는 욕정을 느꼈다. 그가 천천히 지퍼를
내렸고 오브리의 살이 조금씩 드러났다. 하지만 그녀가
손을 뒤로 보내 그의 손을 멈추게 했다.

「당신과 나디아에 대해 알고 있어.」 그녀가 말했다.

「당신이 그 애하고 잔 거.」

오브리의 얼굴은 보이지 않았다. 그녀는 여전히 목을 숙인 채, 지퍼에 닿지 않게 한 손으로 머리칼을 모아 쥐고 있었다. 루크는 부인해야 할지 사과해야 할지 판단하지 못한 채 얼어붙어 있었다.

「그건 됐어.」 오브리가 말했다. 「단지 내가 안다는 걸 당신이 알고 있기를 바랐어.」

어떻게 알았지? 나디아가 무슨 말을 한 건가? 오브리 스스로 감지해 냈을 것이다. 그들 중 어느 쪽도 깨끗이 지울 만큼 주의를 기울이지 않아 그들의 손톱에 남은 매니큐어를 알아보듯. 결혼하고 몇 시간 지나지 않아 벌써 그가 그녀의 마음에 상처를 준 것이다. 하지만 이제는 더 영리하게 행동할 것이다. 루크는 오브리의 부드러운 어깨를 손으로 쓸어내리고 목덜미에 키스했다. 오브리는 그보다 더 나은 사람이니, 그것이 그를 더 나은 사람으로 만들어 줄 것이다. 그는 그녀에게 착한 사람이 될 것이다.

비행기를 타고 디트로이트로 돌아가면서 나디아는 아기 꿈을 꾸었다. 더 이상 아기가 아니라, 아장아장 걸으며 손을 뻗어 뭐든 잡으려 하는 아기. 그녀의 귀걸이를 자꾸 잡아당겨 그녀가 결국 그 포동포동한 손가락을 떼어 내야 하는 아기. 늘 그녀의 얼굴을 만지려 드는 아기. 자라나 말을 배우고 학교 가는 길에 차 안에서 -at으로

끝나는 단어들을 나열하고 그림책 앞에 죄다 녹색 크레
용으로 자기 이름을 써놓는, 이제 제법 자란 아기. 공원
에서 친구들과 같이 달리고, 좋아하는 여자아이를 그네
에 태워 밀어 주는 아기. 모래 놀이장에서 점토를 만지며
놀고, 깔고 앉았던 풀 냄새를 풍기며 집에 돌아오는 아기.
뒷마당에서 할아버지와 함께 비행기를 날리는 아기. 숨
겨 둔 할머니 사진을 찾으려 하는 아기. 싸우는 법을 배
우는 아기. 키스하는 법을 배우는 아기. 이제 어른이 되
어 비행기에 올라타 머리 위 선반에 가방을 올려놓는 아
기. 그가 어느 할머니가 가방 올리는 것을 도와준다. 어
디로 가든 착륙할 때마다 구두를 닦고 검은 거울을 들여
다보며 자신의 얼굴을, 자기 아버지 얼굴을, 그리고 그녀
의 얼굴을 본다.

열

한밤중에 스크립스 머시 병원으로부터 전화가 걸려왔을 때 나디아는 받기 전에 아버지가 돌아가신 거라고 생각했다.

반쯤 꿈속이었고, 잭이 그녀의 등을 찌르지 않았다면 날카로운 벨소리가 울리는 내내 깨지 않고 잤을지 몰랐다. 나디아는 눈을 조금 뜨자마자 휴대 전화 액정에 모르는 숫자가 밝혀져 있는 것을 보았고, 아버지에게 뭔가 끔찍한 일이 일어난 것을 알았다. 자동차 사고. 심장 마비. 그녀가 잠들어 있는 사이 그가 세상을 떠난 것이다. 어머니가 그랬던 것처럼 소리 없이 사라진 것이다. 하지만 전화를 받자 간호사는 그가 뒷마당에서 역기를 들다 가슴 위로 떨어뜨렸다고 말해 주었다. 횡격막이 으스러지고 갈빗대 두 개가 부러지고 폐에 구멍이 뚫렸다고. 고비이지만 안정적인 상태라고 했다.

나디아는 전화를 끊었다. 옆에 누운 잭이 베개에 얼굴

을 묻고 신음 소리를 냈다. 나디아가 잭을 만난 건 그들이 같은 로스쿨 1학년일 때 민사 소송법I을 들으면서였다. 잭은 메인 출신의 장래 유망한 청년으로 피부색은 보트를 타며 즐긴 여름 덕에 가무잡잡했고 금색 머리칼은 케네디 일족처럼 헝클어져 있었다. 그의 아버지, 할아버지, 증조할아버지 모두 변호사였다. 나디아는 교재를 구입할 돈이 없어 도서관에서 빌려 공부해야 하는, 집안에서 최초의 법률가가 되는 학생이었고, 낙제에 대한 것과 맞먹는 두려움은 쌓여 가는 학자금 대출뿐이었다. 1학기 기말시험이 끝난 뒤 어느 파티에서 나디아에게 첫 데이트 신청을 했을 때 그녀는 그들 사이에 공통점이 있을지 의문이라고 말했다.

「왜?」 잭이 말했다. 「내가 백인이라서?」

그는 자신이 백인이란 사실을 모든 백인 진보주의자들이 하는 방식대로 언급하기 좋아했다. 그 사실에 중압감을 느낄 때에만 인정하고 그렇지 않을 때에는 그런 게 존재하지 않는 척하는 것이다. 결국 그녀가 틀렸다. 그들에게는 몇 가지 공통점이 있었다. 두 사람 다 시민권법을 전문으로 다루고 싶어 했다. 두 사람 다 바다의 품에 안긴 타운에서 자라는 것이 어떤 것인지 알았다. 두 사람 다 공부로 긴 밤을 보낸 뒤 문자 메시지를 보내는 것을 좋아했고, 아니나 다를까 결국 같이 잠을 자는 것으로 끝났다. 나디아는 잭에게 많은 것을 기대하지 않았고, 그것이 자유를 주었다. 잭은 함께하기 즐거운 상대였고, 그녀는 그런 사람이 필요했다. 샤디와 헤어진 뒤 나디아는 기운 없이 지냈고 로스쿨은 그녀를 심한 스트레스 상태에 빠뜨려 놓았다. 공부하는 동안 커피를 너무 많이 내려 마셔 커피 냄새를 맡으면 불안해졌다. 잭의 유쾌한 성격, 편안한 인상, 자신에게 멋진 삶이 펼쳐질 거라는 기대감이 나디아에게 위로가 되었다. 그에게 정서적인 격려를 바란 적은 한 번도 없었지만, 나중에 나디아는 그때를 회상하며 아버지와 관련된 전화를 받았을 때 혼자가 아니었다는 사실에 감사했다. 잭이 나디아를 태워 그녀의 아파트로 데려다주고 가방 싸는 것을 도왔다. 나디아는 정신 나간 사람처럼 움직였고, 서랍에서 주섬주섬 옷을 꺼내 가방 안에 쑤셔 넣었다.

「내가 3년 동안 아버지를 찾아뵙지 않은 거 알아?」 나디아가 말했다.

오브리와 루크의 결혼식 이후로, 셰퍼드 부인이 피로연장 로비에서 그녀를 궁지로 몰아넣은 이후로 나디아는 집에 가지 않았다. 그 일이 있고 몇 해 동안 나디아는 대학에 들어가기 전이었던 그해 여름에 대한 모든 것을 다시 생각해 보았다. 집으로 머뭇머뭇 찾아와 마치 자신이 입힌 피해를 조사하러 온 것처럼 그녀가 잘 지내는지 유난히 관심을 보이는 것 같던 목사. 목사관에서 일할 때 셰퍼드 부인의 차갑던 태도, 하지만 나디아가 떠나기 직전에 놀랍도록 친절해 보이던 것. 그녀는 나디아가 누군가에게 말할지 모른다고 생각했을까? 그녀가 루크에게 임신 중절 비용을 준 진짜 이유가 그것이었을까? 도움이 필요한 여자를 돕는 것이 아니라 떠나게 하는 것? 나디아는 목사의 아내가 은행에서 줄을 서서 기다렸다가 직원에게 인출 요청서를 내미는 장면을, 현금을 봉투에 잽싸게 밀어 넣는 모습을, 교회 신자와 마주치면 그 돈뭉치로 무엇을 사려고 하는지 그가 어떻게든 알아낼까 봐 편집증 환자처럼 행동하는 모습을 상상했다. 그 세월 동안 셰퍼드 부인은 그녀의 비밀을 알고 있었던 것이다. 숨기는 것이 줄곧 불가능한 일이었는데도, 그 세월 동안 나디아는, 그 사실을 숨기고 있다고 생각했던 것이다.

나디아의 비밀은 이미 풀려 나와 있었고, 루크는 자기 부모가 알고 있다는 사실을 그녀에게 말할 생각이 아예 없었다. 돈을 가져왔을 때 그녀에게 주의를 줄 수도 있었을 것이다. 그 사실이 그들에게 알려진 것에 대해 나디아는 당연히 화를 냈겠지만 몹시 절박한 상황이었으니 그 돈이 어디서 생겼는지 탓하지는 못했을 것이다. 지금은 오로지 분노를 느낄 뿐이었다. 나디아는 일요일마다 셰퍼드 부부가 지켜보는지도 모르고 진중하게 신자석에 앉아 있는 아버지를 상상했다. 트럭으로 짐을 실어 나르느라 너무 바빴던 나머지 자기 집에서 어떤 일이 일어나고 있는지도 몰랐던, 자신의 슬픔 외엔 모든 것에 눈이 멀었던 불쌍한 로버트. 그녀가 아버지와 마지막으로 대화를 나눈 것이 언제였던가? 크리스마스에 전화하거나 아버지의 생일에 음성 메시지를 남긴 것 말고 정말로 대화를 나눈 것은? 아버지는 전화로 이야기하는 것을 별로 좋아하지 않았고, 나디아는 자신의 삶에 너무 붙들려 있었다. 그녀는 침대 모서리에 앉은 채 갑자기 힘이 빠지는 것을 느꼈다. 그녀는 병원을 싫어했고, 병원에 있는 아버지를 보고 싶지 않았다.

잭이 욕실에서 지퍼 백에 칫솔을 챙겨 넣어 주다가 힐끔 밖을 내다보았다. 그녀의 아파트에 있는 그는 낯설어 보였다. 그녀가 늘 그의 집으로 가서 잤다.

「비행기를 놓치지 않으려면 서둘러야 해.」 잭이 말했다.

「3년이나.」 그녀가 말했다. 「맙소사, 내가 도대체 무슨 생각을 했던 거지? 무슨 일이 일어날지 알고서?」

「저기, 이 모든 일이 나도 안타깝지만 지금은 공항에 가야 해. 나는 아침에 일이 있어.」

잭이 여전히 그녀의 칫솔을 손에 쥔 채 조금 조바심을 쳤다. 그가 떠나고 싶어 하는 것은 당연했다. 그는 한밤중에 그녀가 짐 싸는 것을 돕고 있었지만, 그것은 남자친구도 아닌 남자에게서 바랄 수 있는 친절을 이미 넘어서는 것이었다. 사실상 친구도 아닌 남자에게서. 나디아는 고개를 끄덕이고 가방 지퍼를 잠갔다. 비행기 창문을 통해 오헤어 공항 윤곽을 따라 켜진 네온등을 보고서야 나디아는 자신이 언제 돌아올지에 대한 아무 계획이 없다는 것을 깨달았다.

그녀가 병실에 들어서자 아버지는 울었다. 통증 때문이었거나, 그녀를 보니 좋아서 그랬거나, 그것도 아니면 이렇게 옆구리에 붕대를 감고 가슴에 튜브를 꽂은 채 병원 침대에 누운 모습을 보이는 것이 창피해서 그랬을 것이다. 나디아는 그 모습을 보고 울컥해 잠시 입구에 멈춰서 있었다. 어머니의 장례식 이후로 아버지의 우는 모습을 보지 못했지만 그때는 달랐다. 검은 정장을 입고 신자석에 등을 구부린 채 앉아 있는 그의 모습은 기품 있어 보였다. 심지어 위엄 있어 보였다. 하지만 민트그린 색 환자복을 입고 삑삑 울리는 기계에 연결된 그는 그저 바스러질 듯 약해 보였다.

「미안하다.」 그가 말했다. 「여기까지 먼 길을 오게 해서 ─」

「아빠, 괜찮아요.」 나디아가 말했다. 「괜찮아요. 보고 싶었어요.」

나디아는 꽤 오래전부터 그를 부를 때 아빠라고 하지 않았다. 그가 처음 해외에서 집으로 돌아왔을 때 나디아는 아빠라고 부를 때 그의 반응이 궁금해 입 속에서 그 단어를 굴리며 그렇게 부르려고 해보았다. 그가 절실히 필요하던 때라 부엌에서 졸졸 쫓아다니고, 그가 텔레비전을 보면 무릎에 올라가고, 면도를 해 뺨이 매끈해지면 곧바로 그의 얼굴을 어루만졌다. 하지만 그가 돌아와 완전히 정착하고 그녀가 커가면서 나디아는 아버지 — 퉁명스럽고 조금 더 거리감 있는 단어 — 가 그에게 더 잘 맞는다고 생각했다. 간호사가 간이침대를 넣어 주었지만 나디아는 잠든 그의 손을 잡고 의자에 앉아 있었다. 손바닥은 거칠고 닳아 있었다. 나디아는 아버지의 손을 잡는 것처럼 간단한 일을 언제 마지막으로 했는지 기억나지 않았고, 그 손을 놓기가 두려웠다.

그녀는 잠을 설쳤고, 아침에 깨어나니 오브리가 간이 침대에서 얇은 병원 담요를 덮고 잠들어 있는 모습이 보였다. 문득 공항에서 오브리에게 전화를 걸었던 것이 기억났다. 미칠 듯 불안해서 네 시간의 비행 전에 이야기를 나눌 누군가가 필요했던 것이다. 오브리는 전화를 받지 않았다. 캘리포니아 시간으로도 너무 늦은 때였다. 나디아는 길고 두서없는 음성 메시지를 남겼다. 오브리의 목소리를 들으며 그것이 안내 메시지임에도 편안해지는 것을 느꼈다.

간이침대 옆에 무릎을 꿇고 나디아는 오브리의 머리 칼을 쓰다듬었다.

「여기서 뭐해?」 나디아가 조그맣게 말했다.

오브리가 눈꺼풀을 파르르 떨더니 눈을 떴다. 그녀는

파도를 타고 세상으로 돌아오는 것처럼 늘 천천히 눈을 떴다. 나디아가 아침에 처음 본 것이 오브리의 얼굴이었던 나날이 얼마나 많았던가?

「네가 남긴 메시지를 들었어.」 오브리가 말했다. 「당연히 와야지.」

그들은 결혼식 이후 서로 만나지 않았다. 전화로 이야기를 나눌 때마다 나디아는 오브리에게 시카고로 자기를 보러 오라고 설득했다. 그렇게 그녀를 보는 것이 더 쉬울 것 같았다. 오브리와 루크의 집 손님방에서 두 사람의 새 인생을 찍은 사진들에 둘러싸여 밤을 보내는 건 상상할 수 없었다. 하지만 오브리는 늘 올 수 없는 이유를 댔다. 너무 바쁘다, 킨더케어에서 일을 시작한 지 얼마 되지 않아 아직 휴가를 요청할 수 없다, 돌보는 여성 컨퍼런스에서 셰퍼드 부인을 돕기로 약속했다, 어린이들이 교회에서 연극을 한다, 연례 행사인 피크닉에 간다 등이었다. 아마 너무 바빴거나, 아니면 루크를 두고 오기 싫었을 것이다. 어쩌면 그녀는 남편과 떨어져서는 아무 곳에도 갈 수 없는 아내, 몸 밖에 나와 간신히 살아 있는 신체 기관처럼 남편에게 계속 확인 전화를 하고 나와 있는 내내 죄의식과 잘못된 곳에 있다는 느낌에 시달리는 그런 아내가 되었을 것이다. 누가 그런 아내가 되고 싶은가? 며칠만 자신의 일상을 떠나 있어도 돌아왔을 때 그것이 남아 있지 않을 것처럼 결혼한 가정을 떠나기 두려워하는 아내가. 어쩌면 두려움이 아니라 뭔가 다른 것 때문일 수도 있었다. 깊은 만족감 같은. 어쩌면 루크와 떨어져 지내기 싫어서 그런지도. 그가 그녀를 그 정도로 행복하게 해줬을 것이다.

「미안해.」 나디아가 말했다. 「그럴 생각은 ―」

「쉿.」 오브리가 그녀를 끌어안았다. 「상태는 어떠셔?」

「안정적이래. 병원에서 그렇게 말해 줬어. 잘 몰라. 의사 선생님이 아직 안 왔어. 넌 언제부터 여기 있었어?」

「내 걱정은 하지 마. 커피 마실래? 내가 사올게.」

오브리는 10분 뒤 나디아가 모르는 카페에서 산 커피를 들고 돌아왔다. 뚜껑을 통해 흘러나오는 냄새가 도서관이나 교재, 시험을 생각나게 했지만 어쨌거나 받아 들었다. 이미 불안했으니 커피 한 잔이 그녀를 더 불안하게 만들 수는 없었다. 의사가 아버지의 가슴을 검사하며 감염 여부를 확인하는 동안 나디아와 오브리는 대기실에 앉아 있었다. 아버지는 아직 혼자 일어나 앉을 수 없었다. 숨 쉬는 것이 여전히 힘들었다.

「병원에서 ― 」 나디아가 잠시 말을 멈추었다. 「건강이 그만큼 좋지 않았다면 이겨 내지 못하셨을 수도 있대.」

「그런 생각은 하지도 마.」 오브리가 말했다. 「이겨 내셨잖아. 중요한 건 그게 다야.」

하지만 나디아는 뒷마당에서 바벨 밑에 깔려 혼자 어쩌지 못하고 있는 아버지에 대한 상상을 멈출 수가 없었다. 마당에서 고기를 굽고 있던 이웃이 없었다면, 그 이웃이 비명 소리를 듣지 않았다면 아버지는 그 자리에서 죽었을지 몰랐다. 그리고 그녀는 변호사 시험 준비와 백인 남자들과의 사랑 없는 섹스에 빠져 지내느라 몇 주 동안 집에 전화도 하지 않았을 것이다. 아버지가 죽은 것도 몰랐을 것이다. 다른 누가 알아냈을까? 나디아가 오브리의 어깨에 머리를 기댔다. 루크의 품에서 빠져나와 곧장 병원으로 차를 몰고 온 것처럼, 오브리에게서 그의 냄새가 났다. 나디아는 눈을 감고 익숙한 그의 냄새를 들이마셨다.

일주일 뒤 마침내 아버지가 퇴원했다. 나디아는 되는대로 꾸린 가방으로 한 주 동안 지내다 집에 돌아오자 마음이 놓였다. 딱딱한 간이침대에서 거의 잠을 이루지 못한 일주일, 아버지가 가슴 사진을 찍고 호흡 검사를 하는 동안 묽은 커피를 홀짝이던 일주일, 어퍼 룸 사람들이 끝없는 행렬을 이루며 아버지의 병설을 드나들던 일주일이었다. 시스터 마저리는 집에서 만든 파운드케이크를 가져왔다. 퍼스트 존은 방금 다 읽은 마일스 데이비스 전기를 가져왔다. 교회 어머니들은 병원은 너무 춥고 두꺼운 양말은 아무리 많아도 부족하다며 손수 뜬 양말을 가져와 야단을 떨었다. 심지어 목사도 어느 아침 나타나 아버지의 이마에 손을 얹고 기도했다. 병실 입구에서 그녀를 보고 서드 존이 움찔했던 것처럼, 모두 나디아가 거기 있는 것을 보고 조금 놀라는 눈치였다.

「누가 왔나 했지.」그가 싱긋 웃으며 그녀가 거기 없을 거라고 1백 퍼센트 확신했다는 듯 말했다.

그녀가 있는 것은 당연한 일이었다. 병원에 입원한 아버지를 보러 비행기를 타고 온 것은 당연한 일이었다. 그녀가 어떻게 안 올 거라고 생각할 수 있는가? 교회 사람들이 그를 보려고 몰려온 것이 그 때문이었나? 사람들 모두 그녀가 아픈 아버지를 보러 오지 않을 것이며 계속 혼자 내버려 둘 거라고 확신하여 꼭 찾아와 보기로 한 것 같았다. 나디아는 주일 예배가 끝난 뒤 사람들이 자신에 대해 수군대는 장면을 상상할 수 있었다. 그들은 죽은 아내와 너무 바빠 집에 오지 않는 딸을 둔 아버지를 불쌍히 여겼을 것이다. 그 간격을 메워 주고 그에게 필요한 가족이 되어 준 자신들을 고귀하게, 심지어 영예롭게 느꼈을 것이다.

택시를 타고 집에 돌아오면서 아버지는 다시 햇빛을 볼 수 있어 감사하다는 듯 차창으로 고개를 돌렸다. 아직은 혼자 걸을 수 없어, 나디아는 간호사가 가르쳐 준 대로 그를 부축하여 집 안으로 들어갔다. 그녀는 아버지를 침대에 눕히며 그 방이 오로지 아버지만의 방이 된 뒤로 그 안에 들어가지 않았다는 사실을 깨달았다. 아버지는 예전처럼 여전히 침대 왼쪽을 썼고 나머지 절반은 어머니가 방금 물을 가지러 가느라 침대를 비운 것처럼 그대로 두었다.

「가서 쉬어.」그가 말했다.「나는 괜찮을 거다.」

나디아는 머뭇거리다 마침내 아버지 방에서 나왔다. 어중간하게 잠든 그에게 그녀가 어떤 도움이 되겠는가? 나디아는 샤워를 하고 자신의 침대로 기어 들어갔다. 잠이 들려는 찰나 초인종 소리가 들렸다. 문을 열자 루크 셰퍼드가 계단에 서 있었다. 그는 빨간색 터퍼웨어 용기를 한쪽 팔 밑에 끼고 반대쪽 팔로는 나무 지팡이를 의지하고 있었다.

「바깥출입을 못하는 병자 사목을 하고 있어.」루크가 말했다.「들어가도 돼?」

루크의 몸에 결혼했다는 표시가 걸려 있었다. 그는 이제 더 나이 들어 보이고 몸집도 더 불어 있었지만 뚱뚱하지는 않고 그저 적당한 정도였다. 오브리가 사주었을 게 틀림없는 옅은 푸른색 스웨터 ─ 결코 그가 고르지 않았을 은은한 색깔에 그가 알아차렸을 리 없는 꼼꼼한 바느질 ─ 가 그의 몸에 꼭 맞았고 그에게서 더 이상 큰 결정을 내릴 필요가 없고 스웨터를 구입하는 일은 여자에게 맡기면 되는 남자의 만족감이 느껴졌다. 루크는 지팡이를 짚으며 천천히 부엌으로 들어왔고, 음식을 어디 내려놓으면 되는지 물었다.

「당신이 주는 음식은 필요 없어.」나디아가 말했다.

「내가 주는 거 아니야.」그가 말했다. 「어퍼 룸이 주는
거야.」

그는 이제 면도도 하지 않는 것 같았다. 그녀는 그가 욕
실 세면대 앞에 면도기를 방치해 두고 — 만족스러운 생
활을 하는 남자가 자신을 가꿀 이유가 뭐가 있겠는가? —
오브리가 이를 닦으러 그 앞을 지나가면서 그를 다그치는
장면을 상상했다. 그게 아니면 그녀가 그의 턱수염을, 키
스할 때 그의 수염이 간지럽히는 것을 좋아하는지도 몰랐
다. 그는 아마 그녀가 좋아하는 것만 할 것이다.

「당신이 부모님한테 말했어?」나디아가 말했다.

「뭘?」

루크는 어리둥절한 표정이 되었다가 곧 얼굴의 핏기
가 걷히며 어깨가 축 처졌다. 그가 타일 깔린 바닥을 내
려다보았다.

「돈이 필요했어.」루크가 말했다.

「그러면 다른 이유를 꾸며내든가!」

「부모님이 안 된다고 했을 거야.」루크가 나디아에게
다가섰다. 「정말로 좋은 이유를 대야 했어.」

「그러니까 그게 가장 좋은 이유였단 거네.」나디아가
말했다. 「내가 당신 아기를 가졌다는 게.」

「그런 게 아니라 ―」

「장담하는데, 당신 어머니는 은행으로 쏜살같이 달려
갔을걸.」

「너는 그 돈이 필요했잖아.」그가 말했다. 「말하지 않은 건 미안해. 나는 그저…… 그렇게 하는 게 더 쉬울 것 같았어. 네가 걱정했을 거야.」

「그냥 가.」나디아가 말했다.

루크는 그녀와 눈을 마주치지 않고 나갔다. 그는 자신이 그녀에게 상처 입힌 것을 신경 쓰지 않을 것이다. 그는 이제 잘 살고 있는데 그녀가 그를 다시 과거로 끌고 간 것이다. 오후의 길고 고요한 시간 동안 나디아는 루크를, 그가 얼마나 평화로워 보이는지를 생각했다. 결혼에 대해 그녀를 두렵게 만드는 점이 바로 이런 것이었다. 결혼한 사람들은 만족한 듯 보이고 뭔가를 더 요구하지 않는 것 같았다. 나디아는 만족을 느낀다는 것을 상상할 수 없었다. 늘 다음 도전, 다음 직장, 다음 도시를 찾았다. 로스쿨에서 그녀가 까다롭게 따지고 분석하고 날카로운 시각을 갖추는 동안 루크는 둥글둥글해지고 충만한 사람이 되어 있었다. 나디아는 늘 굶주림을 느꼈지만 — 늘 뭔가를 원했고 뭔가가 필요했다 — 루크는 부른 배를 두드리며 테이블을 짚고 일어나 떠나 버렸다.

의사와 약속을 잡았어요, 오브리가 메시지를 보냈다. 잠시 기다리자, rmiller86으로부터 답이 왔다.

아기?

잠시 오브리는 그가 그들의 규칙을 잊어버린 거라고

생각했다. 다정한 말투는 안 되고, 유혹적인 말도 안 되고, 그저 단순하게 친구처럼 대화를 나누기로 했었다. 밀러가 그녀에게 1년 전에 처음 이메일을 보냈다. **당신이 나를 기억하는지 모르겠지만,** 이메일은 그렇게 시작했고, 받은 메일함에서 그의 이름을 보자마자 더러운 화장실 바닥에서 땀을 흘리며 나눈 키스가 되살아나 온몸이 불타오르는 것 같았다. 당연히 오브리는 그를 기억하고 있었다. 그는 그녀가 해변 화장실에서 같이 뒹군 낯선 남자들이 아주 많아 자신을 특별히 잊었을 거라고 생각한 건가? 오브리는 이메일 주소를 알려 준 사실에 화를 내며 나디아에게 전화했다.

「맙소사, 오브리.」 나디아가 말했다. 「그건, 그러니까, 꽤 지난 일이야. 난 그저 그러면 재미있을 거라고 생각했지. 그 남자가 정말로 너한테 이메일을 보낼지 어떻게 알았겠어?」

그가 지금 이라크에 있다는 내용을 써 보내지 않았다면 오브리는 답장하지 않았을 것이다. 그는 자기가 어디 있는지 ─ 보안상의 이유로 ─ 말하지 못했지만 오브리는 뜨겁고 끔찍한 어딘가에서 먼지를 뒤집어쓰고 폭탄을 피하는 그의 모습을 상상했다. 사막에서 외로이 지내는 군인이라면, 답장을 보내도 문제될 일은 없을 것이다. 답장하는 것이 좋은 일이었다. 애국적인 일이었다. 게다가 그는 지구 반 바퀴 떨어진 곳에 있었다. 화장실 바닥에서

와 같은 일은 없을 것이다. 그저 기분 좋고 친구 같은 대화면 된다.

그의 이름은 러셀이었다. 그녀는 그가 어렸을 때 가족과 친구들이 그를 러스, 심지어 러시라고 부르는 것을 상상했다. 오브리는 러셀 밀러 중위 앞으로 생필품 꾸러미나 그가 부탁한 것들 — 비누, 젤리빈, 자동차 잡지 — 이나 그가 부탁하지 않은 것들 — 집에서 만든 쿠키나 소설책, 심지어 저번 어머니날 예배를 빼먹고 모와 케이시와 함께 퍼시픽코스트 하이웨이로 드라이브하러 가서 찍은 사진 같은 것 — 을 상자에 가득 넣어 보내 주기 시작했다. 사진 속에서 그녀의 언니는 한쪽 팔로 그녀를 감싸 안고 있었고 오브리의 어깨에서 분홍색 민소매 티셔츠 끈이 조금 흘러 내려와 있었다. 그 사진을 러셀에게 보낸 것은 그 사진 속의 그녀는 지금껏 나온 어떤 사진에서보다 더 자연스러워 보였기 때문이었다. 그 사진 자체는 누가 봐도 순수하게 보였지만 — 맙소사, 언니도 나온 사진이었다 — 이따금 오브리는 그가 그 민소매 티셔츠 끈을 본 것은 아닐지, 그녀 옆에 서서 그 아래 손가락을 집어넣는 상상을 하는 것은 아닐지 궁금했다. 그랬다 하더라도 그는 절대 그런 말은 하지 않았다. 그는 사진에 대해 고맙다고 말했다. **내가 당신 언니를 아는 것처럼 느껴져요,** 그가 썼다. **당신 언니가 내 어머니이기도 한 것처럼요.**

그는 외로웠다. 오브리에게도 그녀만의 외로움이 있

306

었다. 루크는 재활 치료 센터에서 담당 층 수석 치료사로 승진해 더 많은 시간을 근무했다. 또 어퍼 룸에서 아버지를 도우면서 저녁 시간을 보내기 시작했다. 오브리는 임신이 잘 되지 않았는데, 루크는 교회와 직장을 오가느라 그녀와 같이 병원에 가볼 시간조차 잘 내지 못했다.

「못 갈 것 같아.」 루크가 깍지콩을 입 안에 톡 집어넣으며 말했다. 「카를로스가 신입 두 명 교육을 나한테 맡겼어.」 그는 이제 종종 그렇게, 조리대에 기대선 채 먹었다. 당신이 남자에게 끼니를 차려 주는 수고를 한다면 그는 최소한 앉아서 먹기라도 해야 한다.

「시간을 좀 조정할 수 없어?」 오브리가 말했다.

「어떻게?」

「나는 모르지. 당신이 같이 가주면 더 기분 좋을 것 같아.」

「다들 아기에 대한 강박적인 생각을 멈추면 기분이 더 나을 거야.」 루크가 말했다. 「우리는 젊어. 시간이 있어.」

그들은 1년 동안 아기를 가지려고 노력했다. 노력, 오브리는 그 말이 싫었다. 다른 수백만 명은 매년 노력 없이 해내는 그 일을 그들은 왜 그렇게 노력하고 왜 그렇게 공을 들여야 하는가? 그녀는 저가용품점에서 임신테스트기를 한아름 사 들고 와 소원 비는 우물에 동전을 던져 넣듯 두 주마다 한 번씩, 심지어 임신했을 만한 근거가 전혀 없을 때에도 그것을 사용했다. 셰퍼드 부인의 집에 차를 마시러 가면 오브리는 시어머니가 단순한 과제를 자꾸 실패하는 사랑스러운 아이를 보듯 자신을 연민의 눈빛으로 바라보는 것을 느꼈다. 그녀는 임신에 좋다는 슈퍼 푸드나, 「오프라 쇼」에 나온 의사가 추천했다는 비타민에 대해 루크의 어머니가 해주는 조언을 귀담아들었다. 그런데 그녀가 마침내 의사와 약속을 잡았는데 루크가 같이 가지 않겠다고 하는 것이었다.

「이해가 안 돼.」 오브리가 나디아에게 말했다. 「그이는 그게 왜 중요하지 않은 일인 것처럼 행동하는 거지?」

오브리는 나디아의 부엌 식탁에 앉아 아버지 약을 알약 케이스에 분류해 넣고 있는 나디아의 모습을 바라보고 있었다.

「나도 모르겠네.」 나디아가 말했다. 「너도 그렇게 하는 건 어떨까. 마음을 편히 가지라고, 내 말은.」

「편해. 내 마음이 편하지 않을 걸로 보여?」

「알아. 그냥 내가 하고 싶은 말은 네겐 시간이 있다는 거, 그게 다야.」

나디아는 새 약병의 뚜껑을 열고 손바닥에 알약을 쏟아 그 개수를 헤아렸다. 나디아의 목소리가 어쩔 줄 몰라 하고 경황없고 아버지 걱정에 다른 것에는 신경 쓸 여력이 없는 것처럼 들려, 오브리는 병원에 예약한 이야기는 꺼내지 말 걸 그랬다고 생각했다. 루크도 늘 같은 말을 했지만 — 아기를 가질 시간은 충분하다고 — 그럼에도

그녀는 자신이 이미 그를 실망시킨 것처럼 느껴졌다. 오
브리는 임신이 되지 않았고, 우연히 일어난 일이라곤 해
도 루크가 예전에 이름 없는 여자와 아기를 가진 사실을
알고 있으니 문제는 그녀에게 있었다. 그 여자는 심지어
그의 아기를 원하지도 않았건만, 오브리는 매일 밤 기도
해도 아기를 만들 능력조차 없는 것이다. 하지만 그 생각
을 입 밖에 내지는 않았다. 오브리는 친구가 이맛살을 찌
푸린 채 약 개수를 헤아릴 때 병원 예약에 대한 이야기나
늘어놓은 자신이 참 이기적이라고 느꼈다. 게다가 그녀
는 나디아에게 루크의 낙태된 아기에 대한 말은 한 번도
꺼낸 적이 없었다. 그녀는 그 이야기를 누구에게도 하지
않았지만 러셀에게는 했는데, 그건 달랐다. 러셀은 아무
도 아니었다. 그는 컴퓨터 화면에만 소리 없이 나타나는
유령 같은 존재였다. 그녀가 밤에 노트북 뚜껑을 닫으면
그는 탈각 소리와 함께 사라졌다.

로스쿨에서 나디아는 하루 단위로 꼼꼼하게 작성된
계획표에 따라 살았다. 하지만 긴 기다림의 시간이 의사
의 짧은 방문에 의해서만 뚝뚝 끊어지는 병원에서는 자
신이 시간의 틀에서 완전히 벗어나 시간 속에 둥둥 떠다
니는 것처럼 느껴졌다. 이제 집으로 돌아왔으니 그녀는
새 계획을 세웠다. 시카고 아파트에서는 화이트보드에
일정표를 작성해 두었으나 여기서는 그러지는 않고 그

순서를 외웠다. 곧 그녀의 아버지도 외웠다. 나디아는 6시에 일어나 아버지의 호흡을 점검한 뒤 샤워를 했다. 아버지는 이제 거실 안락의자에서 잠을 잤고 — 눕는 것은 너무 고통스러운 일이었다 — 매일 아침 그녀가 그의 어깨를 주물러 목의 뭉친 곳을 풀어 주었다. 나디아는 아버지가 욕실로 가면 부축해 주었지만 문 앞까지만이었다. 아버지는 그녀에게 목욕하는 것을 도와 달라고 하기에는 아직 자존심이 너무 강했지만 점차 그날이 다가오고 있는 것을, 이번 부상 동안은 아니겠지만 앞으로 언젠가, 모든 사람이 늙고 어린아이가 되어 가듯 그도 그렇게 될 거라는 사실을 나디아는 깨달아 갔다. 어쩌면 그것이 어머니가 피하려고 했던 것인지 몰랐다. 궁극적인 쇠락의 때를 기다리느니, 어쩌면 아직 젊고 뭔가를 할 능력이 있을 때 퇴장하는 것이 더 쉬웠을 것이다.

의사는 나디아에게 아버지의 부상에서 가장 큰 걱정은 감염이라고 말했지만, 그녀는 그것 말고도 걱정할 것이 더 있다는 것을 알았다. 폐렴. 폐허탈. 흉막 삼출. 그리고 통증. 증상이 더 악화되지 않더라도 통증 그 자체만으로 아버지의 호흡이 힘들어질 수 있었다. 매일 아침 나디아는 아버지의 열을 확인했고, 한 시간에 10번씩 심호흡 훈련을 도왔다. 그리고 부종을 가라앉히기 위해 셔츠 안에 냉동콩 팩을 15분 동안 대주었다. 나디아는 혹시라도 피가 나올까 봐 늘 두려워하면서 아버지에게 기침을 해

보라고 했다. 3주째로 접어들자 그녀는 아버지가 화장지에 뱉은 가래를 봐도 전혀 역겹지 않다는 것을 깨달았다. 다른 것을 느끼기엔 걱정이 너무 컸다.

나디아가 간호사처럼 생각하기 시작한다고, 모니크가 말했다. 그녀의 아버지가 퇴원했을 때 모니크가 찾아와 그의 서랍장 위에 쭉 늘어선 약병들을 훑으면서 나디아에게 하나씩 알려 주었다. 모니크는 나디아에게 기침할 때의 통증을 최소화하려면 어떻게 돕는지, 가슴에서 나는 유체 소리는 어떻게 듣는지, 혈액 순환을 위해 거실에서 조금이라도 걷도록 부축하려면 어떻게 하는지 나디아에게 보여 주었다. 나디아는 일상을 정례화해 나갔고, 대부분의 나날에 외출조차 하지 않았다.

「그만 학교로 돌아가야지.」 마침내 아버지가 말했다. 「여기 하루 종일 앉아 있을 수는 없어.」

나디아가 아버지의 감청색 USMC 셔츠를 머리 위로 벗긴 뒤 잠옷으로 갈아입히고 있을 때였다. 그녀는 흉터를, 여전히 멍든 것처럼 보이는 아버지의 가슴 부위를 보지 않으려고 애썼다.

「안 가요.」 나디아가 말했다. 「여기서 변호사 시험 준비를 하고 있어요. 시카고에 가 있어도 그 공부를 하고 있을 텐데요, 뭐.」

아버지는 그녀가 삶을 잠시 중단한 게 그를 위해서라는 생각을 결코 해서는 안 되었다. 다른 아버지들은 감동

할지 몰라도 그녀의 아버지는 그저 부끄러워할 것이다. 나디아가 그에게서 물려받은 것이 이것이었다. 뭔가를 필요로 한다는 것이 타인에게 불편을 끼치기라도 할 것처럼 도움을 청할 줄 모른다는 것. 그녀는 거의 집중할 수 없었지만 아버지 앞에서는 반드시 공부하는 모습을 보이려고 애썼다. 몇 분마다 한 번씩 나디아는 고개를 들어 그를 쳐다보며, 확신컨대 그의 숨소리에서 이상한 소리를 들었다고 생각했다. 목에 뭔가 걸려 있는 소리, 유체가 흘러와 그의 가슴에 고이는 소리. 그녀의 상상이 만들어 내는 질병의 소리. 나디아는 자신이 허물어지는 것처럼 느껴졌다. 어느 밤 아버지가 잠들 수 없을 만큼 아파할 때 그녀는 그의 손을 꼭 쥐고 옆에 앉아 있었다. 아버지를 다시 병원으로 데려가고 싶었지만 그는 반대했다.

「그들이 뭘 할 수 있겠니?」아버지가 씨근거리며 말했다. 「약 주는 거? 약은 여기도 있어. 병원엔 갈 필요 없다.」

아버지는 서로를 미워하던 부모와 함께 살면서 루이지애나에서 자랄 때의 전쟁 같은 이야기를 해주었다. 그의 어머니는 아버지와 다섯 남매를 아끼고 사랑했지만, 그의 아버지는 정유 공장에서 긴 시간 일하고 받은 일주일치 급료를 도박장과 윤락가에서 모조리 날리는 사람이었다. 남편이 땀에 절고 검댕이 묻은 채 집에 돌아오면,

아내는 목욕물을 받고 셔츠를 다려 남편이 다시 밖으로 나가 하루치 급료를 술과 여자들에게 쓸 수 있게 해주었다. 나디아의 아버지는 자기 어머니가 그렇게 하는 이유를 결코 이해하지 못했다. 어머니는 굽 달린 욕조 모서리에 앉아 — 땋은 머리칼이 등에 길게 내려와 끝부분이 휙휙 움직였다 — 따뜻한 물을 부었다. 이따금 목욕물에 향수 한 방울을 떨어뜨리면 음식과 먼지 냄새 나는 집이 달콤한 향기로 채워졌다. 교리문답 시간에 목사가 예수의 발에 비싼 향유를 부은 여자에 대해 말했을 때 나디아의 아버지는 그의 어머니의 헌신적인 태도에 대해 생각했다. 적어도 예수는 고마워했다. 그의 아버지는 어떤 일로건 아내에게 고마워할 줄 몰랐다.

어느 흐린 날 그녀는 앞마당에 대야를 놓고 빨래를 하고 있었고, 그녀의 아이들은 포치에서 구슬 튕기기를 하고 있었다. 목욕을 끝낸 남편이 향수 냄새를 풍기며 아내가 빳빳이 풀 먹여 다린 셔츠를 입고 계단을 내려왔다. 그는 일주일치 급료를 내기로 날려 버리려고 당구장에 가는 길이었고, 새벽 시간에 집에 돌아오면 아내가 비벼빤 아름답고 하얀 셔츠는 구겨져 이제 천박한 여자의 사향 냄새를 풍길 터였다. 온종일 무상 물품 타는 줄에서 시간을 보내고 나서도 그녀는 그 옷을 또 깨끗이 비벼 빨 것이었다. 그녀는 대야 안을, 따뜻한 물 안에서 쪼글쪼글해진 자신의 손가락을, 바구니 한가득 그녀를 기다리는 셔츠와 작업복과 속바지를 내려다보았다. 나중에 그녀는 그 순간 그 셔츠들이 죄다 그녀의 심장을 칭칭 감아 맨 것처럼 가슴이 묵직하고 답답해졌다고 말했다. 그녀는 아무 생각 없었다. 그녀의 손가락이 펌프 근처에 놓여 있던 얼음송곳을 감아 쥐었고, 그녀는 그것으로 남편 등을 찔렀다. 피가 빨래 대야로 쏟아졌다.

「물이 시뻘겠어.」나디아의 아버지가 말했다.「그보다 더 빨간 것은 보지 못했어.」

그의 이름에 아버지의 이름이 들어 있었지만 그는 아버지 같은 사람은 전혀 되고 싶지 않았다. 그가 해병대에 들어갔을 때 상관들은 그가 침착하고 조용하며 혼자 있길 좋아하는 성격인 것을 알아차렸다. 그는 제복 아래 묵주를 걸고 다녀 복사라고 불렸다. 펜들턴 캠프로 임지를 옮긴 뒤 그는 클래런스라는 이름의 동료와 같은 숙소를 썼다. 시끄럽고 매력적인 남자로, 그와는 정반대여서 당연하게도 그들은 친구가 되었다.

「그 친구가 나보고 자기 여동생을 만나보라고 했어.」아버지가 말했다.「나는 여동생이 못생겼을 거라고 생각했지. 남자가 친구보고 여동생을 만나보라고 할 때는 대체로 그렇거든. 예쁜 여동생을 둔 남자들은 친구들이 여동생 주변을 어슬렁거리는 걸 좋아하지 않아. 하지만 클래런스는 우리가 서로 잘 맞을 거라고 말했어.」그가 고개를 유리문으로 돌렸고, 아침 하늘이 분홍빛으로 밝아

오고 있었다. 「그녀가 얼마나 예쁜지 믿을 수 없을 정도였어. 게다가 어렸고. 나도 어렸을 거야. 아빠의 피가 빨래 대야에 쏟아지는 것을 지켜본 뒤로 나 스스로 어리다고 느껴 본 적은 없었지만. 하지만 네 엄마한테서는 빛이 흘러나왔어. 네 엄마가 나를 보고 웃자 내 가슴 전체에 균열이 생기면서 문이 열리는 것 같았어.」

정오쯤 아버지가 머리를 창문 쪽으로 기울인 채 마침내 잠들었다. 그날 오후 초인종이 울렸을 때 나디아는 24시간 동안 한잠도 자지 않은 상태였다. 오브리일 거라고 생각하며 허둥지둥 달려갔더니 문 앞에 루크가 음식 담긴 플라스틱 용기를 배 쪽에 끌어안은 채 서 있었다. 그녀는 자신의 꼬락서니가 형편없다는 것을 알고 있었다. 뼈만 남아 앙상한데다 눈은 거무죽죽하게 부었고 티셔츠는 어깨에서 흘러내려와 있었으며 헝클어진 머리칼은 뒤에서 하나로 묶은 채였다. 안 씻고 안 자고 안 먹은 지 한참이었다. 루크의 놀란 눈동자에, 그녀는 자신이 입안을 굴러다니다 마침내 가느다란 초승달 모양으로 줄어든 얼음 조각처럼 느껴졌다.

루크가 그녀를 부엌 식탁으로 데려가 치킨과 쌀 요리를 전자레인지에 데워 주었다. 나디아는 양 팔로 자기를 끌어안은 채 그가 조용히 부엌을 돌아다니는 것을, 삑 소리 나기 전에 전자레인지를 끄거나 조용히 식기류 서랍을 닫는 것을 지켜보았다. 루크가 김이 모락모락 나는 접시를 그녀 앞에 내려놓았다.

「먹어.」루크가 말했다.

「집에 왔어야 했어.」나디아가 말했다.

「뭘 좀 먹어야 해.」

「집에 자주 왔어야 했어.」

「그런다고 뭐가 달라져? 네가 거기 있었다고 뭘 할 수 있었겠어? 1백 파운드나 되는 무게를 네가 들어 올리게?」루크가 접시를 나디아 쪽으로 밀었다. 「지금은 먹어야 해. 아버지를 돌보려면 네가 건강해야지.」

「내가 아빠를 버렸어.」나디아가 말했다.

「너는 학교에 간 거야. 아저씨도 그걸 원했고.」

「엄마가 그랬던 것처럼 나도 아빠를 버렸어.」

루크가 나디아의 뺨을 만지자 그녀는 눈을 감고 그 손가락의 부드러운 느낌에 녹아들었다.

「그렇지 않아.」루크가 말했다. 「그건 같은 게 아니야.」

「같아.」나디아가 말했다. 「아빠와 나 둘 다를 위해 내가 엄마가 돼야 할 것처럼 느껴져.」

그녀가 울음을 터뜨렸다. 루크는 그녀의 머리를 자신의 어깨에 기대게 했고, 나디아를 식탁에서 일으켜 욕실로 이끌었다. 욕실에서 그는 다치지 않은 다리의 무릎을 꿇고 욕조에 물을 받았다.

「왜 이래?」나디아가 말했다.

「왜냐하면.」루크가 차분하게 말했다. 「너를 돌봐 주고 싶어.」

　나중에 루크는 그녀의 침대 옆 협탁에 물 잔을 내려놓
은 뒤 나디아를 침대에 눕히고 이불을 잘 덮어 줄 것이다.
루크가 거실에서 아버지를 지켜봐 주었기에 그녀는 몇
주 만에 처음으로 긴장을 풀고 깊은 잠을 잘 것이다. 잠
들기 전 나디아는 낙태 클리닉에서 눈 뜰 때 자신이 이런
것을 얼마나 바랐는지 생각할 것이다. 루크가 바로 거기
있으면서 자신을 돌봐 주는 것을. 그녀는 자신을 돌보고
사느라 너무 지쳐 있었다. 하지만 지금 나디아가 옷을 벗
을 때 루크는 밖에 나가 있었다. 그 전에는 그녀의 벗은
몸을 보지 못한 것처럼, 배의 우물까지 내려가는 그녀의
몸의 곡선을 보지 못한 것처럼. 그녀의 어머니는 거길 하
느님이 키스해 준 자리라고 말했었다. 예전에 루크는 바
로 이 신성한 자리에 입술을 대고 그 우물에 키스했다.
지금 그녀는 따뜻한 거품 물에 몸을 담그고 눈을 감았다.

　아침에 루크가 그녀 아버지의 약을 가져왔고, 나디아
가 부엌에서 그에게 키스했다. 그가 한 팔을 그녀의 허리
에 두르자 드러그스토어 종이 봉지가 그의 손에서 바스
락거렸다. 침실 커튼이 바람에 나부끼다 벌어졌고, 루크
가 나디아를 그녀의 어린 시절 침대에 눕혔다. 침대가 그
들의 무게로 삐걱거렸다. 조용히, 조용히. 어렸을 때처럼
서두르는 동작이 아니었다. 드레스가 그녀의 배 위로 걷

어 올려지고 청바지는 그의 무릎에 걸쳐졌다. 지금 루크는 셔츠 단추를 풀고 그것을 잘 접은 뒤 책상 의자 등받이에 걸쳤다. 그리고 그녀의 스타킹을 발목까지 내렸다. 방금 감은 그녀의 머리칼을 흐트리고 그 안에 자신의 얼굴을 묻었다. 이제 그들은 느리고 신중했다. 다친 사람들이 그저 그들의 망가진 근육을 어디까지 뻗을 수 있는지보려고 조심스럽게 몸을 펴고 사랑을 나누는 것처럼.

열하나

그것은 불륜이 아니었다.

불륜은 틈틈이 술을 마시는 외로운 가정주부, 성욕을 채워야 하는 비즈니스맨, 진짜 성인의 뭔가를 하는 진짜 성인이 하는 것이지, 고등학교 때 사귄 남자 친구를 어린 시절 침대로 몰래 끌어들이는 것은 아니었다. 나디아는 과거의 껍질이 한 꺼풀씩 벗겨져 나가는 것 같았다. 그녀는 천천히 지난 삶으로 한 걸음씩 되돌아가고 있었다. 루크가 그녀 위에 올라가자 익숙한 온기와 무게가 느껴졌고, 그를 만난 뒤로 만난 모든 남자들이 봄 안개처럼 녹아 없어졌다. 루크는 매일 그의 점심시간에 나디아를 찾아왔고, 그녀는 아버지가 낮잠을 자는 동안 몰래 그를 방으로 끌어들였다. 그녀의 침대에서 루크는 결혼한 남자가 아니었다. 그는 오브리를 몰랐다. 나디아는 다시 열일곱 살이고 루크와 함께 자기 집을 발끝걸음으로 살금살금 통과했지만, 지금 달라진 게 있다면 그의 지팡이가 너무 요란하게 바닥을 두드리지 않기 바라고, 그들이 유달리 더 조용히 움직인다는 것이었다.

침대에 누워 그녀는 불가능한 것을 믿었다. 자신이 점점 어려져 피부는 더 보드랍고 더 탄력적이 되고 머리에서는 읽은 교재가 빠져나간다. 루크는 불구가 아니고 손바닥 가득 아스피린을 삼키지 않는다. 오브리를 사랑하지 않는다. 그가 나디아에게 키스하고, 그녀를 만졌던 손이 떨어져 나가고, 그녀 안에 생긴 아기가 없어지고, 그들의 삶이 분리된다.

나디아는 시간의 틀에서 떨어져 나왔고, 그녀의 하루는 전과 후로 갈라졌다. 루크가 오기 전 그녀는 부엌을 청소하고 아버지를 부축해 욕실로 데려가고 아버지에게 약을 주고 샤워를 했다. 머리는 빗었지만 화장은 하지 않았다. 너무 많은 정성을 들이면 밀회의 자연스러움이 훼손된다. 그리고 아버지를 부축하여 안락의자로 데려간다. 루크가 먼저 샤워를 하고, 나디아는 뜨거운 물이 그들이 방금 한 행위를 씻어 낼 것처럼 다시 샤워를 하며 뿌연 수증기 속에 눈을 감는다.

어떤 날에는 섹스를 하지 않았다. 어떤 날에는 루크가 식탁에 앉아 있고, 그녀가 그에게 샌드위치를 만들어 주었다. 나디아는 샌드위치를 반으로 자를 때 그가 지켜보는 것을 느꼈고, 이 작은 순간이 그들에게 일상이라고 상상했다. 그녀는 맞은편 의자에 앉아 그의 무릎에 한쪽 다리를 올렸다. 그가 먹으면서 식탁 밑으로 그녀의 종아리를 어루만졌다. 불륜이란 그림자 같고 비밀스러운 것이지 아버지가 거실에서 낮잠을 자는 동안 햇볕이 잘 드는 부엌에서 점심을 나눠 먹는 것이 아니었다. 하지만 이렇게 옷을 입고 보내는 고요한 나날이 가장 위험하고 가장 친밀하게 느껴졌다.

「사랑해.」 루크가 어느 오후 손가락으로 나디아의 배를 쓰다듬으며 속삭였다. 나디아는 루크가 말하는 대상이 그녀인지 그들이 만들었던 그 아이의 유령인지 궁금했다. 아이를, 심지어 알지도 못한 아이를 사랑하지 않게 되는 것이 진정 가능한 일인가? 아니면 그 사랑이 뭔가 다른 것으로 형태를 바꾸었는가? 나디아는 루크가 아무 말 하지 않았더라면 좋았을 거라고 생각했다. 그가 그녀의 공상의 모서리를 잡아당기고 있었다. 어쨌거나 그녀에게 사랑이란 무엇인가? 어머니는 그녀에게 사랑한다고 말해 놓고 그녀를 버렸다. 누군가가 자신을 버린 것을 깨닫는 것보다 더 외로운 순간은 없었다.

「당신이 나를 버렸어.」 나디아가 말했다. 「당신은 그 클리닉에 나를 버렸어 ─」

「하지만 난 지금 여기 있어.」 루크가 말했다. 「돌아왔어.」

예약한 날 아침에 오브리는 대기실에 앉아 천장에 매

달린 텔레비전으로 심장병에 관련된 비디오를 보고 있었
다. 만화로 제작된 적혈구들이 활송 통로를 타고 미끄러
져 범퍼카처럼 서로 충돌했다. 그 장면이 세 번 반복된
뒤 동영상은 여자들의 가장 주된 사망 원인을 상기시켜
주었다. 이 만화는 심장이 우리를 천천히 죽일 수 있다는
사실을 알면 우리 기분이 더 좋아질 거라고 생각해서 만
들어진 것인가? 오브리는 한숨을 쉬며 그것을 보는 대신
잡지를 집어 들었다. 그녀는 병원에 가는 것이 싫었다.
처음 오션사이드로 살러 왔을 때 언니는 자신을 이 병원
저 병원 끝도 없이 데리고 다녔다. 한 곳에서는 의사가
건강 검진을 했는데, 그곳에서 청바지 단추를 풀고 얇은
종이 가운으로 갈아입다가 터지려는 울음을 억눌러야 했
다. 자기 안에서 바이러스처럼 퍼져 나가는 폴을 상상하
자 오브리는 속이 메스거렸다. 하지만 의사는 아무 이상
이 없다고 말했고, 그녀는 언니가 이상이 있을지 모른다
고 생각했다는 사실이 창피해 집으로 돌아오는 내내 언
니에게 말을 하지 않았다. 그러고는 정신과로 보내져 항
우울제 처방을 받았는데, 오브리는 그 오렌지색 약병을
열어 보지도 않았고, 그 약병은 서랍 속에서 먼지만 쌓여
갔다. 심리 치료사는 학교에 대한 뻔한 질문을 했지만 —
폴에 대해서는 전혀 묻지 않고 — 그럼에도 그녀는 그 질
문들이 잠복하고 있는 것을 알았기에 그 시간 내내 속이
울렁거렸다. 그런 뒤에 케이시의 차에 올라타 차창에 머

리를 기댔고 집으로 돌아오는 내내 그러고 있었다. 밤중에 모와 케이시가 그들의 방에서 말다툼하는 소리가 들렸다. 벽이 너무 얇아 소곤거린다 한들 화난 목소리는 숨겨지지 않았다.

「내 말은 저 애가 그 의사 때문에 스트레스를 너무 많이 받았다는 거야. 이제 또 뭘 하려고?」케이시가 말했다. 「그것 때문에 다른 의사한테 또 보내게?」

나방 한 마리가 대기실로 팔랑팔랑 날아들었는데 갈색 날개가 상처 딱지만큼 얇았다. 나방은 안내 데스크를 지나, 거리에 면한 창문을 지나, 텔레비전 아래 앉아 있는 두 여자를 지나 나선을 그리며 실내를 빙빙 날아다녔다. 그러는 동안 그녀는 엄지손톱을 깨물었다. 못된 습관이라고 어머니가 늘 말했다. 나방은 마침내 쌓아 둔 잡지에 날아가 앉았다. 오브리는 나방이 내려앉는 것을, 날개를 화살촉처럼 접는 것을 지켜보았다. 언니가 아까 전화를 걸어 진료가 끝나면 어떻게 됐는지 알려 달라고 했다. 이 예약을 잡으라고 오브리를 몇 달 동안 설득한 사람이 언니였다. 당연히 그 답을 듣고 싶어 하지 않겠는가? 진단 — 결과가 나쁘더라도 — 을 받아 보는 것이 왜 줄곧 임신이 되지 않았는지 궁금해 하는 것보다 더 낫지 않겠는가? 그럴지도 모르지만 오브리는 의사가 자기 몸에 이상이 있다고 말해 주는 순간을 기다린다는 생각 자체가 싫었다. 어쨌거나 예약을 했고, 그 사실이 말해 주는 것은 오직 한 가지였다. 그녀가 절박해지기 시작했다는 것.

닥터 토비의 진료실에서 오브리는 누운 자세로 덴젤 워싱턴의 눈을 응시했다. 의사가 잘생긴 영화배우들의 포스터를 천장에 붙여 놓았다. 「환자들이 긴장을 푸는 데 도움이 돼요.」 첫 방문 때 의사가 재미있지 않냐는 듯 미소를 지어 보이며 말했다. 의사의 차가운 도구가 그녀 안에 들어오자 오브리는 곧바로 주먹을 꼭 쥐었다. 오브리는 뭔가 그녀 안에 들어올 때 여전히 많이 긴장했고, 심지어 그것이 루크의 손가락이라도 그랬다. 결혼식 날 밤에는 너무 아파 눈가에 눈물이 고이는 것이 느껴질 정도였다. 하지만 오브리는 아무 말 하지 않았고, 루크는 느리고 집요하게 그녀 안으로 밀고 들어왔다. 그는 자신이 그녀를 아프게 한다는 걸 어떻게 모를 수 있는가? 더 나쁘게는 어떻게 신경 쓰지 않을 수 있는가? 그녀를 사랑한다면 그가 어떻게 그녀에게 고통을 주는 뭔가를 즐길 수 있는가? 하지만 오브리는 그래야 하는 일이기에 고통의 순간을 견뎌 냈다. 여자의 첫 경험은 아프게 마련이었다. 고통을 경험함으로써 당신은 여자가 된다. 여자의 삶에 존재하는 대부분의 이정표에는 고통이 뒤따랐다. 처음으로 섹스를 할 때, 아이를 낳을 때. 남자들에게는 오르가즘과 샴페인뿐이었다.

오브리는 루크가 그녀 안으로 처음 들어오는 순간을 두 번째에도, 세 번째에도, 심지어 몇 년이 지난 지금에도 두려워할 거라고는 예상하지 않았었다. 루크는 그 행위를 즐겼지만 ― 그가 눈을 감고 입술을 깨무는 것으로 알 수 있었다 ― 오브리는 자기 안에서 움직이는 그에게 익숙해질 때까지 늘 주먹을 꼭 쥐었다. 어느 웹 사이트에서 읽은 내용에 따르면 아마도 심리적인 이유 때문일 거라고 했다. 그녀는 여전히 자신의 마음 뒤편에 폴이 어슬렁거리고 있다는 생각이 역겨웠는데, 마치 루크가 그녀를 만질 때 폴이 침대 발치에서 지켜보고 있는 느낌이었다. 어쩌면 오브리의 문제는 폴과는 아무 상관이 없을 것이다. 어쩌면 그녀가 충분히 달아오르지 않았기 때문일 것이다. 그 웹 사이트에는 여자들이 자신의 욕망을 말로 표현해야 한다고 쓰여 있었지만 무엇을 말하라는 것인가? 영화에서 섹시한 여자들이 하는 것처럼 숨을 헐떡거리거나 어린애 소리를 내란 말인가? 아니면 거칠거나 저속한 말을 하라는 것인가? 정말로 남자들은 침대에서 그러는 것을 좋아하는가? 한 번은 루크가 그녀보고 섹스를 좀 더 주도적으로 해주면 좋겠다고 말한 적이 있었다.

「당신이 나를 정말로 원하지 않는 것처럼 느껴져.」 루크가 말했다.

오브리는 깜짝 놀랐다. 그녀는 당연히 그를 원했고, 지금껏 그녀가 원한 유일한 사람이 그였다. 하지만 오브리는 그에게 그것을 느끼게 하는 방법을 몰랐다. 브라이덜 샤워에서 선물로 받은 야한 속옷과 드레스 잠옷을 꺼내 잠시 바라보다 다시 서랍 안 깊숙이 넣었다. 한번은 휘핑크림과 초콜릿 시럽도 샀지만 침대에서 냉장고로 자연스럽게 이동하는 방법을 도저히 알아낼 수 없어 결국 케이크와 아이스크림과 함께 먹으려고 케이시의 생일파티에 가져갔다. 어쩌면 그녀의 몸에는 아무 문제가 없을 것이다. 어쩌면 그녀가 그저 섹스에 서툴거나 남편이 따분해진 것일 수 있었다. 그녀가 더 섹시했다면, 더 유혹적이었다면 아마 벌써 임신했을 것이다.

닥터 토비가 오브리에게 걱정하지 말라고 했다.

「다 괜찮아 보입니다.」 의사가 말했다. 「젊고, 몸도 건강하시고요. 마음을 편히 가지세요. 와인도 좀 드시고요.」

와인도 좀 드시고요, 그것만 하면 다 해결될 것처럼. 닥터 토비는 의과 대학에서 그 긴 시간을 공부하고 고작 그런 충고를 하는 건가? 오브리는 시간을 낭비한 것에 대해 의사에게 분노를 느끼며 셰퍼드 부인의 사무실로 차를 몰았고, 셰퍼드 부인은 힘내라고 말해 주었다. 어쨌거나 의사가 더 나쁜 결과를 알려 줄 수도 있었던 것이다. 임신에 대한 희망이 아예 없거나 아이를 낳을 가능성이 전혀 없다고 말해 줄 수도 있었다. 그 대신 의사는 오브리가 건강하다고 말해 주었다. 시어머니가 식탁 위로 손을 뻗어 그녀의 손을 꼭 쥐었다.

「걱정하지 마, 아가.」 그녀가 말했다. 「모든 일에는 때가 있어. 하느님을 재촉할 수는 없어.」

그날 밤 루크는 집에 늦게 돌아왔다. 오브리는 잠을 자
다 그가 어둠 속에서 더듬더듬 옷 벗는 소리를 들었다.
신혼 때 오브리는 루크가 어둠 속에서 움직이는 소리에
소스라치게 놀라 늘 잠에서 깨곤 했다. 아파트에 슬그머
니 잠입한 누군가일 수도 있는 것이다. 하지만 이제 오브
리는 그가 걸을 때의 박자를 알았고, 침대 위로 올라와
그녀 옆에 눕기 전에 청바지와 셔츠를 어떻게 벗는지도
알았다. 그녀는 약간 달콤하면서 따뜻한, 익숙한 루크의
냄새를 맡았다. 남자 냄새. 그들의 침대에서 그의 냄새가
났고, 며칠 떨어져 지내야 하면 오브리는 늘 밤에 자신의
베개 위에 그의 베개를 올리고 잠을 잤다. 데이트하던 시
절에 루크가 재킷을 걸쳐 놓던 부엌 의자에 늘 자기 스웨
터를 놔두던 것처럼 말이다. 그러면 그가 걸쳐 놓는 재킷
과 그녀의 스웨터가 맞닿아 그가 떠났을 때 스웨터에서
는 그의 냄새가 났다.

오브리가 그에게로 돌아누워 그의 따뜻한 배 위에 손
을 올렸다. 몇 인치 아래로, 그녀가 그의 사각팬티 안에
손을 집어넣었다. 그녀가 그에게 키스했고 그의 위에 올
라갔다. 오래전 해변 화장실에서 러셀 위에 올라갔던 것
처럼. 낯선 사람에겐 그랬어도, 남편에게는 먼저 시작할
용기를 내지 못했었다. 그녀가 움직이기도 전에 루크가
그녀의 손을 들어 손바닥에 키스했다. 그리고 루크는 돌

아누워 잠들었다.

사위어 가는 저녁 햇살을 받으며 루크는 나디아의 집 뒷마당에서 숨을 헐떡이며 그녀의 아버지 역기로 벤치프레스를 하고 있었다. 그렇게 시간을 때우면서 나디아가 저녁 식사를 다시 데우기를, 그녀의 아버지가 텔레비전을 보다 잠들기를 기다렸다. 그러면 나디아의 침실에서 그녀와 함께 한 시간을 보낼 수 있었다. 그는 대체로 이렇게 늦은 시간에 오지 않았지만 오늘 밤은 깜짝 선물이었다. 그날 일정이 마지막 순간에 바뀐 것이라 아까 오브리에게 야근이라고 말한 때에는 거짓말이 아니었다. 그는 스스로 생각했던 것보다 거짓말을 더 잘하는 사람이었다. 자신의 행동이 나쁘지 않다고 자기를 설득하는 것이 아주 쉬웠다는 사실에 루크는 약간 두려움을 느꼈다. 이 모든 것은 나디아가 처음이었기 때문이었다. 나디아가 그의 첫사랑이었으니 어떻게 보면 그녀가 그의 마음에 대한 권리를 주장하는 것은 정당했다. 식료품점에서 빵을 가져오려고 계산하는 줄에서 잠시 빠져나왔다가 원래 자리로 돌아가도 어느 누구도 화낼 수 없는 것과 같았다. 먼저 서 있었다면 새치기가 아닌 것이다.

그는 끙 소리를 내며 바벨을 밀어 올렸다. 그는 이곳에 오면서부터 그녀의 아버지 역기로 운동을 시작했다. 그는 몸집이 불어 있었는데 나디아 앞에서 옷을 벗을 때마다 그것이 문득문득 의식되곤 했다. 그녀가 그의 벗은 몸을 마지막으로 봤을 때 루크는 엘리트 체형에 몸무게는 1백 킬로그램이 조금 못 되고 체지방은 5퍼센트였다. 이제 그는 뱃살이 붙었고 탄탄하던 종아리와 이두박근은 물렁해져 있었다. 홈커밍 행사 때 팀 연습을 보러 오던 졸업한 선배들처럼 벌써 뚱뚱해지고 있었다. 루크와 팀원들은 뒤에서 그들을 비웃었다. 풋볼을 그만두자마자 풋볼 식단을 내팽개친 사람들. 언젠가 그런 사람이 자기가 될 것을 그도 알고 있었지만 그 언젠가가 이렇게 빨리 올 줄은 미처 몰랐다.

나디아와 다시 같이 자기 시작한 뒤로 루크는 더 좋은 음식을 먹기 시작했고 디저트를 피했으며 욕실 바닥에서 팔 굽혀 펴기를 했다. 그는 그것에 대해 불안정한 10대처럼 수줍어했지만, 어쩌면 그것이 나디아가 바라는 것인지도 몰랐다. 나디아는 그때 그를 사랑했다. 그가 젊고 멋있고 잔인했을 때. 그는 이제 그녀에게 잔인한 사람이 되고 싶지 않았지만, 적어도 다시 멋있는 남자가 될 수는 있었다.

「그거 갖고 싶어?」

역기를 받침대에 올리고 일어나 앉으니 팔이 불붙은 듯 화끈거렸다. 나디아가 방충망 문 뒤에 서 있었다.

「뭘?」 루크가 말했다.

「그거 가져.」 나디아가 역기를 가리키며 말했다.

「하지만 너희 아버지 거잖아.」

「아버지는 이제 필요 없어. 그것 때문에 거의 돌아가
실 뻔했잖아.」

나디아가 문 입구에 기대선 채 발로 종아리를 긁었다.
그녀는 운동복 바지를 입고 머리를 틀어 올리고 있었는
데, 지금보다 더 예뻐 보인 적은 없었다. 그가 전에는 그
녀의 이런 면을 본 적이 없었고 예전에도 없었다. 그때
나디아는 데이트할 때마다 미니스커트나 귀여운 선드레
스를 입고 립스틱을 발라 한껏 멋을 부렸다. 그는 그녀의
그런 면을, 그에게 예쁜 모습을 보이려고 엄청난 정성을
들이는 것을 사랑했지만, 차려 입지 않은 이런 편안한 모
습에 더 깊은 연결감을 느꼈다. 이것이 나디아의 진정한
모습이고 그것을 보여 줄 만큼 그녀가 그를 신뢰하는 것
이다. 그가 알기로 그녀가 그의 진정한 모습을 본 것과
같은 방식으로. 오브리가 본 그의 모습은 예전 어느 때보
다 나아진 모습이었다. 하지만 나디아는 최악의 그를 보
았다. 그는 그녀에게 이기적이고 잔인한 사람이었지만,
그럼에도 그녀는 여전히 그를 원했다. 그는 자신도 최악
의 나디아를 보고 있다는 사실을 깨달으며 해방되는 기
분을 느꼈다. 그녀는 그와 함께 있으려고 가장 친한 친구
를 배신했다. 그녀는 인정하지 않겠지만, 루크는 나디아
가 그들의 불륜에 죄의식을 느낀다는 것을 알 수 있었다.
그 사실을 인정한다는 건 그를 그만 만나야 한다는 의미

였다. 그녀로서는 죄의식을 느끼지 않는 척하기가 더 쉬웠다.

그래서 그도 그런 척했다. 그날 밤 침대에서 루크는 그들의 땀방울이 맺힌 나디아의 벗은 어깨를 손으로 쓸어만졌다.

「그해 여름에 대해 생각해 본 적 있어?」 루크가 말했다.

「어느 여름?」 나디아가 물었다.

「어느 여름인지 알잖아.」

가끔 그는 나디아가 대학에 가려고 이곳을 떠나기 전의 여름에 대한 생각에 사로잡혔고, 자신이 다르게 행동할 수 있었을지도 모르는 그 모든 것들에 대해 생각해 보았다. 만약 그녀를 데리러 클리닉에 갔다면. 그에 앞서 그녀를 설득해 클리닉에 가지 않게 했다면. 그랬다면 그들은 꼭 이렇게 침대에 함께 누워 이야기를 나누겠지만 거실에는 여섯 살짜리 아이가 뛰어다니고 있을 것이다.

「가끔.」 나디아가 말했다.

「너는 우리가 —」 루크가 말을 멈추었다. 「혹시 우리가 —」

나디아는 루크의 품에 안긴 채 긴장했고, 그는 자신이 선을 넘은 것을 알았다. 그도 이제 그녀와 결코 나눌 수 없는 주제들이 있다는 것을 알고 있었다. 오브리. 그들의 아기. 루크는 그녀가 그의 품에서 빠져나갈 거라고 생각했지만 오히려 더 바짝 몸을 붙여 왔다.

「쉿.」 나디아가 그의 목에 키스하고 이불 안으로 손을 넣었다.

「나디아…….」

「이야기하고 싶지 않아.」 그녀가 속삭였다.

그는 이것을 그만두어야 할 것이다. 그들이 함께 했을지 모르는 삶에 대해, 그들이 이루었을지 모르는 가족에 대해 생각하는 것을. 그는 그녀가 그에게 준 모든 것에 감사해야 할 것이다.

아기가 면도하지 않은 아빠의 얼굴에 손을 뻗는다. 아기는 아빠의 까끌까끌한 피부를 좋아한다. 아기가 창가에서 아빠가 진입로로 들어와 차를 세우는 것을 보고 깡충깡충 뛴다. 아기가 딸랑이와 고무젖꼭지와 공을 던진다. 아빠의 친구는 아기가 참 잘 던진다고 말하지만, 아빠는 아기의 손이 잘 잡는 손이었으면 좋겠다고 속으로 바란다. 아기가 T-볼 게임에서 방망이를 휘두르고, 아기가 축구장을 가로지르며 공을 쫓고, 아기가 농구 연습을 한 뒤 오렌지 조각을 넣은 물을 마시려고 줄을 선다. 아기가 할아버지의 설교를 듣는다. 아기가 아빠의 무릎에 앉아 풋볼 시합을 지켜본다. 아기가 아빠에게 다리에 대해 질문하고, 꿈이 얼마나 쉽게 부서질 수 있는지 배운다. 아기가 보호대를 착용하고 아픔을 배운다. 아기가 몸을 부딪힌 뒤에도 울지 않는다. 아기가 앞마당에서 아빠와 함께 풋볼 공을 던지고 받고, 아빠는 늘 완벽히 공을 잡는다. 아기는 자꾸만 공을 떨어뜨리는 이유를 알 수 없고, 아빠는 손이 너무 단단해서 그렇다고 말해 준다.

손이 부드러워야 해, 아빠가 말한다. 풋볼 공을 잡을 때처럼 여자도 부드럽게 만져야 해. 부드러운 손으로.

닥터 토비를 찾아가고 몇 주 뒤 오브리는 난임 치료 전문가와 약속을 잡았다. 그녀는 FertilityFriends.com에서 닥터 야바리에 대해 처음 알게 되었는데, 지난 몇 달 동안 자신을 드러내지 않고 거기 포럼에 올라온 글을 읽어 나갔다.

루크가 야근하는 날이면 오브리는 컴퓨터 모니터 앞에 앉아 **아무리 노력해도 임신이 되지 않는다는 말은 없다**는 내용의 거대한 배너가 꼭대기에 떠 있는 라벤더색 웹 사이트를 천천히 내려 읽으며 저녁을 먹었다. 그 웹 사이트에 대해서는 누구에게도, 심지어 루크에게도 말하지 않았다. 오브리는 루크가 자신을 아기를 갖고 싶어 환장한, 절박한 여자로 여기는 것은 원치 않았다. 하지만 게시판 글을 읽다 보면 그녀보다 더 힘들게 노력 중인 다른 여자들도 있어 그 사실을 알고 얼마간 위로를 받았다. 그들은 결국 컴퓨터 화면에서 MommytoBe75, Waiting2Xpect82 같은 이름을 쓰면서 인터넷상의 모르는 사람들에게 마지막

생리 날짜를 밝히고 배란일이 며칠 지났는지를 보고하는 여자들이었다. 오브리는 그 여자들이 측은하게 여겨졌지만 둘째나 셋째를 가지려고 노력하는 사람들에 대해서는 아니었다. 우리 모두 그저 하나를 바랄 뿐인데, 그녀는 늘 그 생각이 들어 화난 심정으로 웹 사이트를 클릭했다. 포럼 게시판에는 캘리포니아의 난임 치료 전문가들에 대한 이런저런 글이 있었는데, 거기서 라호야에 근거지가 있고 이전 환자들이 〈베이비 메이커〉라고 부르는 닥터 야바리에 대한 언급을 보았다. 오브리는 그 별명에 위로를 받으면서도 한편으로 심란했다. 자신의 아기가 무슨 과학 실험처럼 의사에 의해 만들어지는 것으로 생각하고 싶지는 않았지만, 닥터 야바리에 대한 사람들의 신뢰는 분명히 느껴졌다. 어쩌면 그녀에게 필요한 것이 이것, 전문가를 찾아가 보는 것인지 몰랐다. 어쩌면 닥터 야바리가 그녀를 게시판의 슬픈 여자들 중 하나가 되는 것으로부터 구원해 줄 수 있을 것이다. 그녀는 닥터 야바리의 병원으로 전화를 걸었다. 그리고 루크가 직장에서 자리를 비울 수 없다고 말했을 때 나디아에게 전화를 걸어 같이 가달라고 부탁했다.

「나는 못 가.」 나디아가 말했다.

「왜 못 가?」

「그건.」 나디아가 말을 더듬었다. 「개인적인 일 같아서. 모 언니하고 같이 가지 그래?」

「언니는 출근해야 해. 그리고 개인적인 일인 게 뭐 어때? 너는 정확히 말해 모르는 사람이 아니잖아.」

오브리가 조금 웃었지만 나디아는 침묵했다. 나디아가 돌아온 뒤로 그들 사이 고요하던 간격이 점점 벌어졌다. 그들은 여전히 가끔 대화를 나누었지만 오브리가 기대하고 바란 만큼은 아니었다. 오브리는 받지 않는 전화나 답이 없는 문자 메시지를 개인적인 문제로 받아들이지 않으려고 애썼다. 나디아는 아버지 걱정이 우선일 테고, 오브리가 자신이 받은 감정의 상처로 그녀에게 부담을 준다면 그것은 나디아가 가장 바라지 않는 일일 터였다. 그럼에도 나디아의 대답 없는 시간이 길어질수록 그 간격은 더 커지는 것 같았다.

「같이 가줘.」 오브리가 말했다. 「불안해서 그래. 네가 같이 있으면 좀 나을 것 같아.」

「미안해.」 나디아가 마침내 말했다. 「내가 바보같이 굴었어. 당연히 같이 가야지.」

다음 날 오후 그들은 닥터 야바리의 병원으로 차를 몰았다. 건물 앞에 종려나무들이 자라고 있는 황갈색 건물이었다. 대기실 안내 데스크 위로 아기를 안고 있는 엄마들 사진이 액자에 넣어져 약속처럼 걸려 있었지만, 오브리는 그 이미지들이 자기가 원하는 것을 눈앞에서 흔들며 약을 올리는 것처럼 느껴졌다. 그녀 옆에서 나디아는 휴대 전화를 만지작거렸고, 오브리는 『내셔널 지오그래

픽』잡지를 넘겨 보다 번쩍거리는 튜브 모양으로 둘둘 말
아 쥐었다.

「뭐가 불안해?」 나디아가 물었다.

「왜냐하면. 나한테 문제가 있다는 걸 알고 있으니까.」

오브리는 긴장했고 나디아가 그것을 어떻게 아는지
묻는 순간을 기다렸다. 그 대신 자신의 목덜미를 어루만
지는 나디아의 손길이 느껴졌다.

「너한테는 아무 문제 없어.」 나디아가 조용히 말했고,
잠시 오브리는 그녀를 믿었다.

닥터 야바리는 이란인으로 올리브색 피부와 검은 눈
동자에 나이는 서른이 넘은, 오브리가 예상했던 것보다
훨씬 젊은 여자였다. 그녀는 진료실로 들어오는 두 사람
을 웃음으로 반기며 팔을 뻗어 구석 의자를 가리켰다.
「자매 분은 그쪽에 앉아 계세요.」 의사가 말했지만 두 사
람 모두 의사의 말을 바로잡지 않았다. 모르는 사람들은
종종 그들을 자매나 사촌 사이로, 오브리가 추측하기로
는 심지어 애인 사이로 오해했다. 그녀는 그들이 서로 닮
아 보일 수 있다는 사실이, 가족이 될 수 있다는 사실이,
서로를 사랑하는 여러 방식이 동시에 나타날 수 있다는
사실이 놀라웠다. 그들은 서로에게 누구인가? 뭐든 될 수
있었다. 의사가 차트를 넘기는 동안 오브리는 철제 진찰
대에 앉아 양 옆으로 다리를 벌렸다. 나디아가 구석에서
자주색 비닐장갑 통이 가득 놓여 있는 테이블에 기대 있

는 동안 닥터 야바리가 오브리에게 일련의 질문을 했다. 생리는 얼마나 자주 하는가? 양이 많은가 적은가? 성행위로 성병에 감염된 적이 있는가? 임신한 적이 있는가? 임신 중절한 적이 있는가?

「네?」오브리가 말했다.

「필요한 질문이에요.」닥터 야바리가 클립보드에 펜을 톡톡 치며 말했다. 「대체로 남편분이 나갈 때까지 기다렸다 여쭤보는데요. 아시다시피 대학 때 그런 일이 있었지만 남편에게는 한 번도 말한 적 없거나 뭐 그런 일이 있을 수 있으니까요.」

「없었어요.」오브리가 말했다. 「한 번도.」그녀는 닥터 야바리의 배려하는 마음을 잘 알 수 있었다. 하지만 의사에게, 지레 남편에게 그런 비밀을 감췄을 만한 여자로 보이는 것은 바라지 않았다. 혹여 그런 일이 있었더라도 의사가 그런 사실을 안다는 생각 자체가 싫었다.

검사 후 닥터 야바리가 그녀의 다음 일정을 잡았다. 다음번에는 나팔관이 잘 열려 있는지 알아보기 위해 엑스레이 검사를 할 것이고, 자궁 내벽의 두께를 검사하고 난소에 낭종이 없는지 확인하기 위해 골반 초음파 검사를 할 것이다. 또한 호르몬 분비를 측정하기 위해 혈액 검사를 할 것이다. 의사가 나가자 오브리는 나디아가 작게 개어 가지고 있던 옷을 입었다.

「의사가 그런 질문을 하다니 믿을 수 없어.」나디아가

말했다.

「어떤 질문?」

「알잖아. 낙태에 관련된 거. 그게 뭐가 중요하다고?」

「나도 몰라. 의사 선생님이 물어봤다면 중요한 거겠지.」

「그래도 그렇지. 그게 그런 식으로 계속 쫓아다닌다니 말도 안 돼.」

나중에 오브리는 자기가 어떤 부분에서 그런 암시를 받았는지 생각해 본다. 그 말 자체에서였는지, 유난히 조용해진 나디아의 목소리에서였는지, 아니면 형광등 불빛 아래 약간 슬픔에 잠긴 듯한 그녀의 얼굴 표정에서였는지. 나디아가 카디건을 건네고 그것을 받아 드는 사이 어느 순간에 오브리는 나디아가 그 여자인 것을 깨달았다. 예전에 루크가 그 사실을 고백한 뒤로 오브리는 종종 그의 아이를 지웠다는 이름 없고 얼굴 없는 그 여자에 대해 생각했다. 그가 사랑했지만 그 아기처럼 사라져 버린 여자. 영원히 사라진 그 둘.

집으로 돌아오는 길에 그들 앞의 차들이 느리게 움직였다. 차가 조금씩 앞으로 나아갈 때 오브리는 운전대를 더 단단히 잡았다. 나디아는 그녀 옆에서 라디오 다이얼을 만지작거렸고, 그러다 둘이 함께 좋아했고 오브리의 방에서 끝없이 들었던, 그리고 코디 리처드슨의 파티에서 함께 그 선율에 맞춰 춤을 춘 카녜이 웨스트의 옛 노래에 손이 멎었다. 오브리는 그날 밤에 대해 생각했다. 자신이 얼마나 거나하게 취했는지, 기억하고 싶지 않은 모든 것을 얼마나 쉽게 잊었는지. 그날 밤 그녀는 북적거리는 하우스 파티에서 몸에 딱 붙는 드레스를 입고 나디아 터너와 함께 춤추면서 누구라도 될 수 있었을 것이다. 밤의 끝이 다가오자 나디아는 그녀의 허리에 팔을 감고 귓가에 〈집에 데려다줄게〉 하고 속삭였고, 그녀는 자신이 집에 어떻게 돌아갈지 생각조차 하지 않은 것을 깨달으며 고개를 끄덕였다. 어쨌거나 나디아가 자기를 돌봐줄 것을 알았다. 그날 밤 잠들기 전 침대에 누운 그녀는 나디아의 손이 자신의 등에 닿는 것을 느꼈다. 그것은 스쳐가는 손길 — 누군가의 스웨터에서 보풀을 뜯어 주는 것처럼 아무렇지 않은 — 이었지만, 그 순간 오브리는 더없이 안전하다고 느꼈다.

나디아를 내려 준 뒤 오브리는 모퉁이 주류 판매점에 들렀다. 그녀가 들어가자 작은 체구의 인도 남자가 계산대 뒤에서 손을 흔들었다. 가게는 거의 텅 비어 있었다. 탈색한 금발 여자가 쿠어스 6개들이 팩을 계산대로 가져갔고, 청년 둘이 핫치토스 한 봉지를 놓고 다투고 있었다. 반짝거리는 은색 라벨이 마음에 들어 이탈리아산 피노누아를 골랐다. 집에 돌아온 오브리는 옷을 입은 채 반병을 마셨고, 나머지 절반은 서랍 구석에 구겨져 있던 프릴 달린 검고 야한 속옷으로 갈아입은 뒤 마셨다. 속옷의 주름을 흔들어 없애고 거울 앞에 서서 끈과 나비 리본과 씨름했다. 와인을 마시면 혼자 고리를 풀 수 없을 것이다. 그녀는 그 속옷에 영원히 갇혀 있는 자신을 상상했다. 그녀의 시아버지가 루크의 순결 반지를 톱으로 잘라 빼낸 것처럼 누가 그녀의 속옷도 잘라 벗겨줘야 할까?

오브리는 소파에 앉아 시계가 가는 단조로운 재깍 소리에 귀를 기울이며 와인을 다 비웠다. 루크가 집에 돌아왔을 때쯤에는 술에 취해 잠들어 있었다. 그녀는 속옷 차림으로 문을 열어 줄 생각이었지만 — 그녀는 그가 맨 처음 보는 것이 자신이기를 바랐다 — 동작이 너무 느렸고, 그가 집 안으로 들어왔을 때는 여전히 소파에 팔다리를 뻗고 누워 있었다. 그는 여전히 열쇠를 쥔 채 그녀 앞에서 얼어붙었다.

「괜찮아?」루크가 물었다.

오브리는 너무 급하게 일어서려다 균형을 잃어 팔걸이를 잡고 몸을 가누었다.

「이리 와.」오브리가 말했다.

「취했어?」

그녀가 청록색 치료사복 끈을 잡고 루크를 가까이 끌어당겼다. 그리고 그의 바지 안에 손을 넣었고, 그가 절박한 마음을 불쌍히 여기며 이전에는 결코 보이지 않았던 눈빛으로 자신을 응시하는 것을 느꼈다. 그가 그녀 안으로 밀고 들어왔을 때 그녀는 눈을 꼭 감고 그 고통에서 달콤함을 발견했다.

　그다음 날 루크가 나디아에게 같이 데이트를 할 수 있겠는지 물었다. 베개 위 그녀의 얼굴에서 조금 떨어져 있는 루크의 얼굴은 수줍은 듯 보였다. 그의 속눈썹이 얼마나 곱슬곱슬했는지 그녀는 잊고 있었다. 오후 햇살이 블라인드를 통해 새어 들어왔고 시트 위에 몸을 펴고 누운 나디아는 나른함과 따뜻함을 느꼈다.

　「시내에 갈까?」 루크가 말했다. 「아니면 항구? 나는 모르겠어. 네가 가고 싶은 곳 어디든 가자.」

　나디아가 그의 문신을, 그의 왼팔을 뒤덮은 미로같이 뒤엉킨 이미지를 눈으로 좇았다. 그녀가 그의 옷을 마지막으로 벗긴 7년 전 그의 팔에는 문신이 몇 개뿐이었는데 지금은 한쪽 팔 전체가 그녀를 매혹시켰다. 어깨 위로는 부족 표시가 새겨져 있었고, 팔꿈치 근처 두개골은 위아래 이를 맞부딪친 모양새였다. 송곳니가 돋은 악마의 혀는 루크의 손목을 휘감아 오르며 불꽃으로 변형되었다. 이두박근에는 십자가가, 그 위로는 **On my own**이라는 문구가 새겨져 있었다. 사자 머리가 루크의 가슴 왼쪽을 뒤덮었고 갈기는 연기처럼 구불구불 퍼져 있었다. 가슴의 나머지 반쪽은 부드러운 맨살이었고 오른팔에는 손을 대지 않았다. 스웨터에 한쪽 팔을 집어넣고 반대쪽은 잊어버린 것처럼 잉크는 갑자기 멈췄다.

「왜?」나디아가 말했다.

「뭐가 왜야?」

「데이트는 왜?」

루크가 자신의 가슴에 나디아의 손을 갖다 대고 몸을 굴려 모로 누웠다. 그녀는 늘 남자들은 껴안는 것을 싫어한다는 말을 들어 온 터라, 루크가 그녀에게 안겨 품 안에 들어가는 자세를 좋아한다는 사실에 놀랐다. 나디아는 처음에는 그 생각에 웃음이 터질 뻔했지만, 사람은 누구나 안기고 싶어 한다고 생각하면 그것도 이해가 되었다. 그녀가 그에게 팔을 감고 그의 탄탄한 등에 키스했다.

「모르겠어.」그가 말했다.「그냥 너를 어디 좋은 곳에 데려가고 싶어.」

「누가 우리를 보면 어쩌려고?」나디아가 말했다.

「그러라고 해.」루크가 말했다.「난 상관 안 해.」

「당신은 결혼했잖아.」

「안 했으면?」

나디아는 잠시 그 문제에 대해, 그리고 그가 그것을 얼마나 간단한 것으로 만들어 버리는지에 대해 생각했다. 그와 자유 사이에 큰 문이 가로막고 있지만 걸쇠에 손가락 하나만 갖다 대면 다 해결될 것처럼. 루크는 이런 데 능해서 늘 빠져나갈 구멍을 찾아냈다. 그녀는 풋볼장에서 그를 지켜보던 그 시절 그의 몸이 위험한 쪽을 늘 알아차려 언제 왼쪽으로 언제 오른쪽으로 속임수 동작을 할지 초 단위까지 아는 것 같아 보였을 때 그것에 얼마나 감탄했는지 떠올렸다. 예전 한때 그녀에게서 달아났던 그가 오브리에게도 똑같이 하도록 도울 수는 없었다. 난임 치료 전문의의 진료실 안 철제 진찰대에 앉아 있던 오브리, 간절함의 크기에 비해 그녀는 얼마나 작아 보였는지.

「그러면 안 되지.」 나디아가 말했다.

「왜?」

「그 애가 당신을 사랑하니까.」 그녀가 말했다. 「우리는 그냥 같이 자는 것뿐이지만 그 애는 당신을 사랑해.」

「이건 그냥 같이 자는 게 아니야.」 루크가 말했다. 「그런 말 하지 마 ─」

「나한테는 그래.」 나디아가 말했다.

그가 조용히 옷을 입다가 바지가 발목에 걸린 상태로 동작을 멈췄다. 그가 울 것처럼 보여 나디아는 고개를 돌렸다. 루크는 그녀를 사랑하지 않았다. 그가 느끼는 감정은 죄의식이었다. 그는 한때 그녀를 버렸고, 지금은 사랑 때문이 아니라 수치심 때문에 그녀에게 들러붙어 있었다. 그녀는 그가 그 죄의식을 그녀 안에 묻어 버리게 내버려 두지 않을 생각이었다. 그녀가 어떤 남자에게 뭔가를 묻어 버리는 장소가 되는 일은 다시 없을 것이다.

루크가 협탁에 시계를 놓고 가서 다음 날 아침 나디아가 어퍼 룸에 가지고 갔다. 그녀가 주차장으로 들어가 차를 대는데 마더 베티가 버스 정류장에서 발을 끌며 길을 건너는 것이 보였다. 마더 베티는 지난번 운전 적성 검사에서 떨어진 뒤로 자동차국에 면허증을 빼앗겼다.

「그 사람들이 질문 공세를 해서 나를 몰아붙였어.」 그녀가 말했다. 「그런 시시콜콜한 질문에 대한 답을 누가 다 알겠어? 나는 66년 동안 운전하면서 누구를 친 적이 없었는데 그런 시시콜콜한 질문 때문에 나보고 운전하지 말라는 거야?」

나디아는 마더 베티가 건물 현관문을 열려고 열쇠고리에서 열쇠 하나를 떨리는 손으로 느리게 골라내는 것을 지켜보았다. 그 나이의 여자가 동이 트기도 전에 버스를 기다리는 것은 옳지 않았다.

「제가 태워 드릴게요.」 나디아가 말했다. 그녀가 종이를 꺼내려고 가방을 뒤졌다. 「제 전화번호를 알려 드릴 테니 일하러 갈 준비가 다 되시면 저한테 전화 주세요. 아셨죠?」

「오, 아니야, 얘야. 너한테 그런 수고를 끼칠 순 없지.」

「전혀 수고스럽지 않아요. 정말이에요. 그렇게 하세요.」

나디아가 공책 찢은 것을 내밀었다. 마더 베티가 머뭇거리다 받았다.

「네 영혼도 돌보는 영혼이로구나.」 그녀가 말했다. 「너한테서 그게 느껴져. 꼭 네 엄마처럼.」

나디아는 마더 베티의 책상에 루크의 시계를 놓고 왔다. 그리고 집으로 돌아오면서 백미러에 비친 자신의 모습을 흘끗 보았다. 그 모습을 만져 보았지만 어머니 얼굴은 보이지 않고 그저 유리에 얼룩만 남았을 뿐이었다.

열둘

세월이 지나서야 우리는 그 시계가 모든 것을 말해 주었음을 깨달았다. 여자가 다른 누군가의 남편의 시계를 가지고 있는 이유는 두 가지다.

1. 여자가 그와 자는 사이다.
2. 여자가 시계를 수리하는 사람이다.

나디아 터너가 시계 기술자 같아 보이지는 않았다. 아직 진실이 우리를 일깨우기 전이었지만 그럼에도 우리는 오브리를 불쌍히 여겼다. 일요일 아침 교회 로비에서 그녀 주위로 가면 우리는 그녀의 슬픔이 점점 커지는 것을 느꼈다. 애그니스의 유심히 바라보는 눈에 나타난 것은 서로 믿지 못하는 부모 사이에서 태어난 여자아이의 삶이었다. 아기 또한 자신은 잘 알지 못하는 이유로 세상을 믿지 못한다. 아기는 부모 사이에 퍼져 있는 냉랭한 기운을 느끼며 그에 따른 온갖 추측을 이어 간다. 부모가 서로 사랑하는 척할 수 있다면 그들은 아기에게 또 어떤 거짓말을 하고 있겠는가? 세상은 또 어떤 것을 손에 감추고 아기가 보지 못하게 막을 수 있는가?

언젠가 그녀는 이 이야기를 듣고 그것이 자신과 무슨 상관이 있는지 생각해 볼 것이다. 아름다움 속에 두려움을 숨기고 있는 여자, 원하지 않은 아기, 죽은 어머니. 이런 것들에 가슴이 아프지는 않다. 모든 가슴에는 다른 형태로 균열이 일어나고, 그녀는 자신의 균열이 만들어 낸 무늬를 알아 그것을 손금처럼 좇아가 본다. 그녀의 어머니는 살아 있고, 게다가 그녀는 늘 원하던 아이였다. 심지어 그녀를 달라고 기도했다. 이제 그녀는 어른이 되었다. 적어도 어른이라고 생각한다. 하지만 아직 슬픔의 수학은 배우지 못했다. 잃어버린 것의 무게는 남아 있는 것보다 늘 더 무겁다는 것을. 그녀는 자기 할아버지가 잃어버린 양 한 마리를 찾느라 아흔아홉 마리를 버리는 선한 목자에 대해 설교하는 것을 듣는다.

하지만 그가 버리는 양들은 어떻게 되지? 그녀는 궁금하다. 이제 그 양들도 잃어버린 양 아닌가?

그해 가을 나디아 터너는 교회 어머니로 살았다. 아침이 희부옇게 밝아 오면 아버지가 잠들어 있는 동안 그녀는 현관 테이블에 놓인 열쇠를 집어 진입로에서 트럭을 몰고 길을 나섰다. 차창을 내리고 눅눅한 공기 속으로 한 팔을 내민 채 〈Closed〉 사인이 휙휙 뒤집히는 커피숍들과 버스 정류장에서 실내용 가운 차림으로 아이들의 등에 백팩을 메어 주는 여자들과 트럭 지붕에 서핑보드를 올려놓고 고무 서핑복을 입은 채 서성이는 서퍼들을 지나 조용한 거리를 천천히 통과했고, 마침내 파란 선이 둘러진 단정한 하얀 집에 이르렀다. 나디아는 마더 베티가 높은 트럭 계단을 올라오는 것을 도와주려고 잽싸게 차에서 내리면서 자신이 대리 주차 요원이 된 것 같았고, 다른 교회 어머니들도 태워 달라고 부탁한 뒤로는 더욱 그랬다.

「오, 네가 괜찮으면 좋겠는데.」 마더 베티가 말했다. 「내가 애그니스한테, 네가 드러그스토어로 데려다줄 수 있을 거라고 말했거든.」

그럼요, 그럼요, 그녀는 괜찮았다. 나디아는 교회 어머니들의 집으로 가는 커브 길들에 익숙해졌다. 이전에는 그들에게 집이 있다는 생각 자체를 하지 못했었다. 그들이 성가대 벽장에 침낭을 넣어 두고 신자석 위에 누워 잔다고 했어도 놀라지 않았을 것이다. 하지만 마더 애그니스는 시내의 회색 아파트 건물에 살았고, 마더 해티는 백게이트 근처 녹슨 빛깔 붉은 집에 살았다. 마더 플로라는 길 건너에 초등학교와 어린이집이 있는, 페어윈즈로 통하는 노인 복지 주택에 살았다. 그녀는 죽음과 아이들에 둘러싸여 지냈다. 차창 밖으로 아장아장 어린이집으로 걸어가는 아이들, 운동장에서 뛰어놀거나 자전거를 타고 학교에서 집으로 돌아가는 아이들이 보였다. 마더 플로라는 버드나무 가지처럼 키가 크고 호리호리했다. 여학생 시절에 농구를 했다. 나디아는 마더 클래리스가 특수교육 교사였고 친구들이 그녀를 클라라라고 부른다는 사실도 알게 되었다. 마더 해티는 최고의 요리사였다. 마더 베티는 한때 정말로 예뻤다.

나디아는 어머니들의 나이를 잘 몰랐지만 지금쯤 틀림없이 80대나 90대일 것이다. 자동차국에서 그들을 도로에서 내쫓고 싶어 하는 것도 놀랄 일은 아니었다. 그녀는 그럼에도 그들이 안됐다는 생각이 들었고, 특히 긴 세월 누구보다 일찍 일어나 어퍼 룸에 열쇠를 들고 도착하는 마더 베티에 대해서는 더욱 그런 감정이 들어, 그녀를 일찍 데려가는 것은 반드시 지키려고 했다. 나디아는 집을 몰래 빠져나오는 것에 더 이상 죄의식을 느끼지 않았다. 아버지는 점점 기력을 되찾고 있었다. 오후에는 뒷마당을 몇 바퀴 느리게 돌면서 호흡 연습을 했다. 나디아는 변호사 시험 교재를 보면서 이따금 유리창을 통해 아버지를 바라보았다. 그녀는 자기가 아직 아버지 걱정을 한다는 사실을 그에게 결코 알리고 싶지 않았고, 그래서 아버지가 밤중에 약을 챙겨 먹을 때 그의 방에서 협탁 먼지를 털거나 세탁물을 정리하거나 어머니의 향수병을 느릿

느릿 정돈하는 등 이런저런 일을 했다. 나디아는 어머니 향수를 가지고 노는 것이 좋았는데, 특히 검은 병에 든 향수를 좋아했다. 어머니는 그 향수를 저녁에 아버지와 함께 외출할 때에만 목에 살짝 뿌렸다. 그래서 그 병을 코에 갖다 댔을 때 나디아는 부모가 문을 통해 사라지는 것을 보면서도 그들이 늘 돌아온다는 사실을 알기에 설 레던 그 밤이 그리워졌다.

나디아는 손가락으로 묵주알 굴리듯 하나의 속죄 행 위로서 교회 어머니 역할을 해나갔다. 1마일 갈 때마다 그 거리가 그만큼의 기도였다. 자신을 희생하며 시간을 바친다면, 자신이 저지른 잘못을 잊을 수 있을 것이다. 아무런 보상을 받지 않고 일한다면, 그녀에게 대가로 돌 려줄 것이 전혀 없는 사람들에게 친절을 베푼다면, 그렇 게 하면 혹 죄가 씻겨 나갈지 몰랐다. 어느 오후 드러그 스토어로 가는 길에 나디아는 최근에 어머니의 기도 책 을 찾았다고 말했다. 찾았다고, 그렇게만 말하는 편이 더 쉬웠기 때문에 루크와 관련된 부분은 빼고 말했다. 어머 니들이 이런저런 말을 쏟아 내기 시작하더니 종종 그러 듯 불쑥 끼어들고 상대의 말을 막고 상대의 문장을 완성 했다.

「오, 너희 엄마가 그걸 참 아꼈지. 늘 팔 밑에 끼고 다 녔어.」

「어머니가 주신 거라고 하지 않았나?」

「음, 그렇게 말했어. 그분은 목사셨지, 그렇지?」

「목사는 아니었어. 그냥 설교만 하셨지.」

「오, 차이가 뭔데?」

「목사는 교회가 있어야 해.」

「알았어. 설교자. 너도 그거 알고 있었니, 애야? 네 할머니가 강에서 사람들에게 세례를 주곤 했어.」

나디아는 늘 할머니에 대해 알고 싶었지만 어머니는 할머니 이야기를 하는 걸 별로 좋아하지 않았다. 「오, 엄격하신 분이셨어.」어머니는 나디아가 물으면 그렇게 답하거나, 〈예수님을 정말로 사랑하셨지.〉라고만 말했다. 더 이상 챙겨 보지 않는 TV 프로그램의 등장인물을 묘사하듯 늘 두루뭉술하게 포괄적인 말만. 할머니는 사진첩에 있는 몇 장의 사진들에서 완고한 여자처럼 보였지만 그 이상은 알 수 없었다. 나디아가 어머니들에게 그 이야기를 하자 그들이 현자들처럼 고개를 끄덕였다.

「그래, 두 사람이 그렇게 가깝지는 않았지.」

「그것도 좋게 말한 거야.」

그날 밤 나디아가 아버지에게 어머니들이 무슨 뜻으로 그렇게 말한 건지 묻자 그는 어머니가 나디아를 임신했을 때 할머니가 어머니를 집에서 내쫓았다고 말했다.

「당신 집에서는 당신의 어떤 자식도 죄를 짓고 살 수 없다고 하셨어. 그래서 내가 네 엄마에게 그레이하운드 버스표를 보냈고 네 엄마가 여기 와서 나하고 같이 살게 된 거야.」 그가 한숨을 쉬었다. 「네 할머니는 우리와 관련된 것은 뭐든 원하지 않았지만 그건 괜찮았어. 하지만 네 할머니가 너를 만나려 하지 않은 이유는 결코 이해할 수 없었어. 우리 문제는 우리 문제야. 하지만 아이는? 당신 손녀는? 나는 어떻게 자기 손주를 보고 싶어 하지 않는 사람이 있을 수 있는지 도무지 모르겠어.」

나디아는 할머니가 아직 살아 계신지 물었고, 아버지는 어깨를 으쓱했다. 「내가 알기로는.」 그가 말했다. 「아직 텍사스에 살고 계셔. 확실할 거야.」 그리고 나디아의 머릿속에서 바퀴처럼 굴러가는 생각을 본 것처럼 덧붙였다. 「그 문제는 그렇게 놓아 둘 생각이야. 당신이 선택하신 거니까. 찾아가 본대도 득 될 게 없어.」 나디아가 어머니의 사진첩에서 발견한 갈색 폴라로이드 사진에는 어머니가 집 앞에서 형제들과 함께 포즈를 취한 모습이 담겨 있었다. 뒷면에 주소와 날짜가 휘갈겨져 있었다. 그녀는 인터넷에서 그 집의 비교적 최근 사진을 찾아냈고 포치에서 소녀 시절의 어머니가 춤추는 모습을 상상해 보았다. 어쩌면 할머니는 아직 그곳에 살고 있을 것이다. 할머니는 여기저기 옮겨 다니는 사람 같지 않았다. 나디아는 어느 날 자기가 포치에 나타나면 할머니가 뭐라고 말할지 궁금했다. 마침내 손녀를 만나게 된 것이 기뻐 눈을 깜박여 고마움의 눈물을 삼킬 것인가? 아니면 자기 딸을 휘이휘이 쫓아낸 것처럼 손녀도 그렇게 계단에서 쫓아버릴 것인가? 그들 사이에 골을 만든 원인이 육체를 얻어 바로 자기 앞에 나타난 것에 화를 낼 것인가?

「엄마가 그 생각…….」 나디아가 가방의 금색 단추 가장자리를 손가락으로 빙 둘러 만지며 잠시 말을 멈추었다. 「나를 낳지 않으려는 생각을 해봤을까요?」

「무슨 뜻이니?」 아버지가 물었다. 그리고 하얀 알약을 혀에 올리고 머리를 뒤로 젖혔다.

「아시잖아요.」 그 단어를 꺼낼 때 나디아는 아버지를 쳐다보지 않으려고 단추를 빙 돌렸다. 「낙태요.」

「너한테 그런 말을 해준 사람이 있어?」

「아니요. 그게 아니라요. 그냥 궁금해서요.」

「아니.」 아버지가 말했다. 「절대. 네 엄마는 그런 일을 절대 하지 않았을 거다. 네 생각에는…….」 아버지가 말을 멈추었고 눈빛이 부드러워졌다. 「아니다, 얘야. 우리는 너를 사랑했어. 우리는 언제나 너를 사랑했어.」

당연히 기뻐야 마땅했겠지만 그렇지가 않았다. 나디아는 어머니가 적어도 그 생각을 해봤기를 바랐다. 병원에서 나올 때 어머니 얼굴을 떠올리며 스쳐간 그 생각. 사랑하는 남자와 전화로 목소리를 줄여 말하는 동안 스쳐간 그 생각. 클리닉에 예약한 뒤 눈물을 글썽이며 전화를 끊을 때 스쳐간 그 생각. 대기실에서 자기 손을 맞잡고 앉아 있을 때 스쳐간 그 생각. 조금만 생각을 달리 했다면 그녀는 그렇게 하지 않았을 수도 있었다. 그것은 중요하지 않았다. 나디아는 어머니가 자신을 원하지 않았다고 생각하는 것은 싫었지만, 그럼에도 거울 속에서 어머니 얼굴을 보며 그들이 닮았다는 사실을 알면 더 좋았을 거라고 생각했다.

나디아를 마지막으로 보고 3주가 지났을 때, 루크는 뒤쪽 계단에 쪼그리고 앉아 난간에 대고 성냥을 그었다. 데이브의 제안이었다. 촛불을 켜보세요, 루크가 지난번 도움의 전화에 전화를 걸었을 때 데이브가 말했다. 어떤 종류의 초라고는 말하지 않았다. 루크의 어머니 욕실에 있는 것 같은 향초인지, 레스토랑 테이블에 놓여 있는 작은 티캔들인지, 멕시코 음식 코너에 보이는 성모 마리아가 새겨진 두꺼운 빨간색 초인지, 무지개색의 가느단 줄무늬 생일 초인지. 데이브는 어떤 초든 상관없다고 말했고, 그래서 루크는 호리호리한 흰색 초 한 통을 샀다. 그가 집 뒤쪽 계단에 앉아 손을 오므려 불꽃을 감쌌다. 그렇게 하면 괜찮아질 거라고 데이브가 말했다. 평화가 찾아올 거라고. 하지만 촛불을 켜자마자 루크에게 느껴진 것은 오로지 압박감이었다. 산들산들한 저녁 바람이 나뭇잎을 바스락바스락 흔들며 나무 사이로 불어오자, 그는 갑자기 약한 것을 보호해야 한다는 책임을 느끼며 불꽃을 지켜 주려고 관목 뒤에서 몸을 웅크렸다.

데이브는 샌디에이고 시내에 있는 패밀리라이프 센터

의 상담사였다. 루크는 몇 주 전 바 바깥에서 자신의 차 앞유리에 붙어 있는 전단지 한 장을 발견했다. **어떻게 할 지 고민 중인가요?** 노란색 전단지는 그렇게 묻고 있었고, 그 아래 두 손으로 머리를 잡은 임신부와 그 옆으로 먼 곳을 응시하는 남자의 사진이 있었다. 루크가 본 임신 진 단 센터 전단지 중에 남자가 나온 사진은 이것이 최초였 다. 다른 전단지에는 슬퍼하는 여자들이 혼자 외로이 있 는 사진뿐이었다. 임신 진단 센터 전단지를 보면 남자는 실생활에서 그러하듯 뜻밖의 임신이 진행 중일 때도 부 재했다. 언제나 그랬듯 그 순간에도. 루크는 그저 거기가 어떤 곳인지 알아보려고 그 번호로 전화를 걸었다. 그는 받으면 바로 전화를 끊어야지, 하고 혼잣말을 했다. 하지 만 근무 중이던 상담사 데이브가 임신 중절 후 여자들만 고통받는다는 생각은 잘못된 믿음이라는 이야기를 하기 시작했다.

「남자도 특유의 상실감에 시달려요.」 데이브가 말했 다. 「남자는 아버지의 1차적인 기능, 즉 자기 가족을 보 호하는 기능을 수행하는 데 실패했기 때문에 중절로 아 이를 잃으면 괴로운 거예요.」

루크는 그 문제를 한 번도 그런 식으로 생각해 본 적이 없었다. 그와 나디아는 가족이 아니었다. 그들은 그저 겁 먹은 두 아이였다. 하지만 그들이 가족이었다면? 그들이 함께 만들어 낸 생명에 의해 잠시라도 이어 붙여진 가족이었다면? 그것은 지금 그들을 어떤 관계로 만들어 주었을까? 이제 루크는 이틀에 한 번꼴로 저녁에 센터로 전화를 걸었다. 데이브가 아닌 다른 사람이 받으면 끊었다. 그는 데이브에게 몇 년 전 야구 경기장에서 본 그 소년 이야기를 했다. 데이브는 그를 평가하지 않았다. 아이가 유산된 아버지가 슬픔을 느끼는 것은 자연스러운 일이라고 말했다. 한 생명을 만들어 내면 그 아이가 어떻게 되건 언제나 변함없는 아버지라고 했다.

루크는 주머니에서 전화를 꺼내 촛불이 꺼지지 않게 조심하면서 번호를 눌렀다.

「당신이로군요, 루크?」 데이브가 말했다.

「네.」

「오늘은 어떠세요, 친구?」

「좋아요.」

「그냥 〈좋아요〉?」

「네.」

「그렇군요.」 데이브가 목을 큼큼 풀었다. 「센터로 찾아오는 것에 대해 좀 더 생각해 보셨나요?」

「그럴 수 없어요.」 루크가 대답했다.

「그러는 게 도움이 될 거예요. 제 말을 믿으세요. 누군가와 얼굴을 마주하고 이야기하는 게, 전화로 이야기하는 것보다 훨씬 더 좋아요. 이따금 누군가의 얼굴을 보는 게 필요해요. 제 말 뜻 아시겠어요?」

「네.」

「저는 개처럼 물지 않아요. 약속해요.」데이브가 웃었다.「그리고 여기로 오시면 드리고 싶은 책도 몇 권 있고요. 이 책은 ―」그의 목소리가 뭔가를 잡으려고 손을 뻗은 것처럼 팽팽해졌다.「아주 좋은 책이에요.『아버지의 심장』이라는 책인데요. 이 책의 저자는 ―」

「이만 끊을게요.」루크가 말했다.

「잠깐만요, 친구. 그렇게 달아나지 마요. 당신이 준비될 때까지 이 책을 가지고 있을게요. 그래도 되죠?」

「그러세요.」

「그러면 오늘은 어떤 게 마음에 걸리세요?」

「초를 샀어요.」루크가 말했다.

「정말 잘하셨네요!」데이브가 말했다.「촛불을 켜세요. 눈을 감으세요. 그리고 들판에서 당신의 아이가 예수님 발치에서 뛰노는 장면을 상상해 보세요.」

루크는 눈을 감았고, 촛불의 열기가 그의 얼굴에 일렁였다. 데이브가 말한 장면을 그려 보려고 애썼지만 나디아의 얼굴, 미소, 밤색 눈동자만 떠오를 뿐이었다. 그 순간 확 뜨거운 것이 느껴졌다. 손등에 촛농이 떨어진 것이다. 그는 움츠린 채 계단에서 촛농을 긁어냈다. 자갈과 진흙이 피부에 들러붙었다. 초를 어딘가 안에 놓았어야 했다. 왜 그 생각을 못했지? 그의 등 뒤에서 집 뒷문이 홀렁 열렸고 얼굴을 찡그린 채 문간에 기대선 아내의 모습이 보였다.

「뭐 해?」 오브리가 말했다.

「아무것도.」

「초는 왜? 여기저기 다 촛농이 흐르잖아.」

오브리는 계단에 묻은 하얀 촛농을 발끝으로 긁어냈다. 루크가 몸을 앞으로 숙여 촛불을 불어 껐다. 그가 한 행동 때문에 더 엉망이 될 뿐이었다.

「넌 언제쯤 정착할 생각이니, 애야?」 어느 아침 마더 베티가 나디아에게 물었다. 「늘 여기저기 돌아다니기만 하는구나. 넌 자신을 행복하게 만들어 줄 것을 찾으면서 방황하는 게 인생이라고 생각하니? 그건 그저 백인 여자들의 꿈이고 환상이야. 너는 좋은 남자를 찾아 정착해야 해. 오브리 에번스를 봐! 너는 언제 그렇게 할래?」

루크는 더 이상 그녀의 아버지를 보러 오지 않았지만, 이따금 어퍼 룸에서 그를 스쳐 지나갔다. 그는 늘 수줍어서 말도 못 건네는 것 같았고, 눈으로 낡은 카펫만 좇을 뿐 안녕이라는 말조차 중얼거리지 못했다. 좁은 복도를 스쳐 지날 때 그들 사이 작은 공간에 전류가 흐르는 것 같았다. 나디아는 그를 생각하면 안 된다고 혼잣말을 했다. 착한 여자가 되어야 했다. 점심시간에는 오브리를 만나기 시작했고, 창가 테이블에 앉아 같이 커피를 마셨다. 다 털어놓겠다는 생각도 했지만 매번 그 말이 입천장에 붙어 떨어지지 않았다. 진실을 말한다고 무슨 도움이 되겠는가? 루크와의 관계는 끝났다. 오브리에게 그들이 그녀를 배신한 그 모든 방법들을 알게 해서 무슨 도움이 되겠는가?

나디아는 오브리의 집에는 결코 가지 않았지만, 일주일에 하루 모니크와 케이시의 집에서 저녁을 먹으며 오브리를 만났다. 그 작고 하얀 집으로 다시 가면서 그녀는 다시 10대로 돌아간 것 같았다. 미래가 흠 없고 자유로운 상태로 그녀를 기다리는 채로 아이스크림을 먹거나 뒷마당에서 느긋이 쉬며 날이 어둑해질 때까지 거기 머물고 싶었다. 그녀와 오브리는 간식을 사러 모퉁이 가게로 걸어갔고, 오브리의 옛 침실에 앉아 손톱과 발톱에 색칠을 해주었다. 나디아는 늘 오브리의 발을 자기 무릎에 올려놓고 발톱에 색칠을 해주곤 했다. 그것이 자기가 해줄 수 있는 작은 뭔가로 느껴졌다.

핼러윈 무렵 나디아는 어퍼 룸의 붙박이 같은 존재가 되었고, 목사는 그녀에게 핼러윈 파티에서 아이들을 돌봐 달라고 부탁했다. 나디아는 그렇게 하겠다고 했다. 그녀는 어퍼 룸 사람들이 해오는 거의 모든 부탁을 들어주겠다고 했다. 처음에는 어머니들을 차로 이동시키는 것만 했지만, 지금은 아버지가 회복되는 동안 그의 트럭을 내주기 시작했다. 나디아는 남성 연합회 모임에 필요한 접이의자 수십 개를 세컨드 존과 함께 트럭 짐칸에 실어

날랐다. 성가대에서 사용할 새 드럼을 실어 오려고 타운 반대쪽으로 차를 몰았다. 노숙자 사목위원회에서 준비한 음식 바구니를 쉼터로 운반했다. 사람들은 그녀의 신앙이 성숙하여 하느님을 발견한 거라고 생각했지만 나디아는 아무것도 발견한 것이 없었다. 그녀가 찾고 있는 것은 어머니였다. 지난날의 어느 장소에서도 어머니를 발견할 수 없었지만, 어머니가 사랑한 장소이자 어머니가 죽기 직전 찾아간 장소인 어퍼 룸에서는 혹 발견할 수 있을지 몰랐다. 어머니가 숨 쉰 마지막 장소에서 어머니를 발견할 수 없다면 영원히 발견하지 못할 것이다.

핼러윈 파티를 위해 실어 나를 것이 장식물 말고는 많지 않았지만 그래도 그녀는 도와주기로 했다. 해마다 교회에서는 캔디를 나눠 줬는데, 그 악마적인 기원이 염려되지만 너무 인기가 많아 그냥 넘어갈 수 없는 명절을 기념하는 데 가장 거부감이 적은 방법이 그것이었다. 특이한 복장이 허용되었지만 긍정적인 인물만이었다. 슈퍼히어로는 괜찮았지만 악당이나 죽은 사람은 안 되었다. 성경의 인물들이 선호되었지만 그 인물들이 죽음에 관련된 규정을 비껴갈 수 있는지 확실히 말할 수 있는 사람은 아무도 없었다. 해마다 똑똑한 체하는 누군가가 미라 복장을 하고 자신을 나사로라고 했다. 그날 저녁 어린이 예배실 안은 거의 분간되지 않았다. 전등은 꺼져 있고, 천장에는 야광 플라스틱 별들이 가득했다. 핼러윈 행사에 어둠이 요구되더라도 천상의 빛이 어둠을 물리칠 수 없는 것은 아니라는 뜻이었다. 아이들이 예배실로 복작복작 들어왔다가 비닐봉지에 캔디를 가득 채워 쏜살같이 복도를 달려갔다. 턱수염 난 노아들이 고통받는 짐승들을 끌고 갔다. 아담들은 먹다 만 사과로 저글링을 했고, 모세들은 팔 밑에 지판(紙板)을 끼고 다녔고, 마리아들은 아기 인형을 이리저리 흔들어 주었다.

나디아는 어린이 예배실 입구에, 다리 사이에 캔디 통을 놓고 의자에 앉아 있었다. 이런 순간이 어른이 되어 가는 순간이었다. 어느 생일이 아니라, 이제 자신이 아이들의 봉지에 캔디를 한 움큼 넣어 주는 사람이라는 것을 깨닫는 순간, 이제 받는 사람이 아닌 주는 사람으로 여겨진다는 것을 깨닫는 순간. 오브리와 루크는 나중에 도착했다. 그들이 문자 메시지를 주고받을 때 오브리는 루크를 데려오겠다는 말을 하지 않았다. 왜 하겠는가? 그는 그녀의 남편인 것이다. 그가 늘 그녀와 함께라는 것은 예상되는 일 아닌가? 루크는 긴 갈색 목욕 가운을 입고 있었고, 꼬마들이 누구냐고 물을 때마다 허리를 굽혀 자기는 삼손이라고 말해 주었다. 하지만 머리칼이 짧아서 아이들은 저녁 내내 그를 때렸고[40] 그는 그것을 참아 내야 했다.

---

40 성경에서 삼손은 델릴라를 깊이 사랑했고 그녀의 유혹에 빠져 힘의 원천인 긴 머리칼을 잘리고 힘을 잃었다.

「너는 누구로 꾸민 거야?」 오브리가 물었다. 손에 가위를 들고 있었다. 델릴라.

「아무도.」 나디아가 말했다. 그녀는 무엇을 입을지에 대한 생각이 없었고, 그래서 아이들이 물으면 아무도 아니라고, 그냥 소작농이라고 말했다.

밤새 그들은 어린이 예배실 입구에서 아이들의 웃음소리를 들으며 앉아 있었다. 나디아는 가짜 별빛 아래 고대의 연인들이 캔디를 나눠 주는 것을, 굽히고 있으면 뻣뻣하고 아프기 때문에 삼손이 바보가 된 다리를 복도 쪽으로 뻗은 채 플라스틱 의자에 느긋이 앉아 있는 것을 바라보았다. 그가 통에서 분홍색 스타버스츠를 한 움큼 꺼내 오브리에게 건넸는데, 오브리가 좋아하는 것이기 때문이었다. 그날 밤 늦게 오브리가 그의 어깨에 머리를 기댔고 그 잠시의 접촉이 아주 친밀하게 느껴져 나디아는 고개를 돌렸다.

밤은 서늘하고 어둑했으며, 실낱같은 달은 하늘을 거의 밝히지 못했다. 오브리가 화장실에 갔을 때 나디아가 통을 다시 채우려고 어린이 예배실로 들어갔다. 그녀가 창문에 기대 코요테의 희미한 울음소리를 듣고 있는데 루크가 나디아 가까이로 몸을 기울였다.

「요즘 데이브라는 남자와 이야기를 나누고 있어.」 루크가 말했다.

「데이브가 누구야?」

「그는 우리가 그 아이 이야기를 피하는 건 좋지 않다고 생각해.」그가 침을 삼켰다.「우리 아기.」

반짝거리는 하얀 드레스를 입은 천사 무리가 폴짝폴짝 뛰어 지나갔다. 이곳은 죄다 성인에 죄인은 없고 죄다 천사에 악마는 없는, 한쪽으로 기울어진 이상한 세상이었다. 이 삐딱한 세상에서 젊은 여자들이 늙은 여자들의 어머니가 되고 가장 친한 친구를 배신했다.

「우리는 더 이상 슬퍼할 필요가 없어. 데이브가 그러는데 그 아기 지금 천국에 있을 거래.」루크가 싱긋 웃으며 나디아의 손을 잡았다.「너희 어머니가 아기를 안고 있을 거야.」

루크는 창밖을 내다보았고, 희미한 달빛 아래 그들의 아기에 대해, 그들의 사랑처럼 기적 같고 순식간의 일이 된 그 아기에 대해 말할 때 그의 표정은 거의 평화로워 보였다. 나디아는 루크의 손을 꼭 쥐었다. 이것이 그에게 필요했던 거라면 그가 그렇게 믿길 바랐다. 그가 그 말 전부를 믿길 바랐다.

그 주 일요일 아침 오브리는 예배 후 인사하는 줄에서 해병대원을 보았다. 보통 때는 신자들을 맞으면서 얼굴에 주목하지 않았다. 자신도 목사 가족이 되었지만 그들과 악수하려고 모여든 사람들을 보면 여전히 움츠러들었기 때문이었다. 그녀는 그들을 서툴게 기계적으로 대하

364

면서 같은 인사말을 반복하고 끌어안고 곧 잊어버릴 커피 약속을 했다. 그러니 그의 제복이 아니었다면 그 해병 대원을 알아차리지도 못했을 터였다. 파란색 제복, 팔 밑에 낀 모자, 불빛에 반짝이는 금색 단추. 그가 다가서자 오브리는 그의 얼굴을 힐끔 올려다보고는 손을 뒤로 홱 뺐다.

「어머나.」 오브리가 말했다.

러셀 밀러가 몇 년 전 해변에서 본 그 만들어진 미소를 짓고 있었다. 슬픔을 알고 그것을 쫓아 버리기 위해 많은 노력을 기울인 남자의 미소. 그녀 또한 오랫동안 연습하고 완성시켰기에 그 미소를 알고 있었다. 오브리는 그 미소 뒤에 숨어 있었지만, 그녀가 러셀에게서 알아봤듯 그 미소를 알아본 사람은 아무도 없었다. 그가 오브리 옆으로 손을 뻗어 셰퍼드 목사의 손을 잡고 흔들었다.

「훌륭한 설교였습니다, 목사님.」 그가 말했다.

오브리는 문득 교회 사람들 전부 그녀가 러셀 옆에 서 있는 것을 주목하고 알아보는 것처럼, 다 들킨 기분이 들었다. 뭘 알지? 오래전 결혼식을 며칠 앞두고 그와 해변 화장실에서 키스한 것을? 결혼을 했으니 러셀을 기억 속으로 추방했어야 마땅한데도 여전히 그에게 편지를 보낸 것을?

「밖에서 이야기해요.」 오브리가 말했다.

몇 달 전 그녀에게 보낸 이메일에서 러셀은 해외 파병

365

임기가 끝나 간다는 소식을 알려왔다. **곧 미국으로 돌아갈 텐데, 같이 점심 먹을까요?** 오브리는 그가 그저 지난 관계를 따라잡고 싶어 하는 타운의 옛 고등학교 친구처럼 아무렇지 않은 척하는 것이 싫었다. 물론 그녀도 러셀을 다시 만나고 싶었지만 두 사람 다 그녀가 그럴 수 없다는 것을 알고 있었다. 오브리는 결혼한 여자였다. 한 남자의 사랑을 받고 있으니 더 많은 것을 요구하는 것은 잘못 ─ 정말로는 욕심 ─ 이었다.

「여기서 뭐 하는 거예요?」교회 건물 뒤로 가자마자 오브리가 말했다.

러셀이 어깨를 으쓱했다. 「내 이메일에 답장 안 했잖아요. 그래서 와봐야겠다고 생각했죠.」

「답장하지 않은 건 이유가 있어서겠죠.」

「어떤 이유요?」

「난 결혼했어요.」

「결혼한 여자는 점심도 못 먹어요?」

「모르는 남자하고는 안 먹죠.」

「내가 모르는 남자예요?」

오브리가 한숨을 쉬었다. 「내가 무슨 뜻으로 말하는지 알잖아요.」

「모르겠는데요.」러셀이 말했다. 「나는 지구 반 바퀴 떨어진 곳에 갔다가 돌아왔고, 내가 원하는 건 그저 당신과 같이 점심을 먹는 거예요. 거기에 이상한 뜻은 전혀 없어요. 거기 가 있는 동안 당신이 나를 계속 북돋아 줘서 고마움을 표시하고 싶은 거예요. 남편이 원하면 같이 와도 돼요.」

그녀는 러셀에게, 그의 초대에 대해 루크에게 말해 보겠다고 했지만, 교회에서 집으로 돌아가는 조용한 차 안에서 오브리는 차창 밖을 응시하며 화장실에서 러셀이 그녀 밑에 있던 것과 그의 큰 손이 그녀의 허리를 잡은 것을 상상했다.

「무슨 생각해?」루크가 말했다.

「나 말이야?」

그가 웃었다.「당연히 당신이지.」

「몰라. 아무 생각 안 하는데.」

교통 신호에 걸리자 루크가 천천히 브레이크를 밟았다. 그리고 무릎에 놓인 그녀의 손을 떼어 자기 입으로 가져갔고 손가락 하나를 깨물었다.

「뭐 하는 거야?」오브리가 말했다.

그가 싱긋 웃으며 또 하나를 깨물었다.

「아야.」오브리가 웃으며 말했다.「그만해, 바보같이.」

그러자 루크는 그녀의 손에 키스한 뒤 그 손을 이로 물었고, 오브리는 집으로 돌아가는 내내 그가 물지 않을 거라는 믿음하에 그의 이 사이에 물려 있는 자신의 삶을 상상했다.

이틀 뒤 그녀는 돌제 부두에 있는 루비스 다이너에서

러셀을 만났다. 오브리가 칸막이 자리로 다가가자 그는 푸른색 깅엄 셔츠에 타이를 맨 차림으로 일어섰지만 그녀는 이것이 데이트가 아니라는 사실을 상기해야 했다. 머리 위로 갈매기들이 끼룩거리며 날거나 급강하하는 돌제 부두에서 하는 점심 식사에 친밀하거나 낭만적인 것은 없었다. 러셀은 맥주와 피시 앤드 칩스를 주문했다. 오브리는 콜라와 치킨 샐러드를 먹었고, 후식으로 레몬 머랭 파이 한 조각을 주문하여 나눠 먹었다. 아직 배가 고팠기 때문이 아니라 점심시간을 더 오래 끌기 위해서였다. 처음에는 그와 함께 있으면 어색할까 봐 걱정했지만 교회 피크닉이나 그녀의 언니 등 일상적인 이야기를 나누면서 오브리는 그 시간이 얼마나 자연스럽게 느껴지는지 깜짝 놀랐다. 그리고 러셀이 그녀에게 난임 클리닉에 갔던 것은 어떻게 됐는지 물었다.

「괜찮았어요.」오브리가 말했다. 몇 주 전 닥터 야바리의 병원에서 후속 예약을 확인하는 메시지가 왔다. 그녀는 그 메시지를 지웠다. 다시 간다고 무슨 의미가 있겠는가? 루크가 원하지도 않는 아기를 생기게 해달라고 전문가의 도움을 구하는 게? 아기가 생기지 않는다고 그녀가 강박적으로 매달려 있는 동안 그가 전혀 신경 쓰지 않았던 것이 놀랍지 않았다. 루크는 오래전에 잃은 아기에만 관심이 있었다. 그는 나디아와 함께 만들었던 아기에만 관심이 있었다.

「남편이 아들을 원하는 것 같아요?」 러셀이 물었다.

「모르겠어요. 그이가 말한 적은 없어요.」 그들의 아기는 아들이었을까, 딸이었을까? 그게 중요했을까? 그 아기는 아마도 루크가 원하는 어떤 아이라도 될 수 있었을 것이다.

「사람들은 늘 남자는 아들을 원한다고 생각해요.」 러셀이 말했다. 「정확히 우리 자신과 같지 않은 것을 사랑하는 것은 상상할 수 없다는 듯 말예요.」

「당신이라면 아들을 원하지 않겠어요?」

「너무 위험해요.」 그가 말했다. 「흑인 남자들은 사격 연습 대상이에요. 적어도 흑인 여자들에게는 기회가 있어요.」

「그건 사실이 아닌 것 같은데요.」

「뭐가 사실이 아니에요? 내가 왜 군인이 된 것 같아요? 아버지가 그러셨죠. 백인들이 너를 쏘기 전에 네가 먼저 쏘는 법을 배우는 게 좋을 거다, 그래서 그렇게 했어요. 난 먼 이라크까지 갔다 왔지만 여기서 길을 걷다 머리통이 날아갈지도 몰라요. 당신은 그게 어떤 건지 모를 거예요.」

오브리가 냉소적으로 웃었다. 「나는 줄곧 겁을 먹은 채 살아 왔어요.」 그녀가 말했다. 「한 번도 안전하다고 느낀 적 없어요.」

「뭐, 그래도 당신을 보호해 주는 남편이 있잖아요.」

「남편이 바로 내게 상처를 주는 사람이에요.」오브리가 말했다.「그이는 자기가 다른 사람을 사랑하는 걸 내가 모르는 줄 알아요.」

그녀는 이전에 이 이야기를 입 밖에 꺼낸 적 없었다. 자신이 사랑을 더 적게 받고 살았던 사실을 인정하니 좀 자유로워진 기분이었다. 그녀는 사실상 아무것도 모른 채 다른 누군가가 먹다 떨어뜨린 빵부스러기를 주워 먹을 뿐인데 만찬을 즐기고 있다고 혼자 착각하며 평생을 보냈을 수도 있었다. 맞은편에 앉은 러셀이 테이블 위로 손을 뻗어 그녀의 손을 잡았다. 그녀가 그 거친 피부를 바라보았고, 그 순간 종업원이 계산서를 들고 나타나 그녀는 어쩔 수 없이 손을 뺐다.

퍼스트 존이 루크에게 그 파이에 대해 말해 주었다. 돌제 부두에 있는 식당에서 그의 아내와 어느 남자가 레몬 머랭 한 조각을 나눠 먹었다고. 남신도 성경 공부가 시작되기 전 남자들이 접이의자를 회의실로 옮기는데 그 안내 책임자가 눈으로 바닥을 훑으며 약간 겸연쩍게 그 이야기를 꺼냈다. 퍼스트 존의 아내가 그 주 초에 친구와 그곳에서 점심을 먹다가 우연히 오브리가 어떤 남자와 점심을 먹고 있는 것을 보게 되었다고 했다. 처음에는 교회 사람 누구일 거라고 생각했지만 교회에서 본 적 없는 얼굴이었다는 것이다. 그 남자는 굶주린 듯 보였다. 그의 시선이 오브리의 얼굴에서 떨어지지 않았다.

「괜한 분란을 일으킬 생각은 없지만.」퍼스트 존이 말했다. 「내 아내가 그랬다면 나는 알고 싶을 것 같아서.」

루크가 가장 화난 부분은 그 파이였다. 점심이면 그저 한 끼 식사였겠지만 디저트를 나눠 먹는 것은 친밀함을 뜻했다. 아내와 그 낯선 남자가 부드러운 크림에 포크를 번갈아 찔러 넣었을 것이다. 그녀의 포크, 그의 포크, 다시 그녀의 포크. 곧 그렇게 편안한 리듬을 타며 흘러갔을 것이다. 그 남자는 그녀가 포크를 들어 입으로 가져가는 것을 바라보았을 것이고, 그의 굶주린 눈은 그것이 그녀의 입술 사이로 사라지는 것을 좇았을 것이다. 어쩌면 그런 뒤 어두운 주차 빌딩 구석에서 그가 그녀의 혀에서 머랭을 빨아 먹었을지도 몰랐다.

「데이트는 어땠어?」루크가 집으로 돌아와 말했다.

오브리는 소파에 앉아 세탁물을 개고 있었다. 갈색 셔츠를 입었고 헐렁한 갈색 카디건은 허리까지 벌어져 있었다. 그 밋밋한 옷차림을 본 순간 루크는 잠시 마땅히 들었어야 할 나이보다 자신들이 더 나이 든 것 같다고 느꼈다.

「그건 데이트가 아니었어.」오브리가 말했다.

「그러면 뭐였는데?」

「점심 식사.」

「그런데 왜 나한테 말 안 한 거야?」

「당신한테 내가 나가서 먹는 점심에 대해 전부 말할 필요는 없잖아.」

「낯선 흑인 남자하고 먹는 거라면, 있다고, 젠장, 말해야 해.」

루크는 그녀에게 한 번도 소리 지른 적이 없었다. 이따금 버럭하긴 했지만 그러고 나면 늘 기분이 매우 언짢았는데, 언성을 높이면 그녀가 움츠러들기 때문이었다. 그러면 루크는 자기가 실제로 오브리를 때린 것 같은 죄의식이 들곤 했다. 그가 그녀를 때린 적은 없었지만 오브리는 늘 그럴 수도 있다고 믿는 것 같았다. 그래서 그는 그녀 옆에서는 자신의 분노를 늘 잘 감시해야 했다. 목소리를 낮추고 몸을 통제하고 정말로 주먹으로 벽을 치거나 유리잔을 던지고 싶은 순간에도 결코 그러지 않았다. 그는 오브리가 대부분의 남자들에 대해 느끼는 두려움을 자신에게는 느끼지 않길 바랐다. 하지만 같이 점심을 먹었다는 그 남자에 대해서는 그녀가 그것을 느끼지 않은 것이다. 루크가 다른 여자와 결혼했다면 그 점심 식사가 아마 그냥 점심 식사였다고 믿었을 것이다. 하지만 그는 오브리를 알았다. 그녀에게는 둘만 따로 만나는 남자 친구가 없었다. 오브리가 그 남자를 만나러 나갔다는 것은 점심 식사가 그 이상이라는 의미였다.

오브리가 그를 침착하게 바라보았다. 「나는 당신이 어디 가는지 한 번도 물은 적 없어.」 그녀가 말했다. 「당신이 나디아를 만나러 몰래 빠져나갈 때에도 나는 묻지 않았어.」

루크가 침을 삼켰다. 「그건 달라.」 그가 말했다.

「왜? 당신이 그 애를 사랑하니까?」 오브리가 머리를 흔들며 조금 웃었다. 「나는 바보가 아니야. 로스쿨에 다니진 않지만 바보는 아니지.」

「제발.」 루크가 말했다.

「그만. 내게 더 이상 거짓말할 필요 없어. 당신은 줄곧 그 애를 사랑했어 ─」

「제발.」

「당신이 원하는 여자는 그 애야.」

「제발.」 그가 말했다.

그녀의 조용한 태도에 루크는 겁이 났다. 오브리가 비명을 지르고 고함을 지르고 울부짖고 욕설을 퍼부었다면 이해됐을 것이다. 그는 그녀가 그렇게 할 거라고 예상했지만 오브리는 무서우리만치 조용했고, 그래서 루크는 그녀가 자신을 떠날 것임을 알았다. 어쩌면 지금 당장은 아니더라도 언젠가 그가 집에 돌아오면 욕실 안 그녀의 선반이 깨끗이 치워져 있고 옷방의 절반이 텅 비워져 있을 것이다. 그는 바스락거리는 종이에 정성스레 싼 도넛, 자신이 받으리라고 상상도 하지 못한 작은 그 선물을 오브리가 가져오기 전인, 재활 치료 센터에서 지내던 그때보다 더 깊은 외로움에 빠질 것이다. 오브리가 그의 스웨터를 들어 자신의 팔로 스웨터 팔을 가슴 앞으로 가져와 교차시켜 개는 동안 루크는 출입구에 가만히 서 있었다.

열셋

「난 저 애 고민이 뭔지 모르겠어.」 베티가 말했다.

우리 모두 블라인드 틈새로 내다보며 교회 주차장에
서 빠져나가는 나디아 터너를 지켜보았다. 몇 주 동안 나
디아는 침묵을 지키고 예의 없이 행동했다. 우리 집들 앞
에 차를 댈 때 거의 말을 하지 않았고, 우리가 애써 친근
하게 말을 붙여도 짧은 대답뿐이었다. 그런 사람과 같이
다니느니 차라리 택시를 한 대 세내는 게 나을 것이다.
우리를 교회에서 데려갈 때에도 늘 뭔가에 늦었거나 다
른 일이 있는 사람처럼 트럭 밖에서 서성였다. 그녀가 갈
곳이 어디 있는가? 아빠 말고 기다릴 사람이 누가 있는
가? 그렇다고 그가 어딜 가는 것 같지도 않았다.

「어쩌면 친구 걱정을 하는 건지도 모르지.」 플로라가
말했다.

「그 애가 걱정할 게 뭐 있어? 결혼한 사람들인데. 결혼
한 사람들에게나 문제가 생기지.」

「다들 오브리가 집 나간 이야기 들었어?」

「오, 그거 한두 번 안 해본 사람 있나?」 애그니스가 말했다.

「내가 가방 싸서 어니스트를 떠난 게 몇 번인지 다들 알지?」 베티가 말했다. 「엄마 집으로 달려갔다 며칠 뒤에 바로 돌아왔지. 그런 건 아무것도 아니야. 결혼한 사람들은 다 그래.」

「셰퍼드 목사님 아들이 한눈을 팔았다고 들었어.」

「남자잖아, 안 그래?」 해티가 말했다. 「요즘 여자들은 뭘 기대하는 거야?」

애그니스가 말했다. 「그렇지, 요즘 유색인 여자들 문제가 그거야. 그들은 너무 강해. 약한 건 얻어맞아도 견뎌. 하지만 강한 건 힘을 조금만 줘도 부서져. 사랑에선 부드러운 것이 돼야 해. 강한 사랑은 오래 가지 않아.」

「나는 아직 이 문제가 나디아 터너와 어떤 상관이 있는지 도통 모르겠단 말이야.」 베티가 고개를 가로젓더니 다시 창밖을 응시했다. 「인사도 안 하고 말도 안 해. 아무한테도. 왜 저렇게 계속 서성이기만 하는 거지? 여기저기 돌아다녀야 할 것처럼?」

우리가 그때 몰랐던 것은, 나디아가 우리를 어퍼 룸에 내려 준 뒤 아빠의 트럭 앞을 서성인 것은 길에 지나가는 차들을 지켜보기 위해서였다는 사실이었다. 이따금 나디아는 녹색 지프가 주차장으로 들어오기 바라며 교회 앞 계단에 한두 시간 앉아 있곤 했다. 하지만 그런 일은 일어나지 않았다. 몇 주 동안 아무도 오브리 에번스를 보지 못했다.

몇 달 동안 나디아는 자신의 거짓말이 차례로 붕괴된 그 하루를 마음속에서 되풀이해 떠올렸다. 어느 평범한 하루, 누구의 주의도 끌지 않을 만큼 평범해서 그녀는 몇 주 지나고서야 자기 삶이 탈 없이 흘러가던 그 특별할 것 없던 시간들의 고마움을 알게 된다. 그런 시간들은 빠르게 지나가 버렸다. 그리고 어느 저녁 그녀가 샤워를 하고 수건으로 머리를 말리며 욕실에서 나오는데 집 밖에서 불빛이 번쩍이는 것이 보였다. 문 쪽으로 가 포치 등 스위치를 켜고 발끝으로 서서 문구멍으로 바깥을 내다보니 포치에 오브리가 앉아 있는 것이 보였다.

「왜 이 어두운 데 앉아 있어?」 나디아가 밖으로 나가며 물었다. 「초인종을 누르지 않고?」

오브리의 예상치 못한 방문이 의아하지는 않았지만 ─ 그들이 서로 집에 들르기 전에 전화하는 사이 이상이 된 것은 한참 전이었다 ─ 오브리가 알리지도 않고 집 앞에 앉아 있는 것은 이해되지 않았다. 나디아가 샤워하다 욕실 창문으로 헤드라이트 불빛을 보지 못했다면 어떻게 됐을까? 나디아에게 자기가 왔다는 것을 알리지 않고 계속 그렇게 앉아 있었을까? 오브리는 뒤돌아보지 않았고,

그 뒤로 몇 주 동안 오브리에 대해 생각할 때면 나디아는 그녀의 등과 그 섬세한 목선을 바라봤던 것이 기억났다. 오브리가 끝내 뒤돌아보지 않았다면 아마도 그들은 앎과 알지 못함 사이 어디쯤, 닳아 빠진 솔기로 이어진 우정이 마지막으로 팽팽히 당겨지는 그 영원한 순간에 붙들려 있었을 것이다.

「어떻게?」 오브리가 말했다.

오브리는 그 〈무엇〉을 알았다. 〈왜〉는 짐작할 수 있었다. 하지만 그 〈어떻게〉는 그 모든 것 중에서 가장 알 수 없는 부분이었다. 어떤 배신에서건 〈어떻게〉가 가장 정당화하기 어려웠다. 거짓말이 어떻게 모이고 쌓이고 유지되어 결국 진실이 그 뒤로 완전히 숨어 버리게 되는지가. 나디아는 온몸이 얼어붙는 듯했고, 어떤 단어를 다른 언어로 생각해 낼 때처럼 마음이 마비되고 느려졌다. 그 순간 오브리가 계단에서 몸을 일으켜 진입로를 걸어가기 시작했다. 나디아가 비틀거리며 쫓아갔다.

「오브리.」 나디아가 말했다. 「정말 너무 미안해 ─」

「두 사람 다 이제 미안하다고 하니 재미있네.」

「하느님께 맹세해. 그런 일이 일어난 순간부터 미안했어 ─」

「그래, 고맙기도 해라.」

「제발. 제발. 나하고 이야기 좀 해.」

나디아가 오브리의 차 문을 탕탕 치고 손잡이를 잡아

당겼다. 곧 이웃들이 깰 것이고, 그녀의 아버지가 창문 밖을 엿보면서 나디아가 왜 울면서 애원하는지, 오브리가 차의 시동을 건 뒤인데도 왜 차 문에 매달려 있는지 그 이유를 알고 싶어 할 것이다.

「비켜.」 오브리가 말했다. 그녀의 목소리는 금속처럼 차가웠다. 「네 발을 치고 싶지는 않아.」

몇 달 동안 나디아는 생각해 낼 수 있는 모든 방법을 시도했다. 문자도 보내 보고 이메일도 보내 보고 음성 메시지도 남겨 보고 전화도 해보았다. 테크놀로지가 그렇게 한 단계씩 옛날로 되돌아가다가 마침내 우편으로 편지를 보내기에 이르렀다. 손 글씨로 쓴 세 장짜리 호소 편지는 그들이 침묵의 협상이라도 진행하고 있는 것처럼 그 요구가 점점 줄어들었다. 처음에는 용서를 바랐고, 그 뒤에는 해명할 시간을 바랐고, 마침내는 오브리가 다시는 그녀와 이야기하지 않더라도 그녀의 이메일을 읽어 주기만을, 음성 메시지를 들어 주기만을 바랐다. 그 세 장짜리 편지는 뜯지도 않고 반송되었다. 오후가 되면 모니크의 집 앞으로 차를 몰고 가 천천히 거리를 돌며 차창 밖을 살폈지만 오브리가 드나드는 것은 한 번도 보지 못했다. 나디아는 이제 그만둘 때라는 것을 알았지만 — 어떤 사람이 그 블록을 계속 빙빙 도는 그녀를 보고 정신 나간 스토커나 과거의 미친 여자 친구로 생각해 경찰에 전화를 걸지도 몰랐다 — 3주 동안 매일 그 집 앞으로 차를 몰았다. 어느 저녁 나디아는 마지막이라는 절박한 심정으로 차를 대고 초인종을 눌렀다.

「너는 이제 이 집에 올 수 없어.」케이시가 말했다. 「너도 그건 알겠지.」

케이시는 가슴 앞에서 팔짱을 낀 채 문틀에 기대서 있었다. 화난 것 같지는 않았고, 뒷문 밖으로 내던지는데도 어떻게든 기어 들어오는 고양이를 쳐다볼 때의 성가신 표정이었다.

「오브리 여기 있어요?」나디아가 환영한다는 문구가 쓰인 매트를 내려다보며 조용히 물었다.

「그 애가 너하고 이야기하고 싶어 하지 않는다는 거 모르겠어? 맙소사, 너하고 루크가…….」

나디아는 눈물을 삼키며 땅에 헐겁게 박혀 있는 돌멩이를 발끝으로 밀었다. 요즘 코피가 터지듯 눈물이 갑자기 쏟아졌다. 오브리가 그 배신 행위를 털어놓고 그것을 들은 모니크와 케이시가 몸서리치는 장면이 그려졌다. 누군들 그러지 않겠는가? 바로 그들 집에서 살다시피 한 아이, 그들이 가족처럼 대해 준 아이, 늦은 밤 소곤거리면서 저 애가 저녁 먹을 때 조용해 보였지? 뭔가 문제 있는 것 같지 않아? 어머니가 자살했으니 그렇겠지만 ― 어떻게 아무 문제 없을 수 있겠어? ― 오늘 유난히 슬퍼 보이는 것 같지 않아? 하고 걱정하던 아이였으니.

케이시가 한숨을 쉬며 포치로 나왔다. 「내가 이런다고

우리가 다시 친해졌다고 생각하지 마.」 그녀가 말했다. 「그냥 네가 우는 걸 못 보겠더라.」

포치 계단에서 나디아가 눈물을 닦을 때 케이시가 등을 쓸어 주었다.

「맙소사.」 케이시가 말했다. 「무슨 생각을 했던 거니?」

「제가 다 망쳤어요.」

「흠, 그건 그렇지.」

「제 사과를 받아주지 않을 거예요 ─ 」

「뭘 기대하니? 그 애는 여전히 아파해.」

「제가 뭘 할 수 있어요? 제가 뭘 하면 돼요?」

「시간이 걸리는 일이야. 그냥 내버려 둬.」

하지만 그럴 수 없었다. 전화를 걸고 편지를 쓰고 집 앞으로 차를 모는 일을 그만둘 수 없었다. 누군가를 사랑한다는 게 그런 것 아닌가? 그들이 당신을 미워하더라도 당신은 그들을 떠날 수 없다. 결코 그들을 보낼 수 없다. 나디아는 집으로도 한두 번 전화를 걸어 통화를 시도했고 마침내 어느 저녁 모니크가 받았다.

「배짱도 좋구나.」 그녀가 말했다.

「제발요.」 나디아가 말했다. 이제 그녀가 할 수 있는 말은 그것뿐인 것 같았다. 「그저 그 애와 이야기를 하고 싶어요. 제발요.」

「네가 뭘 원하는지는 더 이상 중요하지 않은 것 같은데.」 모니크가 말했다.

곧 한 달이, 그리고 두 달이 흘러갔다. 그녀는 아침에 아버지의 커피 — 아버지가 좋아하는 방식대로 반은 레귤러, 반은 디카페인으로 — 를 끓였다. 교회 어머니들을 어퍼 룸에 데려다주는 일을 계속했고, 저녁에는 아버지의 식사를 준비했다. 떠나야겠다고 생각했지만, 그러다 명절이 되었다. 종려나무에서 줄줄이 반짝이는 전구와 잔디밭에 눈처럼 뿌려진 두꺼운 솜뭉치만이 그 사실을 말해 주었다. 어머니가 돌아가신 뒤로 나디아는 집에서 단 하루도 크리스마스를 보내지 않았다. 그녀는 그 시간들을 전통을 지키지 않고 보낸 여덟 해, 자신이 외로움으로 텅 비워진 여덟 번의 명절로 생각했다. 아무도 양말을 걸거나 은색 커터로 반죽을 잘라 쿠키 모양을 내거나 벽난로 주변에 화환을 걸어 장식하지 않았다. 아무도 어머니가 **포장지** 혹은 **포치 장식**이라고 정성스레 써 붙인 상자를 찾아 차고를 뒤지지 않았다. 아무 장식 없는 캘리포니아의 어느 크리스마스, 햇볕 좋은 여느 일상적인 하루. 하지만 이번 크리스마스에 나디아는 차고 안에 들어가 가위를 들고 무릎을 꿇은 채 봉해진 상자들을 조심스럽게 열었다. 양말 세 짝이 아니라 두 짝을 걸고, 보행로를 따라 등주(燈住)에 빨간색과 초록색 알전구를 걸어 불을 켰다. 월마트에서 인조 트리를 구입했지만, 아버지가 집 안으로 안고 들어와 거실에서 조립하고 철사 가지를 예쁘게 펴놓던 7피트 높이 더글러스 전나무 트리와는 전혀 달랐다. 나디아는 어머니의 흔적을 조금이라도 붙잡을 수 있기 바라며 펠트 소재로 만든 싱싱한 초록 색깔의 트리 스커트를 손에 쥐고 킁킁 냄새를 맡았다. 하지만 먼지와 소나무 냄새만 날 뿐이었다.

크리스마스가 지나간 뒤 나디아는 다시 떠나야겠다고 생각했지만 — 이번에는 항공편 즐겨찾기도 해두었다 — 번번이 뭔가가 자신을 붙잡는 것처럼 느껴졌다. 아직은 아니었다. 아버지를 버리고 또다시 떠날 수는 없었다. 아직은 아니었다. 저녁이 되면 코트 옷장 가까이 부엌 의자를 끌고 가 아버지가 맨 위 선반에 보관한 사진첩을 내렸다. 무릎에 사진첩을 올려놓고 한 페이지씩 천천히 넘겼고, 노란 담요에 파묻힌 하야스름하고 쪼글쪼글하고 구슬 같은 눈을 가진 갓난아기 때의 자기 모습을 보았다. 어머니가 병원 침대에서 그녀를 안고 있었고 어머니의 송골송골 땀 맺힌 이마에 머리칼이 들러붙어 있었다. 어머니는 지쳐 보였지만 웃고 있었다. 몸이 쪼개지며 벌어진 경험을 하고서도 웃고 있었다. 나디아는 그 페이지를 넘겼다. 이제 그녀는 누군지 모르는 사람의 발 가까이로 기어가는 아기였고, 공원에서 아장거리며 오리들을 쫓아가는 어린아이였다. 그리고 빠진 이 자리를 드러내며 활짝 웃는 유치원생이었다. 그리고 아버지의 무릎에 앉아 있는 사진, 아버지가 해외에 있어 전쟁만큼 멀고 낯설게 느껴지던 그때 열심히 살펴보던 그 사진이 나왔다. 아버지는 카메라를 보고 웃고 있었다. 어머니가 보여 주던 고단한 웃음이었지만 그래도 그는 만족한 듯, 심지어 행복한 듯 보였다.

이따금 아버지가 뒷마당으로 느린 산책을 하러 가다 말고 소파로 몸을 숙여 사진첩을 내려다보았다. 이제 나디아는 자신의 첫 생일로 옮겨가 파티 모자를 흘러내릴 듯 비스듬히 쓰고 높은 아기 의자에 앉은 사진들을 넘겼다. 어느 밤 사진첩 끝 새로운 페이지에 이르자 어머니의 소녀 때 사진들이 나타났다. 뒤로는 텍사스의 드넓은 평원이 펼쳐져 있었고 어머니는 드레스를 입고 프릴 달린 양말을 신은 모습으로 집 앞에 있었다. 또 다른 사진에서 어머니는 생일 케이크 안에 주먹을 집어넣고 얼굴에 빨간색과 초록색 아이싱을 묻힌 아기 모습이었다. 키 큰 남자아이가 카메라를 향해 싱긋 웃으며 그녀를 끌어안고 있었다. 그 아이는 자기 얼굴에도 아이싱을 묻혀 놓아 그녀와 잘 어울려 보였다.

아버지가 소파로 몸을 숙일 때 나디아는 사진첩을 닫기 직전이었다. 하지만 아버지가 그 페이지에 손가락을 끼웠고, 그의 손가락은 나디아의 어머니가 되고 이어 자신의 아내가 될 웃는 아기의 사진 옆을 짚고 있었다.

「이 사람은 누구예요?」 나디아가 그 남자아이를 가리키며 물었다.

「네 삼촌 클래런스.」 아버지가 말했다. 「미칠 만큼 미쳐 살았지. 네가 만나 봤더라면 좋았을걸. 약이 그를 망쳤어.」아버지가 고개를 가로저었다. 「나는 늘 전쟁이 우리를 죽일 거라고 생각했지. 우리는 살아 돌아왔지만 클래런스는 스스로 그런 선택을 해버렸어. 그가 나한테 네 엄마를 소개해줬지만 이제 나뿐이구나. 나 혼자 남았어.」

나디아와 아버지는 살아남은 자들이었다. 모두에게 버려졌지만 서로가 있었다. 그녀는 아버지와 함께 저녁을 먹고 텔레비전을 보고 일요일 아침에는 그를 교회에 데려다주었다. 아버지는 이제 운전할 수 있었지만 여전히 조수석에 앉았는데, 그녀가 여기서 자신을 필요한 존재로 여기지 않으면 떠날까 봐 그러는 것은 아닌지 나디아는 궁금했다. 어느 일요일 그녀는 아버지를 따라 로비로 들어가면서 늘 그러듯 오브리를 볼 수 있길 바라며 주변을 둘러보았다. 그 대신 셰퍼드 부인이 그녀를 옆으로 끌어당겼다.

「오브리한테 소식 들은 거 있니?」 셰퍼드 부인이 물었다.

「최근에는 없어요.」 나디아가 말했다.

그녀의 말을 믿을지 말지 확신이 서지 않는지 셰퍼드 부인이 고개를 살짝 옆으로 기울였다. 그러고는 가슴 앞에서 팔짱을 꼈다.

「나하고 통 이야기를 하려 들지 않아.」 셰퍼드 부인이 말했다. 「이해할 수 없어. 내가 요전 날 그 집으로 가서 초인종을 눌렀는데 없는 척했어. 그 백인 여자가 그러는데, 오브리는 방문자를 만나지 않는다고. 내가 언제부터 방문자가 된 거지?」

익숙한 질투심이 갈빗대 사이로 비집고 들어왔다. 「유감스럽네요.」 나디아가 말했다.

「그 애는 임신했어, 알겠지만.」

나디아의 숨이 멈췄다. 「그래요?」

「내 첫 손주를 가졌는데 나하고 말도 하려 들지 않으니.」 셰퍼드 부인이 어깨를 폈다. 「루크도 무슨 일 때문인지 말을 하지 않지만 네가 연관된 문제라는 거 알아. 내가 그 애한테 말해 주려고 했어. 너에 대해 경고하려고 했어. 딸들은 엄마 말은 안 들으니까. 절대 안 듣지.」

그날 일요일 아침, 목사는 예수를 가슴에 받아들이고 싶은 사람은 모두 앞으로 나오라고 초대하면서 손수건으로 이마를 훔쳤고, 나디아는 사람들이 하늘을 향해 손바닥을 들고 제단 앞에 무릎 꿇는 것을 바라보았다. 얼굴에서는 빛이 났고, 머리를 뒤로 젖히고 손을 들어 올린 채 몸을 좌우로 흔들며 노래했다. 기도하는 동안 나디아는 늘 사람들을 흘끗거렸는데, 그들이 서까래를 향해 손을 들어 올린 채 고개를 숙이고 눈을 감은 동안 그녀는 옆구리에 손을 단단히 붙인 채 움직임 없이 서 있었다. 그 순간 그녀는 느꼈다. 찬양 시간에 믿는 자들로 가득한 그 공간을 둘러볼 때마다 그녀는 느꼈다. 극명하게 드러난 자신의 외로움을.

성가대가 「내게 있는 모든 것을」을 부를 때 나디아는 눈물을 멈출 수 없어 신자석 위로 몸을 숙였다. 그녀 옆에서 아버지가 조금 움직이는 것 같더니 곧 등에 아버지의 손이 느껴졌다. 그의 반대쪽 손이 그녀의 손을 잡자 아버지의 거친 손바닥이 그녀의 부드러운 피부에 닿았다.

「내가 같이 기도해 줄까?」 아버지가 속삭였다.

그는 기도와 설교 안에, 그녀가 이해하지 못하는 성경 말씀 안에 살았고, 나디아는 늘 그것 때문에 아버지가 멀리 떨어져 있는 것 같았지만, 고개를 끄덕였다. 나디아는 눈을 감고 고개를 숙였다.

집에 가보겠다고 생각한 그날 아침 오브리는 침대에 누워 임신부용 비타민 약병의 뚜껑을 더듬더듬 열었다. 이미 일어났어야 할 시간이었지만 ─ 반 시간 전으로 알람을 맞춰 놓았다 ─ 임신을 하니 예상한 것보다 더 졸렸다. 오브리가 언니 집으로 돌아온 직후에는 헤아릴 수 없을 만큼 긴 시간 동안 끝도 없이 자서 모니크는 오브리가 우울증에 걸린 거라고 생각했다. 오브리는 그 말을 웃어넘겼지만 ─ 그냥 슬플 수는 없는가? 어떤 생리적, 화학적 설명 없이 그냥 미칠 만큼 슬플 수는 없는가? ─ 닥터 토비를 찾아 갔고 그가 임신은 아닌지 물었다. 오브리는 머릿속에서 날짜를 계산해 보았고 거실 소파에 늘어져 잠든 그날 밤을 떠올리며 얼굴을 붉혔다. 결국 의사의 말이 맞았다. 그녀에게는 그저 와인 한 잔 혹은 넉 잔이 필요했던 것이다.

「당신이 알아야 한다고 생각했어.」 오브리가 루크에게 말했다.

전화선은 침묵에 빠졌고, 오브리는 전화가 끊어지지 않았는지 확인하려고 액정 화면을 확인했다. 루크가 마침내 목멘 목소리로 입을 열었고, 그간의 모든 일에도 불구하고 그녀 역시 눈물이 났다.

「만날 수 있을까?」 루크가 말했다.

「지금은 싫어.」

「거긴 안 갈게. 거긴 안 가도 병원에는 어때? 병원에는 갈 수 있을까?」

「난 아직 준비가 안 됐어.」 오브리가 말했다.

그는 그녀에게 언제 준비가 될지 묻지 않았다. 처음에는 그녀에게 집으로 돌아오라고 끈기 있게 설득했지만 그 노력은 이미 포기했다. 이제 루크는 거리를 두고 맴돌았고, 오브리는 그가 주변에서 때를 기다리며 자신을 덮치려는 것처럼 느껴졌다. 그녀는 병원 가는 날에 그에게 오라는 말을 한 번도 하지 않았지만, 아기가 딸이라는 것을 알았을 때처럼 중요한 새 소식이 있을 때는 알려 주었다. 「딸이라고, 우와.」 루크가 그 말만 계속하자 러셀이 루크가 아들을 원하는지 물어본 것이 생각났다. 하지만 그가 〈딸이라고, 우와〉 하고 반복할 때마다 높아지는 목소리에서 오브리는 그가 느끼는 경이로움을 알 수 있었다. 성별이 아기를 더 이상 소망이 아닌 실재하는 것으로 만들었다. 오브리는 엄마인 자기처럼 촘촘한 곱슬머리를 가졌거나 입 바람 한 번이면 한 곳으로 모아질 아빠의 듬성듬성한 곱슬머리를 가진 어린 딸을 루크가 머리 위로 번쩍 들어 올리는 모습을 상상했다. 집을 여기저기 옮겨 다니지 않을 아이, 남자가 복도를 뚜벅뚜벅 걸어오는 소리에 무서워하지 않을 아이, 어떤 것도 겁내지 않을 아이, 루크가 높이 들어 올려 주면 늘 아버지의 가슴에 무사히 내려올 것을 믿기에 팔을 내뻗는 아이.

「똑똑.」 모니크가 하품을 하며 문틀에 기대섰다. 손에 물잔을 들고 있었다.

「내가 직접 가져오려고 했는데.」 오브리가 말했다.

「알아. 내가 일어나 있었어.」

「내가 어떤지 확인하지 않아도 돼.」

「아무도 네가 어떤지 확인하지 않아. 내가 일어나 있었다니까.」

언니가 그녀의 상태를 확인하는 것보다 더 짜증나는 단 한 가지는 언니가 늘 아닌 척한다는 사실이었다. 모니크는 카펫 여기저기에 흩어져 있는 운동화와 몇 달 전 이리로 옮겨 왔지만 아직 풀지 않은 박스들을 조심조심 넘어 협탁에 물잔을 내려놓았다. 그러고는 오브리의 배로 몸을 숙이며 말했다.「좋은 아침이야, 꼬마 아가씨.」그녀는 늘 아기에게 자주 말을 걸어야 한다고 오브리에게 일렀다. 아기는 20주가 되면 들을 수 있었다. 20주에 아기는 엄마의 목소리를 식별할 수 있었다. 하지만 오브리는 아기에게 말할 때도 하느님께 말하는 것과 같은 방식으로 절대 소리 내지 않고 속으로만 말했다. 오브리가 비타민을 삼키고 자신의 배를 끌어안았다. 거기 듣고 있지. 나는 이 약을 먹는 게 싫지만 너를 위해 먹었어. 나는 너를 위해 뭐든 해.

「케이시는 어디 있어?」오브리가 물었다.

「자고 있어.」모니크가 말했다. 그리고 웃었다.「우리 운동 좀 할까? 나가서 좀 뛰자.」

「그러고 싶지 않아.」

「왜?」

「언니는 너무 빨리 달려.」

「그러면 조깅을 할게. 어서, 집에서 좀 나가자. 그게 너한테 좋아.」

모니크가 허리를 굽혀 바닥에서 운동화를 집어 올렸다. 뭔가를 바로잡고 싶은 마음을 참을 수가 없었다.

「오늘 집에 가보려고 해.」오브리가 말했다.「일 마치고 몇 가지 가져올 게 있어.」

모니크가 벽장 앞에 무릎을 꿇은 채 동작을 멈추었다.

「그게 정말 좋은 생각 같아?」 그녀가 물었다.

「거긴 내 집이야. 언니가 그랬잖아.」

「하지만 너는 루크를 쫓아내는 것도 여태 안 했잖아.」

「그 사람은 어디로 가게?」

「그건 모르지. 제길, 루크가 미리 그 생각을 했어야지.」

「별거 아니야, 모.」 오브리가 말했다. 「그 사람 오늘 야근이야.」

「내가 같이 가줄까?」

「괜찮아.」 그녀가 말했다. 「들어갔다 금방 나올 거야.」

그날 밤 오브리는 집 앞문을 열쇠로 열고 모르는 사람 집에 들어가는 것처럼 천천히 문을 밀었다. 루크가 열쇠를 어디 뒀는지 늘 잊어버려서 그녀가 그에게 벽에 고리를 박도록 했지만 오늘은 거기 열쇠를 걸지 않았다. 벽장 옷걸이에 재킷을 걸지도, 심지어 신발을 벗지도 않았다. 오브리는 우편물 놓는 사이드테이블 앞에서 잠시 걸음을 멈추었다. 나디아가 보낸 편지 뭉치가 있었다. 어떤 말이 쓰여 있을지 뻔해서 펴 보지는 않았지만 봉투가 뜯어져 있지 않은지 확인하려고 뒤집어 보았다. 루크 역시 펴보지 않았다. 오브리는 종종 그랬듯 두 사람이 침대에 누워 자신에 대해 소곤거리는 모습을 상상했다. 그만, 그녀가 혼잣말을 했다. 그녀에게서 아기에게로 이어지는 줄. 오브리는 자기가 음식이나 영양소와 함께 다른 것도 아이에게 보내고 있지는 않은지 궁금했다. 아기가 그녀의 슬품을 먹고 있을 수도 있었다. 어쩌면 그 줄은 결코 끊어지지 않을 것이다. 어쩌면 그녀도 여전히 어머니의 뭔가를 먹고 있는지 몰랐다.

그녀는 루크와 함께 아기 방으로 꾸밀 거라고 생각했던 손님방 전등을 켰다. 그들이 신혼부부로 희망에 부풀어 지내던 시절, 임신이 되지 않던 그 시간들이 이어지기 전에 그들은 빈 공간을 가리키며 아기 침대를, 행성 모빌을, 부드럽고 꿈같은 색깔로 칠해진 벽들을 상상으로 불러냈다. 언니가 가져온 페인트 견본에서 오브리는 레몬 노랑과 차분한 초록 계열을 골똘히 들여다보았지만 어느것도 루크와 함께 상상한 색깔과 맞지 않았다. 현관에서 탈각 문 열리는 소리가 들리자 눈을 감았다. 아까는 언니에게 거짓말을 했다. 오브리는 목요일이 루크가 일찍 오는 날인 것을 알았지만 그를 그리워한다는 사실을 인정하기가 부끄러웠다. 선뜻 용서하는 여자가 되어서는 안 된다. 하지만 자신이 더 이상 여자로 느껴지지도 않았다. 그녀 안에 여자아이가 있었고, 그 여자아이 안에 그녀와 루크가 모두 있어, 그녀는 하나가 된 세 사람이었다. 신기한 삼위일체.

「우와.」 오브리가 돌아보자 루크가 말했다.

그녀가 전화로 임신 소식을 알린 뒤로 그는 오브리를 보지 못했다. 오브리는 자신의 몸을, 불룩 나온 배와 못생긴 임신부용 운동복 바지를 훑는 그의 시선을 느꼈는

데, 루크는 그 모습에 경이로움을 느끼는 것 같았다. 나
디아만큼 예쁘지 않고 용감하거나 똑똑하지 않을지 몰라
도 그녀는 그의 아이의 엄마였다. 그녀와 나디아는 사랑
과 질투 사이 끊임없이 기우뚱거리는 땅에 살았지만 오
브리는 마침내 그 땅이 자신이 설 수 있는 각도로 기우는
것이 느껴졌다. 오브리는 이 아이를 지키고 낳을 것이다.
오브리는 나디아가 결코 가질 수 없는 뭔가를 가졌고, 처
음으로 나디아 터너를 이긴 것 같았다.

「지금도 그 애 만나?」오브리가 말했다.

「안 만나.」루크가 말했다.「절대. 오브리, 나는 그저 —」

「연락은 해?」

루크가 고개를 가로저었다. 오브리는 지금도 그녀를
사랑하는지 묻지는 않았는데, 그 대답이 두려웠기 때문
이었다.

「당신을 보려고 온 게 아니야.」오브리가 말했다.「아기
방에 대해 생각하고 있었어. 언니 집은 너무 작아서 —」

「당연히 그래야지.」루크가 말했다.「여기서 키우자.
어떻게 하고 싶어? 내가 준비할게.」

오브리는 그들 둘이 아기 방을 하나씩 꾸며 가는 것을
상상했다. 언니 집에 처음 들어가 살 때 둘이서 손님방을
다시 꾸민 것처럼. 그들은 오브리가 꿈꾸던 모습대로 침
실을 탄생시켰다. 침대 밑에서 빼내는 바퀴 달린 침대에
서, 소파에서, 모텔 간이침대에서 잠을 청하면서 상상하

던 대로, 숨을 곳이 필요할 때 마음속에서 꾸민 대로. 엄마의 남자 친구가 몸을 만지면 오브리는 액자를 걸거나 침대에 두꺼운 퀼트를 깔거나 손톱으로 꽃무늬 벽지를 그렸다.

오브리는 루크와 함께 그들의 딸을 위해 아름다운 세상을 탄생시킬 수 있을 것이고, 그것에는 의심이 없었다.

「생각을 좀 더 해봐야 해.」그녀가 말했다.

「그렇게 해.」루크가 말했다. 「그렇게 해. 원하는 건 다 생각해 둬.」그가 자기 주머니에 손을 집어넣고 작게 한 걸음 다가섰다. 「혹시 내가…… 아기가 아직 발로 차진 않아?」

「안 차.」오브리가 말했다. 「아직. 차면 알려 줄게.」

그녀는 열쇠 거는 고리를 지나, 코트 거는 벽장을 지나, 사이드테이블을 지나 앞문으로 갔다. 그리고 잠시 멈춰 서서 나디아의 편지 뭉치를 집었다. 가장 최근의 것은 반송 주소도 없이 봉투에 푸른 잉크로 〈제발 나를 용서해 줘〉라고 쓴 얼룩진 글씨뿐이었다.

2월이 되자 나디아의 아버지는 저녁마다 느린 걸음으로 동네를 한 바퀴씩 돌기 시작했다. 감청색 바람막이 재킷을 목까지 지퍼를 잠가 입은 채였고, 나디아는 앞쪽 계단에 앉아 그가 느리게 한 바퀴 또 한 바퀴 도는 모습을 지켜보았다. 그는 더 이상 그녀의 도움을 필요로 하지 않았지만, 나디아는 저녁을 차리거나 빨래를 해주는 등 여전히 그를 위해 소소한 일을 해주었다. 그녀는 두 주에 한 번씩 어머니가 쓰던 이발기로 아버지의 머리칼을 잘라 주면서, 어머니가 지금 그들의 모습을 보면 뭐라고 말할지, 그들의 삶이 이렇게 녹아든 것을 보고 놀랄지 어떨지, 어린 딸을 떠밀어 아빠에게 인사의 키스를 시킨 그 순간에 이런 것을 예상했는지 알고 싶었다. 2월에 변호사 시험 날짜가 왔다 지나갔고, 나디아는 7월 시험을 생각하기 시작했다. 일리노이가 아니라 캘리포니아 변호사 시험을 봐서 영원히 집으로 돌아올 수도 있었다. 운전해서 40분 거리밖에 되지 않는 샌디에이고 시내 같은 가까운 곳에 직장을 구하면 일요일마다 아버지를 교회에 데려다 줄 수 있었다. 오션사이드의 모든 여자들이 하는 대로 할 수도 있었다. 해병대원과 결혼해 다른 어느 곳에 대한 꿈도 꾸지 않고 살아 가는 것이다. 겨울도 없고 눈도 없는 이곳을 사랑하지 않을 이유가 뭐가 있는가? 좋은 남자를 찾아 이 영원한 여름 속에서 살아 가면 되는 것이다.

어느 저녁 아버지가 모서리를 돌며 사라지는 것을 지켜보는데, 루크의 트럭이 그녀의 집 앞에 멈춰 섰다. 나디아는 숨이 멎었다. 루크가 진입로로 걸어오는 것을 보며 바닥을 짚고 몸을 일으켰다.

「안녕.」루크가 말했다. 「들어가도 돼?」

나디아가 조용히 안으로 들어갔고, 루크가 그녀를 뒤따랐다. 그녀는 갑자기 노출된 기분이 들어 — 불룩한 운동복 바지와 헐렁한 미시간 셔츠에 머리를 헐겁게 틀어올린 채였다 — 거실을 흘끗 둘러보았다. 바닥은 아직 쓸지 않았고 커피 테이블에는 책이 잔뜩 놓여 있었다. 하지만 그런 게 왜 중요하겠는가? 그에게 잘 보이려고 애쓰던 나날은 끝나지 않았는가? 게다가 그는 그녀를 알았다. 그에게 보이지 않은 삶의 부분이 있는가? 집 안으로 더 들어가는 것이 말로 합의되지 않은 약속을 깨는 것인 듯 두 사람 다 입구에서 잠시 멈춰 섰다. 이윽고 나디아가 부엌 — 안전한 공간 — 으로 들어갔고, 루크가 주머니에 손을 넣고 천천히 뒤따랐다.

「오브리한테 연락 왔어?」 루크가 말했다.

「아니.」 나디아가 말했다.

「네 편지를 가져갔어.」

「그랬어?」

「집으로 보낸 편지. 읽었는지는 모르지만 가져갔어.」

몇 달 만에 처음으로 가슴이 조금 가벼워지는 것을 느꼈다. 오브리가 그녀를 절대 용서하지 않을지 몰라도, 적어도 얼마나 미안해하는지는 알 것이다. 나디아가 유리잔에 물을 채워 루크에게 건넸다.

「아기 소식 들었어.」 그녀가 말했다. 「축하해.」

그가 한 모금 길게 들이켠 뒤 조리대에 유리잔을 내려

놓았다. 「우리 엄마가 말해 줬어?」

「당신 엄마가.」

「아직 실감 안 나.」 그가 말했다. 「모든 남자가 그렇게 느끼는지, 아니면 그저…… 그러니까 오브리가 초음파 사진을 이메일로 보내 줬어. 나는 늘 그걸 병원에서 같이 볼 거라고 생각했던 거 같아.」

나디아는 자신이 본 검은 배경에 얼굴 없는 큰 얼룩 같던 초음파 사진을 떠올렸다. 그걸 봤다는 말은 루크에게 한 적이 없었다. 그녀는 그 아기를 봤지만 자신은 보지 못했다는 사실을 알면 그의 마음이 아플 것이다. 그가 주머니에 다시 손을 찔러 넣으며 벽에 기댔다.

「물어볼 게 있어.」 루크가 말했다.

「뭔데?」

「오브리와 이야기해 볼 수 있어?」

「내가 말했잖아. 나하고는 말을 하려 하지 않는다고 ―」

「혹 지금은 다를 수 있잖아.」 그가 말했다. 「편지를 가져갔으니까. 어떻게 된 일이었는지 네가 설명해 줄 수 있잖아. 네가 아버지 때문에 슬퍼하고 있었고 이전에 일어난 그 모든 일 때문에 상황이 뭣같이 복잡해졌다고 ―」

「내가 그 잘못을 떠안기 바라는 거구나.」 나디아가 말했다.

「그런 식으로 말하지 마.」

「젠장, 그게 젠장 지금 당신이 말하고 있는 거잖아 ―」

「나는 내 딸을 보고 싶어.」루크가 말했다. 「내 딸을 알고 싶어.」

그러니 그들은 딸을 낳을 것이다. 한편으로 나디아는 마음이 편해졌다. 그녀는 그들의 아기가 딸이기를 바라고 있었다. 그녀는 자신의 아기가 아들이라고, 아들이었다고 생각했고 만약 새로 태어날 이 아기도 아들이라면 아기는 그냥 교체되는 것이 아니라 완전히 덮어씌워지는 것으로 느껴졌을 것 같았다. 하지만 그것은 어리석은 생각이었다. 나디아는 아기가 아들인지 아닌지 알아낼 방법이 없었고, 무엇보다 아기가 교체되었다고 한들 그녀가 감히 어떻게 상관할 수 있겠는가? 애초에 그녀가 원한 아기도 아니었다. 루크가 그의 딸을 원하는 방식으로는 아니었다. 그녀가 그를 위해 그 부탁을 들어줄 수도 있을 것이다. 모든 비난을 떠안으면서. 나디아는 이야기를 그런 식으로, 그의 어머니가 이미 의심 없이 믿는 내용으로 전달하는 자신의 모습을 상상했다. 나디아가 루크를 유혹했다고, 병든 아버지를 보살피는 것을 도우려고 했을 뿐인 착한 남자를 덫에 빠뜨린 거라고. 오브리가 그 말을 믿을까? 믿어야 할 필요가 있는 여자가 아니라면 그 말을 진실로 믿는 여자가 있을까?

「그 애가 당신을 용서하길 바랄게.」나디아가 말했다. 「당신이 그 애 옆에 있어 주길 바랄게. 당신이 내 옆에 있어 주진 않았어. 당신은 나를 그 클리닉에 버렸지. 나 혼자 모든 걸 처리해야 했어 ─」

「나디아 ─」

「미안해.」그녀가 말했다. 「하지만 당신을 위해 거짓말
은 하지 않아. 이제는 오브리에게 거짓말 안 해.」

루크가 조용히 떠났다. 그녀가 입구까지 그를 배웅하
는데, 거기 아버지가 재킷 지퍼를 내리며 서 있었다. 루
크가 그를 스쳐 지나갈 때 그의 얼굴이 찡그려졌다.

「무슨 일이니?」아버지가 말했다.

「아무것도 아니에요.」나디아가 말했다. 「루크 셰퍼드
가 그냥 인사를 하러 들른 거예요.」

나디아의 서랍에는 끔찍한 크리스마스 선물이 어린
시절의 시간들만큼 살고 있었다. 그날 오후 그녀의 아버
지는 나디아의 물건을 살펴보다 그 전부를 발견했다. 그
는 선물을 잘 하는 편이 아니었지만 ─ 아내가 늘 그보다
더 잘했다 ─ 그래도 12월만 되면 백화점에 가서 작은 소
용돌이 모양의 펜던트가 달린 목걸이나 장식 달린 팔찌,
분홍색 라인석으로 뒤덮인 뭔가를 고르면서 몇 시간을
보내곤 했다. 남자 배우의 얼굴이 그려진 파자마나 잘랑
거리는 보석, 라벤더색 휴대 전화 케이스처럼, 그의 생각
에 여자들이 좋아할 것 같은 예쁘고 프릴 달린 것을 골랐
다. 그는 나디아의 물건을 샅샅이 살피면서 대부분이 아
직 협탁 서랍에 있는 것을 보았다. 그는 나디아가 그

선물을 소중히 여겨 보관한 것으로 생각하고 싶었지만 그게 아니라는 것을 알았다. 딸은 감상적이지 않았다. 그에 대해서는 아니었다. 사랑과 감상은 같은 것이 아니었다. 나디아가 굳이 그 선물을 없애 버릴 수고를 하지 않았을 가능성이 가장 컸다. 그는 서랍 하나의 바닥에서 가장 뿌듯한 마음으로 골랐던 선물을 발견했다. 라벤더 꽃무늬로 뒤덮인 도자기 상자. 그는 그것을 보며 자신의 어머니가 가지고 있던 보석 상자를 떠올렸었다. 소년이던 그는 조각된 꽃을 손가락으로 어루만지며 여자들이 갖는, 오로지 예쁠 목적으로 예쁜 물건에 감탄했었다.

그는 뭔가를 찾으면서도 무엇을 찾는지는 몰랐다. 영수증? 진료 기록? 그가 엿들은 이야기가 사실이 아니라는 증거, 나디아가 루크 셰퍼드와 말다툼을 하면서 언급한 그 클리닉이 시내에 있는 그 클리닉이어서는 안 되었다. 딸이 진입로로 차를 몰고 들어왔을 때쯤 그는 협탁 서랍 내용물을 전부 비운 뒤였고, 침대 이불에는 금속 질감의 지갑, 수면 양말, 마분지에 끼워진 그 상태로 반짝거리는 귀걸이가 잔뜩 널려 있었다. 나디아가 안으로 들어가 무릎에 도자기 상자를 올린 채 침대 모서리에 앉아 있는 아버지를 발견했다. 그의 손에 황금색 아기 발이 쥐여 있었다.

열넷

이른 아침 어퍼 룸은 정적에 휩싸여 있었다. 꽤 오래전 여름에 이곳에서 아침 시간을 보낸 나디아에게는 익숙한 분위기였다. 열일곱 살이고 상처를 입었고 자신이 다른 사람의 관심을 받을 가치가 있는 사람인 것을 입증하려고 필사적이던 그 무렵 그녀는 목사의 사무실에서 목사부인의 사무실로 커피가 담긴 머그컵을 나르면서 조용한 복도를 혼자 걸어갔다. 매일 아침 그 이동을 반복했고, 마더 베티가 지켜보는 가운데 김이 모락모락 나는 커피를 따르면서 목사 사무실의 닫힌 문을 흘끗 쳐다보고는 그 안에서 그가 무엇을 하고 있는지 궁금해했다. 그의 일은 근면한 태도와 실제적인 면을 요구하는 아내의 일과 다르게 신비로워 보였다. 이따금 그녀가 먼저 들어가고 그가 그 뒤에 들어올 때가 있었는데, 팔 밑에 두꺼운 성경책을 끼고 그녀에게 웃어 주면서 바쁘게 그녀 옆을 지나갔다. 또 어떤 때에는 그녀가 안으로 들어가면 그가 통화를 하고 있었는데, 등을 돌린 채였지만 구불구불한 전화선을 만지는 그의 손이 보였다. 한번은 목사가 상담을 해주려고 어떤 부부를 그의 사무실로 안내하는 것을 보면서, 나디아는 목사가 어떻게 그 시간을 운영해 나갈지 상상했다. 전략적인 순간에는 삐걱거리는 가죽 의자에 몸을 기댈 것이다. 어떤 점을 짚어 줄 때는 몸을 뒤로 빼고 부부가 이야기할 때는 앞으로 숙일 것이다. 그는 지혜롭고 이해심 많은 사람으로 보일 것이다. 그해 여름 나디아는 이른 아침에 목사와 만나기로 약속하는 사람들은 어떤 사람들일지 생각했었다. 아마도 가장 상처 입은 사람, 도움이 절실한 사람, 교회 사람 누가 그들의 문제를 알게 되면 어떤 일이 벌어질지 가장 고민인 사람 들일 것이다. 세월이 흐른 뒤 자신과 아버지가 그런 사람들이 되어 해가 하늘을 밝히자마자 목사의 사무실을 찾게 될 거라고는 상상도 하지 못했다.

그들이 안으로 들어가자 목사는 움찔 놀랐다. 펼쳐진 성경책과 노란 유선지 패드 위로 허리를 숙인 채 책상 앞에 앉아 있었으니 아마 설교문을 작성하고 있었을 것이고, 어쩌면 그 때문에 그의 사무실로 예고 없이 찾아온 것이 더더욱 잘못된 일로 보였을 것이다. 하지만 그날 아침 아버지는 나디아의 방으로 들어와 그녀가 반박하지 못할 정도로 단호하게 말했다. 「목사를 찾아갈 거다.」 나디아는 쏟아 낸 서랍 내용물에 둘러싸인 채 아기 발을 쥐

고 그녀의 침대에 앉아 있던 아버지의 모습 때문에 잠을
이루지 못하고 긴 밤을 보낸 뒤였다. 아버지의 눈에 눈물
이 맺혀 어른거렸다.

「제 물건을 다 살피신 거예요?」 나디아가 힘없이 물
었다.

「네가 이런 짓을 했니?」 아버지가 말했다. 「네가 내 뒤
에서 이런 짓을 했니?」

그는 그녀의 죄에 이름 붙이기를 거부했고, 그 때문에
나디아는 더욱 수치심을 느꼈다. 그래서 아버지에게 사
실대로 말했다. 몰래 루크와 데이트를 한 것, 임신한 사
실을 알게 된 것, 셰퍼드 부부가 낙태하라고 돈을 준 것
까지. 아버지는 고개를 숙인 채 두 손을 쥐어짜며 조용히
들었고, 이야기가 끝나자 잠시 더 앉아 있다 일어서서 방
을 나갔다. 그는 충격을 받은 상태였지만 나디아는 이유
를 알 수 없었다. 이제는 그도 사람이 사람을 진실로 알
수 없다는 것을 알고 있지 않은가? 어머니가 그들 둘에게
그것을 가르쳐 주지 않았는가? 지금 나디아와 그녀의 아
버지는 목사 사무실 입구에 서 있었고, 목사는 그들 둘을
가만히 올려다보았다. 그러고는 목청을 가다듬고 손짓으
로 책상 맞은편 버건디색 의자를 가리켰다.

「좀 앉지 그러세요?」 그가 침착하게 말했다.

「아니.」 아버지가 말했다. 「당신은 나한테 이래라 저래
라 할 수 없어. 이 아이는 그저 어린애였어. 개자식. 당신

아들이 이 아이한테 어떤 짓을 했는지 당신도 알고 있었 겠지 —」

「그 문제는 이미 처리했어요, 로버트 —」

「어떻게 처리했어? 당신이 처리했어? 이 아이한테 그 짓을 시킨 사람이 당신이야? 아니면 당신 아들?」

「이 문제에 대해 지금 이야기해 봅시다.」 목사가 의자에서 천천히 일어서며 말했다. 「분노는 아무것도 해결해 주지 —」

「젠장, 나는 화가 났다고! 당신이라면 화가 안 나겠어, 목사 양반? 이 일이 당신 딸한테 일어났다고 해도?」

아버지는 비난할 대상이 필요했고, 그 비난을 목사에게 떠안기는 것은 얼마나 쉬운가. 그녀는 순진무구한 딸인데 어느 이기적인 아들과 그 아들의 위선적인 아버지로부터 협박을 당해 순리를 거스르는 수술을 받게 된 것이다. 책상 맞은편에서 목사가 갑자기 그 진실에 피로감을 느낀 듯 눈을 비볐다.

「저도 알고 있었어요.」 목사가 말했다. 「우리가 그 돈을 줘서는 안 된다는 것을 알았죠. 그건 오만한 일입니다. 주님이 이미 만드신 생명에 개입하는 것은요.」

「아니에요.」 나디아가 말했다. 「아무도 나한테 뭐든 억지로 시킬 수 없어요. 난 그럴 수…… 난 아기를 원하지 않았어요.」

「그래서 아기를 죽여?」 아버지가 말했다.

아버지는 딸에게 환멸을 느꼈고, 그것은 분노보다 더 나빴다. 어쨌거나 그와 그녀의 엄마도 부모가 될 준비는 되어 있지 않은 사람들 아니었나? 그들은 어쨌거나 그녀를 키우지 않았나? 이 아이는 뭐가 문제지? 이 아이는 왜 더 강해질 수 없었지?

「아무도 나한테 뭐든 억지로 시킬 수 없어요.」 나디아가 다시 말했다. 어머니는 죽은 지 오래지만 딸이 자신의 선택에 대해 어느 누구도 비난하지 않는다는 것을 알면 자랑스럽게 여길 것이다. 나디아는 적어도 그만큼 강했다.

캘리포니아에서 보내는 마지막 밤에 나디아는 택시 운전사에게 공항 가는 길에 모니크와 케이시의 집 앞에 세워 달라고 부탁했다. 그녀는 도로 경계석 옆에 세운 차 안에서 미터기 숫자가 재깍재깍 올라가는 것을 보며 5분 동안 앉아 있었고, 마침내 건장한 필리핀계 운전사가 차창을 내리고 담배에 불을 붙였다.

「들어갈 건가요, 아니면…….」 그가 말했다.

「잠깐만요.」 나디아가 말했다.

그가 어깨를 으쓱하더니 차창 밖으로 담뱃재를 톡톡 털었다. 나디아는 차창 유리에 기대 담배 연기가 혀를 날름거리며 구불구불 흘러가는 것을 지켜보았다. 아버지는 그녀의 침실 입구에 서서 가방 싸는 모습을 지켜보았다.

「가지 않아도 돼.」그는 그 말을 반복했지만 정말로 머물 렀으면 하는 바람에서 한 말인지 그저 의례적으로 하는 말인지는 알 수 없었다. 그는 당장에라도 안락의자에 몸을 파묻고 다시 침묵에 서서히 익숙해질 것이다. 집 안에 소리를 채워 넣기 위해 텔레비전을 켤지도 몰랐다. 어쩌면 아버지는 그녀 없이 지내던 단순한 생활을, 편안하게 흘러가던 자신의 일과를 그리워했을 것이다. 이제 아버지는 새 교회를 찾아야 하겠지만 — 그들이 사무실에서 나올 때 그는 심지어 목사와 눈을 마주치지도 않았다 — 다른 교회에서 외로운 남자와 그의 트럭이 필요할 일이 뭐가 있겠는가? 나디아는 아버지가 이 교회 저 교회 떠돌면서 영원히 누군가의 짐을 실어 나르고 그 자신은 아무것도 취하지 않는 모습을 그려 보았다.

그녀가 마침내 택시에서 내려 초인종을 눌렀다. 초인종이 두 번째로 울린 뒤 오브리가 문을 조금 열었다. 임부복 바지를 입은 그녀의 배가 비치볼처럼 나와 있었다. 오브리는 나디아가 한때 두려워한 임신부의 모습을 하고 있었다. 나디아는 임신 테스트를 한 뒤 며칠 동안 거울 앞에서 셔츠를 걷어 올리고 자신의 배를 뚫어져라 바라보았고, 그러면 그녀의 납작한 배는 눈앞에서 풍선처럼 커져 청바지 위에 가만히 떠 있는 것 같았다. 예약을 하려고 클리닉에 전화를 걸었을 때 전화받은 남자는 날짜를 정하기 전에 다른 선택에 대한 녹음된 설명을 들어야 한다고 말했다. 「죄송합니다만.」 그가 말했다. 「클리닉에 요구되는 사항이라서요.」 그는 진심으로 미안한 것 같았고, 전화선 반대쪽의 그녀가 침묵에 빠지자 그 내용을 정말로 다 들었는지 확인할 방법은 없다고 말했다. 그래서 녹음된 말이 나오자마자 나디아는 책상 위에 조용히 전화기를 내려놓았다. 또 다른 사람의 생이라는 무거운 짐을 지고 싶지 않다는 사실을 판단하기 위해 그 내용을 들을 필요는 없었다.

하지만 오브리는 두려워하지 않는 것 같았다. 그녀는 큼직한 스웨터를 입고 아기가 여전히 거기 있음을 상기하려는 듯 한 손을 배에 올린 채 편안해 보였다. 오브리는 이 아기를 원했다. 다른 점은 이것이었다. 당신이 원한 마술은 기적이지만, 원하지 않은 마술은 자꾸만 나타나는 유령과 같다는 것.

「축하해.」 나디아가 말했다.

그녀는 애써 미소를 지어 보였다. 이것이 가장 힘든 부분이었다. 그렇지 않은가? 잘 흘러가던 우정이 그러기는커녕 고된 노력을 요구하기 시작하는 것이. 문을 통해 아무렇지 않게 들어가기는커녕 환영 매트 위에 서 있는 것이. 나디아는 오브리의 얼굴에서 다정한 기색이나 분노를 살폈지만 어느 것도 발견하지 못했고, 그저 오브리가 스웨터로 배를 더 단단히 가리느라 아래를 내려다볼 때 그녀의 조용하고 침착한 표정만 보았을 뿐이었다.

「네가 내게 거짓말을 했어.」오브리가 말했다.

「그래.」

「오랫동안. 두 사람 다.」

「그래서 정말 미안해. 내가 어떻게 하면 —」

「저게 네가 타고 온 택시니?」

그녀는 오브리의 시선이 자신의 어깨를 스쳐 보도 경계석에서 담배를 피우는 택시 운전사에게 가닿는 것을 느꼈다. 「오늘 밤 비행기를 타고 돌아가.」나디아가 말했다.

「얼마나 오래 가 있을 건데?」

「나도 몰라.」

「그럼 그게 네 계획인 거네. 나한테 이렇게 해놓고 그냥 떠나 버리는 거.」

「잠시 안에 들어가도 돼?」

오브리가 망설였다. 길게 느껴지는 한순간 나디아는 오브리가 안 된다고 말할 줄 알았지만, 이윽고 오브리가 비켜섰다. 나디아는 한때 자기 집처럼 드나들던 작고 하얀 집에 들어갔고, 바닥에 흩어져 있는 판지 박스들을 지나 냉장고에 초음파 사진이 붙어 있는 부엌으로 갔다. 그녀가 냉장고 가까이 몸을 기울였다. 거기 있었다. 여자 아기. 20주 된 손가락 열 개 발가락 열 개인 건강한 아기. 20주가 되니 아기는 사람 같아 보였다.

「아버지가 알아내셨어.」나디아가 말했다. 「내가 낙태

한 사실을.」

「오.」 오브리의 목소리가 부드러워졌다. 「많이 화나
셨어?」

나디아가 어깨를 으쓱했다. 아버지에 대해 지금은 이
야기하고 싶지 않았다. 냉장고에 붙은 초음파 사진을 돌
아보며, 진료실에서 의사가 오브리의 배에 봉을 대고 움
직일 때 자신이 오브리의 손을 잡아 주는 장면을 상상했
다. 의사는 비좁은 공간에 끼어 선 채 웃을 것이다. 대체
로 환자가 가족 전체를 데리고 온 경우는 보지 못했을 테
니까. 아무도 나디아가 가족이 아니라고 고쳐 주지 않을
것이다. 그녀도 오브리를 둘러싼 사람들에 낀 채 — 모니
크는 오브리의 반대쪽 손을 잡고 케이시는 오브리의 어
깨에 손을 올리고 있다 — 네 여자 모두 아기가 후면광을
받으며 하얀 빛에 잠겨 모습을 드러내는 것을 지켜볼 것
이다. 그들이 화면에 나타나는 아기를 바라볼 때 아기도
그들이 경이로워하는 것을 느낄 수 있을까? 아기 — 여자
아기 — 는 자기가 이미 사랑에 감싸여 있다는 것을 느낄
수 있을까? 혹 아기 — 남자 아기 — 는 자기가 원해서 만
들어진 아기가 아니라는 사실을 감지할 수 있었을까?

「그건 어떤 기분이야?」 나디아가 물었다. 「임신한
기분.」

「이상해.」 오브리가 말했다. 「몸이 더 이상 내 몸이 아
닌 것 같아. 모르는 사람들이 내 배를 만지면서 얼마나

남았는지 물어. 사람들이 그렇게 해도 된다고 생각하는 이유가 뭘까? 어쨌거나 나는 더 이상 내가 아니야. 그리고 가끔은 내가 나로 돌아가지 않을까 봐 겁나. 그리고 가끔은 내가 그 이상이 된다는 게 좋아.」그녀가 벽에 기댔다.「하지만 또 어떤 때는 내가 이 아기를 사랑하지 않으면 어쩌지, 하는 생각이 들어.」

「당연히 사랑할 거야. 어떻게 사랑하지 않을 수 있어?」

「모르겠어. 우리한테는 그런 일이 일어났어. 안 그래?」

가끔 나디아는 그 말이 맞기를 바랐다. 자신이 사랑받지 않았다는 사실을 받아들이는 것이 훨씬 더 간단했다. 자신을 버렸다는 이유로 어머니를 미워하는 것이 훨씬 더 간단했다. 하지만 그 순간 나디아는 어머니가 해변에서 주운 조개껍데기를 그녀에게 건네던 것을, 아팠을 때 어머니가 밤새 옆에 앉아 뜨거운 이마를 손으로 짚어 주고 키스가 체온계보다 열을 더 잘 감지한다는 듯 키스해 주던 것을 떠올렸다. 어머니에 대해서는 어떤 것 ─ 삶도 죽음도 ─ 도 간단하지 않았으니 그녀의 기억 또한 그럴 것이다.

「어쩌면.」나디아가 말했다.「그분들은 적어도 최선을 다했을 거야.」

「그렇다면 그게 훨씬 더 겁나.」오브리가 말했다.

오브리가 배를 감싸 안았다. 그녀 안에 겁이 나는 만큼 기적으로 느껴지는 완전히 새로운 사람이 들어 있었다.

당신이 더 이상 당신이 아니면 당신은 누가 되는가?

「아직 이름 없어?」 나디아가 물었다.

오브리가 잠시 가만히 있다가 고개를 가로저었다. 그녀는 거짓말을 하고 있었다. 아기가 그저 기도로 존재했을 때부터 아마도 오브리는 아기 이름의 목록을 만들어뒀을 것이다. 하지만 나디아에게 말하고 싶지 않은 것이고, 나디아는 알 권리가 없었다. 그럼에도 오브리에게 작별의 포옹을 한 뒤, 택시에 다시 탄 뒤, 비행기 차창에 머리를 기대고 등 뒤로 샌디에이고가 멀어지는 것을 지켜본 뒤, 나디아는 전화 한 통을 받고 어느 아침 병원에 가 있는 자신을 상상했다. 그녀는 신생아실 밖을 서성이며 분홍색과 파란색 비니가 씌워진 채 여러 줄로 눕혀진 아기들을 살필 것이다. 그리고 마침내 아기를 발견할 것이다. 보자마자 알아볼 것이다. 분홍색 담요에 감싸인 소용돌이치는 빛, 그녀가 언제나 사랑할 두 사람이 씨를 뿌려 자라난 아이. 그녀는 그 아기를 알겠지만, 결코 알지 못할 것이다.

처음에 소문이 존재했고, 소문이 파국을 가져왔다.

그 소식은 베티의 입을 통해 이틀 만에 퍼졌다. 베티는 나중에 자기는 전혀 해를 끼칠 생각은 아니었다고 말했다. 그랬다. 베티가 개인적이고 은밀한 정보를 흘린 것은 맞지만, 그건 그저 그것이 아주 개인적이고 은밀한 문제라는 것을 미처 깨닫지 못했기 때문이었다. 어느 아침 베티는 여기저기 잠긴 교회 문을 열고 다니면서 자신의 일을 하다가 목사 사무실에서 흘러나오는 웅성거리는 소리를 들었다. 당연히 무슨 영문인지 알아보러 갔다. 그것이 그녀의 의무 아니던가? 목사가 도움이 필요한 상황이면 어쩌는가? 말도 안 되는 일들이 일어나곤 했다. 그녀는 『USA 투데이』에서 어느 미친 교회 신자의 칼에 찔린 테네시의 목사 이야기를 읽은 적이 있었다. 「60분」 쇼에서 클리블랜드의 어느 교회가 십일조 헌금 두는 곳을 정확히 알고 있었을 것으로 추정되는 폭력배 몇 명에게 강도를 당한 이야기도 보았다. 우리는 목사 사무실에서 누군가가 정말로 그에게 칼끝을 겨누고 있었다면 정확히 어떻게 할 참이었느냐고 물었지만, 베티는 손짓으로 우리 질문을 잠재우고 계속 이야기를 들어 보라고 했다. 그래서 베티는 웅성거리는 소리를 알아보러 그곳에 갔고, 가까이 다가가 문틈으로 구석을 들여다보았는데, 그 안에서 누구를 보았는지 짐작이 가는가?

「로버트 터너.」 베티가 빙고 테이블 건너로 속삭였다. 「소리를 지르면서 화를 내고 있었어. 목사님을 개자식이라고 부르면서. 믿어져?」

물론 우리는 믿을 수 없었는데, 베티가 그 이야기를 해주면서 그토록 즐거워 보였던 이유가 그것이었다. 우리는 로버트가 목사 사무실에서 목사에게 욕을 하는 것은 물론이고 화를 낸다는 사실도 거의 상상할 수 없었다.

「뭣 때문에?」해티가 물었다.

「나도 모르지만.」베티가 말했는데, 천천히 떠오른 그녀의 미소는 짐작 가는 바가 있다는 뜻이었다. 「거기 로버트의 딸이 같이 있었어. 그리고 로버트는 〈이 아이는 그저 어린아이였다〉는 말만 반복했고, 목사님은 자기는 그저 그 아이를 도와준 거였다고 말했어. 그러니까 로버트는 이 아이는 자기 자식이니 도움을 주고 말고는 누구도 간섭할 수 없는 문제라고 말했어.」베티가 잠시 말을 멈추었다. 「다들 내가 무슨 생각하는지 알지? 내 생각엔 한때 아기가 있었는데 지금은 없는 거야.」

우리는 환멸을 느꼈지만 충격을 받지는 않았다. 신문에 하루가 멀다 하고 아기를 지우는 여자들에 대한 기사가 실린다. 거기에 새로운 것은 전혀 없다. 우리가 성장할 때, 우리 모두에게는 딸이 아기를 가진 것을 알고 수치심을 느낀 어머니에 의해 친척 아주머니의 집으로 보내지는 여자 친구나 사촌 자매, 친자매가 있었다. 우리 어머니들이 이런 여자들을 받아 주는 경우도 있어서, 우리는 문틈으로 그들의 몸에 일어나는 변화를 엿보았다. 우리는 그전에도 임신한 여자들을 보았지만 어린 여자의 몸에 나타나는 임신은 달라 보였는데, 작은 나비 리본 모양이 분홍색으로 수놓인 면 팬티 위로 공처럼 둥근 배가 나와 있었다. 우리는 남자 손이 우리 허벅지에 닿는 것만으로도 그 일이 일어날까 봐 여러 해 동안 남자가 우리 몸에 손만 대도 움찔 놀랐다. 우리가 그렇게 보내지는 여자들이 되면 그들이 그랬던 것처럼 그 일을 견뎌 낸 뒤 엄마가 되어 집으로 돌아왔다. 백인 여자도 유색인 여자만큼 곤란한 상황에 종종 빠졌다. 하지만 적어도 우리는 우리 문제를 품위 있게 지킬 줄 알았다.

「다들 그렇게 생각 ―」

「당연하지.」

「주님 자비를.」

「다들 래트리스가 알고 있다고 생각하지?」

「이 주변에서 그녀가 모르는 게 있어?」

터너의 딸과 그녀의 원치 않은 아기. 여러 날 동안 우리는 다른 어떤 문제도 생각할 수 없었고, 그 비밀은 우리만의 것이 되게 하기로 약속했지만 진실은 어쨌거나 새어나갔다. 나중에 우리는 누가 입을 먼저 놀렸는지 결코 알아내지 못한 채 서로를 비난했다. 그 이야기를 해주면서 그렇게 주목받고 싶어 했던 베티가 그걸 못 참고 다른 누군가에게 동일한 공연을 또 한 번 펼친 것이었을까? 아니면 우리 모두 알기로 물을 담아 두는 성격이 못 되는 시스터 윌리스와 차를 같이 타고 다니는 해티가 말한 것일까? 그것도 아니면 빙고 게임장에 있던 누군가가 우리 이야기를 엿들어 거기서 이야기가 알을 낳은 것인가? 어떤 면에서 우리 모두 죄가 있었지만 그것은 우리 중 누구

414

에게도 죄가 없다는 뜻이어서, 그다음 일요일에 목사의 설교가 한창일 때 매그덜리나 프라이스가 예배를 보다 말고 나가 버렸을 때 우리 모두 깜짝 놀랐다. 목사가 힐 끔 눈을 들어 그녀가 나가는 모습을 보았고, 자기가 무슨 말을 하는 중이었는지 잊은 듯 잠시 말을 더듬었다. 목사 는 두려움의 엄습에 대한 설교를 하고 있었는데, 우리가 수십 번은 들은 것이었다. 그의 어떤 말이 그녀의 심기를 건드렸을까? 그리고 그 주 수요일에 주중 성경 공부를 하 다가 우리는 서드 존이 브라더 윈스턴에게 하는 이야기 를 들었는데, 목사가 아기를 낳지 않도록 나디아 터너에 게 5천 달러를 줬다고 했다. 그렇지 않으면 그녀가 어떻 게 그런 큰 학교에 다닐 수 있었겠는가? 어퍼 룸 사람들 의 상상 속에서 그녀는 점점 어려졌고 액수는 점점 커졌 고 목사의 동기는 점점 검어졌다. 그녀의 임신 사실이 자 신의 목사직에 해를 끼칠까 봐, 혹은 자기 피붙이가 터너 집안의 혈통과 섞이는 것을 원치 않아 그가 그녀의 아기 를 죽이라고 돈을 주었다는 것이다. 나디아의 엄마가 어 떻게 미쳤는지 기억나는가? 떠올려 보라, 우리 중 누구라 도 잊을 수 있겠는가.

그리고 그 기자가 찾아왔다. 멜론 색깔 바지를 입고 금 색 머리칼을 하나로 묶은 갓 대학을 졸업한 백인 청년이. 우리는 처음에 멜론 색깔 바지건 뭐건 그를 대수롭지 않 게 여겼다. 우리 교회 목사가 임신한 여자, 더욱이 미성

년자에게 그 비용을 대줬다는 이야기를 들었다면서 우리
에게 하고 싶은 말이 있는지 묻기 전까지는. 마음만 먹으
면 언제라도 우리 목숨을 빼앗을 수 있음을 상기시키려
는 듯 권총집 가까이 손을 대고 서 있는 경찰처럼 그는
수첩에 펜을 대고 우리들의 집 앞 계단에 두 발을 벌리고
서 있었다. 우리는 아무것도 모른다고 말했다. 그가 수첩
을 탁 닫으며 한숨을 쉬었다.

　「여러분처럼 현명한 분들이라면 그 목사가 어떻게 할
속셈이었는지 알고 싶어 하실 거라 생각했는데 말이죠.」
그가 말했다.

　우리는 빗자루를 들고 그를 계단에서 쫓아 버리고 싶
었다. 꺼져! 우리 집에서 꺼지라고! 우리 문제를 들쑤시
고 다니며 캐묻는 저자는 누구지? 우리 이야기를 퍼뜨리
려고 하는 저자는 누구지? 어쨌거나 그는 그 기사를 썼
다. 사진기자 한 명의 친척 아주머니가 어퍼 룸에 다녔고
그에게 그 이야기를 기꺼이 해주었던 것이다. 어떤 사람
들은 활자화된 자기 이름을 볼 수 있다면 무슨 말이든 다
한다. 그 시점에 그의 기사가 사실인지 아닌지는 크게 중
요하지 않았다. 지진이 일어났다. 그 세월 동안 우리가
예상해 왔던 그것이. 새 신자들이 끊겼다. 옛 신자들은
오지 않았다. 이 도시의 목사들은 우리 교회에 와달라는
초대를 거절했고, 우리 목사를 그들의 교회로 초청하는
일도 없어졌다. 베티는 어느 날에는 스케줄에 채워 넣을

일정도 약속 잡을 일도 없어 아무 할 일 없이 목사 사무실에 앉아만 있었다고 말했다.

세월이 지나 마침내 어퍼 룸의 문이 굳게 닫힌 뒤 우리는 래트리스 셰퍼드를 찾아갔다. 그녀는 우리에게 들어오라고 하여 차와 쿠키를 내왔지만 사과는 하지 않았다.

「나는 다른 어떤 엄마라도 했을 법한 일을 했어요.」그녀가 말했다. 「그 아이가 나한테 고마워해야죠. 내가 그 아이에게 삶을 준 거예요.」

하지만 우리 중 누구도 나디아 터너가 어떤 삶을 살아가고 있는지 잘 몰랐다. 우리는 그녀를 수년 동안 보지 못했다. 해티는 그녀가 뉴욕이나 보스턴 같은 이스트코스트의 대도시에 정착했다고 말했다. 이제 거물급 변호사가 되어, 내리는 눈을 벗어나 안으로 들어가면 경비가 모자에 손을 올려붙이는 높은 빌딩에 산다고. 베티는 그녀가 결코 정착하지 못하여 어디에서도 안식을 취하지 못한 채 파리에서 로마로, 케이프타운으로 여전히 세상을 떠돌고 있다고 말했다. 플로라는 CNN에서 어느 여자가 밀레니엄 파크에서 자살을 시도한 이야기를 들었다고 했다. 이름은 놓쳤지만 사진 속의 호박색 피부와 옅은 색깔 눈동자가 꼭 터너의 딸 같았다고 했다. 그 사람이 그녀일 수 있을까? 애그니스는 잘은 모르지만 자신의 영혼을 통해 그녀가 인생 후반부에 어쩌면 한 번 이상 자살을 생각하지만 매번 살기로 선택하는 것이 느껴졌다고 말했다. 나디아 안에 어머니가 있어 그녀는 칼을 쥐고 있지만 나디아 자신의 영혼에 부싯돌이 있어, 그것들이 부딪칠 때마다 불꽃이 일어난다고. 나디아의 삶 전체가 불꽃이라고.

우리는 그녀를 마지막으로 꼭 한 번 보았다.

아마도 1년 전, 어느 일요일 아침이었다. 어퍼 룸이 죽은 뒤의 모든 일요일 아침처럼 우리는 그날도 함께 시간을 보냈다. 우리는 이제 새 교회를 찾기에는 너무 늙어 일요일마다 다 같이 모여 성경 말씀을 읽고 기도를 올린다. 이제 아무도 우리에게 기도 요청 카드를 남기지 않지만 어쨌거나 우리는 교회 사람들에게 뭐가 필요할지 상상하며 도고 기도를 올린다. 트레이시 로빈슨은 여전히 술 마시는 버릇을 버리지 못했는지, 죽은 아내에 대한 로버트 터너의 애도는 이제 끝났는지. 오브리 에번스와 루크 셰퍼드를 위해서도 기도하는데, 어퍼 룸이 죽어 가던 시절 우리는 그들이 아기와 함께 로비에 있는 것을 보았다. 함께였으나, 해진 바지의 구멍을 수선해도 결코 새것 같아 보이지 않는 것처럼, 함께인 걸로 보이지 않았다. 일요일 아침이면 우리는 마음에 떠오르는 모두를 위해 기도하고, 그런 다음 플로라의 방 발코니에 앉아 점심을 먹는다. 그 일요일에 우리는 바깥을 흘긋 쳐다보았고 로버트 터너의 트럭이 거리를 달려가는 것을 보았다. 우리는 그렇게라도 그를 잠시 본 것이 기뻤는데, 그의 딸이 운전을 하고 있었다. 그녀도 이제 나이 들어 아마 30대일 테지만 머리칼은 어깨까지 내려오고 햇볕에 반짝거리는 선글라스로 눈을 가린 모습이 예전 그대로였다. 차창 밖으로 걸친 왼손에 반지는 끼워져 있지 않았지만, 우리는 나디아가 결코 버림받는 쪽이 되지는 않을 것이기에 마음만 먹으면 언제든 차버릴 수 있는 남자가 어딘가 있을 거라고 생각했다. 그녀는 왜 타운에 돌아왔는가? 플로라는 로버트가 다시 아픈 건지도 모른다고 생각했지만, 해티가 트럭 짐칸을 가득 채운 납작하게 접혀 있는 박스들에 대해 일깨워 주었다. 어쩌면 그녀는 아빠의 이사를 돕는 중일 것이다. 그녀가 지금 어디 사는지 몰라도 어쩌면 그를 자신의 집으로 데려가는 중일 테고, 아마 이번이 죽은 어머니의 집에 발을 들여 놓는 마지막이라서 그토록 평화로워 보였을 것이다. 애그니스는 맹세컨대 조수석에서 바비 인형이 그려진 분홍색 가방을 보았다고 말했다. 아마 오브리의 딸에게 주는 선물일 것이다. 우리는 나디아가 그 선물을 들고 계단을 올라가 그 여자아이 앞에, 그녀 자신의 아이가 존재했다면 존재하지 않았을 그 여자아이 앞에 무릎 꿇는 것을 상상했다.

그리고 나디아는 길모퉁이를 돌아 사라졌다. 우리가 봤을 때만큼 빠르게 사라졌다. 우리는 그녀가 돌아온 이유를 결코 알지 못하겠지만, 여전히 그녀에 대해 생각한다. 우리는 그녀의 삶이 실타래에 감긴 색색의 실처럼 풀려 나오는 것을 보고, 줄줄 풀려 나오는 실을 우리 손에 감으면서 쫓아간다. 나디아는 이제 그녀의 어머니 나이가 된다. 지금 나이의 두 배가 된다. 우리 나이다. 당신은 우리의 어머니다. 우리가 당신의 배 안을 기어다닌다.

감사의 말

다음 분들께 끝없는 감사를 드린다. 그분들의 도움이 없었다면 이 책은 불가능했을 것이다.

나를 안내하고 내게 위트를 선사하여 내 하루하루를 구원해 준 꿈의 에이전트 줄리아 카든에게, 언제나 나를 믿어 준 것에 감사한다. 이 일을 같이 하고 싶은 사람은 당신뿐이다. 메리에번스 주식회사에 근무하는 모든 분들에게, 특히 메리 골에게 감사한다. 그녀의 피드백과 지지는 내게 큰 의미가 되었다. 새러 맥그래스는 예리한 교정으로 각 단계마다 이 책을 더 좋게 만들어 주었고, 다냐 쿠카프카는 보이지 않는 곳에서 내게 더없이 소중한 도움을 주었다. 리버헤드에 근무하는 모든 좋은 사람들, 그들의 전염성 강한 열정이 내 첫 책이 출판되는 과정을 아주 재미있는 경험으로 만들어 주었다.

헬렌 젤 라이터스 프로그램을 맡았던 작가님들과 직원들, 특히 내 거친 초고의 틀을 잡아 학위 논문이 되게 하고 이어 책이 될 수 있게 이끌어 준 피터 호 데이비스, 아일린 폴락, 니컬러스 델반코, 수기 게인샤난선에게 감사한다.

비상한 재능을 소유한 동료들이 워크숍마다 각자의 통찰과 피드백으로 내게 도전 과제를 던져 주었다. 특히 내 첫 에세이를 편집하고 출판해 준 지아 톨렌티노에게, 레이철 그린, 데릭 오스틴에게, 친절한 마음과 즐거운 성품으로 내가 미시간에서 세 번의 겨울을 따뜻이 날 수 있도록 도와준 메어리드 스몰 스테이드에게 감사한다. 그리고 즉석 브레인스토밍 시간을 마련하고 급히 계획된 여행을 추진하고 끊임없는 충고를 제공한 시골뜨기 동료 크리스 맥코믹에게 감사한다. 내가 대학원에 지원한 것은 내 글쓰기 실력을 향상시키기 위해서였지만 여러분 모두를 만난 것은 큰 선물이었다.

스탠퍼드 대학교에서 멘토가 되어 준 문예창작학과 교수님들께, 특히 산만하기 짝이 없던 초고를 쓰는 동안 나를 격려해 준 애미 켈러 교수님께, 내 글을 최초로 진지하게 수정할 때 도전 과제를 던져 준 스테파니 수아로 교수님께 감사한다. 두 분 모두 진지하고 너그럽게 내 초고를 살펴봐 주었고 나는 이에 감사하는 마음을 영원히 간직할 것이다.

어느 저녁 내 기숙사 방의 문을 두드려 나를 저녁 식사에 초대한 애슐리 버크너는 몇 년이 지난 지금 그가 없는 내 삶을 상상할 수 없는 존재가 되었다. 브라이언 와뇨이 케는 나를 크게 살아가고 치밀하게 생각하도록 북돋워 주었다. 내 가장 오랜 친구이자 최초의 독자인 애슐리 모펏에게 감사한다. 내 가족이 내게 준 모든 사랑과 지지에 감사한다. 그리고 내게 어머니가 되어 주고 언어를 주고 삶을 준 모든 작가들과 예술가들, 학자들에게 감사한다.

삶 전체가 불꽃이라고

웨인 왕 감독의 영화 「스모크Smoke」(1995)의 도입부에는 담배 연기의 무게가 얼마인지 아느냐는 질문이 던져진다. 잴 수 없다고 생각되는 것의 무게. 저울에 올릴 수 없는 뭔가의 무게. 눈앞에서 사라져 버리는 것의 무게. 단어의 무게라면 어떨까? 어떤 단어는 아주 무겁게 다가오고, 또 어떤 단어는 아주 가볍게 다가오는데, 저울로 재지는 못해도 상징적으로는 가늠해 볼 수 있지 않을까?

우리에게 일어나는 일은 무엇 하나 마음에 그냥 들어왔다가 그냥 빠져나가는 법이 없다. 그 〈무슨 일〉은 안 그래도 무거운 가슴에 아예 눌러앉거나, 나가더라도 뭔가의 무게를 더 얹어 놓고 나간다. 그렇게 더해진 무게가 의지와 무관한, 통제 밖의 것도 있겠으나, 우리의 의지가 작용한 것이라면? 우리는 그것을 선택이라 부를 것이다. 내 판단에 의해, 내 결정에 의해 내리는 뭔가의 무게. 즉 선택의 무게. 그때의 무거움은 단순히 선택한 것만의 무게가 아니라, 선택하지 않은 것의 무게가 더해진 것일 테다. 더욱 무거워진다. 그 영향력은 내 삶 전체에 퍼질 수도 있으니, 더더욱 무거워진다. 우리가 어느 순간 내리는 어떤 선택은, 그렇게 인생의 끝까지, 인생의 모든 순간에 영향력을 미치는 선택이 될지도 모른다.

태어나는 생명과 관련된 선택이라면 어떨까. 그리고 그 생명이 나로 인해 만들어진 것이라면? 이 소설 『나디아 이야기』는 낙태, 좀 더 시대의 변화를 고려한 말로 임신 중절이라는 묵직한 주제를 던진다. 하지만 그것이 임신 중절을 찬성하느냐pro-choice, 반대하느냐pro-life를 놓고 한쪽의 입장을 옹호하는 내용은 아니다. 이 소설이 보여 주는 것은 나디아와 루크, 오브리라는 세 젊은 등장인물의 인연과 그 관계의 역동을 통해 임신 중절을 놓고 내린 선택이 얼마만큼의 무게로, 얼마나 긴 기간 동안 우리 삶과 그 주변 풍경에 영향력을 미치는가이다.

지금껏 접한 책이나 영화에서 원하지 않은, 혹은 예상치 않았던 임신과 관련된 이야기를 더러 만났던 것 같다. 아이를 지우려고 위험한 방법을 썼으나 실패한 이야기. 자신의 의지로, 혹은 어쩔 수 없이 아이를 낳고 어딘가로 떠나보내는 비운의 이야기. 혹은 엄마 혼자 아이를 키워 나가는 팍팍하고 고단한 이야기. 그 정도의 이야기.

하지만 임신 중절을 자발적으로, 자신을 해치지 않는 방법으로 현명하게 선택한 여자의 이야기를 본 적이 있는가? 아이를 낳겠다는 선택이 아니라, 낳지 않겠다는 선택이 긴 시간, 어쩌면 평생 그와 관련된 사람들의 가슴과 삶에 영향력을 미치는 이야기는? 하지 않은 선택에 대한 가정이 삶의 순간순간 상상을 낳고, 그 상상이 다시 감정을 낳고, 그 감정이 또다시 선택을 낳는 이야기는? 더욱이 그런 이야기 속의 남자들은 다 천하에 나쁜 놈이거나 무책임한 놈이었다. 그런데 이미 내려진 선택에 따랐고 상황이 흘러가는 대로 흘러갔으나 가슴 한편으론 세상에 나오지 못한 아기를 품고 그리워하고 키워 가고 있었던 남자의 이야기는?

이 소설에는 그런 한 남자와 삶의 지향이 다르고 바라는 것이 다르나 한 남자를 사랑하게 되는 두 여자가 등장한다. 선택을 내린 나디아, 선택을 따른 루크, 그 선택에 휘말린 오브리의 이야기. 이들이 만드는 역동이 한 지역사회 혹은 공동체의 풍토와 토질과 지도를 바꾼다. 견고한 성채가 무너진다. 단연코, 이런 이야기는 처음이었다. 내겐 그랬다. 한 선택이, 그러므로 하지 않은 선택이 우리의 삶 곳곳에서 우리의 감정에, 우리의 삶 전체에 미치는 영향력을 촘촘히 따라간 이야기, 그 선택이 세상 빛을 보지 못한 한 생명에 관한 것이었던 이야기는.

『나디아 이야기』는 브릿 베넷의 데뷔 소설이다. 브릿 베넷은 1990년생, 젊은 흑인 여성이다. 2016년에 이 소설이 출간되면서 문학계의 큰 관심을 끌었고, 『뉴욕 타임스』 베스트셀러 반열에 올랐다. 문학계의 관심을 끌 만한 요소는 많다. 치밀한 구성, 흥미로운 플롯, 생생한 등장인물, 섬세한 감정선, 깊이와 폭이 느껴지는 사유 등 우리가 문학 작품에 관해 이야기할 때 흔히 짚고 넘어가는 기본 요소는 물론이거니와, 모든 작가는 마땅히 그러하겠으나, 이 작가이기에 가능했던 특유의 시선을 볼 수 있다.

〈감정적 깊이를 가진 젊은 흑인 여성을 그린 책은 이게 처음이라고 말해 주는 젊은 흑인 여자들을 만났어요……. 내면의 삶을 가진 흑인 여자들에 대해 쓰는 것 자체를 독특하다고 말하는 그것 자체가 안타까운 일 같아요. 그게 문학의 현재를 말해 주는 것 같거든요.〉

미국 비평계에서는 흑인 문학으로서의 특유한 점도 많이 언급된 듯하다. 지금껏 흑인 문학에 속하는 대부분의 작품은 미국의 남부와 북부가 그 배경이었다. 남북 전쟁의 이름이 왜 남북 전쟁이겠는가. 하지만 이 소설은 미국 문학계의 시선으로 보기엔 아주 생소한 미국 서부가 배경이다. 노스 샌디에이고 카운티의 오션사이드 타운. 작가가 태어나고 자란 곳. 기지촌. 해병대원과 그 가족이 살고 다양한 인종이 살아 군사 문화와 문화적 다양성이 존재하는 곳. 이런 곳을 배경으로 했다는 것이 생소하고 특유하게 느껴진다면, 작가의 인터뷰에서 표현되어 있듯 우리 안에 자리 잡은 전형을 생각해 보지 않을 수 없다. 흑인 이야기는 으레 남부나 그 갈등이 치열했던 곳을 중심으로 해야 하고, 다루는 내용은 인종 차별이어야 하고, 그렇고 그런 전형 말이다. 미국인에게뿐 아니라, 내게도 그 배경이 특별하게 다가온 걸 보면 그 전형은 꽤 굳건하게 자리 잡고 있었던 모양이다. 당하거나 저항하는 사람들의 이야기. 당연히 남부 아니야? 당연히 인종 차별 이야기 아니야? 그러니 브릿 베넷이 설정한 지역적 배경은 우리의 시선을 전형에서 떼어 놓는다. 그렇다고 인종 차별에 대한 시선이 완전히 배제될 수는 없다. 그것은 엄연히 존재하는 현실이자 삶의 배경이기 때문이다. 그것을 전면이 아니라 배경으로 밀어 놓으면서, 개인 각자에 내재한 감정의 섬세한 깊이를 쫓아간 것이 작가가 이루어 낸 성과가 아닌가 싶다.

『나디아 이야기』를 읽으면서 보편과 특수에 대해 다시 생각해 보게 되었다. 이 소설은 흑인 문학이자 여성 문학으로 범주화될 테니 말이다. 전체 중 일부를 묶어 범주화하는 것의 단점은 내용의 보편보다 특수에 더 주목한다는 것이다. 그것은 다루는 내용이 동일한 범주에 속하지 않은 독자에게는 동일한 범주에 속한 독자에게만큼의 호소력이 없을 수 있음을 암시한다. 내 이야기가 아니라 먼

타인의 이야기가 되어 버리니까. 이 작품은 분명 특수한 부분을 건드린다.

그렇다고 이 작품이 특수한 것만을 다루지는 않는다. 당연히 우리의 보편적인 감성을 찌르고 들어온다. 그러니 우리는 문학 작품을 읽을 때 필요한 보편적인 것에 공감하는 눈과 특수한 것을 상상하는 눈으로, 이 작품이 우리에게 말해 주려고 하는 것을 찬찬히 들여다볼 수 있어야 한다.

좀 더 범위를 좁혀 보편에 대해 먼저 이야기해 보면, 이 소설에서 인종 차별에 관한 이야기는 분명히 드러나지만, 작가가 밝히고 있듯 작가의 시선이 긴밀히 닿아 있는 곳은 인종 차별은 아니다. 작가는 오히려 일반적인 감성과 고민에 호소한다. 흑인이고 여성이고 그런 게 아니라 한 시대 한 사회에 속해 자신의 앞날을 고민하고 현재의 사랑에 힘들어하고 과거에서 놓여나지 못한 그냥 〈사람〉 말이다.

인종주의적인 부분에 대해 조금 말해 보면, 나디아는 공부를 잘해서 사회적으로 성공할 가능성이 높은 대학에 진학하지만, 조금만 공부를 잘해도 〈최초의 흑인 여성 대통령이 될걸요〉라는 말을 듣는 사회에 살고, 미시간 대학교에 갈 거란 말에는 〈오, 미시간 좋은 학교죠〉라는 말을 마치 〈나디아가 그 사실을 모르고 있다는 듯〉 백인 여자에게서 들어야 하는 사회적 환경에서 살아간다.

어떻게 보면 이런 미묘한 인종주의가 더 지독했는데, 자신이 미쳤다는 기분이 들기 때문이었다. 그런 상황 뒤에는 늘 의아함이 뒤따랐다. 정말로 인종주의 때문이었을까? 아니면 그냥 그렇게 상상한 것이었을까? (본문 176면)

작가가 문학잡지에 발표하여 사람들의 주목을 받은 논픽션 「나는 착한 백인들은 어떻게 대해야 할지 모르겠다 Don't Know What to Do With Good White People」 (2014)를 읽으면, 봉사인 백인 여자가 모는 차를 얻어 탈 때 느끼는 나디아의 불편함, 서로 사랑이 아닌 관계를 맺으면서 나디아를 도와주는 백인 남자에 대해 느끼는 나디아의 불편함을 좀 더 이해할 수 있다. 선의를 가졌으나 사회적으로 다른 범주에 속할 때, 그리고 그 사람은 강한 쪽에 속하고 나는 약한 쪽에 속할 때 연결되지 않은 그 기분. 작가의 시선은 그 점에서도 특유했고, 그 특유함을 작품 속에 녹여 냈다.

여성 문학으로서도 생각해 볼 점은 많다. 몇 가지만 언급하자면, 교회 어머니들이 흑인 공동체인 교회에서 어떤 역할을 맡고 있는지 주목할 필요가 있다. 그들은 전면에 나서서 주도하는 역할을 하지는 못한다. 하지만 비평가들이 그리스 고전극의 〈코러스〉와 비교하며 그들을 〈가십〉을 담당하고 매의 눈을 한 〈경찰〉 역할을 한다고 보았듯, 그들이 암암리에 미치는 영향력은 오히려 넓고 강하다. 교회 전체를 파괴할 수 있을 만큼의 힘이다. 그렇듯 교회 어머니들에게서는 이 시대에도 여전한 여성의 한계와 여성이 발휘하는 또 다른 종류의 힘이 동시에 엿보인다. 그리고 그것과는 또 다른 여성의 힘은 나디아에게서 좀 더 분명히 보인다. 그것은 외부에 순응하지 않고 당당하게 자신의 인생을 선택할 수 있는 힘이다. 〈아무도 나한테 뭐든 억지로 시킬 수 없어요〉 하고.

브릿 베넷이 이 소설을 처음 쓰기 시작한 것은 열일곱 살, 나디아와 같은 나이였다고 한다. 이 소설이 발표된 것이 2016년이니 꽤 많은 시간이 걸린 셈이다. 작가는 대학에 진학하고 대학원에 들어가면서 자신의 고향인 오션사이드와 물리적으로 멀어지게 되고, 그 덕에 그 이야기를 새로운 시선으로 바라보게 되었다고 말한다. 〈나이가 들면서 인물들을 새로운 눈으로 보게 됐어요.〉 그렇게 작가는 물리적인 거리와 시간의 흐름에 따라 이들이 열여덟, 스물다섯 살이 되었을 때의 모습을 상상해 보았고, 그렇게 이들의 삶은 더 넓고 더 긴 폭 위에 얹히게 되었다. 참 오랜 시간 하나의 이야기를 품고 살았다. 인물들도 작가와 더불어 성장한 셈이다. 한 이야기를 이토록 오래 품을 수 있다는 것, 같이 성장할 수 있다는 것, 그 시간을 견뎌 낼 수 있다는 것, 그것이 결국 좋은 작가와 좋은 작품을 만들어 내는 게 아닌가 한다.

　한 선을 따라서만 흘러가지 않는 우리의 마음, 이렇게
도 흘러가고 저렇게도 흘러가서 단선적이지 않은 게 오
히려 자연스러운 우리의 마음. 나디아, 루크, 오브리 세
명의 인물이 만들어 내는 삶의 교점들. 그 중심에 사랑과
우정이, 그리고 상실이 있고, 그들의 평화로운 상태, 안
정된 관계를 흔들어 놓는 예기치 않은 사건들이 크고 작
게 일어난다. 그 와중에 나디아, 루크, 오브리는 선택의
무게에서 완전히 자유롭지 못한 채 성장의 고민 속에 자
신의 인생을 만들어 간다. 언제 어느 순간 무슨 일로 흔
들릴지 모르는 인생이다. 그리고 그 배경에 사회적 한계
가 존재한다. 인종 차별, 지역 사회, 가족, 성(性) 등. 그러
나 우리는 그 안에서 우리 자신을 최대한 펼치며 살아간
다. 그것이 삶이기에.

　나디아 안에 어머니가 있어 그녀는 칼을 쥐고 있지만
나디아 자신의 영혼에 부싯돌이 있어, 그것들이 부딪칠
때마다 불꽃이 일어난다고. 나디아의 삶 전체가 불꽃이
라고. (본문 418면)

2020년 1월
정연희

옮긴이 **정연희** 서울대학교 영어교육과를 졸업하고 미국 펜실베이니아 대학교에서 석사 학위를 받았다. 전문 번역가로 활동하고 있으며, 옮긴 책으로 『엘리너 올리펀트는 완전 괜찮아』, 『디어 라이프』, 『착한 여자의 사랑』, 『소녀와 여자들의 삶』, 『운명과 분노』, 『내 이름은 루시 바턴』, 『에이미와 이저벨』, 『그 겨울의 일주일』, 『헬프』, 『비둘기 재앙』, 『사랑의 묘약』, 『라운드 하우스』, 『페인티드 드럼』, 『안녕이라고 말할 때까지』 등이 있다.

나디아 이야기

발행일 **2020년 1월 20일 초판 1쇄**

지은이 **브릿 베넷**
옮긴이 **정연희**
발행인 **홍지웅·홍예빈**
발행처 **주식회사 열린책들**

경기도 파주시 문발로 253 파주출판도시
전화 **031-955-4000** 팩스 **031-955-4004**
www.openbooks.co.kr

Copyright (C) 주식회사 열린책들, 2020, *Printed in Korea.*
ISBN 978-89-329-1991-1 03840

이 도서의 국립중앙도서관 출판예정도서목록(CIP)은 서지정보유통지원시스템 홈페이지(http://seoji.nl.go.kr)와 국가자료공동목록시스템(http://www.nl.go.kr/kolisnet)에서 이용하실 수 있습니다.(CIP제어번호:CIP2019042648)